国学经典 | 典藏版

绝妙好词

[宋]周密 选编

卢欣科 注译

中州古籍出版社
·郑州·

绝妙好词

序

作为"一代之文学"(王国维语)的宋词具有两重意义:从词史的发展历程来说,宋代是词史的高峰时期;从宋代这一历史时段来看,词体的成就最高。在宋代文人的观念中,词自然不及诗文重要;但词则是流行最为广泛、接受阶层最多的文体。

南宋末年周密的《绝妙好词》是一部在词学史上有着重要意义的词选,其编选内容和形式有三点值得注意:第一,《绝妙好词》"纯乎南宋之总集"(《声执》卷下),选词范围限于南宋,始自张孝祥,终于仇远,是一部断代词选,就周密的选编意图来说,是为了整理和保存一代故国文献,但对于后世来说则是了解南宋词的范本。第二,《绝妙好词》又是一部体现了流派意识的词选。民国初年的词学家陈匪石说:"周氏在宋末,与梦窗、碧山、玉田诸人皆以凄婉绵丽为主,成一大派别。此书即宗风所在,不合者不录。"(《声执》卷下)《绝妙好词》汇集了风格相近、旨趣相类的词作,因而使此选具有流派之选的性质。第三,《绝妙好词》还是一部具有鲜明的审美主旨的词选,其审美主旨即倡格调雅正,尚协律合谱。《绝妙好词》在清代曾产生巨大的影响,浙西词派将它作为典范,朱彝尊、厉鹗对《绝妙好词》都有高度评价,认为此书对清词的中兴产生了推动作用。总体来看,《绝妙好词》是南宋"雅词"的代表性选本。"南宋词"在词学史上是一个特殊的范畴,与"北宋词"相对相成,清末词学家陈廷焯说:"北宋词,《诗》中之《风》也;南宋词,《诗》中之《雅》也。"(《词坛丛话》)《诗经》中的《风》诗多民歌,质朴自然;《雅》诗多出于文化修养较高的贵族士大夫,重文采修饰。《绝妙好词》所收之南宋词,颇合文人雅士的口味;但从更广泛的受众来看,不免有难以深解甚至隔膜之处。因而,有必要对《绝妙好词》的词作进行译释,不仅疏通文意,进而通晓意蕴。这部《绝妙好词》的注译本正是这个指导思想的最好体现者。

欣科兄是我大学的同窗,在校期间即以才情文采闻名,在人人皆恃才傲物的七八级同学中,唯欣科兄为众所暗服。记得在一位病逝老师的追悼会上,欣科兄撰写的悼词引得在场师生众皆泣下,场面甚为感人。毕业后欣科兄从事新闻工作,很快成为遐迩闻名的"名记",不仅写新闻报道是拿手好戏,文学创作亦是翘楚。读者从这部《绝妙好词》的译文中不仅可以看到他对原作的解析赏鉴,也可以欣赏他的妙笔神采。

谨以此序纪念三十年的同窗之谊。

孙克强
2009 年 10 月于南开大学

前　言

宋词是我国古代文化长廊中一朵璀璨的奇葩，南宋周密选编的《绝妙好词》为这朵奇葩增添了瑰丽的色彩和芳香。

流传于世的宋代词作有多少呢？唐圭璋先生1940年编著的《全宋词》中，共收有宋代词人1330余家，作品近20000首。目前在我国，不管你身属何种阶层，身居于何方，没听过几句宋词的人实属稀少，眼下即使从上幼儿园的孩子们口中，你也很容易听到几首宋词的朗诵。那么宋代距今已经一千余年了，这些脍炙人口的宋代词作如何能被今人所知晓呢？唐圭璋先生又是从哪里收集到如此众多的宋代词作呢？很明显的道理，唐人无法收集宋代的作品，元、明、清代的文人写不出宋代的词。这要靠宋人去写，去评比、选择、汇编，并把它传下来。除个人作品流传于世外，宋代人编选辑录的宋词选本对这一珍贵、灿烂的中国文化形式的传承功不可没。宋人选编宋词的辑本流传至今影响比较大的有五部：南宋曾慥选编的《乐府雅词》（1155）、黄昇选编的《花庵词选》（1249）、赵闻礼选编的《阳春白雪》（1249）、何士信选编的《草堂诗余》（《四库全书总目题要》认为《草堂诗余》应是宋末书坊编印的，时间应在1195～1200宋庆元年间）以及周密选编的《绝妙好词》（宋末元初）。这五部辑本择词标准不一，各有所长，汇集了宋代各种流派词人的作品，而以《绝妙好词》选词最为精粹，不仅对宋词的传承发展影响很大，鉴赏价值也较高。

《绝妙好词》具有三个宋代其他四部辑本无法相比的优势：专业优势、时间优势和对后代词学的艺术影响力。

首先，宋人选宋词的五个辑本的选编人中，唯《绝妙好词》的选编者周密的词创作最多，不仅在同时期词人中的名声最大，对音律、词学方面的造诣也比其他几个辑本选编人要深。周密（1232～1298），出身官宦世家，书香门第，宋末长期客居于临安。德祐年间做过婺州义乌县令，宋亡后隐居，抱节不仕。他工诗词、擅书画，早年曾从南宋音乐家、词家杨缵学习。后与张枢等结盟西湖吟社，定期集会、传觞赋咏，喜与名士及词坛耆宿交游。他是宋末三大词人之一，与王沂孙、张炎齐名。他的词远承周邦彦，近袭姜夔、吴文英，精美清丽、格律谨严。宋亡前多应答之作，以风雅闲情、湖山胜景为主要题材；宋亡后作品在思想内容和艺术方面均有明显提高，多咏叹国破家亡的伤痛与悲恸，词风凄咽苍凉。周密的著述极多，诗集有《蜡屐集》、《弁阳诗集》、《草窗韵语》，野史笔记有《齐东野语》、《癸辛杂识》、《浩然斋雅谈》、《武林旧事》等，词集有《蘋洲渔笛谱》（又名《草窗词》），存词一百五十多首。作为宋末一派词人的旗手，专业方面的优势自然会体现在其选编词集的质量上。

其次，《绝妙好词》在宋人选编宋词的几个辑本中问世最晚，所选全是南宋诸词人的作品，是我国古代词选中最早的一个断代词选本。

《绝妙好词》选取词作时宋代已经消亡，时间上的优势让周密能在充分借鉴前人的经验中去俯瞰、审视整个宋代词作状况，而后去选取作品，许多名不见史传的宋末词人的作品赖此传之于世。晚清况周颐为此评价："弁阳翁《绝妙好词》泰半同时侪辈之作，往往以词存人。"《绝妙好词》中虽少有北宋的作品，但南宋时期本是宋词集大成的阶段。选作中不少作者属于"南渡词人",本身就经历了北宋、南宋间的跨越,且南宋、北宋时间上紧密衔接,北宋词人各个流派的风格自然延续至南宋,并在此阶段繁衍、成熟。因此,问世于元初的《绝妙好词》最有条件完整地体现宋词的艺术特征。可以说《绝妙好词》是宋人对宋词的评价衡量体系的终结者,它为宋词画上了一个时代的句号。

再次,《绝妙好词》与宋代其他四个辑本相比对后代词学发展影响力最大。它主要表现在以下几个方面:促进了后人对宋词风格类别的划分,昭示了宋朝一派词人的审美观念,推动了清代词的中兴。

《绝妙好词》问世前没有一个人像周密这样严格按照一定的风格标准去选取作品。其风格上只录其清丽婉约、优美精巧的,与此不相符的一概不录。这固然与周密本人的词学观念和流派倾向有很大关系,但也是词发展至南宋末期文人崇雅风尚的一种客观体现。后人从风格上将词明确地分为婉约、豪放两大类别,在很大程度上受到了《绝妙好词》的影响,可以说周密的选词为宋词风格流派的划分立下了一个实物标杆。

周密选编《绝妙好词》非常偏重格律形式,注重词的结构严谨和字句的规整和发音。《绝妙好词》选作中反映的审美标准,为南宋婉约词打造出了一个规范的框架。南宋以前,词已经经历了一个非常漫长的发展过程。隋唐流传于民间的"歌者杂用胡夷里巷之曲"的曲子词和教坊曲尚不能称作一种正式的文体,自然无法诞生出成熟的词学观。入宋后,晏殊、张先、欧阳修等一批文人承袭五代"花间"余绪,将词引入了文学范畴;柳永、苏轼、秦观、贺铸等文人先后的创作使宋词出现了多种艺术风格;周邦彦可视为北宋词作的集大成者,至此宋词才基本深化成熟。但北宋虽是宋词发展的重要时期,词学理论专著却甚少,甚至没有一个有影响力的选辑本流传后世,可为后人参考借鉴。南宋是宋词百花齐放的时期,辛弃疾、张孝祥、陆游、姜夔、吴文英、张炎等大批词人的创作将宋词推于一个最鼎盛的时期。由于词的艺术风格逐渐成熟，此阶段有关词学理论的研究者多了起来，如姜夔、吴文英、张炎等，他们研究词的规律和风格，对应该如何写词表达了自己的看法和主张。周密正是在吸收这些词人的观点上，用选词的具体做法来表达一种词学观，宣扬写词的规范和艺术标准，并以此影响了后代词学发展的趋向。而宋代其他四个辑本则没有一个能如此鲜明地表达出一种艺术审美观念。

词至元、明逐渐衰微，在清代又呈现出了中兴的局面，而《绝妙好词》在中兴中扮演着极其重要的角色。提到清代词的中兴不能不提及引执清代词坛牛耳的浙西词派。明代，《草堂诗余》一家独盛，明代毛晋形容《草堂诗余》"凡歌栏酒榭，丝而竹之者，无不拊髀雀跃，乃至寒窗腐儒挑灯闲看，亦未尝欠伸鱼睨"的情景至清代后继续漫延。浙西词派创始者朱彝尊为革除词坛积弊，开创新的词风，对《草堂诗余》进行了激烈的抨击，并推出元明时期一度佚失、后在清初现身的《绝妙好词》为范本。他在《词综》中评价《草堂诗余》所收最下，而称赞《绝妙好词》句琢字练、清醇高雅。一时间兴起了宗法南宋，以姜夔、张炎为榜样，以《绝妙好词》为样本的风尚。浙西派中期的代表人物厉鹗对《绝妙好词》更是推崇备至，视其为"词家之准的"。据传乾隆十三年（1748），厉鹗赴京谒选县令途经天津，寓居于查为仁的水西庄，在查家见到《绝妙好词》选本后爱不释手，遂改变行程不再赴京，留下与查氏一起笺注《绝妙好词》，并使其广传于世。朱、厉偏爱《绝妙好词》体现了浙西派的词学理想，他们最终使《绝妙好词》取代了《草堂诗余》在清初词坛上的地位，影响、改变了康熙、雍正、乾隆三朝百年的词风倾向。陈匪石先生说："清中叶前，以南宋为依本翻印者不止一家，几于家弦户诵，为治宋词者入手之书，风会所趋，直至清末。"以此可见《绝妙好词》在清词中兴中的作用。

当然，以南宋婉约词派代言者身份出现的《绝妙好词》有其自身的弊端和局限性。过于注重音律词藻之美，对现实生活反映较少。其中许多词作只在莺莺燕燕的小圈子里打转，咏月惜花、登山临水、怀人伤离，创作题材较为狭窄，内容稍显空泛。但它认为豪放词忽视词体本身艺术性，易流于粗糙、放率因而拒绝接纳的做法也有其积极的一面。词毕竟是一种文学艺术，对其声律格式的完美追求在一定程度上保证了"词"的特有艺术魅力。且《绝妙好词》一书中不少作品对亲情、友情、恋情、离别之情等方面的情感经验、人性阐述和审美观念都对现代人有很大的借鉴价值。更有一些词作以较感人的形式表现出对祖国山河的热爱和对民族气节的称颂，具有进步的思想意义。

《绝妙好词》全书7卷，共收南宋词人132家，词作近400首。作品按作者的时代先后顺序分卷排列，始于张孝祥（1132），终于仇远（1247），跨度一百余年。自卷一至卷四每卷起首者皆与下一卷相隔二三十年。卷五至卷七多为宋末临安词人群体，其中不少人为周密西湖吟社的同仁。卷中所选词人作品十篇以上的有卢祖皋、姜夔、史达祖、吴文英、李彭老、李莱老和周密本人，都为南宋时期较有名气的婉约派词人。其中姜夔、吴文英最负盛名，张孝祥、陆游、辛弃疾、陈亮、刘过、刘克庄等豪放派词人的作品亦有收录，但皆取其婉雅清丽之作。

今中州古籍出版社出于普及古代优秀文化的目的，推出《绝妙好词》注译本。鉴于不少词意境深远，值得寻味意会之处颇多，且读者欣赏理解的角度不尽相同，因此笔者采用了直译和意译相结合的方式，在考虑词的主题和语言逻辑性的前提下，仅译出其字面含义，若有较为晦涩难懂之处，则加以适度的润色和补充，以方便读者阅读。在不影响理解的情况下，译文也尽量采用了韵文形式，以体现宋词的古雅。通过这本小书，倘若能对读者欣赏词作起到一些抛砖引玉的借鉴作用，就深感欣慰了。

注译过程中，笔者参考了上海辞书出版社出版的《唐宋词鉴赏辞典》及海南出版社、三秦出版社、吉林人民出版社、岳麓书社出过的《绝妙好词》的注析本，这些著述，给了我很大帮助，在这里深表谢意。由于学识水平有限，本书注译中恐多有失误，不当之处敬请读者指正。

卢欣科

2009 年 10 月于开封

目 录

卷 一

张孝祥
 念奴娇 —— 25
 西江月 —— 26
 清平乐 —— 27
 菩萨蛮 —— 27

范成大
 醉落魄 —— 29
 朝中措 —— 30
 眼儿媚 —— 31
 忆秦娥 —— 31
 霜天晓角 —— 32

洪迈
 踏莎行 —— 33

陆游
 朝中措 —— 35
 乌夜啼 —— 36
 乌夜啼 —— 37

陆淞
 瑞鹤仙 —— 38

韩元吉
 水龙吟 —— 40
 好事近 —— 42

姚宽
 菩萨蛮 —— 43
 生查子 —— 44

吴琚
 柳梢青 —— 45
 浪淘沙 —— 46
 浪淘沙 —— 47

辛弃疾
 摸鱼儿 —— 48
 瑞鹤仙 —— 50

祝英台近 ………………… 51
刘　过
　　贺新郎 …………………… 53
　　唐多令 …………………… 55
　　醉太平 …………………… 55
谢　懋
　　蓦山溪 …………………… 57
　　风入松 …………………… 58
　　浪淘沙 …………………… 59
　　霜天晓角 ………………… 60
章良能
　　小重山 …………………… 62
陈　亮
　　水龙吟 …………………… 64
真德秀
　　蝶恋花 …………………… 66
刘光祖
　　洞仙歌 …………………… 68
蔡　枏
　　鹧鸪天 …………………… 70
洪咨夔
　　眼儿媚 …………………… 72
岳　珂
　　满江红 …………………… 74
　　生查子 …………………… 75
张　镃
　　念奴娇 …………………… 77

　　昭君怨 …………………… 79
卢祖皋
　　宴清都 …………………… 80
　　江城子 …………………… 82
　　贺新凉 …………………… 82
　　倦寻芳 …………………… 84
　　清平乐 …………………… 85
　　清平乐 …………………… 86
　　谒金门 …………………… 86
　　谒金门 …………………… 87
　　乌夜啼 …………………… 88
　　乌夜啼 …………………… 88
张履信
　　柳梢青 …………………… 90
　　谒金门 …………………… 91
周文璞
　　一剪梅 …………………… 92
徐　照
　　南歌子 …………………… 94
　　清平乐 …………………… 95
　　阮郎归 …………………… 95
俞　灏
　　点绛唇 …………………… 97
潘　牥
　　南乡子 …………………… 99
刘　翰
　　好事近 …………………… 101

蝶恋花 —————— 102
清平乐 —————— 102

刘子寰
　霜天晓角 —————— 104

张良臣
　西江月 —————— 105

卷 二

姜　夔
　暗香 —————— 109
　疏影 —————— 111
　扬州慢 —————— 112
　玲珑四犯 —————— 113
　琵琶仙 —————— 115
　法曲献仙音 —————— 116
　念奴娇 —————— 117
　萼红 —————— 119
　齐天乐 —————— 120
　淡黄柳 —————— 122
　小重山 —————— 123
　点绛唇 —————— 124
　惜红衣 —————— 125

刘仙伦
　江神子 —————— 127
　菩萨蛮 —————— 128
　蝶恋花 —————— 129
　一剪梅 —————— 129

霜天晓角 —————— 130

孙惟信
　昼锦堂 —————— 132
　夜合花 —————— 133
　烛影摇红 —————— 135
　醉思凡 —————— 136
　南乡子 —————— 136

史达祖
　绮罗香 —————— 138
　双双燕 —————— 139
　夜行船 —————— 140
　东风第一枝 —————— 141
　东风第一枝 —————— 143
　黄钟喜迁莺 —————— 144
　清商怨 —————— 145
　蝶恋花 —————— 146
　玉楼春 —————— 147
　青玉案 —————— 147

高观国
　齐天乐 —————— 149
　玉楼春 —————— 150
　金人捧露盘 —————— 151
　金人捧露盘 —————— 152
　祝英台近 —————— 153
　思佳客 —————— 154
　霜天晓角 —————— 155
　风入松 —————— 155

谒金门 —— 156

刘　镇
　　玉楼春 —— 158

张　辑
　　疏帘淡月 —— 159
　　山渐青 —— 160
　　谒金门 —— 161
　　念奴娇 —— 161
　　祝英台近 —— 162

李　石
　　木兰花令 —— 164

李　泳
　　定风波 —— 166
　　清平乐 —— 167

郑　域
　　昭君怨 —— 168

王　嵎
　　祝英台近 —— 170
　　夜行船 —— 171

蔡松年
　　鹧鸪天 —— 172
　　尉迟杯 —— 173

韩　㴋
　　高阳台 —— 175
　　浪淘沙 —— 176
　　浪淘沙 —— 177

卷　三

刘克庄
　　摸鱼儿 —— 181
　　卜算子 —— 182
　　清平乐 —— 183
　　生查子 —— 184

吴　潜
　　满江红 —— 185
　　南柯子 —— 186

尹　焕
　　霓裳中序第一 —— 188
　　眼儿媚 —— 189
　　唐多令 —— 190

赵以夫
　　忆旧游慢 —— 192

姚　镛
　　谒金门 —— 194

罗　椅
　　柳梢青 —— 195

方　岳
　　江神子 —— 197

杨伯嵒
　　踏莎行 —— 199

周　晋
　　点绛唇 —— 201
　　清平乐 —— 202

柳梢青 —— 203
杨　缵
　　八六子 —— 204
　　一枝春 —— 205
　　被花恼 —— 207
翁孟寅
　　齐天乐 —— 208
　　烛影摇红 —— 209
　　阮郎归 —— 210
赵汝茪
　　梅花引 —— 212
　　梦江南 —— 213
　　恋绣衾 —— 213
　　汉宫春 —— 214
　　如梦令 —— 215
冯去非
　　喜迁莺 —— 216
许　棐
　　鹧鸪天 —— 218
　　琴调相思引 —— 219
　　后庭花 —— 219
陆　睿
　　瑞鹤仙 —— 221
萧泰来
　　霜天晓角 —— 223
赵希迈
　　八声甘州 —— 225

赵崇燔
　　蝶恋花 —— 227
　　菩萨蛮 —— 228
赵希㯊
　　霜天晓角 —— 229
　　秋蕊香 —— 230
王　澡
　　霜天晓角 —— 231
赵与鍪
　　谒金门 —— 233
楼　槃
　　霜天晓角 —— 234
钟　过
　　步蟾宫 —— 236
李肩吾
　　抛球乐 —— 238
　　风流子 —— 239
　　清平乐 —— 240
　　风入松 —— 241
　　乌夜啼 —— 242
　　清平乐 —— 242
　　鹧鸪天 —— 243
黄　简
　　柳梢青 —— 244
　　玉楼春 —— 245
陈　策
　　摸鱼儿 —— 246

满江红 —— 247

黄　昇
　　清平乐 —— 249

李振祖
　　浪淘沙 —— 251

薛梦桂
　　醉落魄 —— 252
　　眼儿媚 —— 253
　　三姝媚 —— 253
　　浣溪沙 —— 254

曾　揆
　　西江月 —— 256

卷　四

吴文英
　　八声甘州 —— 259
　　声声慢 —— 261
　　青玉案 —— 262
　　青玉案 —— 263
　　好事近 —— 263
　　唐多令 —— 264
　　高阳台 —— 265
　　杏花天 —— 267
　　风入松 —— 268
　　朝中措 —— 268
　　西江月 —— 269
　　浪淘沙 —— 270

　　高阳台 —— 271
　　思嘉客 —— 272
　　采桑子慢 —— 272
　　三姝媚 —— 274

翁元龙
　　水龙吟 —— 275
　　风流子 —— 276
　　醉桃源 —— 278
　　谒金门 —— 278
　　绛都春 —— 279

郑　楷
　　诉衷情 —— 281

黄孝迈
　　湘春夜月 —— 282
　　水龙吟 —— 283

江　开
　　浣溪沙 —— 285
　　杏花天 —— 286

谭宣子
　　谒金门 —— 287
　　江城子 —— 288

陈逢辰
　　乌夜啼 —— 289
　　西江月 —— 290

楼　采
　　瑞鹤仙 —— 291
　　玉漏迟 —— 292

法曲献仙音 ———— 293
　　好事近 ———— 294
　　二郎神 ———— 295
　　玉楼春 ———— 296

奚　㴋
　　芳草 ———— 297
　　华胥引 ———— 298

赵闻礼
　　千秋岁 ———— 300
　　鱼游春水 ———— 301
　　风入松 ———— 302
　　水龙吟 ———— 303
　　隔浦莲近 ———— 304
　　贺新郎 ———— 305

施　岳
　　水龙吟 ———— 307
　　清平乐 ———— 308
　　解语花 ———— 308
　　兰陵王 ———— 309
　　曲游春 ———— 311
　　步　月 ———— 312

卷　五

陈允平
　　绛都春 ———— 317
　　瑞鹤仙 ———— 318
　　思佳客 ———— 319

　　恋绣衾 ———— 320
　　唐多令 ———— 321
　　满江红 ———— 322
　　秋蕊香 ———— 323
　　一落索 ———— 323
　　垂杨 ———— 324

张　枢
　　瑞鹤仙 ———— 326
　　风入松 ———— 327
　　南歌子 ———— 328
　　谒金门 ———— 328
　　庆宫春 ———— 329
　　壶中天 ———— 330

李　演
　　摸鱼儿 ———— 332
　　声声慢 ———— 333
　　醉桃源 ———— 334
　　南乡子 ———— 335
　　八六子 ———— 336
　　祝英台近 ———— 337

莫　崙
　　水龙吟 ———— 338
　　玉楼春 ———— 339
　　生查子 ———— 340
　　卜算子 ———— 340

丁　宥
　　水龙吟 ———— 342

储　泳
　　齐天乐 —————— 344
赵汝迕
　　清平乐 —————— 346
楼　扶
　　水龙吟 —————— 347
　　菩萨蛮 —————— 348
史介翁
　　菩萨蛮 —————— 349
周端臣
　　木兰花慢 ————— 350
　　玉楼春 —————— 351
杨子咸
　　木兰花慢 ————— 353
杨　恢
　　二郎神 —————— 355
　　倦寻芳 —————— 356
　　满江红 —————— 357
　　祝英台近 ————— 358
　　祝英台近 ————— 359
　　八声甘州 ————— 360
何光大
　　谒金门 —————— 361
赵　溍
　　临江仙 —————— 362
　　吴山青 —————— 363

赵　淇
　　谒金门 —————— 364
毛　珝
　　浣溪沙 —————— 365
潘希白
　　大有 ———————— 366
李　珏
　　击梧桐 —————— 368
　　木兰花慢 ————— 369
利　登
　　风入松 —————— 371
曹　邍
　　玲珑四犯 ————— 373
刘　澜
　　庆宫春 —————— 375
　　瑞鹤仙 —————— 376
　　齐天乐 —————— 378
张龙荣
　　摸鱼儿 —————— 380

卷　六

李彭老
　　木兰花慢 ————— 385
　　壶中天 —————— 386
　　高阳台 —————— 387
　　法曲献仙音 ——— 389
　　一萼红 —————— 390

高阳台 ……………… 391
　　探芳讯 ……………… 392
　　祝英台近 …………… 393
　　踏莎行 ……………… 394
　　浪淘沙 ……………… 395
　　四字令 ……………… 396
　　生查子 ……………… 397
李莱老
　　惜红衣 ……………… 398
　　青玉案 ……………… 399
　　扬州慢 ……………… 400
　　谒金门 ……………… 401
　　浪淘沙 ……………… 402
　　生查子 ……………… 402
　　高阳台 ……………… 403
　　木兰花慢 …………… 404
　　清平乐 ……………… 406
　　台城路 ……………… 406
　　浪淘沙 ……………… 407
　　杏花天 ……………… 408
　　小重山 ……………… 409
应法孙
　　霓裳中序第一 ……… 410
　　贺新郎 ……………… 411
王亿之
　　高阳台 ……………… 413

　　余桂英
　　　小桃红 ……………… 415
　　胡仲弓
　　　谒金门 ……………… 417
　　尚希尹
　　　浪淘沙 ……………… 419
　　柴望
　　　念奴娇 ……………… 420
　　朱藻
　　　采桑子 ……………… 422
　　黄铸
　　　秋蕊香令 …………… 423
　　王同祖
　　　阮郎归 ……………… 424
　　王茂孙
　　　高阳台 ……………… 426
　　　点绛唇 ……………… 427
　　王易简
　　　齐天乐 ……………… 429
　　　醉江月 ……………… 430
　　　庆宫春 ……………… 431
　　张桂
　　　菩萨蛮 ……………… 433
　　　浣溪沙 ……………… 434
　　张磐
　　　绮罗香 ……………… 435
　　　浣溪沙 ……………… 436

张　林
　　唐多令 ………………… 437
　　柳梢青 ………………… 438
朱屏孙
　　真珠帘 ………………… 439
吴大有
　　点绛唇 ………………… 441
张　炎
　　壶中天 ………………… 443
　　渡江云 ………………… 444
　　甘州 …………………… 445
赵崇霄
　　东风第一枝 …………… 447
范晞文
　　意难忘 ………………… 449
郑斗焕
　　新荷叶 ………………… 451
曹良史
　　江城子 ………………… 453
董嗣杲
　　湘月 …………………… 454

卷　七

周　密
　　国香慢 ………………… 459
　　一萼红 ………………… 460
　　扫花游 ………………… 462
　　三姝媚 ………………… 463
　　法曲献仙音 …………… 464
　　高阳台 ………………… 465
　　庆宫春 ………………… 466
　　高阳台 ………………… 467
　　探芳信 ………………… 468
　　水龙吟 ………………… 469
　　四字令 ………………… 470
　　西江月 ………………… 471
　　江城子 ………………… 472
　　少年游 ………………… 473
　　好事近 ………………… 473
　　西江月 ………………… 474
　　醉落魄 ………………… 475
　　朝中措 ………………… 476
　　醉落魄 ………………… 477
　　浣溪沙 ………………… 477
　　甘州 …………………… 478
　　踏莎行 ………………… 479
王沂孙
　　醉蓬莱 ………………… 481
　　法曲献仙音 …………… 482
　　淡黄柳 ………………… 483
　　一萼红 ………………… 484
　　长亭怨 ………………… 485
　　庆宫春 ………………… 487
　　高阳台 ………………… 488

西江月 —————— 489
踏莎行 —————— 490
醉落魄 —————— 490

赵与仁

柳梢青 —————— 492
琴调相思引 —————— 493

西江月 —————— 494
清平乐 —————— 494
好事近 —————— 495

仇远

生查子 —————— 496
八犯玉交枝 —————— 497

卷一

张孝祥

张孝祥（1132~1169），字安国，号于湖居士，历阳乌江（今安徽和县乌江镇）人。宋高宗绍兴二十四年（1154）进士，殿试第一名。历任中书舍人、荆湖北路安抚使等职，官至显谟阁直学士。曾被诬陷下狱，晚年病退芜湖。有词集《于湖词》，词风清逸流畅，追尚苏轼。

念奴娇

过洞庭[①]

洞庭青草[②]，近中秋、更无一点风色。玉界琼田[③]三万顷，著我扁舟一叶。素月分辉，明河共影，表里俱澄澈[④]。悠然心会，妙处难与君说。 应念岭表经年[⑤]，孤光自照，肝胆皆冰雪。短鬓萧疏襟袖冷，稳泛沧溟[⑥]空阔。尽吸西江，细斟北斗，万象[⑦]为宾客。叩舷独啸，不知今夕何夕。

[注释]

①过洞庭：宋孝宗乾道二年（1166），作者任广南西路经略节度使受谗被

贬,从广西北归,于中秋前夕夜游洞庭,触景生情写下此词。作者在词中借景抒意,表白自己的光明磊落,词意境界高阔,风格清旷飘逸。②洞庭青草:洞庭湖、青草湖,两湖相邻。③玉界琼田:月光洒照下像白玉、镜子一样的湖面。界,空间。琼,美玉。④明河:银河。表里:上下,内外。⑤岭表:五岭以外,这里指五岭之南。经年:经过一年或若干年。⑥沧溟:大海。这里指洞庭湖。⑦万象:天地间万物。

[译文]

临近中秋的洞庭、青草二湖风平浪偃。万顷玉石般光滑的湖面漂浮着我一叶小船。银色的月光世界中,天上的银河与水中的倒影相交互映,天水一色清澈明净。我心旷神怡,那种美妙的感觉无法向你诉倾。　此时回想岭外经历,在月光下自我剖析,内心像冰雪一样清澈、晶莹。如今我鬓发稀疏花白、两袖清风,在空旷苍凉的湖面上泛舟独行。我要饮尽西江的水,用北斗星做酒杯,邀请天地万物做宾客相陪。敲打着船帮我独自呐喊,不知道今晚是哪一天的夜晚。

西江月

丹阳湖[①]

问讯湖边春色,重来又是三年,东风吹我过湖船,杨柳丝丝拂面。　世路[②]如今已惯,此心到处悠然。寒光亭下水连天,飞起沙鸥一片。

[注释]

①丹阳湖:在今安徽省当涂县境内。此词原无题,黄昇《花庵词选》题作"洞庭",厉鹗笺本以为应作"题溧阳三塔寺",《景定建康志》也载此词为"题溧阳三塔寺"。有史料证明,此词原题写在三塔寺寒光亭的亭柱上,而三

塔寺所依之湖为三塔湖,在今江苏省溧阳县境内。本选题尊原作为"丹阳湖"。此词写作者三年后重游旧地的人生感慨,词句清新意远,自然而亲切。②世路:人生之路。

[译文]

问候春色在湖边,一别重返有三年,东风吹送我的船,两岸杨柳拂面。　　人生之路已看淡,心境随其自然。寒光亭下湖水连天,眼前惊飞沙鸥一片。

清平乐[①]

光尘扑扑,宫柳低迷绿。斗鸭阑干春诘曲,帘额微风绣蹙[②]。　　碧云青翼无凭,困来小倚云屏[③]。楚梦[④]不禁春晚,黄鹂犹自声声。

[注释]

①清平乐:此词写闺思之情。词中思念之情通过动作细节和目中景物表达得非常贴切。联想随意而自然。②斗鸭:古人有斗鸭之戏。诘(jié)曲:弯曲。蹙(cù):皱眉。③青翼:青鸟,传说中传信的神鸟。云屏:镶嵌着云母的屏风。④楚梦:爱情之梦。用典楚怀王梦巫山神女。

[译文]

时光迷离,宫柳低垂透着绿意。观斗鸭的栏杆弯弯曲曲,思愁涌上我的眉头,微风将门帘轻轻掀起。　　碧空白云万里,不见传信鸿雁的影迹,困倦使我倚着屏风,暂时歇息。好梦不长被惊起,原来黄鹂不知趣,还在窗外,声声鸣啼。

菩萨蛮[①]

东风约略吹罗幕[②],一帘细雨春阴薄。试把杏花看,湿云[③]

娇暮寒。　　佳人双玉枕,烘醉鸳鸯锦。折得最繁枝,暖香生翠帷④。

[注释]

①菩萨蛮:此词写闺房佳人生活。以细雨、观花、折花、陈设等细腻生动地表现出佳人的心态和情调。②约略:轻微。罗幕:点缀有饰物或打着皱褶的幕布。③湿云:湿润。有别本为"湿红"。④帷:帐幕。

[译文]

东风轻轻地把罗幕吹动,暗淡的天色中,春雨细细透过窗帘映入目中。看那经雨的杏花,在微带凉意的暮霭中湿润娇红。　　我摆上一双嵌玉的枕头,再把绣有鸳鸯的锦被暖烘。折下一枝开得最盛的杏花,绿色的帷帐旁香气四溢、暖意顿生。

范成大

范成大（1126~1193），字致能，号石湖居士，吴郡（今江苏苏州市）人。宋高宗绍兴二十四年（1154）进士。宋孝宗时曾出使金国更改南宋皇帝向金使跪拜之礼，不辱使命而归。历任四川置制使、参知政事等职。晚年退居石湖。著有《石湖词》。词风以清逸淡远见长，与尤袤、杨万里、陆游并称"南宋中兴四大家"。

醉落魄[①]

栖乌飞绝，绛河[②]绿雾星明灭。烧香曳簟眠清樾[③]。花影吹笙，满地淡黄月。　　好风碎竹声如雪，昭华三弄临风咽[④]。鬓丝撩乱纶巾[⑤]折。凉满北窗，休共软红[⑥]说。

[注释]

①醉落魄：此词咏月夜吹笙，写隐居悠闲的生活。作者通过对自己一个傍晚生活片段的描绘展现出自得其乐、轻看世风的心态。言情感人，状物形象、生动。②绛河：天河。③簟（diàn）：竹席。樾（yuè）：树影。④昭华：古乐器，一种玉石做的笛子。这里指笙。三弄：三，泛指多次。弄，吹奏。

⑤纶巾：头巾。⑥软红：屈身求名利，这里喻人。

[译文]

鸟儿归巢已不见，银河绿雾缭绕，星星一闪一闪。点幽香，铺竹席，清静的树影下暂休息。花丛中传来笙的音响，满地洒满了淡黄色的月光。　　晚风掠过竹林，声音像冰雪一样清冽，笙响阵阵不停歇，随风断断续续。我举止狂放，尽情地欢乐，哪管鬓发散乱头巾揉出皱折。清风凉爽，从我的北窗吹过，此种趣味，那追求功名的人怎能获得？

朝中措①

长年心事寄林扃②，尘鬓已星星。芳意不如水远，归心欲与云平。　　留连一醉，花残日永③，雨后山明。从此量船载酒，莫教闲却春情④。

[注释]

①朝中措：此词写作者厌恶仕途、思慕归隐之情。以设想明日山野之乐，来表达弃仕途、归田园的殷切心态。②林扃（jiōng）：这里喻指野居。扃，门环，代指户室。③日永：日长，天长。④量船：船的空间、容量。春情：春意，美好的情景。

[译文]

向往归居的心已经多年，我仕途上风尘仆仆人已疲倦，双鬓如今已经白发点点。想想看追逐名利怎如平淡之水长远，我隐野的决心之大能比得上天。　　到那时将有无数一醉方休的留恋，我欣赏花开花落，每日都是快乐的一天，更喜爱那雨后明媚的青山。我将用我的小船装满酒，邀好友相聚畅饮不断。再不让美好的情景溜走，徒将我的时光空闲。

眼儿媚①

酣酣日脚紫烟浮,妍暖试轻裘②。困人天气,醉人花底,午梦扶头③。 春慵恰似春塘水,一片縠纹愁④。溶溶泄泄⑤,东风无力,欲皱还休。

[注释]

①眼儿媚:这是一首描绘道途小憩,睹景状心态的词。原词中有"萍乡道中乍晴,卧中困甚,小憩柳塘"之小题解。词句写得生动、细腻、充分,给人一种温柔熨帖、充满活力的美感。②日脚:照射在地面上的阳光。妍暖:轻暖、和暖。试:穿透。③扶头:酒名,扶头酒。这里作如酒上头,昏昏沉沉。④慵(yōng):懒,困倦。縠(hú)纹:细波纹。縠,绉纱。⑤溶溶泄泄:水轻轻荡漾。

[译文]

明媚阳光照射,地面紫气浮生,微微暖意透入轻薄的袄中。春天的气候让人困倦,花香更醉人,似美酒上头令我昏昏沉沉。春意滋生的懒散正如一塘春水,在我心中扩散出一道道细小的波纹。水仍在缓缓晃动,东风轻柔和暖,想抚平心中这荡漾的感觉,我哪里能够如愿。

忆秦娥①

楼阴缺,阑干影卧东厢月。东厢月,一天风露,杏花如雪。
隔烟催漏金虬咽②,罗帏暗淡灯花结。灯花结,片时春梦,江南天阔。

[注释]

①忆秦娥：这是一首春闺怀远之词。春闺怀远本是词的传统题材，但大多"采滥忽真"（《文心雕龙》）、脂粉气足而缺少新意。此词却淡朴清雅，纯任自然。写环境不镂金涂饰，写人物没有愁红惨绿的做作。把长夜思念难眠之情写得真实、自然。②催漏：催时，刻漏。催是状时间紧迫，漏是古时记时之器。金虬（qiú）：铜龙，功用如今之水龙头，为古刻漏上的部件。虬，古代传说中的一种龙。

[译文]

楼缝之间，素月当空，东厢房的月色照出栏杆的阴影。满天清爽，晚露轻风，一树杏花璀璨如雪般洁白晶莹。　香雾袅袅像在催促时钟，铜龙滴水报时也似人的哭声，罗帐昏昏光线不明，灯芯结花预兆着喜庆。春梦令人醉呀只是片刻醒，江南万里远让我如何行。

霜天晓角①

晚晴风歇，一夜春威折②。脉脉花疏天淡，云来去，数枝雪③。　胜绝，愁亦绝，此情谁共说？惟有两行低雁，知人倚、画楼月。

[注释]

①霜天晓角：此词借咏梅表达内心寂寞惆怅之情。前描景，后诉情。用词手法运用化密入疏、寓浓于淡，极具特色。将其情感表露于物，非常形象。②折：消减。③脉脉：含情欲表的样子。数枝雪：代梅花。

[译文]

傍晚时分迎来了风止天晴的时刻，东风准备肆虐一夜的企图终于夭折。稀疏的花枝脉脉含情，天淡淡，浮云在飘动，远处几枝雪梅分外晶莹。　美极了，愁更浓，我的心事能向谁诉倾？只有那两行低飞的雁，懂得画楼倚栏观月人的心情。

洪 迈

洪迈（1123~1202），字景卢，号野处，别号容斋，饶州鄱阳（今江西波阳）人。宋高宗绍兴十五年（1145）中进士。历任中书舍人、兼侍读、直学士院、端明殿学士等。有《容斋随笔》、《夷坚志》等。词仅存世六首。

踏莎行①

院落深沉，池塘寂静，帘钩卷上梨花影。宝筝拈得雁难寻，篆香消尽山空冷②。　钗凤斜攲③，鬓蝉④不整，残红立褪慵看镜。杜鹃啼月一声声，等闲又是三春⑤尽。

[注释]

①踏莎行：此是一首思妇怀人的词。用词善表言外之意，全词无一处写思人，却通过环境、景物、动作、情态与氛围展现出处处有思恋、无处不念人的意境。②雁：此处为筝柱。名为雁柱，盖因其在筝面参差斜列如雁行而得名。篆香：盘香。因其烟雾盘旋如篆字而名。山：指屏风上的画山。③斜攲（qī）：歪斜。④鬓蝉：即蝉鬓。鬓发飘逸似蝉翼，故名。⑤三春：正月孟春，二月仲春，三月季春，合称三春。这里代指春天。

[译文]

院落深沉,池塘幽静,帘钩上映着梨花影。我心神恍惚不定,弹筝总是调不准音声,眼看着盘香已燃尽,屏风上的山水画显得那么冷冷清清。　　我凤钗歪斜、鬓发零乱,脂粉消褪、懒得照镜。月下杜鹃啼不断,转眼春天已过尽。

陆 游

陆游（1125~1209），字务观，号放翁，越州山阴（今浙江绍兴）人。宋孝宗隆兴元年（1163），赐进士出身，授枢密院编修。先后任隆兴、夔州通判。乾道二年（1166），因支持张浚北战，被免职。乾道六年（1170）入蜀，曾亲临南郑前线，后蜀东归数任地方官，官至宝章阁待制。66岁被罢职至老家山阴闲居至终。陆游是我国文学史上杰出的爱国主义诗人，诗有《剑南诗稿》。其词兼豪放、婉约之长，有《放翁词》。

朝中措

梅①

幽姿不入少年场②，无语只凄凉。一个飘零身世，十分冷淡心肠。　　江头月底，新诗旧恨，孤梦清香。任是春风不管，也曾先识东皇③。

[注释]

①梅：这是一首咏梅的词。作者以梅自喻，以梅的遭遇和处境来表达自

己的身世和品行。语气调侃轻松，却包含了很深刻的人生认知和体验。②少年场：热闹的游乐场所。年少者好之，故谓之"少年场"。③东皇：传说中的司春之神。

[译文]

我幽雅的身影从不在热闹场所中出现，没有什么语言，有的只是寂寞伴着心酸。尽管花叶凋谢坠落，我的心肠却依旧清静平淡。

无论生在月下，还是长在江边，面对着快乐抑或旧的恩怨，我孤芳自赏的性格，永远不会改变。虽然春风很少与我谋面，但司春之神的脚步声是我最早听见。

乌夜啼①

金鸭②余香尚暖，绿窗斜日偏明。兰膏③香染云鬟④腻，钗坠滑无声。　　冷落秋千伴侣，阑珊打马心情⑤。绣屏惊断潇湘梦⑥，花外一声莺。

[注释]

①乌夜啼：这是一首摹写闺妇春天中孤独、寂寞生活的词，写法婉转含蓄，用词旖旎细腻。全词中虽显出闺妇的怨意，但怨而不悲，虽是艳词却又不带情色之味，且不会使人过分伤感。此词写作时间无法考证，但从陆游中年反对写艳词的主张看，此词应是陆游少年时期之作。②金鸭：金属制作的鸭形香炉。③兰膏：抹发的油，香脂。④云鬟（huán）：妇女梳的环形发髻。⑤阑珊（lán shān）：将尽，兴尽。打马：古时妇女闺房中的一种游戏，又称打双陆。因双陆棋子形状像马，故称打马。女词人李清照精于此戏，专写有《打马图经》，介绍玩法。⑥潇湘梦：爱情之梦。潇、湘，地名，皆在江南。相传舜帝南巡时在此地与娥皇和女英发生了一段缠绵的爱情故事，后多以潇湘指代爱情。

[译文]

  金色的鸭形香炉中暖香未尽,绿窗外的夕阳依然光明。香香的发油把头发抹得亮腻,午后躺着懒把身起,玉钗坠落也悄无声息。

  打秋千的伙伴已被我疏冷,连平日喜爱的打马游戏此时也没了玩的心情。绣屏旁我爱情的美梦被突然惊醒,都怪花丛外那只黄莺冒失地啼叫了一声。

乌夜啼[①]

  纨扇[②]婵娟素月,纱巾缥缈轻烟。高槐叶长阴初合,清润雨余天。 弄笔斜行小草,钩帘浅醉闲眠。更无一点尘埃到,枕上听新蝉[③]。

[注释]

  ①乌夜啼:这是一首写闲适意境村居生活的词。陆游是爱国志士,描景之词多带有悲愤感慨,而此词不同,未见些许悲愤之意,应是作者在山阴几年闲居之时所作。全词用笔流畅自然、情景描写轻快优美,是作者少有的闲适之作。②纨扇:细绢制成的圆扇。纨,细绢。婵娟:美好的样子。③新蝉:初夏的蝉。

[译文]

  我摇动着手中美如素月的圆纱扇,头上薄纱飘动恍如一缕青烟。院内高大繁茂的槐树阴影交合一片,雨后的天气湿润清淡。

  清醒时我挥笔自在地书写草书,微醉时我卷起帐帘悠闲地睡眠。这里没有一丝俗世的喧嚣,躺在枕上舒畅地听着蝉儿鸣叫。

陆 淞

陆淞,字子逸,号雪溪,山阴(今浙江绍兴)人,陆佃之孙,陆游之兄。曾官辰州守。晚以残疾,卜筑秀野,放傲人生。今仅存其词两首。

瑞鹤仙[①]

脸霞红印枕,睡觉来,冠儿还是不整。屏间麝煤[②]冷,但眉峰压翠[③],泪珠弹粉。堂深昼永,燕交飞、风帘露井[④]。恨无人、说与相思,近日带围[⑤]宽尽。　　重省[⑥],残灯朱幌[⑦],淡月纱窗,那时风景。阳台路迥,云雨梦,便无准[⑧]。待归来,先指花梢教看,却把心期[⑨]细问。问因循、过了青春,怎生意稳[⑩]?

[注释]

①瑞鹤仙:这是一首刻画少女怀春的词。全词大量运用反衬、夸张、比喻等多种艺术表现手法,特别是抽丝剥茧的表述手法。从起首句起,就如捏着一根长丝的头,一层层地抽,将少女怀春的积愫和思想感情全部刻画出来。词的结构非常紧密完整,给人一种一气呵成的流畅感觉。②麝(shè)煤:墨的别称。此处指屏风上的水墨画。③压翠:紧皱眉头。翠,黛,墨绿色的颜料,

古代妇女用来画眉。④交飞：双飞。露井：有台高出地面、无盖的水井。⑤带围：腰带。⑥重省：回忆。⑦朱幌：红色的帐幔。⑧阳台：男女欢会之处。典出巫山神女的传说。宋玉《高唐赋序》载：楚怀王梦中与巫山神女欢会，女自称"旦为朝云，暮为云雨，朝朝暮暮，阳台之下"。后常以"阳台"代指欢会处。迥：远。云雨：代指欢会之事。⑨心期：心事，心意。⑩因循：疲沓，不经心。意稳：心安理得。

[译文]

她从梦中睡醒，脸上带着枕头的印痕，面庞像云霞一样绯红，头上的花冠歪歪斜斜，一副慵懒疲惫的神情。在她眼中，屏风上的水墨画显得那么冷清，忧愁使她紧锁着眉头，黯然滚下的泪珠，竟将脸上的脂粉打湿消融。白昼是那么漫长，庭院是那么深重，面前只有燕子双双飞来飞去，在门帘前井台上，不时留下它们掠过的身影。眼前的景象让我更加悲伤，我满腹的相思之苦能向谁去诉倾。你看我如今人憔悴消瘦，腰带已经这般宽松。　　往事不堪回首，我眼前总浮现着那时的情景：即将燃尽的灯火映照着红色的帐幔，清淡的月光穿过纱窗洒进屋中，使我们犹如置身于美妙的仙境。那时，我们在不同的地方甜蜜约会，曾有过多少销魂欢乐的事情。到如今，昔日的美好全成了幻影，到哪里还能寻找到我的旧梦。等你归来时，我定要先指着花枝对你细细问明。问你是否知道，这花已经过了几度春风，又曾有过几番凋零？你那时对我许下的诺言，是否仍在你的心中？你这样不经意地将我冷落，耽误了我的青春，你内心怎能安宁？

韩元吉

韩元吉（1118～1187），字无咎，号南涧，许昌（今河南许昌市）人，宋室南渡后寓居信州（今江西上饶）。官至吏部尚书、龙图阁学士。平生交游甚广，与陆游、朱熹等名人相善，多有诗词唱和。著有词集《南涧诗余》。

水龙吟

书英华事①

雨余叠巘浮空，望中秀色仙都是②。洞天未锁，人间春老，玉妃曾坠③。锦瑟④繁弦，凤箫清响，九霄歌吹。问分香旧事，刘郎去后，知谁伴，风前醉⑤？　　回首暝⑥烟千里，但纷纷，落红如洗。多情易老，青鸾⑦何许？诗成谁寄？斗转参横⑧，半帘花影，一溪寒水。怅飞凫路杳，行云梦远，有三峰翠⑨。

[注释]

①书英华事：此词原题为"题三峰阁咏英华女子"。英华，李季萼（è），字英华。南宋陈鹄《耆旧续闻》中人鬼（仙）相恋的传奇故事里的一个人物。

故事说，北宋元年间缙云令开封李长卿女聪慧过人，资质不凡，但染疾而逝，葬在仙岩寺三峰阁。后此处遇地震，但三峰阁未毁，被当做官舍。有个叫曹颖的人在三峰阁东边教书。一夜有女子敲门，自称是开封李长卿的女儿，名季萼，字英华。后来两人相好交往。再后来曹颖从军，临走前英华与其告别，英华预言曹颖将来必在军中遇难，送他一炷灵香，让他有难时点燃它，就会暗中得到保护。后来曹颖果然在军中犯罪要被处斩。想起英华的嘱咐急忙拿出香来要点燃，可无论如何也找不到火而未点成，结果被砍了头。作者从传说故事中取材，非常新颖。词上片写相恋遇合之事，下片写别后惆怅思念之情。全词从心理变化喻出故事情节，以景衬情，想象丰富。②叠巘（yǎn）：重叠的山峰。仙都：仙都山，今浙江缙云县境内，三峰阁在仙都山上。③洞天：神仙居住的地方。玉妃：此处指英华。④瑟（sè）：古代乐器，像琴。有两种，一种25根弦，一种16根弦。⑤分香旧事：指过去英华授曹颖灵香一事。刘郎：这里指注释①中的曹颖。⑥暝（míng）：日落，黄昏或天黑。⑦青鸾（luán）：古时传说中凤凰一类的鸟。可为仙人坐骑，传说是传递信件的神鸟。⑧斗转参（shēn）横：北斗转向，参星横移。意指天色将明。⑨凫（fú）：野鸭。行云梦远：用典宋玉《高唐赋》。楚怀王南巡，梦与巫山神女欢爱之传说。这里指男女欢爱的事已经远离。

[译文]

　　雨后天晴，重叠的山峦好像飘拂在空中，远远望去，那最秀美的一座就是仙都峰。那里天府的门仍敞开着，可人世间的春色已经消尽。玉妃英华就是在那里走完了她的人生。仿佛还能听到那里传来玉琴繁杂的音调和洞箫清越的响声，那优美的旋律直上九霄云空。真想得知他们赠香受香的事情，曹颖走后英华有谁陪伴，一同临着山风喝个一醉方休、万事皆空？　　回首看这暮色千里的世界，曾有多少鲜花被风雨摧残纷纷香殒凋零。多情之人易老啊，世上哪里有送信的神鸟？诗信写成又能让谁传送？北斗转向、暮色浓重，眼前只留下一条清凉的溪水和半帘子花的阴影。惆怅的野鸭飞失在路的尽头，爱情故事早已是久别远离的事情，眼前只有那三峰阁依然秀丽翠青。

好事近

汴京赐宴①

凝碧旧池头②,一听管弦凄切。多少梨园③声在,总不堪华发。　　杏花无处避春愁,也傍野花④发。惟有御沟声断⑤,似知人呜咽。

[注释]

①汴京赐宴:此词原题为"汴京赐宴,闻教坊乐有感"。《金史·交聘表》载,宋孝宗乾道九年(1173),作者任礼部尚书,受遣贺金主完颜雍生辰万岁节。途经北宋旧都汴京,参加金国的宴会,感慨旧京沦陷,国事不振,而作此词。②凝碧旧池头:凝碧池,在唐东都洛阳禁苑内。这里借指北宋故都。唐代诗人王维为安禄山所拘时,曾写诗有"秋槐叶落深宫里,凝碧池头奏管弦"。描述安禄山破洛阳,大会凝碧池,拘梨园弟子演奏,众皆哭。乐工雷海青掷乐器击贼西向大哭,结果被肢解于试马殿。③梨园:自唐代起,宫廷内所设教习乐曲和演出的场所多被称之为梨园。④野花:有版本作"野烟"。⑤御沟:皇宫的沟渠。声断:声音哽咽,与后呜咽相对。

[译文]

昔日旧都中的凝碧池边,唐代管弦之声悲凄依然。教坊演唱的音乐如今犹在耳边,怎不催人衰老、愤恨、悲叹。　　杏花无法逃避春天里的苦恼,只有陪着野花一起开放凋残。唯有皇宫沟渠断断续续的流水声,似乎能懂得人为何暗暗抽泣伤感。

姚 宽

姚宽(？~1162),字令威,号西溪,嵊(今浙江嵊州市)人。以父荫补官,任尚书户部郎、枢密院编修等职。著有《西溪丛语》等。存词五首。

菩萨蛮[①]

斜阳山下明金碧,画楼返照融春色。睡起揭帘旌,玉人蝉鬓轻[②]。　无言空伫立,花落东风急。燕子引愁来,眉愁那得开。

[注释]

①菩萨蛮:此词写闺怨、春愁。上片描写环境,下片刻画心理。言辞淡疏清雅,心理刻画深入、生动。②帘旌:带有装饰物的帘子。旌,古代一种旗子。此处指帘子顶部的装饰层。蝉鬓:鬓发秀逸轻飘如蝉翼。

[译文]

即将落山的夕阳将楼阁染得金碧辉煌。阳光映照之下,画楼充满春意。睡醒的佳人玉手纤纤揭开门帘,轻风吹来双鬓的秀发像蝉翼一样轻逸。　我默默地站在那里向远方望去,想看花落有多少,东风有多急。眼前燕子双双飞舞,引出我无数愁绪,涌上眉头的思念千丝万缕,让人如何整理。

生查子^①

郎如陌上尘,妾似堤边树。相见两悠扬,踪迹无寻处。酒面扑春风,泪眼零秋雨^②。过了别离时,还解相思否?

[注释]

①生查子:此词写离别相思情。从词意看,词中人物似是萍水相逢式的相交,但主人公钟情之深、相思之苦表现得非常感人。全词以比喻为主要修辞手段,全词八句,有五句都使用了比喻,且使用贴切,语浅意深。②酒面:绯红的面庞。如酒上脸的样子。零:洒。

[译文]

郎君像路上扬起的尘土,我像河堤边生长的柳树。匆匆相见即离别,今后到哪里去寻找你的脚步? 相逢时我们因幸福而面容绯红,就像迎接扑面而来的春风,如今我们泪眼相对地别离,泪水挥洒如同秋雨。过了这悲伤离别的一刻,分手之后你是否还会把我想起?

吴 琚

吴琚,字居父,号云壑,汴(今河南开封市)人。宋高宗吴皇后的侄子。曾特授添差临安府通判,以镇安节度使留守建康,迁少保。著有《云壑集》。传词六首。

柳梢青

元日立春[①]

彩仗鞭春,椒盘迎旦,斗柄回寅[②]。拂面东风,虽然料峭[③],终是寒轻。 带花折柳心情,怎捱得、元宵放灯[④]?不是东园,有些残雪,先去踏青[⑤]。

[注释]

①元日立春:农历正月初一立春。此首词为节令词,咏过新年时的喜悦心情。通过状景和心理活动,描写作者急盼春天到来的心情。②鞭春:宋代立春时的仪式。据吴自牧《梦粱录》记载:临安迎春仪式,要在立春前一天,先将预选的春牛迎至特设的春馆内。立春的清晨,郡守率领众官僚为牛披红挂彩贺庆,谓之鞭春。椒盘迎旦:宋风俗。农历正月初一用盘进椒,饮酒时取椒

置酒中。斗柄回寅：北斗七星中，四星如斗，三星似柄。对照夏历十二个月按东南西北把天空划成十二个等份，称十二宫。斗柄三星在一定时间内指的哪一宫，就表示是哪一个月。正月为寅，黄昏时斗柄指寅。③料峭：微寒。④捱(ái)得：等得到。放灯：挂灯、展灯。⑤踏青：春天郊游。

[译文]

为牛披红执仗催促春天归返，端上盛着椒酒的盘子迎接新的一年，北斗星的斗柄指向寅宫，已是正月初一这天。东风拂面微带寒意但很浅很淡。　我赏花观柳的心情这么急切，怎等得到正月十五挂灯的那晚？不是看到东园中还有些残雪，我定要先赶到郊野，踏青游玩一番。

浪淘沙①

云叶②弄轻阴，屋角鸠鸣。青梅著子欲生仁③。冷落江天寒食雨，花事关情④。　池馆⑤昼盈盈，人耐寒轻。一川芳草只销凝⑥。时有入帘新燕子，明日清明。

[注释]

①浪淘沙：这是一首思妇词。重在描景，暗带由情而生的相思之情。②云叶：云层。③著子、生仁：长籽、生核。指梅尚未成熟的一个阶段。④寒食：寒食节。清明前一天，这天风俗禁火。花事：花的事。花开花落。⑤池馆：池塘旁边的房屋。⑥销凝：魂销神凝。指芳草美得动人。

[译文]

云层低低阴淡淡，屋旁斑鸠几声鸣。枝头梅果要长核，颜色翠又青。寒食江边细雨无意赏，只将花落几朵挂心中。　池塘清清房舍明，春寒轻轻人不冷。一地芳草能销魂，惹人喜爱绿盈盈。新来的燕子穿帘过，明日节气是清明。

浪淘沙[①]

岸柳可藏鸦,路转溪[②]斜。忘机鸥鹭立汀沙[③]。咫尺钟山[④]迷望眼,一半云遮。　临水整乌纱,两鬓苍华[⑤]。故乡心事在天涯。几日不来春便老,开尽桃花。

[注释]

①浪淘沙:此词原题"游青溪呈马野亭"。马野亭(即承议郎马之纯)与作者相交笃深,常偕同畅游,互有唱和。此词写作者临水望山,心中产生的对人生的感慨。②溪:指流经建康(今南京)城东南的青溪。③忘机:与世无争。汀沙:水边的浅滩。④钟山:即紫金山。在今江苏南京市东。⑤乌纱:乌纱帽,官帽。苍华:花白的头发。

[译文]

岸边的杨柳青翠茂盛,野鸟在那里藏其行踪,鸥鹭站在溪边觅食与世无争。近在咫尺的钟山被云雾遮盖,时隐时现显得朦朦胧胧。　对着水面整理我的乌纱帽,水中可以看到我两鬓稀疏花白的倒影。故乡被金人占领,我的心情为此悲伤沉重,可无奈我人远在天涯无力可用。时光如梭,几日未来春天就已过尽,原来含苞欲放的桃花,眼下竟然已经残败凋零。

辛弃疾

辛弃疾（1140~1207），字坦夫，又字幼安，号稼轩，历城（今山东济南附近）人。早年在家乡参加义军抗金。南渡后，先后在湖北、江西、湖南、福建、浙东等处任职。先后担任提点刑狱、转运使、安抚使、枢密都承旨等职。他一生力主抗金，写词数量很多，是宋代最为杰出的词人。词风以豪放为主，亦不乏婉约与清新之作。有《稼轩长短句》。

摸鱼儿①

更能消②、几番风雨，匆匆春又归去。惜春长恨③花开早，何况落红无数。春且住，见说④道、天涯芳草迷归路。怨春不语。算只有殷勤，画檐蛛网，尽日惹飞絮。　　长门事，准拟佳期又误，蛾眉曾有人妒⑤。千金纵买相如赋，脉脉此情谁诉⑥？君莫舞。君不见、玉环飞燕皆尘土⑦。闲愁最苦。休去倚危栏⑧，斜阳正在，烟柳断肠处。

[注释]

①摸鱼儿：这是辛弃疾四十岁那年（1179）暮春写的词。辛弃疾二十三岁渡黄河归南宋，十七年中他抗金收复中原的主张始终没被朝廷采纳，并且朝廷从不把他放在抗金前线的重要位置上，只让他做闲职官员和地方官吏。这一次又把他从荆湖北路转运副使任上调到荆湖南路仍任副转运使。转运使亦称漕司，是掌管财税的官职，这使他很难施展自己的才能和抱负。特别是湖南比湖北离前线更远，使他很失望。他意识到这是朝廷不重视抗战派的表现，因此很失望。任职前同僚为他置酒饯行时，他写了这首词，抒发胸中的郁闷和感慨。②消：消受，经不住。③长恨：遗憾、害怕。④见说：听说。⑤长门事：长门宫的事。用典汉武帝时陈皇后失宠，后被幽居长门宫。准拟：想必。蛾眉：佳人，指陈皇后。⑥纵：纵然，即使。相如赋：陈皇后幽居长门宫时，曾送黄金百斤给司马相如，请他作赋解忧。于是司马相如为其作《长门赋》以悦汉武帝。⑦玉环、飞燕：唐玄宗宠妃杨玉环在安史之乱时被缢死于马嵬坡；汉成帝皇后赵飞燕失宠后被废为庶人，自杀身亡。这是说恃宠者只得一时，最终没有好结果。⑧危栏：高楼上的栏杆。

[译文]

经不住几番风雨，匆匆而来的春天就要匆匆地归去。珍惜春天的人总怕花开得太早，花开了就避免不了花败的结局。我在心中呼喊：春天呀！能否停下你的步履，听说芳草已经长满了天涯海角，迷盖了你的归路不想让你别离。遗憾的是春天总不搭理，还是悄悄地归去，让我的殷勤挽留显得那么苍白无力，倒是那画檐下的蜘蛛勤勤恳恳地吐丝结网，每天去粘住那残春留下来的柳花飞絮。

幽居长门宫的陈皇后的事就是个先例，想着与汉武帝和好的日子到来，却又因谗言相阻不能如意，那是因为宫中本来就有人对她妒忌。即使花费千金买来了司马相如的《长门赋》，可满腹的思念情意，又有谁能够听取？那些正受宠爱的人儿且莫得意，你没见宠极一时的杨玉环、赵飞燕，哪个不是悲惨地死去？思念之情最是痛苦悲伤，千万不要登高凭栏眺望远方，来表达自己相思的愿望，因为那快要落山的夕阳,正照着那被涂染成橙色的垂柳,那幅情景会使你更感到销魂断肠的凄凉。

瑞鹤仙

梅①

雁霜寒透幕,正护月云轻,嫩冰犹薄②。溪奁照梳掠,想含香弄粉,靓妆难学③。玉肌瘦弱,更重重、龙绡衬著④。倚东风,一笑嫣然⑤,转盼万花羞落。　　寂寞,家山⑥何在?雪后园林,水边楼阁。瑶池旧约,鳞鸿更仗谁托⑦?粉蝶儿只解,寻花觅柳,开遍南枝未觉。但伤心、冷淡黄昏,数声画角⑧。

[注释]

①梅:此为一首咏梅词。作者借梅之遭遇抒发怀才不遇的心境。全词用笔柔婉细腻,但柔中有刚,气格不凡。②雁霜:初冬的霜气。大雁进冬南归时的寒气。嫩冰:初冻结的薄冰。③溪奁(lián):指溪水面上的薄冰光滑明净如同奁盒上的镜子。奁,化妆用的盒子。靓妆:漂亮的妆饰。④玉肌:娇嫩的梅花。龙绡:鲛绡,一种洁白的纱。这里形容梅花枝头积压的冰雪。⑤嫣(yān)然:美好的样子。⑥家山:家乡的山。⑦瑶池:传说中王母娘娘的居处。鳞鸿:鱼、雁,代指书信。古时有鱼雁传书的说法。⑧画角:用竹木或皮革制成的古管乐器。发声凄哀高亢,古时军队常用其号令,类似今之军号。

[译文]

大雁已南归,霜寒透入幕幔中,淡云遮掩着月亮,水面上凝结着薄薄的冰。我把小溪当镜用,独自梳妆照清影。但那涂脂抹粉扮妖艳的事,自己怎么也学不成。我的花枝本就纤细瘦弱,更何况常常承受压在身上的白雪层层。但是,只要东风起,我便会展露出嫣然笑容,能比得万花羞窘落地。 孤独寂寞,我的家乡何处可以寻得?是在雪后的园林,还是在那水边的楼阁。我本想在瑶池定居,但约定虽在,可是心意传递谁人可以嘱托?那粉蝶儿只知终日在花柳之间飞舞寻乐,向阳的枝条上已开满了花朵,它们竟然丝毫没有察觉。真是伤心悲痛,陪伴我的只有冷淡的黄昏中几声凄凉的画角吹鸣。

祝英台近①

宝钗分,桃叶渡,烟柳暗南浦②。怕上层楼,十日九风雨。断肠点点飞红,都无人管,倩谁劝、啼莺声住③。　鬓边觑,应把花卜归期,才簪又重数④。罗帐灯昏,哽咽梦中语。是他春带愁来,春归何处?却不解、带将愁去。

[注释]

①祝英台近:这是一首抒发闺中少妇惜春怀人缠绵之情的词。此词语丽情柔,委婉妩媚,与作者寻常豪放荡气的词风迥然有别。②宝钗分:古人离别常分开发钗各自存放作为思念之物。桃叶渡:指送别之地,在南京秦淮河与青溪合流处。晋朝王献之曾在这里送爱妾桃叶,故名。南浦:指送别的南岸边。南朝江淹作《别赋》,内有"送君南浦,伤如之何"句。③倩:请求。啼莺:莺啼春将尽。④觑(qū):斜视,细看。花卜:用花瓣占卜。簪(zān):这里作动词,插、戴。

[译文]

桃叶渡边,我们把宝钗各分一半,面前杨柳浓绿如烟,遮掩着河水南岸。别后我怕登楼望远,因为倘若十日九个风雨天,我什么也看不见,如何寄托我的思念。更使我断肠忧心的是那落花片片,尽管凋零不止,但竟无人去管,又能请谁前去规劝,让黄莺停止啼叫,从而留住春天。　　我摘下鬓角的插花,细数着花瓣计算,你会何日返还,才数完插上却又摘下,我不知重复数了几遍。罗帐中灯火昏暗,梦中我犹自与你说话,抽泣之声不断。本是春天给我带来的愁绪,可如今春天不知将往何处归去?问春天你是否能够理解我的心呀,请你走时,能将我的忧伤一起带离。

刘 过

刘过（1154~1206），字改之，号龙洲道人。吉州太和（今江西泰和县）人。有政治抱负，但却屡试不第。曾多次上书朝廷，力主抗金北伐，但不为朝廷所用。遂长期流落江湖，人称"天下奇男子"。与辛弃疾交往甚密，志同道合，以词唱和。词多抒写报国壮志和胸中愤懑。其词风格俊逸豪放。有词集《龙洲词》。《全宋词》存其词七十七首。

贺新郎[1]

老去相如倦。向文君[2]、说似而今，怎生消遣？衣袂[3]京尘曾染处，空有香红尚软。料彼此、魂销肠断。一枕新凉[4]眠客舍，听梧桐疏雨秋声颤。灯晕[5]冷，记初见。　　楼低不放珠帘卷。晚妆残，翠钿[6]狼藉，泪痕凝脸。人道愁来须殢酒[7]，无奈愁多酒浅。但托意焦琴纨扇[8]。莫鼓琵琶江上曲，怕荻花[9]枫叶俱凄怨。云万叠[10]，寸心远。

[注释]

①贺新郎：此为闺妇伤春怀人之词。作者借闺怨以抒其志，手法多用寄托。刘过三十九岁赴宁波考选举人未中，失意中与一上年纪的娼女结识，彼此同病相怜，于是写此词相赠。②文君：相如和文君即汉代司马相如与卓文君。文君是临邛富商卓王孙的女儿，年轻守寡。司马相如在卓家酒宴时弹琴相挑，文君属心而夜奔相如，一同私奔至成都。③衣袂（mèi）：袖子。此处指代一起，一同。④新凉：清凉。⑤灯晕：烛光影。⑥翠钿：翠玉制的首饰。⑦嚏（tì）酒：借酒消愁。嚏，沉溺。⑧焦琴纨扇：焦琴，即焦尾琴。喻良才遭毁弃。《后汉书·蔡邕传》："吴人有烧桐者，邕闻火烈之声，知其为良木，因请而裁为琴，果有美音，其尾犹焦。"纨扇，细绢制成的团扇。⑨荻（dí）花：多年生草本植物，形状像芦苇。⑩云万叠：云层重叠如山。

[译文]

我似相如，君似文君。相如如今老了，常感精力不济，请问文君，我们现在如此穷困潦倒、疲惫不堪，今后的日子该如何打发呢？回顾当年我们一起赴京居住过的地方，恐怕至今还留着我们依红偎翠恩爱相处的痕迹吧。想想你我那时的情景，怎不让人魂销肠断地悲伤呢？那时，我们在充满凉意的客舍中同枕共眠，一起聆听秋天的绵绵细雨敲打窗外梧桐树叶的响声。眼前昏暗摇曳的烛火中，我们初见时的情景总浮现在我的脑海。　　看如今，在这低矮的楼阁中，帘幕无精打采地低垂着，你晚妆脱落，一脸憔悴，首饰、器物摆放得狼藉一片，泪水挂满了你的脸庞。人们都说，忧伤可用酒来驱散，可无奈的是我们的忧伤那么深重，而酒却这么薄浅，怎么能消解我们的愁苦呢？为解忧我们能做的只是弹几下焦尾琴，摇几下细绢扇而已。我告诉你，千万不要到江边弹奏那凄切的琵琶曲，我真怕会招惹得荻花也跟我们一起伤心，枫叶也和我们一起凄怨。云海层层高如山，但怎能比得上我们心中积压着的那么多的伤感？

唐多令①

芦叶满汀洲②,寒沙带浅流。二十年重到南楼③。柳下系船犹未稳,能几日,又中秋。　黄鹤断矶④头,故人今在否?旧江山总是新愁。欲买桂花重载酒,终不似,少年游。

[注释]

①唐多令:有本作"糖多令"。这首词原有题:"安远楼小集,侑觞(shāng)歌板之姬黄其姓者,乞词于龙洲道人,为赋此《唐多令》。同柳阜之、刘去非、石民瞻、周嘉仲、陈孟参、孟容,时八月五日也。"盖作者重过武昌,时近中秋,与友人在安远楼小集,应劝酒歌女的请求,为赋此词。②汀洲:河边沙洲。③南楼:南楼在武汉黄鹤山上,即安远楼。④矶(jī):水边突出的岩石或石滩。黄鹤矶又名黄鹄(hú)矶,在湖北武昌。

[译文]

芦叶长满了河边沙洲,微带寒意的沙滩上漫过浅浅的水流。风景依然如故,二十年后我又再访南楼。柳树下还没系稳我的扁舟,便在心中计算,再过几天就又到了中秋。　黄鹤矶上临江处,那里最陡,不知昔日同游的朋友今日还在否?放眼江山依旧,我心中却涌现出许多新愁。想买来桂花带着美酒,邀请好友一起泛舟,尽管我昔日的志向仍在胸怀,终究比不得少年时的豪气与风流。

醉太平①

情高意真,眉长鬓青②。小楼明月调筝,写春风数声。思君忆君,魂牵梦萦③。翠销香暖云屏,更那堪酒醒④!

[注释]

①醉太平：此词有原题作"闺情"。这是一首写离思之情的词，全词用笔简洁明快，节奏和韵律感很强。②鬓青：鬓发黑。青，黑。③萦（yíng）：绕，缠。④翠销：眉黛消退。销，消融。暖：有本作"减"。

[译文]

她情调高雅意真切，眉毛修长双鬓黑。小楼中，明月下，玉手弄筝声清冽，铿锵几声惊四座，犹如春风拂面令人悦。　我想君念君在心深处，梦绕魂牵难了结。思念之苦肠欲断，眉黛消退屏风暗，醉时想你已如此，酒醒之后更不堪！

谢 懋

谢懋（mào），字勉仲，洛师（今河南洛阳偃师之间）人。其乐府精湛而扬其盛名，有《静寄乐府》，未传。其词被人称之"片言只字，戛玉敲金，蕴藉风流"。存词十四首。

蓦山溪[1]

厌厌睡起，无限春情绪[2]。柳色借轻烟，尚瘦怯，东风倦舞[3]。海棠红皱，不奈晚来寒，帘半卷，日西沉，寂寞闲庭户。

飞云无据，化作溟濛雨[4]。愁里见春来，又只恐，愁催春去。惜花人老，芳草梦凄迷[5]。题欲遍，琐窗[6]纱，总是伤春句。

[注释]

①蓦山溪：这是一首闺怨词。通过思妇眼中的环境、景物描绘和自身的心理活动，将别离伤春的愁绪委婉、细腻地刻画于词中。②厌厌：同"恹恹"，精神不振的样子。情绪：惜春、伤春的心情。③借：凭借，依靠。瘦怯：柳条细弱的样子。④无据：无所依托、漂浮不定。溟濛雨：毛毛细雨。⑤凄迷：凄切，迷离。⑥琐窗：雕刻着花纹的窗子。

[译文]

我已睡醒却仍然感觉精神萎靡，这是春天让人容易滋生慵懒悲伤的情绪。远处杨柳青碧凭借淡淡烟雾的装扮，显得更加柔弱迷离，细细的枝条随着东风轻轻摇摆，看上去是那么疲倦无力。看那粉红的海棠已将柔嫩的花瓣合起，它是无奈于晚间将要袭来的寒意，我把帘子一半卷起，看那一轮残阳已经慢慢偏西，暮色伴随着寂寞的气氛，已悄悄降临到我的家里。　　云朵飘拂不定，随着夜色的来临化作毛毛细雨。正值我愁闷之时春天已到，怕只怕，我的忧愁会促使春天过早离去。爱花的人容易过早衰老，春草的好梦也做不到底，最后的结果也是枯黄萎靡。想说的事反复酝酿在我心里，如把那蒙在镂花窗户上的绢纱当纸，恐怕写在上面的也全是伤透春天的词句。

风入松①

老年常忆少年狂，宿粉栖香②。自怜独得东君意，有三年、窥宋东墙③。笑舞落花红影，醉眠芳草斜阳。　　事随春梦去悠扬，休去思量。近来眼底无姚魏，有谁更管领年芳④？换得河阳衰鬓，一帘烟雨梅黄⑤。

[注释]

①风入松：此词以景寓情，感慨青春易逝、年华早过和老年的伤感冷落。②宿粉栖香：指游玩青楼时的生活。粉、香，同一意，指人、代物。③东君：司春之神，这里为爱情之神。窥宋东墙：用典战国时宋玉之《登徒子好色赋》，谓东家有女登墙窥其三年而未许。后人多以"窥宋"指代女子爱慕男子或男子爱慕女子。④姚魏：姚黄和魏紫的简称，是牡丹花中两种名贵的品种。年芳：青春年华。⑤河阳衰鬓：用典晋潘岳的《秋光赋序》："余春秋三十二，

始见二毛。"二毛,指黑白间杂的头发。潘岳曾做河阳令,后人常以"潘鬓"表示衰老。烟雨梅黄:梅子黄时多雨,又称梅雨季节。用典贺铸《青玉案》:"试问闲愁都几许?一川烟草,梅子黄时雨。"

[译文]

年老了常把少年轻狂的事情回忆,那时流连于青楼,常常和漂亮女子一起取乐,闻着脂粉的香气。自认为得到了爱情之神的眷顾,像宋玉那样受女子的青睐和注意。我每天在花的影荫下欢笑歌舞玩游戏,喝醉时就躺在夕阳斜照的绿草地上,适意悠闲地休息。

唉,往事像春天的梦一样美丽,伴随着时光的流逝已远远地离我而去。再也不愿去追忆。现在我再也不会被那些如姚魏牡丹花一样美的女子所属意,不知已转换为何人在赢得她们的欢喜?哀叹呀,眼下我也只落得两鬓白发苍苍,生命就像到了梅子发黄的绵绵雨季,只剩下残烛般的路程和满腹的孤独与悲凄。

浪淘沙[①]

黄道雨初干,霁霭空蟠[②]。东风杨柳碧毵毵[③]。燕子不归花有恨,小院春寒。　　倦客[④]亦何堪,尘满征衫。明朝野水几重山。归梦[⑤]已随芳草绿,先到江南。

[注释]

①浪淘沙:此为一首思妇念远之词。叙写与意中人离别后的相思之情。词句变换角度自然轻松,互写双方,往复缠绵、情致动人。②黄道:天子经行的道路。陆游《老学庵笔记》卷七载,宋高宗驻跸(bì)临安,艰难中,每出犹铺沙藉路,谓之黄道。霁(jì)霭空蟠(pán):霁,雨后天晴。霭,云气。蟠,盘曲。这里是说,雨过天晴,云气盘曲迷离看不到归人。③毵(sān)毵:细长的样子。④倦客:这里指征途上的意中人。⑤归梦:用典岑参《春梦》诗:"枕上片时春梦中,行尽江南数千里。"

[译文]

　　黄沙铺就的道路上雨刚刚停歇,水汽升腾形成云雾遮挡了我的视野。看不到我的郎君在哪里,只望见东风拂动着青青的杨柳,细细的枝条在摇曳。燕子不归花会恨呀,郎君不回我更悲切。无郎君,小院冷落无生气,初春的寒意让人更孤寂。　　郎君我在外疲惫奔波更难过,征途上衣衫残破尘土落。还不知明日要翻几座山,更不知要渡几条河。梦中芳草已翠绿,仿佛已行尽江南数千里。与你相拥诉深情,但求美梦不惊醒。

霜天晓角

桂　花①

　　绿云剪叶,低护黄金屑②。占断花中声誉,香和韵,两清洁。　　胜绝,君听说,当时来处别③。试看仙衣犹带,金庭露,玉阶月④。

[注释]

　　①桂花:此词为咏物词。作者写桂花品格,借物寓怀,以花说人。该词写花从叶片、花形和色泽细微处着手,精工细雕、生动逼真。②黄金屑:以色泽喻桂花。③君听说:请君听我说。来处别:来处别样,不一般。④金庭、玉阶:皆借代月宫。

[译文]

　　桂树的绿叶青翠欲滴,仿佛是用碧云剪裁出来的,青青的叶片低垂着,保护着它那像金子碎屑一样的黄色花朵。它独占了花中的美誉,无论是它那优雅的气质还是幽郁的香气,两样都称得上是花中的极品,无谁能比。　　桂花已达到了无法再圣洁的程度,你若不信就听我说说它非同一般的来处。你抬头望望天上那轮皎洁的月亮，嫦娥轻逸地把长袖挥舞，白玉做成的台阶映射着银色的光辉，金碧辉煌的宫殿沐浴着一层甘露。那就是月宫，桂花就在那里生长。

章良能

章良能（？~1214），字达之，丽水（今属浙江）人。周密的外祖父。宋孝宗淳熙五年（1178）进士，历任著作佐郎、御史中丞、同知枢密院事、参知政事等职。存词一首。

小重山[①]

柳暗花明春事深。小阑红芍药，已抽簪[②]。雨余风软碎鸣禽[③]。迟迟日，犹带一分阴[④]。　　往事莫沉吟，身闲时序[⑤]好，且登临。旧游无处不堪寻。无寻处，惟有少年心。

[注释]

①小重山：这是一首春日感怀词。上片写景，下片抒情。全词情态安闲，婉约有致。②阑：同"栏"。这里指园圃。抽簪（zān）：指芍药抽芽长出花苞，形状如发簪。③风软：一作"风暖"。碎鸣禽：用典杜荀鹤《春宫怨》："风暖鸟声碎，日高花影重。"意为鸟儿轻快的鸣叫。④迟迟日：昼长。一分阴：略有凉意。⑤时序：时光，气候。

[译文]

鲜花艳丽杨柳青青，春天的气息多么浓重。园圃中的芍药已经抽芽含苞露出点点娇红。雨后春风和暖,鸟儿在欢快地啼鸣。太阳在天上缓慢地移动,略显凉意的空气湿润、爽清。　　不要再去深思那已经过去的事情,趁着空闲莫辜负眼前这大好时光,且到那名胜之处游赏风景。昔日游玩的痕迹眼前处处可寻,但是却再也难于寻回,我那少年时的青春。

陈 亮

陈亮（1143～1194），字同甫，号龙川，婺州永康（今浙江永康市）人。他性情豪迈，才思敏捷。政治上始终坚持抗金，反对议和，曾多次向朝廷建议抗金复国，但不被采纳，一生中大部分时间从事著述和讲学。宋光宗绍熙四年（1193）考中进士第一，授签书建康府判官厅公事，未上任而卒。与辛弃疾友好，经常一起填词吟唱。有《龙川词》。

水龙吟①

闹花深处层楼，画帘半卷东风软②。春归翠陌，平莎茸嫩，垂杨金浅③。迟日催花，淡云阁雨④，轻寒轻暖。恨芳菲世界⑤，游人未赏，都付与，莺和燕！　　寂寞凭高念远，向南楼一声归雁⑥。金钗斗草，青丝勒马，风流云散⑦。罗绶分香，翠绡封泪，几多幽怨⑧。正销魂，又是疏烟淡月，子规声断⑨。

[注释]

①水龙吟：此词有题作"春恨"，是一首描写春恨离别的词。据称陈亮

平生不作软媚艳词,每一词成,总是自叹:"平生经济之怀略已陈矣。"这首"春恨"词,上片恨眼前芳菲世界,游人未赏;下片恨往日情好风流云散。皆是借春情离怨暗喻国事之恨怨。②闹花:繁花。风软:和风。③平莎(suō):平而广的草地。莎,一种常见的草。金浅:淡黄色。④阁雨:雨停。阁,"搁",停、止之意。⑤芳菲世界:花草芬芳的阳春美景。⑥向南楼一声归雁:用典唐代赵嘏(gǔ)《寒塘》诗句:"乡心正无限,一雁度南楼。"⑦金钗斗草:古代以金钗做赌注以寻奇草输赢的游戏。《荆楚岁时记》:"五月五日,有斗百草之戏。"青丝勒马:用青丝做的缰绳驾驭马。这里指骑马郊游。⑧罗绶分香:离别时以香罗带相赠留念。翠绡封泪:绿色的绢巾裹着落下的泪。⑨子规声断:谓杜鹃悲切啼鸣令人魂断。子规,杜鹃。

[译文]

　　繁花深处楼阁时隐时现,东风轻柔和暖吹进半卷起的画帘。长满绿草的小路证实了春天的到来,娇嫩的小草已把广阔的原野铺满。杨柳低垂着它那淡黄色的枝条,太阳缓缓地移动像在催促花儿开得更加鲜艳。薄薄的云层在天上飘拂,挽留着雨点不让落到人间,这不冷不热的气候似乎在宣告,这是春季里多么美好的一天。可让人遗憾的是,眼前这花草芳香的景色竟没游人赏观,只有黄莺和春燕飞来掠去,独占了这么美好的空间! 心中寂寞的我登高望远将你思念,想问一声那从南楼飞越北归的大雁,可否为我捎封书信,带去我对你的美好祝愿。回忆往事,也是这样一个景色怡人的春天,你我踏青郊游,玩着金钗斗草的游戏,挽着青丝缰绳、驾驭着马儿在绿色的原野上尽情游览,那难忘的欢乐情景,如今就像风吹云朵一样消散。分别时,你赠给我香罗带,我将绿丝巾裹满泪水送你留念。那幽怨悲伤、恋恋不舍的一刻,将永远铭刻在我的心间。想起往事,我就会涌现出一种断魂似的伤感。看眼前,天上惨淡的月牙儿在烟雾般的云朵中穿行,远处是声声悲啼不止的杜鹃。一幅凄凄惨惨的景色,更加重了我对你的思念。

真德秀

真德秀（1178~1235），字景元，一字希元，改字景希，号西山，建州浦城（今属福建省）人。宋宁宗庆元五年（1199）进士。官至参知政事。立朝有直声，多行惠政。学承朱熹，为宋末著名理学家。有《西山先生真文忠公文集》。传词仅此一首。

蝶恋花

红　梅①

两岸月桥②花半吐。红透肌香，暗把游人误。尽道武陵③溪上路，不知迷入江南去。　　先自冰霜真态度。何事枝头，点点胭脂污？莫是东君嫌淡素④？问花花又娇无语。

[注释]

①红梅：这是一首咏红梅的词。上片写红梅的色、香和生长环境。下片以梅喻人，以梅花原本的冰清玉洁与红梅的浓色娇艳相比，暗喻江南美女的娇美姿容。②两岸月桥：倒置，月桥两岸。月桥，拱桥，形似半月。③武陵：今

属湖南常德市。此处用典陶渊明《桃花源记》:"晋太元中,武陵人捕鱼为业。缘溪行,忘路之远近。忽逢桃花林,夹岸数百步,中无杂树,芳草鲜美,落英缤纷。"④莫是:莫非。东君:传说中司春之神。

[译文]

拱桥两岸红梅花儿刚刚绽放,露出红透的花瓣,散发着沁人肺腑的清香。不知不觉地将游人误导,产生出许多幻想。自以为走进了武陵溪上的桃花林中,却不知已踏入江南迷人的红梅之乡。梅花啊,你本应是冰清玉洁的素装,为何却在枝头把胭脂涂上?莫非司春的女神不喜欢清淡,才为你化上这般浓艳的红妆?红梅默默不作回答,只是一副娇羞可人的模样。

刘光祖

刘光祖（1142~1222），字德修，号后溪，简州（今四川简阳）人。宋孝宗乾道五年（1169）进士。累官至宝谟阁直学士。有《鹤林词》，已佚。今有赵万里辑本录其词。

洞仙歌

败　荷①

晚风收暑②，小池塘荷静。独倚胡床③酒初醒。起徘徊、时有香气吹来，云藻④乱、叶底游鱼动影。　　空擎承露盖⑤，不见冰容，惆怅明妆晓鸾镜⑥。后夜月凉时，月淡花低，幽梦觉、欲凭谁省⑦？也应记、临流凭阑干，便遥想，江南红酣⑧千顷。

[注释]

①败荷：此词有本作"荷花"。这是一首咏荷词。上片写所见荷塘景色，下片写所思。词的主旨是表现词中人怜花自惜，因目睹残荷而思念亲人。②收暑：暑尽，热气消散。③胡床：一种可以折叠的轻便坐具。④云藻：一种水

草。⑤空擎承露盖：空擎，空空地举起。承露盖，指荷叶。汉武帝刘彻信神，以铜作盘，承接甘露，和玉屑饮服，以求长生。此盘谓之承露盘，或曰承露盖。⑥鸾（luán）镜：饰有鸾鸟图案的铜镜。鸾，传说中类似凤凰一类的鸟。⑦后夜：后半夜。省（xǐng）：知觉。⑧红酣：红极，红遍。形容荷花盛开，色彩浓重。

[译文]

　　傍晚的清风消除了白昼的热气，小池塘里，荷叶静静地挺立。我从胡床上酒后醒来，独自在池塘边散步徘徊。微风不断吹来荷叶的清香，水草晃动，看得见荷叶下鱼儿游动的模样。　　眼前荷秆空空地举着它的叶片，而那冰清玉洁的荷花已经难睹其面。我忧愁啊，荷花的模样已经如此这般，明晨怎堪化妆对镜去照容颜。夜深人静，月亮在充满凉意的空中穿行，月光惨淡、花朵低垂，犹如一幅凄凉幽幻的梦境。这情景能有谁会理解，又有何人能够同情？也应记得，那临江手扶栏杆眺望的情景，江南湖面千顷，全是荷花的一片浓红。

蔡 枏

蔡枏(nán)(? ~1170),字坚老,南城(今属江西)人,自号云壑道人。曾任袁州通判,诗有盛名。词有《浩然集》。传词六首。

鹧鸪天①

病酒厌厌与睡宜,珠帘罗幕卷银泥②。风来绿树花含笑,恨入西楼月敛眉③。　　惊瘦尽,怨归迟,休将桐叶更题诗④。不知桥下无情水,流到天涯是几时。

[注释]

①鹧鸪天:这是一首闺怨词。写闺中思妇对远离情人的深切怀念。情辞细腻、缠绵,寓情于景,流畅而自然。②病酒:醉酒。厌厌:精神困倦的样子。银泥:罗幕上的饰物。③敛眉:皱眉头。④桐叶更题诗:用典唐代孟棨(qǐ)《本事诗》,上载顾况与诗友游于宫苑中,在流水中捡到一片梧桐叶,上题诗云:"一入深宫里,年年不见春。聊题一片叶,寄与有情人。"

[译文]

酒后疲倦想入眠,眼前仿佛罗幕晃动珠帘半卷。心中的郁闷自日尚可排解,看那风吹树绿花带笑颜。忧恨思念最难忍的就是夜晚,上西楼瞧那月亮也像将眉愁弯。　　自己憔悴消瘦得令人惊叹,心上人迟迟不归更让我满腹幽怨。再不敢在那桐叶上题诗与君相传,谁知那桥下无情的河水,何年何月才能流淌到天涯——你的身边。

洪咨夔

洪咨夔（kuí）（1176~1236），字舜俞，号平斋，於潜（今属浙江临安）人，宋宁宗嘉泰二年（1202）进士，历任刑部尚书、翰林学士、端明殿学士。他为官正直敢言，早年佐丘寿隽守扬州，抗击准备来犯的金人，表现出自己的胆略。知龙州（今四川江油县）时也政绩斐然，为一朝名臣。咨夔的词，慷慨疏畅，颇见其人性格。著有《平斋词》。

眼儿媚①

平沙芳草渡头村，绿遍去年痕。游丝上下，流莺来往，无限销魂②。　绮窗深静人归晚，金鸭水沉温③。海棠影下，子规④声里，立尽黄昏。

[注释]

①眼儿媚：这是一首闺思之词。写一个闺中妇女期待归人的情景。她所等待的人似乎已离别多年，许诺的归期已定，但天晚了，人还未回来。上片写景，透显所居环境。下片写盼归，以景物衬托心中的急切心情。②游丝：飘拂

在空气中的一种虫丝。销魂：惆怅。③绮窗：雕花窗户。金鸭：鸭状铜香炉。水沉温：水沉即沉香，一种昂贵的香料。温，香味。④子规：杜鹃鸟。子规暮春即鸣，其声哀切，音似"不如归去"，故名之。

[译文]

平坦的沙滩下，小河的渡口旁，有一个芳草鲜美的村庄，春天的绿色早已覆盖了冬季曾经带来的荒凉。游丝在微风中上下飘拂，流莺在天上飞来飞往。一派大好风光，却让人无限惆怅。　雕花窗外已是深深的夜晚，可心上的人儿还不见归还。鸭形铜香炉上袅袅青烟，炉中的沉香已快燃完。你可知道，在斜阳拉长的海棠树的影子里，耳听着杜鹃声声悲啼，整个黄昏我都站在那里等你。

岳 珂

岳珂（1183~约1242），字肃之，号亦斋，又号倦翁。相州汤阴（今属河南）人，岳飞的孙子。官至权户部尚书、八路制置茶盐使。诗文俱佳，著述有《金陀粹编》。存词八首。

满江红①

小院深深，悄镇日、阴晴无据②。春未足，闺愁难寄，琴心③谁与？曲径穿花寻蛱蝶④，虚阑傍日教鹦鹉。笑十三杨柳女儿腰⑤，东风舞。　　云外月，风前絮。情与恨，长如许。想绮窗今夜，与谁凝伫⑥？洛浦梦回留佩客，秦楼声断吹箫侣⑦。正黄昏时候杏花寒，廉纤雨⑧。

[注释]

①满江红：这是一首描绘相思之情的词。《满江红》这一词调发音多为高亢清逸之声，多用于咏事感怀，而岳珂却以此词调写相思。且词主题是写男方对女子的相思，却着墨设想女子的情景及相思的心情，写法很别致、新颖。②镇日：整日。无据：没准。③琴心：用琴声表达心意。用典《史记·司马

相如列传》：卓文君新寡，喜爱音乐，司马相如以琴声挑之。④蛱（jiá）蝶：蝴蝶的一种，成虫赤黄色，幼虫身上多刺。⑤十三杨柳女儿腰：少女的纤腰似柔软的杨柳。此处化用杜牧《赠别》诗及杜甫《绝句漫兴》："娉娉袅袅十三余，豆蔻梢头二月初。""隔户杨柳弱袅袅，恰似十五女儿腰。"⑥凝伫：凝神伫立。⑦洛浦：洛水旁边。梦回留佩客：用典曹植《洛神赋》：梦洛水女神宓妃一事"愿诚素之光达，解玉佩而要之"。秦楼声断吹箫侣：用典《列仙传》：春秋时萧史善吹箫作凤鸣，秦穆公以女弄玉妻之，并筑凤台让其居。一夕，萧史吹箫引凤来，与弄玉双双骑凤仙去。吹箫侣，指萧史和弄玉。⑧廉纤雨：毛毛细雨。纤，细小。

[译文]

（我思念着她）幽深静谧的小小院落，天气时阴时晴，令人心绪不定。春天未过，她却独居闺阁忍耐着寂寞，看不到传情递爱的使者。为打发时光，她只好自我娱乐。时而在曲折的花径中把蝴蝶捕捉，时而斜靠着栏杆在阳光下教鹦鹉学舌。看到杨柳在东风中摇摆枝条，好像十三岁少女在扭动细腰，她一时感到非常可笑。月亮在云中穿行时隐时现，飞絮随轻风飘动忽高忽低。爱情与怨恨也常如此，深深浅浅，连绵不断。她想今晚倚着花窗向外张望寄托思念，可窗外黑夜沉沉，即使她久久地站立又能凝视到谁的双眼？她只能盼望在梦中与情人会面，却又怕秦楼的箫声突然中断，美梦成空，情侣双双消失不见。（我从对她的思念中醒来）眼前正是黄昏的情景，杏花在弥漫的寒意中战战兢兢，毛毛细雨下个不停。

生查子①

芙蓉清夜游，杨柳黄昏约。小院碧苔深，润透双鸳②薄。
暖玉惯春娇，簌簌花钿落③。缺月故窥人，影转阑干角。

[注释]

①生查子:这是一首描写男女幽会的词。全词由南唐李煜《菩萨蛮》"花明月暗笼轻雾,今宵好向郎边去。刬袜步香阶,手提金缕鞋"和北宋欧阳修的《生查子》"月上柳梢头,人约黄昏后"两首词化出。词境似欧词而词意似李词。以拟人手法写月,以刻画心理去表现人,用笔十分巧妙。②双鸳:女子的鸳鸯绣鞋。③暖玉:形容女子的身体温暖、光滑。簌(sù)簌:象声词。花钿(diàn):女子首饰。用金片做成的花朵形的装饰品。

[译文]

荷花池旁夜静时携手同游,这是黄昏时我们在杨树下约定的时候。院落中碧绿的苔藓那么深厚,我薄薄的鸳鸯鞋全被绿色染透。

温玉般的身体拥着像春天那样娇嫩,金属首饰脱落发出簌簌的声音。瞧那弯弯的月牙儿故意偷看我们,急忙移在栏杆角的阴影里藏身。

张　镃

　　张镃（1153~?），字功父，号约斋，西秦（今陕西）人，后居临安（今浙江杭州），择寓于南湖。累官至司农少卿。张镃是宋抗金名将张浚的孙子，临安城中的富豪。据《齐东野语》记载，张镃家中，"园池、声妓，服玩之丽甲天下"。他性情豪纵，广交游，工诗善画，亦以词名，尤以写景咏物见长。有《玉照堂词》。

念奴娇

宜雨亭咏千叶海棠[①]

　　绿云影里，把明霞织就，千里文绣[②]。紫腻红娇[③]扶不起，好是未开时候。半怯春寒，半便[④]晴色，养得胭脂透。小亭人静，嫩莺啼破春昼。　　犹记携手芳阴，一枝斜戴，娇艳波双秀[⑤]。小语轻怜花总见，争得[⑥]似花长久。醉浅休归，夜深同睡，明日还相守。免教春去，断肠空叹诗瘦[⑦]。

[注释]

①宜雨亭咏千叶海棠：这是一首咏物词。周密《武林旧事》记载，张镃在南湖的家园中有一亭，名宜雨亭，四周植有海棠二十株。该词所咏盖为此物。该词由对花的想象到以花喻人、以花衬人，把花写得富有生命力和情感，把人写得艳美而多情。②千里：一作"千重"。文绣：绣有彩色图案的丝织品。③紫腻红娇：皆指海棠花的颜色。因花开有先后之分，所以色泽有深浅，深者紫而有光，浅者娇红粉嫩。④半便：一作"半宜"。⑤波双秀：一作"双波秀"。形容双眸明秀，秋波含情。⑥争得：怎能够。⑦诗瘦：人因作诗而瘦。化用李白赠杜甫诗："借问何来太瘦生，总为从前作诗苦。"

[译文]

繁茂如云的绿叶中，是谁把明艳的彩霞织就，像千重绚丽的绢绣。紫的鲜腻，红的娇柔，最好的要数那怯羞得不敢抬头的花蕾，正处在那刚开未开的时候。她一半因怯怕春天的寒意不肯吐露花芯，一半却因贪爱阳光而展露着她的娇容，出落得那般娇嫩鲜美像胭脂那样透红。宜雨亭上无人影，是那小小的黄莺啼鸣打破了春日的宁静。　　还记得在花影深处携手同游的事情：一枝海棠花斜插在你的鬓角，你的脸颊是那么娇俏，双眼明丽而又俊清。我们在耳边轻语、相爱深浓，当时的花儿总能看到此情，它们可以作证。如今花开依旧，你却不见踪影，看来人的情爱哪如花之长久隽永。我倘若醉得轻时就不想返还，今夜要与花同眠，明日还要与花相守一起，日日夜夜与花做伴。免得春天突然离去，让我为花伤得肠断，终日作诗把花思念，只写得人消瘦，憔悴了容颜。

昭君怨

园池夜泛①

月在碧虚中住,人向乱荷中去②。花气杂风凉,满船香。云被歌声摇动,酒被诗情掇送③。醉里卧花心,拥红衾④。

[注释]

①园池夜泛:这是一首描写月夜泛游荷池之乐的词。这首词和一般艳体词有区别,作者将"花"、"歌"移带至碧池月下,使艳丽中显出一些秀洁,也把富贵之气变成了清雅。且用词俊逸疏朗,情调浓郁。②碧虚:碧空。乱荷:荷有高低、疏密之分,看之参差不齐,故称乱荷。其意仍是荷花密集之处。③掇送:怂恿,撺掇,激励。④红衾:红色衾被,这是指荷花。

[译文]

月亮在碧空中穿行,人驾舟向荷花密处划动。花的气息掺和着风的凉爽,满船都是荷花的幽香。 泛舟清歌搅乱了云在水中的倒影,酒意激发了我最浓的诗情。醉酣了我就躺在花中睡觉,把那周边的荷花当做红色衾被来拥抱。

卢祖皋

卢祖皋,生卒年不详,字申之,又字次夔(kuí),号蒲江,永嘉(今浙江温州)人。宋宁宗庆元五年(1199)进士。历任著作郎、将作少监、权直学士院等职。卢祖皋词风格纤雅清丽,多伤春惜时之作。又喜融化诗句,字字可入音律,当时的人很多喜欢唱吟他的词。有《蒲江词稿》。

宴清都

初 春[①]

春讯飞琼管,风日薄、度墙啼鸟声乱[②]。江城次第,笙歌翠合,绮罗香暖[③]。溶溶涧绿冰泮[④],醉梦里、年华暗换。料黛眉、重锁隋堤,芳心暗动梁苑[⑤]。　　新来雁阔云音,鸾分镜影,无计重见[⑥]。啼春细雨,笼愁淡月,恁时[⑦]庭院。离肠[⑧]未语先断,算犹有、凭高望眼。更那堪、芳草连天,飞梅[⑨]弄晚。

[注释]

①初春：这是一首表现思妇因春怀人的词。上片写春天到后的情景：气候、候鸟、游人、声乐等一片生机勃勃的图景。下片则描绘因春怀人，表现思妇伤春念人之情。②琼管：古时预测节气变化的器具。将葭莩灰放在十二根玉管内，置于密室，到某一节气，相应玉管中的灰便会自动飞出，也称之为"灰馆"。薄：轻微。③江城：指南宋首都临安。次第：情景。翠合：翠鸟合聚。绮罗：一种光滑有花纹的丝绸。④溶溶：水流动的样子。冰泮（pàn）：冰消融。⑤黛眉：指柳叶。隋堤：隋代开的通济渠的渠堤，堤岸多种柳。芳心：美女之心，这里喻鲜花。梁苑：又名梁园、菟园，西汉梁孝王刘武所建，故址在今河南开封市东南，为古代著名园林。隋堤、梁苑，都是中原的象征，这里有思念北宋故国的意思。⑥雁阔云音：音书不通。雁，用典鸿雁传书，代指书信。阔，阔别、久离之意。鸾分镜影：喻情人分离。鸾镜是饰有鸾鸟图案的妆镜。鸾鸟相传雌雄相守，离则悲鸣。⑦恁（nèn）时：那时。⑧离肠：别离断肠。⑨飞梅：飞落的梅花。

[译文]

春天到来的信息已从琼管中飞出，清风柔软，阳光和煦，几只鸟儿掠过墙头唧唧喳喳地叫着。临安城这时的情景真热闹，笙歌喧天像翠鸟群聚在一起欢唱，身穿绫罗绸缎的佳人们携手出游，个个都长得那么温馨悦目。小溪中的冰已经融化，溪水顺着绿色的岸边潺潺流动。在一场场醉梦中，岁月已悄悄流逝。我猜想，此时杨柳的绿色应该已经覆盖了隋堤了，令美女芳心大动的鲜花也应开满了梁苑了吧。　　眼下已经很久没有听到鸿雁在云中鸣叫的声音了，还有谁能为我传递思念她的书信呢，自从分别已没有什么办法能使我们重逢啊。回想那时在庭院分手的情形：细雨绵绵像在春天里哭泣，弥漫在心头的愁绪似乎暗淡了月光，离别的话未出口就先让人伤断了肝肠。算来，就给我留下了一双能够站在高处向远方眺望寻觅你的眼睛了，可看到的只是接连天际的黄草和傍晚凋零飘落的梅花，这种情景让我如何能够忍受呢？

江城子①

画楼帘幕卷新晴，掩银屏②，晓寒轻。坠粉飘香，日日唤愁生。暗数十年湖上路，能几度，著娉婷③。　　年华空自感飘零，拥春酲④，对谁醒？天阔云闲⑤，无处觅箫声。载酒买花年少事，浑不似，旧心情⑥。

[注释]

①江城子：这是一首春日感怀词。通过描写临安春天景色及回忆当年游荡的生活，表达对青春往事的眷恋。②银屏：镶有银饰的画屏。③著（zhuó）娉婷：著、着、陪伴。娉婷，代指美女。④酲（chéng）：酒醉。这里指醉人的酒。⑤云闲：闲云，浮云。⑥载酒买花：化用刘过《唐多令》："欲买桂花同载酒，终不似，少年游。"浑：全。

[译文]

我把画楼的帘幕卷起，看到天色已晴，收起镶嵌银饰的屏风，仍感到清晨轻轻的寒意。坠落的花瓣飘散出沁人的香气，每天都勾引出我心头的愁绪。暗自盘算，十年来湖畔上的散步，能有几次和你一起。　　年华白白流逝让我自感伤心，好想抱着春酒一醉，可醒来面对的是谁？空阔的天空浮云飘动，可我到哪里能听到你那迷人的箫声。载酒买花已是年少时的情形，如今完全不同，因为我已消失了过去的激情。

贺新凉①

挽住风前柳，问鸱夷②、当日扁舟，近曾来否？月落潮生无限事,零乱茶烟③未久。谩留得、莼鲈依旧④。可是⑤从来功名误,抚荒祠、谁继风流后?今古恨,一搔首。　　江涵雁影⑥梅花瘦,四无尘,雪飞风起,夜窗如昼。万里乾坤清绝处⑦,付与渔翁钓叟。又恰是、题诗时候。猛拍阑干呼鸥鹭,道他年、我亦垂纶⑧手。飞过我,共樽酒。

[注释]

①贺新凉:这首词写钓雪亭怀古,颇有盛名,为蒲江词的代表作。该词原有题序:"彭传师于吴江三高堂之前作钓雪亭,盖擅渔人之窟宅,以供诗境也。赵子野命余赋之。"据《吴郡志》、《嘉靖吴江县志》记载,吴江县垂虹桥北的雪滩有三高祠。祠建于宋代初期,祀奉春秋越国范蠡、西晋张翰、唐代陆龟蒙三位高士。宋宁宗嘉泰三年(1203),吴江县县尉彭法(字传师)在三高祠前又建钓雪亭。由于环境幽静,景致宜人,非常适合垂钓,也为写诗之人提供了一个好去处。作者任吴江主簿时应友人赵子野的邀请到此处游赏,在冬天下雪的时候写下了这首词。②鸱(chī)夷:指范蠡。越王勾践灭吴后,范蠡功成身退,泛舟太湖,去越入齐,改名为鸱夷子皮。③零乱茶烟:指陆龟蒙。陆龟蒙隐居松江甫里,自号天随子、江湖散人。陆龟蒙喜爱喝茶,终日放浪于江湖烟波之间。④莼鲈依旧:指张翰。张翰在洛阳做官时,见秋风刮起,突然想吃吴中的莼羹和鲈鱼脍,于是弃官南归。⑤可是:岂是,难道是。⑥江涵雁影:化用杜牧《九日齐山登高》句:"江涵秋影雁初飞。"⑦清绝处:无一点灰尘之处。⑧纶:钓丝。这里代指垂钓。

[译文]

挽住迎风摇摆枝条的杨柳问候,当年功成隐归的范蠡曾在太湖云游,最近是否又在你的身上拴系过他的扁舟?月落潮涨年复一年事情发生得多么繁稠,可陆龟蒙隐退后的茶烟味似乎刚刚消散不久。张翰思乡菜而放弃功名早已成为往事,但他所喜爱的莼菜鲈鱼至今还在世间传流。是否功名从来就是引人误入歧途的事由?我手抚着已显荒芜的三高祠思虑良久:这三位高人的风流之路今后谁会模仿,继续行走?面对古人已去今人无继的恨事,只有无限感慨无奈地搔头。　江面上掠过孤雁的身影,江边梅花稀疏凋零,天地间飞扬的尘土都被澄清。只见雪花飞舞、云雾涌动,夜晚的窗外,看那漫天风雪将宇宙变得如同白昼一样鲜明。万里乾坤已无他物,满眼的琼玉飞弄。遗憾的是如此美景谁来欣赏感受,只能交给冒雪垂钓的钓叟、披蓑撒网的渔翁,而此刻,又正是写诗的好环境。激情萌生,我猛拍着栏杆呼叫鸥鹭一声:来年我也要来此垂钓,度过我的余生。鸥鹭呀你飞到我这儿吧,让我们共同把这一杯酒喝尽!

倦寻芳

春　思[①]

香泥垒燕[②],密叶巢莺,春晴寒浅。花径风柔,著地舞茵红软[③]。斗草[④]烟欺罗袂薄,秋千影落春游倦。醉归来,记宝帐歌慵,锦屏春暖。　别来怅,光阴容易,还又荼蘼[⑤],牡丹开遍,妒恨疏狂[⑥],那更柳花盈面。鸿羽[⑦]难凭芳信短,长安犹近归期远。倚危楼,但镇日、绣帘高卷[⑧]。

[注释]

①春思:这是一首写伤春怀念远离情人的词。上片写景色及游情,下片写别后伤感及思念。全词脉络清晰,转折顺畅自然,非常分明。②香泥垒燕:倒置,燕垒香泥。燕子衔香泥垒窝。③舞茵红软:铺在地上的落花如柔软的红色地毯。茵,褥垫。④斗草:以草斗输赢的游戏。⑤荼蘼(tú mí):一种落叶小灌木,有钩状刺,花白色,有香气。羽状复叶,小叶片为椭圆形。⑥疏狂:柳絮狂乱飞舞的样子。⑦鸿羽:大雁。古有大雁传书之说。用典《汉书·苏武传》,言天子在上林苑狩猎,射下一雁,其足上系有帛书。上林苑在长安,故下文说"长安犹近"。⑧危楼:高楼。镇日:整天。

[译文]

　　燕子衔来香泥建窝,黄莺筑巢在茂密的树叶中,春天阳光和煦寒意轻轻。清风柔和,吹着花丛间的路面,落花满地,像为小路铺上一条柔软的红色地毯。玩斗草游戏时,水雾浸透了我单薄的罗衫,荡过秋千我已经游玩得有些疲倦。醉酒归来,我在罗帐内懒洋洋地哼着歌曲,此刻在锦屏的护遮下我能感到暖暖的春意。　　自我们分别后我一直惆怅忧郁,单单在时间中苦熬着我还忍受得过去,但却难以忍受春景给我带来的刺激。看那荼蘼刚绽放出黄色的花朵,牡丹花又红遍在园圃里。最气愤的是那张狂的柳絮,到处飞舞粘贴上人的脸皮,像在提示你,这是春天,因此让我更加妒恨生气。纵然我把表达芳心的信写得再短,也无鸿雁可拜托传递;纵然长安距离这儿再近,你的归返还是那么遥遥无期。我在高楼上把绣帘高高地卷起,整日站在那里远望,盼望你能早日归还和我永不分离。

清平乐①

　　锦屏开晓,寒入宫罗峭②。脉脉不知春又老,帘外舞红多少。　　旧时驻马香阶,如今细雨苍苔。残梦不成重理,一双蝴蝶飞来③。

[注释]

　　①清平乐:这是一首闺怨词。上片描景,下片以回忆过去对比现实,抒发思愿。②开晓:晓开。峭:料峭,寒意。③一双蝴蝶飞来:用典《庄子·齐物论》:书载,庄子化为蝴蝶飞去。这里借梦幻表达意愿。

[译文]

　　清晨我把锦屏开启,寒意透入我单薄的罗衣。我每日脉脉含情地思念，却不知春天已经快要过去，帘外的落花又多了几许。回想你当年拴马的台阶旁全是花草，香气四溢。如今却长满了苔藓，细雨淅沥。我做了个残缺不全的梦，醒来已不能完整地记起，只记得你我变成了蝴蝶，双双地飞来飞去。

清平乐①

柳边深院，燕语明如剪②。消息无凭听又懒，隔断画屏双扇。　宝杯金缕红牙③，醉魂几度儿家。何处一春游荡，梦中犹恨杨花④。

[注释]

①清平乐：这是一首描写女子伤春怀人的词。词中以细节来反映人的心理活动非常成功。上片写女子的心情感受，下片写思怨。②明如剪：形容燕子鸣叫的轻快。③金缕红牙：指按节拍唱曲。金缕，本指饰以金缕的衣服，也是曲调名。红牙，是打乐曲节拍的拍板，多用红色的檀木做成，故称红牙。

[译文]

柳树旁边深深的庭院，燕子在唧唧呢喃，叫声明快犹如刀剪。你没准儿的消息太多，我现在已经懒得听见。讨厌那假信儿传进来，我用双扇屏风把它隔断。　端着玉杯饮酒，打着节拍唱曲儿提神，每日用沉醉慰藉我的灵魂。你整个春天都在何处游荡啊，我在梦中也恨那水性的杨花。

谒金门①

香漠漠②，低卷水风池阁。玉腕笼纱金半约③，睡浓团扇落。

雨过凉生云薄,女伴棹④歌声乐。采得双莲迎笑剥,柳阴多处泊。

[注释]

①谒金门:这是一首描写夏日生活情景的词。上片以静态显景,下片以动态示情。全词浅语叙事,神态逼真。②漠漠:弥漫的样子。③金半约:指一只手腕上套着金镯子。约,套。④棹(zhào):桨,划船。

[译文]

清风吹动水面,荷花的香气弥漫,池阁上低低地卷着竹帘。少女披着薄薄的绸纱,金镯子套着玉腕。她睡得那么香甜,梦中滑落了手中的团扇。　　雨后气候凉爽,天上白云淡淡。女伴们划着扁舟,欢乐的歌声不断。是谁在会意地笑着,剥弄她采到的双莲。寻处柳荫浓重的地方,停泊下她的小船。

谒金门①

风不定,移去移来帘影。一雨池塘新绿净,杏梁②归燕并。翠袖玉屏金镜,薄日绮疏③人静。心事一春疑酒病④,鸟啼花满径。

[注释]

①谒金门:这是一首描写女子感春相思的词。词中寓情于景,通过环境景物的描绘衬托人物心理的手法非常成功。②杏梁:文杏木做的屋梁。泛指非常结实、漂亮、珍贵的屋梁。③绮疏:镂刻着花纹的窗户。④酒病:酒醉。

[译文]

风向飘忽不定,吹得竹帘影子来回移动。一场小雨过后,池塘更加碧绿明净。燕子已经归来,双双在杏木梁上绕行。　　翠色的衣袖、镶玉的屏风、金色的妆镜,镂花的窗户透过淡淡的阳光,屋内人静无声。我仿佛酒醉般的精神恍惚,整个春天心事重重。春天真的到了呀,你看窗外:鸟儿正在鸣叫,鲜花开满了路径。

乌夜啼①

几曲微风按柳,生香暖日蒸花。鸳鸯睡足方塘晚,新绿小窗纱。　　尺素难将情绪,嫩罗还试年华②。凭高无处寻残梦,春思入琵琶。

[注释]

①乌夜啼:这是一首春思词。上片写景,下片言情。以景暗衬闺中人寂寞孤单,以细节描写刻画她的怀春郁闷之情。②尺素:书信。嫩罗:色彩鲜嫩的轻薄绸衣。

[译文]

阵阵微风拂弄着柳树的枝条,花儿在温暖的阳光下散发着香气。傍晚鸳鸯双双在池塘边酣睡,窗纱上影印着新春的翠绿。书信已经难以传达我的情意,对镜试穿我色彩鲜嫩的丝衣,感到我的美好青春正一点点地逝去。站在高处远望也无法将我的梦中情人寻觅,只好把我深深的思念寄托在琵琶声里。

乌夜啼

西　湖①

漾暖纹波飐飐②,吹晴丝雨濛濛。轻衫短帽西湖路,花气扑青骢③。　　斗草褰衣④湿翠,秋千瞥眼飞红。日长不放春醪⑤

困,立尽海棠风。

[注释]

①西湖:这首词描写的是春天西湖的迷人景色。②飐(zhǎn)飐:颤动的样子。③青骢(cōng):青白色毛相杂的马。④褰(qiān)衣:掀起衣裳。⑤春醪(láo):一种酒名。

[译文]

湖面上水波轻轻地泛动,晴风中丝丝细雨蒙蒙。穿着薄薄的衣衫,戴着浅浅的短冠。游人行走在西湖的路上,连青花马也沾上了花的芳香。　　撩起衣衫,湿湿的草地上斗草游戏玩得正酣。一边飞荡着秋千,一边敏捷地用目光去欣赏鲜花的红艳。我不愿在这美好而又长长的春日里寻求醉意,只想在海棠花下的春风中久久伫立、不愿归去。

张履信

张履信,字思顺,号游初,鄱阳(今属江西)人。先后任职江口镇监、潭州通判、连江守。存词二首。

柳梢青①

雨歇桃繁,风微柳静,日淡湖湾。寒食清明②,虽然过了,未觉春闲。　　行云掩映春山,真水墨、山阴道间③。燕语侵愁,花飞撩恨,人在江南。

[注释]

①柳梢青:这是一首念春怀人之词。描写春景之美,但美景易生哀情,对亲人的思念更加浓重。②寒食清明:指寒食、清明两节气。③真水墨:如水墨画一样美。山阴:山的北坡谓之阴,这里泛指山中,山里面。

[译文]

雨后桃花更加璀璨,微风轻轻柳丝不乱,阳光柔和地洒照在湖湾。寒食、清明两节气虽然都已过去,但春意仍然是那么浓郁盎然。　　朵朵浮云环绕着青山,层峦叠翠、峰回路转,仿佛是一幅美妙的水墨画,在远处的空中高悬。燕子呢喃带来了我的愁绪,柳花飞舞更加重了我的心烦。多么美好的春天，可我的情郎却远在江南，不在我的身边。

谒金门①

春睡起，小阁明窗儿底。帘外雨声花积水，薄寒犹在里。

欲起还慵未起，好是孤眠滋味。一曲广陵应忘记，起来调绿绮②。

[注释]

①谒金门：这是一首闺怨词。上片写环境，下片抒发空闺寂寞的感觉和思念的苦痛。②广陵：指琴曲《广陵散》。《广陵散》曲有"一曲奏后便终止"的意思。史载三国嵇康善鼓琴，后被处死刑，刑前索琴奏《广陵散》，并称《广陵散》自此绝矣。绿绮：古琴名。晋张载《拟四愁诗》有"佳人遗我绿绮琴"句。这里有弹此琴即寄情思之意。

[译文]

我在春日的梦中醒来，先看到我闺房明亮的窗户。帘外雨声不住，落花随着积水漂浮。虽然春意已经很浓，但那淡淡的寒冷还暗暗躲在我的心中。　　想从床上起身，但却感到慵懒犯困，像要把这独身孤眠的滋味再次尝品。据说弹一曲《广陵散》能够消除愁绪，忙起身调试我的古琴"绿绮"。

周文璞

周文璞,字晋仙,号方泉,又号野斋,阳谷(今属山东)人。曾任职溧阳县丞。有《方泉先生诗集》。词仅存三首。

一剪梅①

风韵萧疏玉一团②,更著梅花,轻裊云鬟。这回不是恋江南,只为温柔,天上人间③。　赋罢闲情共倚阑,江月庭芜,总是销魂。流苏斜掩烛花寒,一样眉尖,两处关山④。

[注释]

①一剪梅:这是一首思人怀人之词。全词紧扣着梅花写人,由插戴梅花的心意到梅花相陪的慰藉心理,表达闺中人的相思之苦。②风韵萧疏:形容女子的美好气质。玉一团:喻女子的容貌肌体。③天上人间:形容相隔遥远。④流苏:帷帐上下垂的穗子。两处关山:眉头紧皱的样子。

[译文]

优雅的气质、姣好的容颜,插上梅花更觉得娇艳,我把秀发高高拥起,越发显得轻裊逸散。我这样刻意打扮得漂漂亮亮,不是留恋江南秀丽的水乡,而是怀着我满腔的温柔,去思念远在那里的情郎。我们相距那么遥远,仿佛一个在天上一个在人间。　　心中无聊我戴着梅花倚栏望远,只看到前方江水渺茫月光惨淡,近处则是久已无人欢语满目荒芜的庭院,观此景惹人内心生出无限伤感。看眼前,屋内帐前流苏斜垂,蜡烛的光晕也让人感到发寒,不禁让我平昔舒展的眉头,此刻又皱成了两座关山。

徐 照

徐照（？~1211），字道晖，又字灵晖，号山民，永嘉（今浙江温州）人。徐照擅长诗，在当时有盛名。与徐玑、翁卷、赵师秀并称"永嘉四灵"。著有《芳兰轩集》。存词五首。

南歌子①

帘景筛金线，炉烟袅翠丝②。菰芽③新出满盆池。唤取玉瓶添水、买鱼儿。　意取钗重碧，慵梳髻翅垂④。相思无处说相思。笑把画罗小扇、觅春词。

[注释]

①南歌子：这是一首描写闺中人生活情调的词。全词状景写情极其细腻，细节描述形象生动，用词浅婉轻柔。②帘景：帘影。翠丝：青烟。③菰（gū）芽：茭白的嫩茎。茭白为多年生草本植物，生长在池沼里，茎基部可做蔬菜。④钗重碧：碧钗两股重合在一起。表示团圆不分离。髻翅：髻发。

[译文]

阳光穿过帘子被筛成道道金线，袅袅上升似缕缕翠丝的是那香炉中的青烟。眼前茭白的嫩芽已在盆池中长满。呼唤佣人取出玉瓶往盆中添水，又买来些鱼儿养在里面。　　渴望碧钗能两股并合让我们重新团圆。对镜懒懒地梳理发髻，让青丝飘垂在香腮两边。我思念至深却无处诉说思念。强颜欢笑把玩着我的画绢小扇，在心中把爱你的词句搜寻个遍。

清平乐①

绿围红绕，一枕屏山②晓。怪得③今朝偏起早，笑道牡丹开了。　　迎人卷上珠帘，小螺④未拂眉尖。贪教玉笼鹦鹉，杨花飞满妆奁。

[注释]

①清平乐：这是一首描写闺房春景的词。全词用语轻快、活泼，细节描述形象而富有情趣。②屏山：屏风上所画的山水。③怪得：怪不得，难怪。④小螺：古时画眉的墨。称螺子黛或螺黛，也简称螺。

[译文]

拥着红色的被衾，围着绿色的床帐，我一觉睡至屏风上透出晨光。难怪我今朝起得特早，一看忍不住笑道：原来牡丹花开了。

卷起珠帘迎接客人来到，慌得我眉笔还没描到眉梢。只因贪逗玉笼中的鹦鹉学舌，那杨花竟飘满了我的化妆盒。

阮郎归①

绿杨庭户静沉沉，杨花吹满襟。晚来闲向水边寻，惊飞双浴禽②。　　分别后，重登临，暮寒天气阴。妾心移得在君心，方知人恨深③。

[注释]

①阮郎归：这是一首描写春景闺怨的词。此词用白描手法绘写春日黄昏的景象，以目睹景物滋生出与情人别离的满腹愁绪。②浴禽：水中的鸟。③妾心移得在君心，方知人恨深：化用五代顾夐（xiòng）《诉衷情》"换我心，为你心，始知相忆深"，将"相忆"改为"恨"，使相思之情更重。

[译文]

绿绿的柳树簇拥着的庭院又静又深，风吹杨花飞舞沾满了我的衣襟。傍晚空闲到水边觅寻，惊飞了一双正在戏水的野禽。我们分别之处我再次光临，此刻已是暮色苍凉天气阴。倘若能将我的心换给你，你就知道我对你的爱恨多么深。

俞 灝

俞灝（1146~1231），自号青松居士。世居杭州，宋光宗绍熙四年（1193）进士。历知安丰军，提举湖北常平茶盐。宋理宗宝庆二年（1226）致仕，退居九里松。有《青松居士集》，不传。词仅一首。

点绛唇①

欲问东君②，为谁重到江头路？断桥③薄暮，香透溪云渡。细草平沙，愁入凌波步④。今何许？怨春无语，片片随流水。

[注释]

①点绛唇：此为一首咏梅词。借咏梅抒发对意中人的思念之情。作者重游故地，从梅花的姿色中暗寻意中人昔日的倩影。②东君：传说中的司春之神。③断桥：即断家桥，亦名段家桥，位于西湖孤山的旁边。孤山以梅多而有盛名。④凌波步：步履轻盈，多形容女子走路。曹植《洛神赋》中有"凌波微步，罗袜生尘"。

[译文]

我想问一下司春之神，你是为谁重到这江边的路上行走？眼前断桥上薄薄的暮色浸透，梅花的香气漫过溪流直冲向云头。　　细茸茸的青草、平坦的沙地，多么美好的去处。可在这里，我却再也看不到你那让人愁思百想轻盈可人的脚步。昔日美丽的情人你现在何处？我抱怨司春之神的沉默，只有那残落的梅花片片随着流水漂浮。

潘牥

潘牥(fāng)(1204~1246),字庭坚,号紫岩,闽(今福建)人。宋理宗端平二年(1235)进士,历任太学正、通判潭州等职。有词集《紫岩词》,不传。存词五首。

南乡子①

生怕倚阑干,阁下溪声②阁外山。空有旧时山共水,依然,暮雨朝云③去不还。　　想见蹑飞鸾,月下时时认佩环④。月又渐低霜又下,更阑⑤,折得梅花独自看。

[注释]

①南乡子:这是一首念景怀人的词。词句意深而隽雅,是一首很有名气的佳作。该词原有小题"题南剑州妓馆"。黄昇在《花庵词选》中也附有此小题。但黄蓼园在《蓼园词选》中对此有异议,说:"按溪山句、梅花句,似非艺妓所能,当或亦别有寄托,题或误耳。而词致俊雅,故自不同凡艳。"刘克庄在《后村诗话》中则加小题为"镡津怀旧",并佐证,延平乐籍中有擅长墨竹、草书的女子,潘牥曾为赋《念奴娇》美其书画。疑此词也为赠其人。
②阁下溪声:南剑州妓馆阁楼下的流水声。南剑州在今福建省南平市,东南有一小河叫延平津,亦称建溪、东溪。③暮雨朝云:化用宋玉《高唐赋序》:

"妾在巫山之阳,高丘之阻,旦为朝云,暮为行雨。朝朝暮暮,阳台之下。"在这里写景又兼喻男女欢爱之事。④躐:乘,追随。飞鸾:传说中凤凰之类的神鸟。认佩环:一作"整佩环"。杜甫《咏怀古迹》之三有:"画图省识春风面,环佩空归月夜魂。"⑤更阑:更尽,更残。夜深之意。

[译文]

我最害怕倚栏杆望远,因为我怕见到这阁楼下的溪水、阁楼外的青山。眼下,只有这过去的山和水仍像从前,曾与我真心相爱如同仙女一般的她已经一去不返。 想来此时她应该乘着飞鸾遨游在蓝天,在皎洁的月光下不时地整理着身上的佩环。月亮渐渐西落,寒霜洒满地面,已是夜深人静三更天,我只能折枝梅花独自看,心中默默地把她想念。

刘 翰

刘翰,字武子,长沙(今湖南长沙)人,吴据之客,尝游于张孝祥、范成大之门。有《小山集》。

好事近①

花底一声莺,花上半钩斜月,月落乌啼何处?点飞英②如雪。　　东风吹尽去年愁,解放丁香结③。惊动小亭红雨④,舞双双金蝶。

[注释]

①好事近:这是一首咏春词。全词紧扣着春花来描写,结尾以双双金蝶暗寓相思之愁。②点飞英:点,碰、动。飞英,落花。③解放:绽放。使其舒展开来。丁香结:丁香花的花蕾。这里有暗喻人内心郁结的愁绪之意。唐代李商隐《代赠》中有"芭蕉不展丁香结,同向春风各自愁"句。④红雨:落红如雨。落花纷杂的样子。

[译文]

花丛下面夜莺一声鸣唱,花丛上面斜挂着如钩般弯弯的半个月亮。要问月下那鸟儿在何处啼叫?看,前方花枝颤动落英如同雪花飘飘。

东风吹来已把去年的愁绪一扫而光,催动着丁香花蕾朵朵绽放。金色的蝴蝶双双飞舞在小亭旁,惊动了花儿的安静,红花似雨洒落在地上。

蝶恋花①

团扇题诗春又晚,小梦惊残②,碧草池塘满。一曲银钩帘半卷,绿窗睡足莺声软。　瘦损衣围罗带减,前度风流,陡觉心情懒。谁品新腔拈翠管③,画楼吹彻江南怨。

[注释]

①蝶恋花:这是一首伤春怀人之词。②小梦惊残:梦短不全。③新腔:新曲调。翠管:玉石制作的笛子。

[译文]

我在团扇上题诗时春天已来了很长时间,这一段常在梦中惊醒睡眠时间很短。春天一派好景象:屋外碧草芳香,春水布满池塘。一根银钩将竹帘一半卷起,绿窗下睡足的黄莺在轻轻鸣啼。　因思念我的身体日渐瘦损,衣围宽松束腰的丝带也在不断缩紧。不见郎君,昔日的风流让我何处找寻,只感到心情懒惰精神萎靡不振。拿起玉笛吹一支新曲能让谁来赏品?画楼中总是响起幽怨的笛音,它吹尽了对你远在江南不归的责怪之心。

清平乐①

萋萋芳草,怨得王孙老②。瘦损腰围罗带小,长是③锦书来少。　玉箫吹落梅花④,晓烟犹透轻纱。惊起半帘幽梦,小窗淡月啼鸦。

[注释]

①清平乐：这是一首描写思妇情态的词。上片写心中所想；下片写动态，所见所闻。语句清雅、舒畅。②萋萋芳草，怨得王孙老：化用屈原《楚辞·招隐士》："王孙游兮不归，春草生兮萋萋。"王孙，喻所思的男子，并非实指，其意如"郎君"。③长是：常是，总是。④玉箫吹落梅花：玉箫，传说秦穆公女弄玉与萧史吹箫引来凤凰，乘其双双飞升。这里有常相守相伴之意。落梅花，古代笛曲中有《梅花落》的曲调。

[译文]

芳草已长满了原野，我抱怨郎君不归。你书信总是来得那么少，让我衣带宽松消瘦憔悴。　　我日夜都在思念你呀。白天，晨雾弥漫仿佛要钻进帷帐的轻纱之中；夜晚，在半卷的帘帐里我常从梦中惊醒，凝视着窗外惨淡的月光，耳听着乌鸦声声的哀鸣。

刘子寰

刘子寰（huán），字圻父，号篁嵝翁，建阳（今属福建）人。居住于麻沙。宋宁宗嘉定十年（1217）进士。曾游朱熹之门。官至观文殿学士，能诗文。

霜天晓角①

横阴漠漠②，似觉罗衣薄。正是海棠时候，纱窗外，东风恶。惜春春寂寞，寻花花冷落。不会这些情味，元不是，念离索③。

[注释]

①霜天晓角：这是一首闺怨词。全词写闺中相思离别之情，用词浅显易懂，明白上口。②横阴漠漠：寒气弥漫。③会：领会，理解。元：原，本。离索：离群索居，孤独。

[译文]

屋外寒气弥漫，似乎感到身上的绸衣单薄。眼下正是海棠花盛开的季节，可是纱窗外东风来得凶恶，吹得花瓣纷纷飘落。叹惜我正值青春年华却如此这般寂寞，寻看海棠花，花也冷落我。你不领会这其中的情由呀，花本是因风凋零，怎能说是将我冷落，只因我太孤独了，才会产生这样的错觉。

张良臣

张良臣,字武子,一字汉卿,号雪窗,大梁(今河南开封)人。避地居鄞(今属浙江)。宋孝宗隆兴元年(1163)进士。笃学好古,工诗。有《雪窗集》,不传。

西江月①

四壁空围恨玉,十香浅捻啼绡②。殷云度雨井桐凋③,雁雁无书又到。　别后钗分燕尾,病余镜减鸾腰④。蛮江豆蔻影连梢,不道参横易晓⑤。

[注释]

①西江月:这是一首怀人的词。用词造语别致,情味深厚,对秋景的描绘很有特色。②恨玉:指失意抱恨的女子。十香:十指。啼绡:泪水打湿手绢。③殷云:阴云,乌云。度雨:过雨,下雨。④钗分燕尾:钗是双股的,分开如燕尾形状。镜减鸾腰:照镜人消瘦。古时女子多以鸾自比。⑤蛮江:荒江。古时将南方少数民族居住的荒僻之处称为蛮荒之地。豆蔻:多年生草本植物,外形似芭蕉,花淡黄色,种子形状像石榴子,有香味,能入药。参(shēn)横易晓:参星斜落,即将天明。

[译文]

　　我独自待在空空的闺房里面，十指轻捏着被泪水打湿的手绢。屋外阴云密布，落雨不时敲打着庭院井旁的梧桐树。树叶在风雨中凋零飘落，这种时刻那南去的大雁是不会捎信来的。　　我们分别后，我从未将碧钗并合，就让它们像燕尾般在头发上岔着，相思让我终日闷闷不乐。揽镜自照，发现我腰肢锐减已经消瘦不少。走出屋外凭栏夜眺，我仿佛看到南方江边豆蔻相连根深叶茂，此时夜空参星已经斜照，天色微明拂晓即将来到。

卷 二

姜　夔

姜夔（约1155～1209），字尧章，号白石道人，饶州鄱阳（今属江西）人。早年随父居汉阳。父死依姊而归，先流寓湘、鄂间，后移居湖州，往来于苏、杭一带，与当时诗人词家范成大、张镃等交游。屡试不第，一生未入仕途。姜夔擅长书法，精于音律，其词善以谐婉的音节、清劲的笔致、含蓄深远的表现手法，创造清幽冷隽的意境，以健笔写柔情。在婉约词中独开清空一体。宋末张炎、王沂孙等都受其词风的影响，其词风感染力对清代浙西词派的形成有相当大的作用。有《白石词》，其中十七首词附有旁谱，对研究宋代词乐极有价值。

暗　香[①]

旧时月色，算几番照我，梅边吹笛？唤起玉人[②]，不管清寒与攀摘。何逊[③]而今渐老，都忘却、春风词笔。但怪得、竹外疏花，香冷入瑶席[④]。　　江国[⑤]，正寂寂。叹寄与路遥[⑥]，夜雪初积。翠尊易竭，红萼无言耿相忆[⑦]。长记曾携手处，千树压、西湖寒碧⑧。又片片、吹尽也,几时见得?

[注释]

①暗香:这是一首咏梅怀人的词。作者在《白石词》中为《暗香》、《疏影》两词前加有题序:"辛亥之冬,予载雪诣石湖。止既月,授简索句,且征新声。作此两曲,石湖把玩不已,使工伎隶习之,音节谐婉,乃名之曰《暗香》、《疏影》。"辛亥是宋光宗绍熙二年(1191),石湖是范成大的号,《暗香》、《疏影》这两调名,取于宋初林逋《山园小梅》中的诗句:"疏影横斜水清浅,暗香浮动月黄昏。"这两首咏梅词,在当时赢得了极高的声誉。②玉人:美人。③何逊:南朝梁代诗人,有《咏早梅》诗,很有名,这里作者以何逊自比。④竹外疏花:指梅花。化用苏轼诗《和秦太虚梅花》:"江头千树春欲暗,竹外一枝斜更好。"瑶席:宴席的美称。⑤江国:水乡。⑥叹寄与路遥:这里暗用南朝宋陆凯寄范晔梅花及诗句的典故。陆诗:"折梅逢驿使,寄与陇头人。"这里指寄给远方友人。⑦翠尊:绿玉酒杯。易竭:有本作"易泣"。红萼:红梅。耿相忆:耿耿不能忘怀。⑧千树压、西湖寒碧:指宋时杭州西湖孤山有千树梅花林。

[译文]

回忆昔日,我曾经有多少次沐浴着皎洁的月光,在梅树旁吹笛吟诗?我唤起美人,不论天气如何清寒一同去攀折梅枝。如今我已渐渐老了,过去咏梅的才华和激情也渐渐丢失。只是觉得奇怪那竹林外几枝稀疏的梅花像动听的歌词,总能把它们的幽香飘到我的宴席上撩起我的情思。　　江南水乡此刻应是多么寂静,我想折枝梅花寄给远方的朋友表达思念之情,可叹路途遥远,何况是夜色茫茫大雪伴着寒风。面对着翠玉酒杯,我很容易伤感流泪,默默不语的红梅,让我的追忆难以消退。我永远记得曾经与她携手赏梅的地方,那里千树万树盛开的梅花映照着西湖清冷的碧水。眼前看着梅花已被风儿片片吹飞,可我们什么时候才能再次相见同欢共醉?

疏 影[①]

　　苔枝缀玉[②]，有翠禽小小[③]，枝上同宿。客里相逢，篱角黄昏，无言自倚修竹[④]。昭君[⑤]不惯胡沙远，但暗忆、江南江北。想佩环[⑥]、月下归来，化作此花幽独。　　犹记深宫旧事，那人正睡里，飞近蛾绿[⑦]。莫似春风，不管盈盈，早与安排金屋[⑧]。还教一片随波去，又却怨、玉龙哀曲[⑨]。等恁时、重觅幽香，已入小窗横幅[⑩]。

[注释]

　　①疏影：这首词是与《暗香》同时写的咏梅词。这首词的笔法奇特，连续引用典故，用四位佳人比喻映衬梅花，把梅花的意志、风韵写得形象而又细腻。②苔枝缀玉：长满苔藓的枝头，点缀着玉一样光洁的梅花。③翠禽小小：绿色的小鸟。这里用典《龙城录》中隋代赵师雄梦遇梅花神的故事。书载赵师雄调任广东罗浮任职，在一个寒冷的黄昏路过一片松林，碰到一位美人相邀至酒店同饮，又来一绿衣童子歌舞助兴。后赵师雄酒醉卧倒，醒来发现自己躺在一棵大梅花树下，而天色已是拂晓。原来美人是梅花神，绿衣童子为翠鸟所化。④自倚修竹：化用杜甫《佳人》诗句："绝代有佳人，幽居在空谷……天寒翠袖薄，日暮倚修竹。"⑤昭君：西汉宫女王嫱，汉元帝时远嫁匈奴呼韩邪单于。⑥佩环：女子衣上所系的玉饰，这里代指王昭君的魂灵。杜甫《咏怀古迹》之三中有"佩环空归月夜魂"的诗句。⑦深宫旧事：指南朝宋武帝之女寿阳公主的故事。《太平御览》载，寿阳公主卧于含章殿檐下，有梅花飘落在她的额头上，拂之不去，成为一个五瓣的花形。宫女们竟相仿效，时称"梅花妆"。蛾绿：女子细长的黛眉。⑧盈盈：仪态美好的样子，这里借指梅花的风姿。金屋：用典汉武帝的传说。有史料记载，汉武帝小时候曾对姑母说，若得阿娇为妇，当用金屋藏之。这里比喻对梅花要像对美人那样爱惜。⑨玉龙哀曲：玉龙指玉笛，哀曲指古笛曲《梅花落》。语出唐李白《与史郎中

钦听黄鹤楼上吹笛》,其中有:"黄鹤楼中吹玉笛,江城五月落梅花。"⑩恁时:那时。幽香:指梅花。横幅:指挂在墙上的横画幅。

[译文]

  长满苔藓的枝头上缀着玉一般光洁的梅朵,羽色翠绿的小鸟在枝头陪着梅花一起露宿。客居的我又和梅花相逢他乡,在暮色弥漫的篱笆墙旁,梅花正倚着挺拔的竹子默默无语地开放。远嫁匈奴的王昭君不习惯漠北的风沙,只能暗自思念着大江南北秀丽的故乡。想必是昭君的灵魂在月夜中归来,化做眼前这孤独的梅花在幽静处生长。 我还记得寿阳宫中的旧事一段,那公主正在梦中,一朵梅花飘落在她的蛾眉中间。不要像春风那样无情,不管梅花多么娇美,它依然肆意耍弄,应像汉武帝对待阿娇那样珍爱梅花,把她早早安排在金房子中。唉,我感叹又有什么作用,仍旧挡不住梅花片片坠落,随着流水漂动,却只能抱怨那玉笛吹奏的《梅花落》太凄切悲痛。等到春风吹过时,再去寻觅幽香的梅花还哪里能够成功,也只有在那小窗边的画卷上看到它的身影。

扬州慢①

  淮左名都,竹西佳处,解鞍少驻初程②。过春风十里,尽荠麦青青③。自胡马窥江去后,废池乔木,犹厌言兵④。渐黄昏,清角吹寒,都在空城。 杜郎俊赏⑤,算而今,重到须惊。纵豆蔻词工,青楼梦好,难赋深情⑥。二十四桥⑦仍在,波心荡、冷月无声。念桥边红药⑧,年年知为谁生。

[注释]

  ①扬州慢:这是一首描写扬州兵乱后景象的词。词有原题:"淳熙丙申至日,余过维扬。夜雪初霁,荠麦弥望。入其城,则四顾萧条,寒水自碧,暮色

渐起,戍角悲吟。予怀怆然,感慨今昔,因自度其曲。千岩老人以为有《黍离》之悲也。"千岩老人为当时的诗人萧德藻,是姜夔妻子的叔父。②淮左名都:指扬州。宋置淮南路,称淮左,扬州为淮左著名都市。竹西:扬州北门外过去有竹西亭。少驻初程:指刚到扬州,在竹西稍做停留。③春风十里:形容扬州昔日繁华的样子。化用杜牧《赠别》中诗句:"春风十里扬州路,卷上珠帘总不如。"荠麦:野生麦子。④胡马窥江:指金兵南侵到长江边。宋高宗绍兴三十一年(1161),金兵南犯,进至长江边的采石矶;宋孝宗隆兴二年(1164),金兵又大举南侵。经过战争扬州已破败不堪。犹厌言兵:已经非常厌烦战争。⑤杜郎:指杜牧。俊赏:高兴地观赏。⑥纵:即使。豆蔻词工:化用杜牧《赠别》诗:"娉娉袅袅十三余,豆蔻梢头二月初。"青楼梦好:化用杜牧《遣怀》诗:"十年一觉扬州梦,赢得青楼薄幸名。"⑦二十四桥:沈括《梦溪笔谈》载,唐代扬州城内有二十四座桥,至宋时已仅存八座桥了。杜牧《寄扬州韩绰判官》诗中有:"二十四桥明月夜,玉人何处教吹箫。"⑧红药:芍药。

[译文]

  扬州是淮左著名都城,我来到城北竹西亭这昔日扬州最美的地方,解鞍歇马稍做留停。我走过旧时曾歌舞繁华的十里扬州路,满目尽是野麦青青杂草丛生。自从金兵南侵至江边后又退兵,连这废弃的城池和郊野的树木,也都讨厌那兵马争斗嘶鸣的嘈杂之声。暮色愈来愈浓,号角凄清的响声穿透寒气,回荡在空城上空。曾来这里游观并赞赏不已的杜牧,假如今日重游此城,只怕也会触目惊心。纵然那首豆蔻诗写得优美工整,青楼梦词句做得再好,恐怕也难表述出他目睹此景后的深痛心情。二十四桥如今还在,一轮冷月的倒影在水波中无声地晃动。可叹这桥边艳红的芍药,可知道年年为谁绽放,为谁展容?

玲珑四犯①

  叠鼓②夜寒,垂灯春浅,匆匆时事如许。倦游欢意少,俯仰悲今古。江淹③又吟恨赋。记当时,送君南浦④。万里乾坤,百年身世,惟有此情苦⑤。　扬州柳⑥垂官路。有轻盈换马,端正窥户⑦。酒醒明月下,梦逐潮声去。文章信美知何用,漫赢得、天涯羁旅!教说与⑧,春来要、寻花伴侣。

[注释]

①玲珑四犯:此词有原题为:"越中岁暮,闻箫鼓感怀。"是宋光宗绍熙四年(1193)作者旅居浙江绍兴过年前夕所作。题中"越中"即浙中。该词直笔抒怀、不求含蓄,在姜夔所写词中这种风格不多见。②叠鼓:连续敲打,鼓声四起。③江淹:南朝梁诗人、文学家。写有《别赋》、《恨赋》。在他的作品《恨赋》中列举了古代许多怀才不遇含恨死去的人的故事。④南浦:江淹《别赋》中有:"送君南浦,伤如之何?"后人多以南浦代指送别的地方。⑤此情苦:指长年游荡、离别之苦。⑥扬州柳:以扬州官路多杨柳代指风流繁华的场所。⑦轻盈换马:古乐府《杂曲歌辞》中有《爱妾换马》篇。《独异记》载,后魏曹彰性格风流,偶逢骏马,非常喜欢,就以美妾与马主交换。端正窥户:指端庄貌美的女子在门内窥人。⑧教说与:让我说给你听。

[译文]

鼓声不断响彻在寒冷的夜晚,张灯结彩迎接即将到来的春天,时光往事如流水,匆匆逝去一瞬间。游历的已经疲倦,很少再有快感,我俯身仰首为古今之事悲叹。江淹若知道我的事情,恐怕《恨赋》中就要又多出一篇。记得当时,送君至南浦分手于岸边。万里乾坤之大,人生百年之长,也只怕数离别之苦最让人肠断。　扬州那繁华热闹场所,青楼、酒肆相连。少不了像曹彰那样以妾换马的倜傥人物,更会有那貌似端庄却躲在门后偷看俊男的风流美妇。我酒醒在明亮的月光下边,美梦已随着潮声去远。文章写得再真诚漂亮又有何用,只是白白使我四处漂泊在天涯海边!让我说给你听,一旦到了春天,我就要寻鲜花为伴,不会再让名利辜负我的有生之年。

琵琶仙

吴兴春游①

双桨来时,有人似、旧曲桃根桃叶②。歌扇轻约飞花,蛾眉正奇绝③。春渐远、汀洲自绿,更添了、几声啼鴂④。十里扬州,三生杜牧⑤,前事休说。　　又还是、宫烛分烟⑥,奈愁里匆匆换时节。却把一襟芳思,与空阶榆荚⑦。千万缕、藏鸦细柳,为玉尊、起舞回雪⑧。想见西出阳关⑨,故人初别。

[注释]

①吴兴春游:此词描写春游时偶遇与昔日恋人相似的女子,因而勾起对往日事情的美好回忆。吴兴即今浙江湖州。此词有原题:"《吴都赋》云'户藏烟浦,家具画船',唯吴兴为然。春游之盛,西湖未能过也。己酉岁,予与萧时父载酒南郭,感遇成歌。"题中《吴都赋》应为李庚的《西都赋》,赋文为:"户闭烟浦,家藏画舟。"萧时父是姜夔的叔岳丈萧德藻的了侄辈。②旧曲:旧时坊曲,曲为娼家所居之处。桃根桃叶:桃叶是晋代王献之的爱妾,桃根是桃叶的妹妹。这里借指作者旧日情侣。③轻约飞花:指用团扇玩弄落花。约,接住、停止的意思。蛾眉:代指美人。奇绝:奇美绝伦。④啼鴂(jué):杜鹃啼叫声。杜鹃啼叫春将过去。⑤三生杜牧:前生、今生、后生为一世人生。这里化用黄庭坚《广陵早春》:"春风十里珠帘卷,仿佛三生杜牧之。"作者在这里自比杜牧。⑥宫烛分烟:指寒食节后分传烛火。古时寒食节禁火,节后宫中取新火传赐群臣。韩翃《寒食》诗:"春城无处不飞花,寒食东风御柳斜。日暮汉宫传蜡烛,轻烟散入五侯家。"⑦一襟芳思:满怀春天的思恋。榆荚:榆钱,榆树的果实。⑧玉尊:玉石酒杯,这里借代酒宴。回雪:柳絮飞花像雪花般飘舞。⑨阳关:古关名,故址在今甘肃敦煌西南。这里化用王维《送元二使安西》:"渭城朝雨浥轻尘,客舍青青柳色新。劝君更尽一杯酒,西

出阳关无故人。"

[译文]

一只小船荡起双桨划过我的面前,船中有人是那么似我旧时恋人的容颜。她在船上一面轻歌一面舞弄团扇,让那纷飞的杨花落在扇面上边,她长得那么漂亮,美得天下少见。春天正一天天地离去,水边沙洲已是一片翠绿,春色依然还在,只是多出了杜鹃的几声哀啼。忆当年扬州繁华场面里,我像杜牧一样享受着风流乐趣,唉,这已经是昔日旧事,此刻我不想再次提起。　转眼又到了寒食节气,宫中该忙着分送烛火传递圣意,无奈我却深陷愁思中无法自拔,可季节却已经在匆匆换替。只能将我满怀的爱的思恋,寄放在岸边空空的台阶上和满树结荚的榆钱里,江岸乌鸦栖身的杨柳扬起细枝千丝万缕,更有那落花飞絮如同雪花飘动旋起,仿佛我们在梦幻的酒宴上重聚,它们都在为我们助舞添趣。此情此景,更使我想起我们当初的别离,那缠绵的一刻将永远存进我的记忆。

法曲献仙音

张彦功官舍①

虚阁笼寒,小帘通月,暮色偏怜高处②。树隔离宫,水平驰道,湖山尽入尊俎③。奈楚客,淹留久,砧声带愁去④。　屡回顾,过秋风,未成归计。谁念我、重见冷枫红舞。唤起淡妆人,问谪仙、今在何许⑤?象笔鸾笺,甚如今、不道秀句⑥。怕平生幽恨,化作沙边烟雨。

[注释]

①张彦功官舍:此词原题:"张彦功官舍在铁冶岭上,即昔日教坊使宅。

高斋下瞰湖山,光景奇绝。予数过之,为赋此。"铁冶岭在杭州云居山下。②虚阁:空静的馆阁。官舍、高斋即此。偏怜:偏爱。③离宫:皇帝的行宫。据朱彭《吴山遗事》诗自注中说,此指的是聚景园,聚景园位于清波门外,宋孝宗晚年居此。尊俎(zǔ):盛酒肉、食品的器皿。④楚客:作者自指。淹留:耽搁,因阻碍而留。砧(zhēn)声:捣衣声。⑤淡妆人:指梅花。逋仙:指宋初隐居孤山种梅的林逋。⑥象笔鸾笺:笔和纸的美称。象笔,象牙装饰的笔。鸾笺,饰有彩纹或麟鸾图形的信笺。甚:为何。

[译文]

寒雾笼罩着山上空净的楼阁,门上小小竹帘透满了皎洁的月色,暮霭重重,喜爱在这高处积着。山中树木浓密掩遮行宫,山下湖水平滑明净,小路蜿蜒曲折远伸,眼前这湖光山色似乎都落入我这饮酒的杯中。奈何我这楚人却长处异地,久久难归故里,只有让这耳边的捣衣声带走我思乡的愁绪。　　常常回忆故地,眼下秋风已过,依然返乡无计。谁会理解我的心情,竟让我滞留如今,再看冷风中枫叶飘红。我要将这梅花唤起,问那种梅的林逋仙人,你现在何处安居?象笔鸾笺都用上,为何到如今你也不让我写出如何归返故乡的美好话语。真怕我平生的一腔幽恨,会在这里化做那沙边的烟雨。

念奴娇

吴兴荷花[①]

闹红一舸,记来时、长与鸳鸯为侣。三十六陂[②]人未到,水佩风裳无数。翠叶吹凉,玉容消酒,更洒菰蒲雨[③]。嫣然摇动,冷香飞上诗句[④]。　　日暮青盖亭亭,情人不见,争忍凌波去[⑤]。

只恐舞衣寒易落,愁入西风南浦⑥。高柳垂阴,老鱼吹浪,留我花间住⑦。田田⑧多少,几回沙际归路。

[注释]

①吴兴荷花:词原题:"余客武陵,湖北宪治在焉。古城野水,乔木参天。余与二三友,日荡舟其间,薄荷花而饮,意象悠闲,不类人境。秋水且涸,荷叶出地寻丈。因列坐其下,上不见日,清风徐来,绿云自动,间于疏处,窥见游人画船,亦一乐也。来到吴兴,数得徜徉荷花叶。又夜泛西湖,光景奇绝,故以此句写之。"武陵,在今湖南常德市。湖北宪治,指宋代荆南荆湖北路提点刑狱官署。②三十六陂(bēi):泛指荷塘多。陂,水塘。③玉容消酒:形容娇红的荷花像酒意才消的美人脸。菰(gū)蒲:浅水生植物,即茭白和香蒲。④嫣然:笑容美好的样子。冷香:荷叶、荷花散发出的清香气味。⑤青盖:状荷叶如青色伞盖。争忍:怎忍。凌波:形容女子步履轻盈。⑥"只恐"二句:化用李璟《摊破浣溪沙》:"菡萏香消翠叶残,西风愁起绿波间。还与韶光共憔悴,不堪看。"⑦高柳、老鱼:高、老相对,无实际意义。⑧田田:茂盛的样子。乐府《江南曲》有"江南可采莲,莲叶何田田"句。

[译文]

从繁茂的荷花中划出我的小船,记得来时路上曾与一双鸳鸯为伴。众多荷塘上寂静无人,绿叶粉荷布满了整个水面。荷叶上面吹来阵阵凉风,荷花朵朵娇红犹如醉酒的美人面容,更兼时有阵雨淋洒在菰蒲丛中。嫣然欢笑的荷花将腰肢轻轻摇动,幽香的气味激起了我的诗情。   暮色渐渐浓重,片片荷叶似伞盖亭亭玉立,仿佛在等待着与情人约会,不见情人又怎忍心迈起凌波步离去匆匆?只怕自己的绿色舞衣遇寒脱落,随西风吹弄在南浦岸边凋零。鱼儿跃出浪花,柳树铺下阴影,好像都在殷勤地挽留,让我在这荷花中间留停。千万张荷叶相连犹如绿色的梦境,使我多少次在沙岸上徘徊,不忍心踏上回返的路程。

一萼红

人日登定王台①

古城阴,有官梅几许,红萼未宜簪②。池面冰胶,墙腰雪老,云意还又沈沈③。翠藤共、闲穿径竹④,渐笑语、惊起卧沙禽。野老林泉,故王台榭⑤,呼唤登临。　　南去北来何事?荡湘云楚水⑥,极目伤心。朱户粘鸡,金盘簇燕,空叹时序侵寻⑦。记曾共、西楼雅集,想垂柳、还袅万丝金⑧。待得归鞭到时,只怕春深⑨。

[注释]

①人日登定王台:此词原题:"丙午人日,予客长沙别驾之观政堂。堂下曲沼,沼西负古垣,有卢橘幽篁,一径深曲。穿径而南,官梅数十株,如椒如菽,或红破白露,枝影扶疏。著屐苍苔细石间,野兴横生,亟命驾登定王台,乱湘流入麓山,湘云低昂,湘波容与,兴尽悲来,醉吟成调。"丙午,即宋孝宗淳熙十三年(1186)。人日,过去农历正月初七日为人日。长沙别驾即指萧德藻,萧德藻时任长沙通判,别驾是通判的别称。定王台,在今长沙市,汉景帝之子长沙定王刘发为眺望其母唐姬而建。②官梅:官府所种的梅花。红萼(è):红色的花萼。萼是花朵最外边的叶片。这里指尚未绽放的花骨朵。③冰胶:冰冻。雪老:残雪。④径竹:竹林间的小路。⑤故王台榭:即定王台。⑥湘云楚水:湘江云水。⑦朱户粘鸡:旧风俗在人日这一天在门上粘贴画有鸡的画来驱邪。《荆楚岁时记》载:"人日贴画鸡入户,悬苇索其上,插符于旁,百鬼畏之。"金盘簇燕:旧风俗在立春这一天,取生菜、果品、糖饼等置于盘中为食,取迎新之意,称为供香盘。侵寻:逐渐推移。⑧袅万丝金:摇摆青黄色的枝条。⑨归鞭:一作归鞍,骑马归返。春深:春尽。

[译文]

在古城墙的北边，有几树官府种的梅花，红红的花苞尚未绽放，还不适宜插戴鬓发。池面还被冰封冻，残雪还躲在墙中间的隙缝中。云层厚厚天阴得浓重。我们一起从青藤架下走过，穿越竹林间的小路，不时发出的笑语，惊飞了卧栖在沙地上的鸥鹭。那过去隐居者栖身的密林清泉处，故王建筑的亭台楼榭，这一切似乎都在召唤我们前去登临关注。　　这些年我南来北往究竟是为了什么？如今仍在楚云湘水间四处漂泊，有时望着远方深思，感到闷闷不乐。人日节又到了，家家户户在红色的大门上贴起了鸡画，香盘中供着各种各样的蔬菜果瓜，眼前的景象让我不由得感叹，时光无情呀，这季节变换得太快了。记得当年我们在家乡的西楼上风雅相聚，那楼下的垂柳千万根青黄色枝条在清风中摇曳，那动人的情形，我至今还能很清楚地记起。唉，思念家乡呀，可只怕我骑马返回时，春天恐怕就要过去了。

齐天乐

蟋　蟀①

庾郎②先自吟愁赋，凄凄更闻私语。露湿铜铺，苔侵石井，都是曾听伊处③。哀音似诉，正思妇无眠，起寻机杼。曲曲屏山④，夜凉独自甚情绪？　　西窗又吹暗雨。为谁频断续，相和砧杵⑤。候馆迎秋，离宫吊月，别有伤心无数⑥。豳诗漫与⑦，笑篱落呼灯，世间儿女。写入琴丝⑧，一声声更苦。

[注释]

①蟋蟀：此词原题有序："丙辰岁，与张功父会饮张达可之堂，闻屋壁间

蟋蟀有声,功父约予同赋,以授歌者。功父先成,辞甚美。予徘徊茉莉花间,仰见秋月,顿起幽思,寻亦得此。蟋蟀中都呼为促织,善斗,好事者或以三二十万钱致一枚,缕象牙为楼观以贮之。"丙辰岁,宋宁宗庆元二年(1196)。张功夫即张镃,张达可是其平辈兄弟。②庚郎:即北周文学家庾信,作有《愁父》,今已不传。③铜铺:铜制铺首,钉在大门上衔门环的铜底座,多为各种兽形。伊:你,这里指蟋蟀。④曲曲屏山:指曲折屏风上所画山水。⑤砧杵(chǔ):捣衣工具。这里指发出的捣衣声。⑥候馆:旅舍。离宫:皇帝的行宫。吊月:对月凭吊,悲月,惜月。李贺《宫娃歌》有"啼蚣吊月钩栏下"。⑦豳(bīn)诗:指诗经《豳风·七月》,其中写蟋蟀:"七月在野,八月在宇,九月在户,十月蟋蟀入我床下。"漫与:随意写。⑧写入琴丝:句下作者自注:"宣、政间,有士大夫制《蟋蟀吟》。"宣、政皆宋徽宗年号。

[译文]

  蟋蟀似庚郎,比我先吟出词章,文句美得像《愁赋》一样,如人窃窃私语透着一种凄凉。露水打湿的门环上,布满苔藓的石井旁,都曾有过你的身影,全是你唱过歌的地方。你的鸣叫那么哀婉,让人听后涌出无限惆怅。思妇正在想念亲人,迟迟难入梦乡。听到你的鸣叫赶忙起身上织床,穿梭织布不停息,聊以排解心中伤。屏风画中山重重,思妇凝望心悲怆,独对寒夜倍寂寞,怎不让人愁断肠。 西窗外不知何时风吹秋雨飘,那蟋蟀在为谁时断时续地拼命叫,是在宣泄自己心中的苦恼,还是在应和那隔壁捣衣的声调?你在客馆伴随着游子度过凄清的秋天,你在行宫陪着帝王后妃对着明月祭奠,你心中终究能有多少伤心之事,让你的呻吟之声无际无边。《豳风·七月》随意地透露出你的行踪,说你在十月已钻入床缝,可笑那世上男孩女童不懂,却晃动着篱笆,呼喊着灯火去寻你的踪影。你是否知道,已经有人将你的叫声谱进琴曲之中,那琴弦弹出哀怨声声,让人听了难免更加苦痛。

淡黄柳

客合肥①

空城晓角,吹入垂杨陌。马上单衣寒恻恻②。看尽鹅黄嫩绿,都是江南旧相识。　正岑寂③,明朝又寒食。强携酒,小桥宅④。怕梨花、落尽成秋色⑤。燕燕飞来,问春何在?惟有池塘自碧。

[注释]

①客合肥:此词有题序:"客居合肥南城赤阑桥之西,苍陌凄凉,与江左异。唯柳色夹道,依依可怜。因度此曲,以纾客怀。"江左,本来是指江东,这里泛指江南。纾,宽解,舒展。②恻恻:凄凄,形容轻寒单薄的样子。③岑寂:沉寂。肃静旷寂。④强:勉强。小桥宅:作者在合肥城南赤阑桥西的居所。姜夔《送范仲讷往合肥》诗中说:"我家昔住赤阑桥,邻里相过不寂寥。君若当时秋已半,西风门巷柳萧萧。"⑤怕梨花、落尽成秋色:借用李贺《十二月乐辞》句"梨花落尽成秋苑"。

[译文]

空空的城中响起清晨的号角,号声传进了杨柳垂荫的街道。我骑着马儿身着单衣从街上穿过,寒意轻轻弥漫在南城的拂晓。我尽情地欣赏着鹅黄嫩绿的柳色,这最能体现春意的杨柳,我在江南时见得最多。　我感到现在寂寞无聊,寒食节明天就要来到。强打精神我带着买来的酒赶路,来到小桥下边我的住处。我怕看到梨花绽放,一旦凋零就成了秋天的模样。燕子双双飞来筑窝,怀疑地询问春天,你在哪里藏躲?眼前空城一片萧索,只有池塘呈现着一汪碧色。

小重山

湘 梅①

人绕湘皋②月坠时。斜横花自小,浸愁漪③。一春幽事有谁知。东风冷,香远茜④裙归。　　鸥去昔游非。遥怜花可可⑤、梦依依。九疑⑥云杳断魂啼。相思血,都沁绿筠枝⑦。

[注释]

①湘梅:此词有作"小重山令"。原题"赋潭州红梅"。据范成大《梅谱》载,红梅品种有"潭州红"。潭州,今湖南长沙。②湘皋(gāo):湘江岸边。③漪(yī):涟漪,细小的波纹。④茜(qiàn):红色。⑤可可:可爱、可人,言其娇小的样子。⑥九疑:九嶷山,在湖南宁远县南。传说舜葬于此,舜妃娥皇、女英思帝悲痛,泪洒竹上,竹身皆成斑,谓之斑竹。⑦绿筠(yún)枝:绿竹。血泪沁入成斑竹。借指红梅之色也是血泪所染。

[译文]

我在湘江边上徘徊直到月亮坠落,眼前梅枝疏影横斜点缀着小小的花朵。月光似水,略含愁意的梅花像在银色的涟漪中漂浮着。孤孤独独、寂寂寞寞,她一春的难言之事有谁晓得?东风略带寒意,吹得她香气远散红花零落。　　旧事已随江鸥飞去,今游观所见已非往昔。远远地爱怜着这娇小可人的梅花,面对东风她无动于衷,仍在梦中动人依依。九嶷山上云雾迷离,那杜鹃鸟儿断魂般鸣啼。看这眼前斑竹,想是那娥皇、女英的一腔泪痕血迹,都浸透在这翠绿色的竹子里。

点绛唇

松 江①

燕雁②无心,太湖西畔随云去。数峰清苦,商略③黄昏雨。第四桥边,拟共天随住④。今何许?凭阑怀古,残柳参差舞!

[注释]

①松江:此词原题"丁未冬过吴松作"。丁未,宋孝宗淳熙十四年(1187)。吴松,又名淞江,即今江苏吴江。这首词是作者这年冬天从湖州至苏州经过吴松时所作。据书载,姜夔平生最心仪于晚唐隐逸诗人陆龟蒙,而陆龟蒙生前隐居之地,正是吴松。因此,题序特写吴松作很有寓意。②燕雁:北方飞来的大雁。燕,北方古燕国之地,在今北京市一带。③商略:商量,酝酿。④第四桥:指吴江城外的甘泉桥。因其泉品排第四,故名。天随:晚唐诗人陆龟蒙,自号天随子,故居在吴松甘泉桥附近。他常乘船携带书、笔、钓具等,游于太湖,又自称江湖散人。

[译文]

北方来的大雁好像没有一点心事,悠闲地从太湖西岸随着浮云飞去。远处几座山峰阴云笼罩显得那么悲凄,仿佛在酝酿着黄昏时刻来上一场大雨。　　第四桥边正是天随子的故居,我真想搬到此地与他结为邻里。可是,如今他在哪里?我倚着栏杆把他过去的事情追忆,眼前但见杨柳凋残、长短不齐的枝条迎风舞弄不已。

惜红衣

吴兴荷花[1]

枕簟邀凉[2],琴书换日,睡余无力。细洒冰泉,并刀破甘碧[3]。墙头唤酒,谁问讯、城南诗客[4]。岑寂,高柳晚蝉,说西风消息[5]。　　虹梁水陌[6],鱼浪吹香,红衣半狼藉。维舟[7]试望,故国渺天北。可惜柳边沙外,不共美人游历。问甚时同赋,三十六陂秋色[8]?

[注释]

①吴兴荷花:此词有题序:"吴兴号水晶宫,荷花盛丽。陈简斋云:'今年何以报君恩,一路荷花相送到青墩。'亦可见矣。丁未之夏,予游千岩,数往来红香中,自度此曲,以无射宫歌之。"吴兴,今浙江湖州。水晶宫,杨濮守湖州,赋诗云:"溪上玉楼楼上月,清光合作水晶宫",其后遂以吴兴为水晶宫。陈简斋即陈与义,字去非,简斋为其号。题序所引为其《虞美人》中句。千岩在湖州弁山。丁未,即宋孝宗淳熙十四年(1187)。姜夔此时依居于其伯岳萧德藻处。②枕簟(diàn):枕席。簟,竹席。邀凉:乘凉、纳凉。③细洒:细心清洗。并刀:古时并州(今太原一带)所产的刀,当时以利、快闻名。甘碧:香甜新鲜的瓜果。④墙头唤酒:化用杜甫诗《夏日李公见访》:"隔屋唤西家,借问有酒不?墙头过浊醪,展席俯长流。"城南诗客:指杜甫在《夏日李公见访》中杜甫借酒所居于"僻近城南楼"。作者在这里感叹不如杜甫,无佳客来访,无邻家有酒可借,一唤能从墙头递过来。⑤西风消息:秋天的信息。⑥虹梁水陌:拱桥和湖堤。⑦维舟:系船。⑧同赋:这里作"同赏"。三十六陂(bēi):泛指湖塘多。陂,水塘。

[译文]

我每日在竹枕席上乘凉,抚琴读书打发时光,即使睡醒了也觉疲惫无力量。用泉水细细地清洗,用利刀将鲜甜的瓜果切劈。我每天精心地安排着自己的生活,可我比杜甫寂寞,不能隔着墙头把酒索,又有谁会来问候我,我不是那城南诗客。家中孤寂冷落。西风微寒,落叶的柳树,哀鸣的老蝉,都在告诉你已经到了秋天。

眼前拱桥如月,湖堤漫长,鱼儿随波嬉游,湖面飘着清香,荷花却已半数凋零枯黄。系船登岸遥望故乡,在那茫茫天际的北方。可惜在这水岸沙边,不能与旧时的美人一同游览。想问什么时候才能同赏,眼前这水乡湖塘秋日的风光?

刘仙伦

刘仙伦，一名儗，字叔拟，号招山，庐陵（今江西吉安）人。布衣终生。工诗词，与刘过齐名，时称"庐陵二士"。有《招山小集》。

江神子①

东风吹梦落巫山，鬟云鬓，却霜纨②。雪貌冰肤，曾共控双鸾。吹罢玉箫③香雾湿，残月坠，乱峰寒。　　解珰④回首忆前欢，见无缘，恨无端。憔悴萧郎⑤，赢得带围宽。红叶不传天上信⑥，空流水，到人间。

[注释]

①江神子：这是一首思念恋人的词。通过叙说神话爱情故事，表达自己的深深思恋。词意十分真切，意境凄美。②巫山：今长江三峡处，四川东部与湖北交界的长江岸边。有巫山神女的神话故事。宋玉作有《高唐赋》和《神女赋》，谓楚王游于云梦，夜梦与神女遇，有欢爱之情。却霜纨（wán）：穿上素色绢衣。纨，细绢。③吹罢玉箫：用典萧史吹箫引凤与弄玉双双飞升的传说。④解珰（dāng）：解下耳环。⑤萧郎：女子对所爱的男子的代称。⑥红叶

不传天上信：用典"红叶题诗"的故事。唐宣宗时卢渥赴京应举，偶临御沟，上漂有红叶，叶上题诗云："流水何太急，深宫尽日闲。殷勤谢红叶，好去到人间。"见唐范摅《云溪友议》。

[译文]

东风把我的梦吹落在巫山，梦中我在那里梳整着云鬟，穿着素绢织成的衣衫。我有着冰一样晶莹的皮肤，雪一样洁白的容颜，我们一起骑着青鸾遨游在蓝天。吹过玉箫湿润的香雾四处弥漫，月儿弯弯坠落西边，千山万峰透着清寒。　　解下你赠送给我的耳环观看，回忆着我们欢爱的以前，可现在我们却无缘相见，这让我怅恨无边。我为你如今人已憔悴容颜变，腰肢消瘦衣带宽。唉，梦入仙境也难如愿，那红叶怎传天下的信息，只能让那银河的水空空地流动，注入人间。

菩萨蛮

效唐人闺怨[①]

吹箫人去行云杳，香篝[②]绣被都闲了。叠损缕金衣，伊家浑不知[③]。　　冷烟寒食夜，淡月梨花下。犹有软心肠，为他烧夜香。

[注释]

①效唐人闺怨：词题直白词意，这是一首效仿唐人所作的闺怨词。写思妇对情人的挂念。②香篝（gōu）：竹子编的熏笼。③伊家：你。浑：全。

[译文]

你一走便如行云杳无踪影，锦绣被子我也懒得再用香笼熏蒸。因寄托思念常把你穿过的衣服摆弄，翻来覆去叠损了几件恐怕你全不知情。　寒意笼罩着寒食节的夜晚,我伫立在月光洒照的梨花树下把你思念。虽口中抱怨你千百遍,但还是心肠软,烧炷夜香为你祈祷平安。

蝶恋花①

小立②东风谁共语?碧尽行云,依约兰皋③暮。谁问离怀知几许?一溪流水和烟雨。　媚荡杨花无著处,才伴春来,忙底④随春去。只恐游蜂粘得住,斜阳芳草江头路。

[注释]

①蝶恋花:这是一首思妇怀念远行亲人的词。②小立:伫立片刻。③依约:隐隐约约。兰皋:长着兰草的沼泽。④忙底:为何匆忙。

[译文]

在东风中片刻伫立谁会与我话语?抬头望碧空清澈行云万里,远处暮色渐浓,隐约可见兰草布满在沼泽地。问我满怀思念有几许?恰似那长流不断的溪水和那茫茫无际的烟雨。　妩媚放荡的杨花随风漂泊无定居,它才随着春天来到这里,为何又要匆匆伴着春天离去。只愿那飞舞的蜂蝶能粘住几片花絮,从而能为我留住一些春意,每日盼望着你的身影出现,可眼前只见夕阳下的江边路上依旧芳草萋萋。

一剪梅①

唱到阳关第四声②,香带轻分,罗带轻分。杏花时节雨纷纷,山绕孤村,水绕孤村。　更没心情共酒樽,春衫香满,空有啼痕。一般离思两销魂，马上黄昏，楼上黄昏。

[注释]

①一剪梅：这是一首叙说离别之情的词。上片说离别，下片说相思。上、下片各有词句相重却有一字之差，虽一字之差却把人物对象和自然对象的变化区分得非常巧妙。除句式变化得巧妙外，该词咏叹时所具的音乐节奏美和语言美都很有特色。②阳关第四声：唐代王维诗《送元二使安西》："渭城朝雨浥轻尘，客舍青青柳色新。劝君更尽一杯酒，西出阳关无故人。"其诗谱入乐曲，世人多传唱，名为《阳关三叠》。其中第四声所唱的是诗中的第三句"劝君更尽一杯酒"。

[译文]

劝君更尽一杯酒，你我依依难分手。唱到阳关第四声，我们各解腰带相赠送。正值杏花开时的孟春，细雨飘落纷纷，你我相别，在这青山绿水环绕的孤村。　　哪里有碰杯饯行之心，我熏过香的春衫一时布满泪痕。一起分手别离，两人各自伤魂。黄昏降临你在马上把我追忆，夕阳西下我在楼上把你觅寻。

霜天晓角

蛾眉亭①

倚空绝壁，直下江千尺。天际两蛾凝黛②，愁与恨，几时极。　　暮潮风正急，酒醒闻塞笛③。试问谪仙④何处？青山⑤外，远烟碧。

[注释]

①蛾眉亭：此首又作韩元吉词，标为"题采石蛾眉亭"。因蛾眉亭题词者众多，以周密辑录年代考，误为刘仙伦作的可能性不大。这是一首名作，吴师道在《吴礼部词话》中称赞该词在题咏采石蛾眉亭的诸词中"未有能继之

者"。《安徽通志》载:"蛾眉亭在当涂县北二十里,据牛渚绝壁,前置二梁山,夹江对峙如蛾眉然故名。"蛾眉亭在长江边的牛渚山上,牛渚山北边突入长江之中的地方为采石矶,该亭建在采石矶绝壁上。梁山,即天门山。②两蛾凝黛:把两岸对峙的梁山比作美人凝思的黛眉。③塞笛:边笛。采石矶为当时南宋边防军事要塞。④谪仙:即李白。人称"谪仙人"。⑤青山:在当涂县东南。李白死于当涂,初葬采石矶,后改葬在青山,青山北麓有李白墓。

[译文]

蛾眉亭在凌空的悬崖绝壁上,距离江面千尺高,天边两山夹江对峙,犹如美人两条凝结愁恨的眉毛。这愁与恨无边无际,不知何时才能解消。 黄昏,江潮涌起,江风正急,此刻酒意清醒耳边响起边笛。试问酒仙李白你在哪里?对面青山遥遥,江中烟云朦胧水波青碧。

孙惟信

孙惟信(1179~1243),字季蕃,号花翁,开封(今属河南)人。居婺(wù)州,曾在朝中为官,后弃官不仕,工词,在南宋有声名。有《花翁集》,已失。存词十一首。

昼锦堂①

薄袖禁②寒,轻妆媚晚,落梅庭院春妍。映户盈盈回倩,笑整花钿③。柳裁云剪腰支小,凤盘鸦耸髻鬟偏④。东风里,香步翠摇,蓝桥那日因缘⑤。　　婵娟,流慧眄,浑当了、匆匆密爱深怜⑥。梦过⑦阑干犹认,冷月秋千。杏梢空闹相思眼,燕翎难系断肠笺⑧。银屏下,争信有人真个,病也天天⑨!

[注释]

①昼锦堂:这是一首描写男女相见引发相思的词。词中所叙主人公偶尔相遇佳人,因佳人对其美目流盼便以为对自己有意,而萌生相思之情。全词声情并茂,韵律美感强烈,显现了花翁词的风格特色。②禁:挡,御。③回倩:回眸含笑的样子。花钿:女子首饰。④凤盘鸦耸:女子发式。髻鬟偏:发髻偏

向一边，似堕未堕，俗称倭堕髻。⑤香步翠摇：移步生香，翠饰晃动。这里形容女子走路的样子。蓝桥：在陕西蓝田县东南蓝溪之上，相传，唐代人裴航在此处遇到仙女云英。见《太平广记》卷五十"裴航"。⑥婵娟：美好的样子。流慧眄（miàn）：美目流盼，目光透出灵气聪慧。眄，斜视的样子。浑：全。⑦梦过：这里指欢爱过后。⑧断肠笺：指寄给女子的信。⑨争信：怎信。天天：天啊，惊叹语。

[译文]

  轻薄的衣衫抵御着春寒，傍晚淡妆更是妩媚好看，梅花已显凋零，仍在庭院与春天争妍。你在门前窈窕玉立，回眸一顾是那么动人美丽，你甜甜地笑着，把头上的发饰整理。你那纤柔的腰肢像柳枝那样轻细，像云朵那样飘逸。秀发高耸，一半偏堕下去，盘梳得时尚而又新奇。东风里，你香步轻移，身上玉佩叮咚，像一首轻柔的乐曲。这就是那天在蓝桥，我有缘相遇时的你。　你多么美丽，你当时斜看了我一眼，那含情脉脉的目光透着一股灵气。全当是，你我匆匆相遇便深情相爱的依据。那一刻虽如美梦过去，但我见你时伏过的栏杆还应该能够记起，天上那轮寒月和你荡过的秋千，也会有些记忆。你那杏眼柳眉耗尽了我相思的眼光，眼下最热心的燕子，也难传递我断肠般想你的信息。银色的屏风下，谁会相信有人因爱恋已到了这般田地，我就要因相思大病一场了，我的上帝！

夜合花①

  风叶敲窗，露虫吟甃，谢娘庭院秋宵②。凤屏半掩，钗花映烛红摇。润玉暖，腻云娇③。染芳情、香透鲛绡④。断魂留梦，烟迷楚驿，月冷蓝桥。　谁念卖药文箫⑤。望仙城路杳，莺燕迢迢。罗衫暗折,兰痕粉迹都销。流水远,乱花飘。苦相思、宽尽香腰。几时重恁⑥,玉骢过处,小袖轻招。

[注释]

①夜合花:这是一首描写女子思念所爱之人的词。全词委婉细腻,声情并茂,韵律感很强,上口且美,也为花翁词风的典型篇目。②蛩(qióng):蟋蟀。甃(zhòu):砖石砌的井壁。谢娘:指歌妓。有书载唐代李德裕有一宠妓名谢秋娘,后泛指歌妓。③润玉:指肌肤像玉石一样润滑。腻云:指秀发。④鲛绡:丝织手帕。⑤卖药文箫:用典唐代裴铏所著《传奇》。书中说唐大和末年有书生文箫在钟陵西山遇到仙女吴彩鸾,两人互相爱慕,彩鸾唱歌道:"若能相伴陟仙坛,应得文箫驾彩鸾。"后两人最终结为夫妻。卖药这里是泛指隐士。古人家贫或求隐时常卖药养生。晋皇甫谧《高士传》载,汉代避世逃名的高士韩康就在市中卖药三十余年。⑥重恁(nèn):再能这样。

[译文]

风吹落叶敲打着门窗,蟋蟀冒着寒露在井壁上轻唱,谢娘我庭院里的秋夜一派凄凉景象。描凤的屏风半掩,红烛晃动的光线映照在金钗上。我玉石般光滑的肌肤是那么暖香,秀发高耸像云彩一样娇美腻亮。可如今这些我能让谁来欣赏。我爱你的心在燃烧奔放,思念你的香泪洒满在丝帕上。我在梦中断魂般把你回想,那楚地的驿站上烟云茫茫,一轮寒月悬挂在蓝桥之上。 是谁还在想着卖药的书生文箫,我望仙境迷迷蒙蒙万里路杳,那莺歌燕舞的地方更是路途遥遥。等待中我罗衫都不知不觉被磨破,脂红香粉已懒得涂抹。流水无情地流向远方,落花片片凄惨地随风飘扬。谁能懂我这苦苦的相思之情,为此我日渐消瘦腰细衣松。盼望什么时候还能像过去那样,你骑着玉骢马从门前经过,轻轻地招手把我叫到你的身旁。

烛影摇红

牡 丹①

一朵䩼红②,宝钗压鬓东风溜。年时也是牡丹时,相见花边酒。初试夹纱半袖,与花枝、盈盈斗秀。对花临景,为景牵情,因花感旧。 题叶③无凭,曲沟流水空回首。梦云不到小山屏,真个欢难偶!别后知他安否,软红街④,清明还又。絮飞春尽,天远书沉,日长人瘦。

[注释]

①牡丹:这是一首咏物词。通过咏牡丹写男女因花感旧之情。词上片写男子思女子,下片则互换角色,以女子思念男子。②䩼(tīng)红:牡丹的一个品种。花色深红。③题叶:宫女红叶题诗的故事。④软红街:都市风流繁华的场所。

[译文]

眼前一朵深红色的牡丹花,被东风吹着,像女人头上被宝钗簪着的鬓发。当年也是牡丹花开的时候,我们曾在花间一起饮酒。你穿着薄纱短袖的春衫,与那俏丽的花枝争艳。面对景色不由让我情思萌动,这眼前的花让我感怀起过去的事情。 想题诗传情却无红叶可书,弯曲的河道流水不断,也无法实现题叶传情的典故。梦中的彩云飘不到画在屏风上的山中,想寻回过去的欢爱真是难以成功。分别之后不知他平安否,繁华街市上,清明节时他是否又在那里赏游。杨花已飘飞絮,春天即将过去,天地那么遥远,书信无人传递,每日漫长难度,让人消瘦痛苦。

醉思凡①

吹箫跨鸾，香销夜阑②。杏花楼上春残，绣罗衾半闲。衣宽带宽，千山万山。断肠十二阑干③，更斜阳暮寒。

[注释]

①醉思凡：这是一首相思词。上片写梦境，下片写思盼。②吹箫跨鸾：用典《列仙传》，萧史吹箫引凤与弄玉双双飞升的故事。夜阑：夜深。③十二阑干：泛指栏杆多，非实指。

[译文]

梦中我与你吹箫引凤双双飞上蓝天，醒后香气已消失在这深深的夜晚。杏花楼上已非当年，我们欢爱相处的痕迹几乎已寻不见，每日我一人独眠，绣花罗被一半空闲。　　因思念我人消瘦衣带渐渐松宽，相距遥远我们隔着千山万山。盼你早归我常常登高望远，伏倚过许许多多的栏杆断肠地思念，可眼前哪里能寻觅到你的身影，只看见斜阳西坠、黄昏风寒。

南乡子①

璧月②小红楼，听得吹箫忆旧游。霜冷阑干天似水，扬州，薄幸③声名总是愁。　　尘暗鹔鹴裘④，裁剪曾劳玉指柔。一梦觉来三十载，风流，空对梅花白了头！

[注释]

①南乡子：这是一首忆旧遣怀之词。回忆昔日与意中人的欢爱情景，感叹自己的年华流逝。②璧月：月圆如玉璧。③薄幸：薄情。④鹔鹴（sù shuāng)裘：大雁羽毛制成的裘衣。鹔鹴，雁的一种。据《西京杂记》记载，司马相如与卓文君私奔至成都后，一度生活拮据，司马相如把自己的鹔鹴裘与人换酒，与卓文君对饮清愁。

[译文]

　　圆圆的月亮高挂在小红楼上。传来的箫声让我把往事回想。寒霜冷透栏杆，天空像河水一样清凉，想起扬州，那薄情的声名总是让我愁伤。　　灰尘蒙盖了雁羽做的衣裳，缝制它曾让你玉指多日繁忙。三十年过去犹如大梦一场，风流早成昔日往事，而今只能空对梅花叹息，眼下我已白发苍苍！

史达祖

史达祖（生卒年不详），字邦卿，号梅溪，汴（今河南开封）人，后移居成长于临安（今浙江杭州）。屡试不第，宋宁宗初期韩侂胄主政，史达祖倚韩入中书省为堂吏，力主抗金，为韩所看重。北伐失败后，韩被杀害，史受黥刑，贬谪荒远，在贫困中死去。有词集《梅溪词》。《全宋词》收其词一百一十一首。

绮罗香

春　雨①

做冷欺花②，将烟困柳，千里偷催春暮。尽日冥迷③，愁里欲飞还住。惊粉重④、蝶宿西园，喜泥润、燕归南浦。最妨他、佳约风流，钿车不到杜陵路⑤。　　沉沉江上望极，还被春潮晚急，难寻官渡⑥。隐约遥峰，和泪谢娘⑦眉妩。临断岸⑧、新绿生时，是落红、带愁流处。记当日、门掩梨花，剪灯深夜语⑨。

[注释]

①春雨：此词咏春雨。该词为史达祖咏物词中的名篇。全词未见一个"雨"字却句句不离春雨。②做冷欺花：春雨添寒意犹如欺侮花。③冥迷：模糊。雨蒙蒙的样子。④粉重：蝴蝶翅膀上有粉，经雨淋后变得沉重。这里将"粉"代指蝴蝶翅膀。⑤钿车：华丽的车子。杜陵：汉宣帝的陵园，在长安南边。唐时这里是游览胜地，这里泛指风景美好的地方。⑥官渡：公用的渡船。⑦谢娘：唐宋词诗中家常用语，泛指妇女。⑧断岸：陡峭的河岸。⑨门掩梨花：化用李重元诗《忆王孙》中句"雨打梨花深闭门"。剪灯深夜语：化用李商隐诗"何当共剪西窗烛，却话巴山夜雨时"。

[译文]

春雨带来了一股清冷，似乎在把刚开的花儿欺凌，那如烟云般的雨雾，已把片片绿柳遮蒙，千里绵绵细雨，悄悄催促着春天的行程。整日阴雨不停让大地变得朦朦胧胧，它时下时住更易令人愁意重重。蝴蝶被雨水打湿了翅膀，无法远行，只能停落在西园之中；春燕却欣喜雨水浸润了泥土，在那河的南岸飞个不停。最受影响的要数那情人的风流约会，雨雾飘摇道路泥泞，杜陵路上哪里还能看到华丽车辆的身影。　　在茫茫江水边极目望远，晚来的春潮滚滚流动，眼前雨雾一片，官渡寻觅不见。雨中远处山峰隐约可见，仿佛是美女带泪的眉眼。登上陡峭的河岸，哪里像绿叶新生的春天，雨中红花凋零、落英带愁随波漂浮去远。记得当年也是一个雨打梨花的夜晚，你我闭门面对，剪着蜡烛的灯花，深情地畅谈。

双双燕①

过春社了，度帘幕中间，去年尘冷②。差池③欲住，试入旧巢相并。还相雕梁藻井④，又软语、商量不定，飘然快拂花梢，翠尾分开红影⑤。　　芳径，芹泥⑥雨润。爱贴地争飞，竞夸轻俊。红楼归晚，看足柳昏花暝⑦。应自栖香正稳⑧，便忘了、天涯芳信。愁损玉人⑨，日日画栏独凭。

[注释]

①双双燕：这是一首咏春燕词，也是史达祖咏物的名篇。词中对春燕情态描写精细，形神俱佳。在当时与王琪描写的燕词"烟径掠花飞远远"，李龏夫的燕诗"花前语望春犹冷"，皆被推为绝妙之作。②春社：古代春分前后祭祀土地神的日子叫春社。度：飞过。③差池：燕子飞行时尾翼舒张的样子。《诗经·邶风·燕燕》中有"燕燕于飞，差池其羽"。④相：打量，端详。藻井：天花板。旧时屋内用方木架打造如井栏形状的木格，上饰以荷花菱藻之类的彩绘，称为藻井。⑤红影：花影。⑥芹泥：水芹生长处的湿泥。杜甫《徐步》中有"芹泥随燕嘴"。⑦柳昏花暝：傍晚景色。暝，昏暗的样子。⑧栖香正稳：指燕子安稳地在巢中栖息。⑨愁损玉人：一作"愁损翠黛双蛾"。

[译文]

春社刚刚过去，一双燕子穿过帘幕飞进屋里，去年窝巢还在但却灰尘冷寂。它们展开尾翼飞去，试探着进入旧巢中并居。它们把彩绘的雕梁藻井端详仔细，然后呢呢喃喃地私语，好像拿不定主意。突然它们飞快地一起飘然飞离，掠过花丛的枝头，绿色的燕尾将红色的花影分劈。　　芬芳的花间小路里，春雨湿润了长着水芹的泥地。那双燕子相互贴着地面争飞，像在竞相夸耀谁的姿态最轻盈美丽。很晚它们才飞回红楼的巢里，已饱尝了柳阴花暗的情趣。想来此刻这对燕子正安详地在窝内香甜同憩，却忘了从天涯海角为主人捎来美好的信息。急坏了的美人每天倚着雕花栏杆遥望，不知情郎何日能返故居。

夜行船①

不剪春衫愁意态，过收灯②，有些寒在。小雨空帘，无人深巷，已早杏花先卖。　　白发潘郎宽沈带③，怕看山，忆他眉黛。草色拖裙，烟光惹鬓，常记故园挑菜④。

[注释]

①夜行船：此词原题"正月十八日闻卖杏花有感"。词中抒写春游时刻思乡怀人、伤感岁月的情怀。②收灯：旧俗正月十五元宵节前后数日要放灯，至十八日收灯，届时市人争先出城探春。③白发潘郎：指晋代潘岳。他在《秋兴赋序》中说："余春秋三十有二，始见二毛。"宽沈带：南朝沈约。他在《与徐勉书》中称自己因病消瘦，"百日数旬，革带常应移孔"。④挑菜：唐宋习俗，二月二日为挑菜节，城中士女至郊外游观。

[译文]

不裁春衫无意出游我愁意浓重，收灯节已过天气依然寒冷。帘外空空唯有细雨飘动，深巷寂静不见一个人影。清晨是那么冷清，偶有杏花叫卖声传入耳中。　　而今我如沈约、潘岳，人消瘦而且白发层层，最怕遥望远山，一看就会想起她那青青的眉峰。想当时，芳草地上她拖曳着绿色的罗裙，晨日的光线斜照着她的发鬓，我们一起在故园踏青挑菜的欢乐情形至今记忆犹新。

东风第一枝

春　雪①

巧剪兰心，偷粘草甲，东风欲障新暖②。谩疑碧瓦难留，信知暮寒较浅③。行天入镜④，做弄出、轻松纤软。料故园、不卷重帘，误了乍来双燕。　　青未了、柳回白眼，红不断、杏开素面⑤。旧游忆著山阴，厚盟遂妨上苑⑥。寒炉重暖，且慢放、春衫针线⑦。恐凤靴、挑菜归来，万一灞桥相见⑧。

[注释]

①春雪:一作"咏春雪"。这是一首咏物词。全词以细腻的笔触写出了春雪的特点以及雪中草木万物的千姿百态。②兰心:兰花芯,叶片与叶片交结处。草甲:草皮,草芽上的薄膜。③谩疑:料想。信知:本知。④行天入镜:化用韩愈《春雪》诗"入镜鸾窥沼,行天马渡桥"。形容雪后景致,临池如窥镜,渡桥如行天。⑤青未了:青未去,青还在。柳回白眼:柳叶初生时如人眼睡眠初醒,雪落其上成白眼。红不断:指杏花陆续开放。⑥旧游:用典《世说新语·任诞》,晋王徽之居住山阴,深夜大雪中想起戴逵,便冒雪乘船访戴逵,走至其门,未入即返。人们问他什么原因,他说:"乘兴而来,兴尽而去,何必见?"山阴:今浙江绍兴。厚盟遥妨上苑:用典谢惠连《雪赋》。上载司马相如参加梁王苑园之宴,因下雪而迟到。⑦春衫针线:做春衫的针线活儿。⑧凤靴:女子所穿饰有凤纹图案的鞋。挑菜:这里指踏青。灞桥:在长安东郊。

[译文]

春雪纷扬,巧妙地渗进兰芯,暗暗地粘在草皮上。春雪带着寒意想把东风吹来的温暖阻挡。它深知夜来的寒冷不重,料想未必能凝结在那碧瓦上。春雪漫天飞舞,飘落进湖泊、池塘,却做出一番轻松细软的模样。春雪的到来使故园中的门帘不会卷起,让那新来的双燕无法飞进屋房。 春雪使青青的柳叶变成白眼,让杏花粉红的娇颜变成了素面。这场雪不由令人联想起王徽之访友门前返,司马相如赴宴被迟延。因春雪到而冷落的暖炉重新点燃,急于郊游做春衫的针线活儿被放慢。怕只怕,那穿凤靴踏青的女子归来,会在灞桥上被困在雪里面。

东风第一枝

灯　夕①

酒馆歌云，灯街舞绣，笑声喧似箫鼓。太平京国多欢，大酺绮罗几处②。东风不动，照花影、一天春聚。耀翠光、金缕相交，苒苒③细吹香雾。　　羞醉玉④、少年丰度。怀艳雪⑤，旧家伴侣。闭门明月关心，倚窗小梅索句⑥。吟情欲断，念娇俊⑦、知人无据。想袖寒、珠络藏香，夜久带愁归去⑧。

[注释]

①灯夕：这是一首感怀词。农历正月十五元宵节期间，夜晚放灯，故称灯夕。②京国：指京城临安。大酺（pú）：帝王为表示欢庆特许民间举行的大会餐。③苒苒：同"冉冉"。形容香雾轻柔飘散的样子。④醉玉：指男士醉后的胴体。《世说新语·容止》载，嵇康醉时如玉山之将崩。⑤艳雪：形容女子姿容。代指情人。⑥小梅索句：指梅花向自己索取诗句。⑦娇俊：代指情人。⑧袖寒：佳人夜寒。珠络藏香：珠络，首饰、佩物。这里是指身上带着欢庆灯夕留下的香味。

[译文]

酒馆林立歌者如云，放灯的街上满是身穿过节服装的人，欢声笑语喧天，像千百张箫鼓在擂阵。太平时期临安城充满欢乐，着绮罗共欢宴的场面非常之多。湖面上，东风不吹、花影清晰，龙舟渔船整天在春色中相聚；地面上，各种金银翠玉首饰在闪耀，锦衣绣衫互交映，烟云弥漫香雾缭绕。　　眼前英俊的少年我羞于细看，一心想着旧时的侣伴。设想我们一起，携手回家闭门赏月的情趣，我们共倚在窗口等那窗外的梅花向我们索要诗句。唉，我要将想象马上中断,因为无论我如何将情人思念,眼下也无条件可以实现。想着家中人正在饱尝寒意,便携着满身的灯夕香气,夜深带愁怏怏归家去。

黄钟喜迁莺

元 宵①

月波凝滴,望玉壶②天近,了无尘隔。翠眼圈花,冰丝织练,黄道宝光相直③。自怜诗酒瘦,难应接、许多春色。最无赖④,是随香趁烛,曾伴狂客。　　踪迹漫记忆,老了杜郎,忍听东风笛⑤。柳院灯疏,梅厅雪在,谁与细倾春碧⑥?旧情拘⑦未定,犹自学、当年游历。怕万一,误玉人⑧、夜寒帘隙。

[注释]

①元宵:此词为"灯夕"的姊妹篇。词以元宵月夜景色描述至触景抒情,感叹往昔、遣伤悲怀。②玉壶:指月亮。月如玉壶般明净。南朝鲍照有"清如玉壶冰"句。③翠眼圈花:各种花灯如柳眼,不停转动。圈,转。黄道:皇道,官道。此处指临安城的街道。又有黄道为太阳运行的轨道。古人认为太阳绕地球运行,故有黄道吉日。"黄道宝光"也可解为太阳形的圆灯发出的光芒。④无赖:无聊,没意思。⑤杜郎:即唐诗人杜牧。这里为词人自喻。东风笛:指离别的怨笛之声。⑥春碧:指酒。⑦拘:滞留。⑧玉人:美女。此处指自己的情人。

[译文]

月光清如水波,仿佛要滴下来似的,天下明月离得那么近,似乎伸手就能摸着。夜空清朗,与世间毫无灰尘阻隔。街灯真是好看:绿色柳叶状的灯旋转着花样撩人双眼;白色的灯晶莹如雪像裹着用冰织成的白绢;更有那太阳灯高高悬挂,金色的光线直泻地面。我沉溺诗酒日渐憔悴,已难以应接这些春色编织的光环。最无聊的是与几个狂放的朋友结伴,循着香气趁着烛光偷偷地追在女人后边。　　过去的经历慢慢地在记忆中显出踪影,我杜郎如今已老了,怎忍心再醉听东风中传来情人离别的笛声。眼前我种满杨柳的庭院中灯火稀疏,梅花厅旁残雪遗露,有谁能与我细品着美酒把贴心话儿互相倾吐?旧时的情意还停留保存在心里,我却在仿效当年经历,生活放荡不羁。只怕万一,她还等候我在那里,我岂不误了她一番情意,让寒气穿过帘缝,冻坏了她的身体。

清商怨[①]

春愁远,春梦乱,凤钗一股[②]轻尘满。江烟白,江波碧,柳户清明,燕帘寒食。忆,忆[③]!　　莺声晚,箫声短,落花不许春拘管[④]。新相识,休相失,翠陌吹衣,画桥横笛。得,得[⑤]。

[注释]

①清商怨:此词也作《钗头凤》,题为"寒食饮绿亭"。饮绿亭在杭州西湖上,南宋初期李翚所建,范成大为其亭题名并留有诗。这首词是写寒食饮绿亭上的感旧,在写法上似仿陆游名作《钗头凤·红酥手》。②凤钗一股:凤钗都为双股,一股喻人已分离。③忆,忆:有本为:"忆,忆,忆!"④不许春拘管:随意飘荡。⑤得,得:得了,罢了。有本为:"得,得,得!"

[译文]

我春天的愁绪是那么长远,春天的梦境是那么凌乱,一股凤钗孤零零,早被轻落的灰尘盖满。江岸白色的烟云弥漫,江面水波青碧连天。清明绿柳掩映着村居,寒食新燕穿帘飞进屋里。这些往事,记得起,记得起!　　莺啼叫在晚暮,箫声是那么短促。落花春天怎能管住,任它随意飘浮。新交的知己,千万莫要失去。绿草路上东风掀动春衣,雕画的桥上牧童吹着横笛。往事无限美好,只是再难寻找,罢了,罢了!

蝶恋花①

二月东风吹客袂,苏小门前,杨柳如腰细②。蝴蝶识人游冶地,旧曾来处花开未? 几夜湖山生梦寐。评泊③寻芳,只怕春寒里。今岁清明逢上巳,相思先到湔裙水④。

[注释]

①蝶恋花:这是一首描述春思的词。全词旖旎香艳、情味十足。②袂(mèi):衣袖。苏小:苏小小,六朝南齐时钱塘的名妓。这里代指自己所恋的歌妓。③评泊:评论或度量。④上巳:旧历三月上旬的巳日。古时值此日到水边游赏采兰、洗衣,谓之修禊。湔(jiān)裙:湔,洗。古俗上巳日洗衣裳以除去不祥。

[译文]

二月东风吹进客人的衣袖,苏小小的门前长着腰般粗细的杨柳。野游的地方带路的蝴蝶认识我这个朋友,我不禁问它,过去曾来过的地方如今花开没有? 我几夜湖山游赏,生出许多梦想。思量着到那里去寻觅芳香,又怕正值春寒中,那里鲜花没有绽放。今年清明恰逢上巳这一天,思念她我就先到过去她洗裙的水边。

玉楼春

社前一日①

游人等得春晴也，处处旗亭闲系马②。雨前红杏尚娉婷，风里残梅无顾藉③。　　忌拈针指还逢社，斗草赢多裙欲卸④。明朝新燕定归来，叮嘱重帘休放下。

[注释]

①社前一日：这是一首描春游之景的词。社前一日指春社日前一天。②旗亭：酒楼。以楼前挂幌旗而名。闲：有本作"咸"，总是。③娉婷：姿态美好的样子。无顾藉：无顾忌。四处乱飘。④忌拈针指：古时社日前一天要停做针线活儿。卸：脱。

[译文]

游人等来了春日的晴天，处处酒楼前都有游客的马匹系拴。春雨前杏花红媚展示着娇颜，风却吹得残梅落花一片。　　正逢社日前一天，各家皆不拈针线，斗草游戏赌输赢，脱裙挽袖出香汗。明晨新燕要飞回，叮嘱不要放门帘。

青玉案①

蕙花②老尽离骚句，绿染遍，江头树。日暝酒消听骤雨。青榆钱小，碧苔钱古，难买东君住③。　　官河不碍遗鞭路④，被芳草，将愁去。多定⑤红楼帘影暮。兰灯初上，夜香初炷，犹自听鹦鹉⑥。

[注释]

①青玉案：此词写泊船官河因春归人去所引起的惆怅情怀。②蕙花：香草。《离骚》中有"兰芷变而不芳兮，荃蕙化而为茅"的诗句。③青榆钱小：榆荚似钱而小。碧苔钱古：青苔藓斑驳形状似古钱一样。东君：司春之神。④官河：官府修浚、管理的河道。遗鞭：遗鞭子则马不行。这里有挽留人的意思。唐代白行简《李娃传》载，郑生初见李娃，诈坠鞭不行。后造访李娃，侍儿呼其为遗策郎。唐代崔国辅《少年行》中有句："遗却珊瑚鞭，白马骄不行。"⑤多定：肯定，一定，多半是。有揣测之意。⑥炷：点燃。犹自：仍然，还。

[译文]

蕙草已老不再香，像《离骚》中描述的那样，绿色早就遮盖了大地，涂染在江边的杨柳树上。日暮时酒意消尽，倾听着骤雨的敲打之声。青色的榆钱似铜钱可是那么小，苔藓斑驳似古钱却又那么老，怎么能买通东君的归去之心，使其动摇。　　官河不停地流淌，但怎能让你把鞭子遗在路上，你还是无情地离去，芳草已掩遮了你的足迹，带走了那么多的愁绪。没准儿你此刻正在红楼中，站在夕阳余晖的帘影里。兰灯刚刚放光，夜香已经燃起，你却仍在那里，听着鹦鹉学语。

高观国

高观国,字宾王,号竹屋,越州山阴(今浙江绍兴)人。与史达祖同为吟社之友,常相唱和,一时并称。其词风致绮丽,情调缠绵,用笔工整轻逸,婉转但多讥讽,特长于咏物,自成一家。有《竹屋痴语》。

齐天乐[①]

碧云缺处无多雨,愁与去帆俱远。倒苇沙闲,枯兰溆[②]冷,寥落寒江秋晚。楼阴纵览。正魂怯清吟,病多依黯[③]。怕挹[④]西风,袖罗香自去年减。　　风流江左[⑤]久客,旧游得意处,珠帘曾卷。载酒春情,吹箫夜约,犹忆玉娇香怨[⑥]。尘栖故苑。叹璧月空檐,梦云飞观[⑦]。送绝征鸿,楚峰烟数点。

[注释]

①齐天乐:这是一首思旧怀人之词。词中人客居他乡,通过回忆"风流江左"往事,流露出对旧时恋人的深切怀念。②溆:水边。③依黯:伤别留恋。化用唐韩偓《离家第二日却寄诸兄弟》:"却望山南空黯黯,回看童仆亦依依。"④挹(yì):舀,挖。⑤江左:长江以东地区,今江苏一带。⑥香怨:

有本作"香软"。⑦观：楼观，台榭。"梦云飞观"句用典楚王梦巫山神女事。宋玉《高唐赋序》："游于云梦之台，望高之观，其上独有云气。"

[译文]

碧云不到的地方雨水缺短，忧愁随白帆都远至天边。苇子因旱倾倒沙洲已无绿颜，兰草枯萎在寒冷的江边。眼前只有这空旷的江水滚滚向前，流淌在这晚秋萧瑟的景色之间。心中畏惧听到清吟的诗言，那会让我对你伤情地思念。我怕罗袖将西风舀灌，因为那儿沾染着你的香气，自去年起已经一点一点地消减。　　在江东已做风流客多年，我过去游玩最得意的去处是你的房间，你曾多次为迎接我把珠帘高卷。我们带着酒怀着热烈的爱恋，轻吹着洞箫约会在夜晚，至今我还记得你那香气扑鼻故作娇嗔的容颜。眼下尘土已洒满在旧时的花园，感叹那一轮圆月空悬在房檐，而那月下的美人已经不见，只能在梦中随云飞进楼中与你相欢。我望断了南飞的大雁，哪里有你的音信得见，千里星云浩渺，唯见袅袅数点楚地的烽烟。

玉楼春

宫　词①

几双海燕来金屋，春满离宫②三十六。春风剪草碧纤纤，春雨浥花红扑扑③。　　卫姬郑女腰如束，齐唱阳关新制曲④。曲终移宴起笙箫，花下晚寒生翠縠⑤。

[注释]

①宫词：这是一首反映宫女生活的词。虽词无深意，但用语工整、温婉，情调也较清雅。②离宫：皇帝的行宫。③春风剪草：化用贺知章《咏柳》：

"二月春风似剪刀。"浥（yì）：沾湿。④卫姬郑女：战国时卫国、郑国的宫女以善歌舞有名。阳关：《阳关三叠》。古乐谱。这里代指各种新制乐曲。⑤翠縠：绿色绉纱制的舞衣。

[译文]

几对海燕飞宫里，行宫处处多春意。春风吹得小草绿，春雨润得红花丽。　卫郑宫女腰柔细，合唱最近新制曲。曲子唱完换宴席，笙箫乐器又响起，花丛树下弄舞步，晚寒穿透绿纱衣。

金人捧露盘

水　仙①

梦湘云，吟湘月，吊湘灵②。有谁见、罗袜尘生？凌波步弱，背人羞整六铢③轻。娉娉袅袅④，晕娇黄、玉色轻明。香心静，波心冷，琴心怨⑤，客心惊。怕佩解⑥、却返瑶京。杯擎清露，醉春兰友与梅兄⑦。暮烟万顷，断肠是、雪冷江清。

[注释]

①水仙：这是一首咏物词，所咏之物为水仙。词中以拟人手法，把水仙花作为湘水女神。综观全词，本旨是在咏水仙，但词自始至终无一语直接道破，笔笔都在写湘水女神而实质上又笔笔在写水仙花。把水神、水仙巧妙融合一体的写法使水仙变得有血有肉有情感，极见作者比拟之巧。②湘灵：湘水女神。③六铢：即六铢衣。佛经中称忉利天衣重六铢，是一种极轻薄的衣裳。铢，古代的重量单位，通常二十四铢为一两。④娉娉袅袅：化用杜牧《赠别》诗："娉娉袅袅十三余，豆蔻梢头二月初。"姿态美好的样子。⑤琴心怨：化用"湘灵鼓瑟"事。刘禹锡《潇湘神》："楚客欲听瑶瑟怨，潇湘深夜月明时。"钱起《湘灵鼓瑟》："曲终人不见，江上数峰青。"⑥佩解：即"解佩"。男女分别时解下佩玉，以作留别之物。通常女为解佩，男为留佩。⑦兰友与梅

兄:梅、水仙、春兰,次第而开,故有"友"、"兄"之说,黄庭坚咏水仙诗有"山矾是弟梅是兄"句。

[译文]

我梦见湘水的云,吟唱湘水的月,凭吊湘水的神灵。水仙花啊,你是那么美丽、洁净,谁曾见过你丝袜有半点灰尘沾蒙?你模样柔美步子轻盈,披着极薄的纱衣,人前常羞得脸红。你婀娜的身姿,润黄的娇色,全如美玉般清莹。 你幽香而文静,身处于寒波却不冷,默默地含怨藏情,这情怀怎不让我感动?真怕你解佩分手,花落凋零又返回仙境。你那伸展的花瓣,犹如高举着斟满清露的酒杯,似欲邀兰花好友、梅花老兄共醉。眼下暮色烟云万顷,令人断肠的是,面前只有皑皑白雪透寒冷,千里江水碧清。

金人捧露盘

梅①

念瑶姬②,翻瑶佩,下瑶池。冷香梦、吹上南枝③。罗浮路杳,忆曾清晚见仙姿④。天寒翠袖⑤,可怜是,倚竹依依。溪痕浅,云痕冻,月痕淡,粉痕微。江楼怨、一笛休吹⑥。芳香待寄,玉堂烟驿雨凄迷⑦。新愁万斛,为春瘦、却怕春知。

[注释]

①梅:这是一首咏梅词。全词用典较多,手法与前一首"水仙"句式和手法略同,意境稍浅。②瑶姬:仙女。③南枝:南向的树枝。多用作思念家乡的代名词。④罗浮:山名。传说葛洪在此成仙。忆曾清晚见仙姿:此处用典唐柳宗元《龙城录》,上载隋代赵师雄在罗浮遇一素装女子,时天寒日暮,便相约饮酒。醒后酒店不见,自己则身卧在一棵大梅树下。⑤天寒翠袖:化用杜甫

《佳人》："天寒翠袖薄，日暮倚修竹。"⑥一笛休吹：指休吹笛曲《梅花落》。⑦玉堂：仙人所住的地方。此处化用晋庾阐《游仙诗》："神岳竦丹霄，玉堂临雪岭。"烟驿：化用陆凯赠范晔"折梅逢驿使"诗句。雨凄迷：有本作"两凄迷"。

[译文]

想念仙女，循着她的环佩声响，来到仙人居住的地方。仿佛是场幽香的梦，随风吹归故乡。罗浮山的道路那么遥远，记得是在一个清爽的夜晚，我在那儿目睹到仙女的容颜。天冷风寒，她穿着单薄的绿衫，立在几棵竹子旁显得那么可怜。　　溪水在浅浅地流动，云烟透着寒冷，月亮洒下淡淡的光影，她粉妆薄施、色调轻轻。江边楼上吹起忧怨的笛声，令人闻后感叹再莫把梅花唱诵。唉，一身芳香要等何人欣赏，本居在仙境，却整日面前烟凄凄雨蒙蒙。目睹此景，我涌出的新愁万斛也装不尽。我为梅花而对春天到来担忧，为此我人也愁得消瘦，却又怕春怨恼，不敢让春知道。

祝英台近①

一窗寒，孤烬冷，独自个春睡。绣被薰香，不是旧风味。静听滴滴檐声，惊愁搅梦，更不管、庾郎②心碎。　　念芳意，一并十日春风，梅花晒憔悴。懒做新词，春在可怜里，几时挑菜③踏青，云沉雨断，尽分付、楚天之外。

[注释]

①祝英台近：这是一首抒发他乡孤居无聊，思念明媚春日的词。②庾郎：北周文学家庾信，作有《愁赋》，今已不传。此处取其愁意。③挑菜：唐宋习俗，以农历二月初二为挑菜节，该日外出踏青春游。

[译文]

满窗都是风寒，屋内灯火惨淡，才是初春天，我独自一人眠，绣被虽已被香熏遍，但气味不一样，总觉不似以前。静听着细雨敲打屋檐，滴滴答答、缠缠绵绵，将我美梦搅乱，惹出愁绪万千，它哪里管我庾郎心中的一腔苦酸。　　盼念美好时光出现，接连十日晴天、春风日日不断，阳光明媚晒得梅花失去娇颜。眼下不想作新词，天气不好心发懒。唉，春天脚步蹒跚，初露头面，正处可怜阶段。何时挑菜节至能踏青游玩，那时自然是云消雨断艳阳天，诸君相邀共游尽管言，我一定欣然同往，天大事也抛于脑后边。

思佳客①

剪翠衫儿稳四停，最怜一曲凤箫吟②。同心罗帕轻藏素，合字香囊半影金③。　　春思悄，昼窗深，谁能拘束少年心。莺来惊碎风流胆，踏动樱桃叶底铃④。

[注释]

①思佳客：这是一首闺怨词。全词写闺中女子思春畅想，词语俊俏灵慧，心理、情态表现得细腻生动。②四停：四边。指衣服大小、长短正合身。凤箫吟：喻男女欢爱。暗用典萧史弄玉的故事。③同心罗帕：绣有同心结的罗帕。合字香囊：一对香囊各绣半字，合而成字，分做留念。半影金：未绣金线处为素面，绣面为金面。④叶底铃：樱桃树叶下的樱桃。

[译文]

将那绿衫剪裁缝制，做得胖瘦、长短正合适，本是豆蔻年华春心萌动，最怕听到爱情的歌声。爱恋的心思羞于他人明白，将那同心罗帕藏起素面向外，合字香囊贴身保管，偶尔窥见也只露半边金线。　　春风吹得她悄悄地思春，尽管白日窗紧闭，闺房幽深，但什么也拘束不住，她一颗少年青春的心。私下里约会在东苑，莺飞惊破她风流胆，慌乱藏身寻路径，碰得樱桃都晃动。

霜天晓角①

春云粉色,春水和云湿。试问西湖杨柳,东风外、几丝碧?

望极,连翠陌。兰桡②双桨急。欲访莫愁③何处?旗亭④在、画桥侧。

[注释]

①霜天晓角:这是一首咏春景的词。虽是一首小令,但全词淡言浅语,有味有致,没有市井之气,格调高雅。该词描写景物形象鲜明,抒发感情丰富而又真实,虽着墨不多,但意深味永,情趣盎然,很能代表高观国词的风格。②桡:划船的桨。③莫愁:古乐府中所传女子,善歌舞。④旗亭:酒楼。

[译文]

春天的云朵透着粉嫩的色泽,春水与湿润的空间相连水天浑然一色。试问西湖岸边摇曳的杨柳,东风吹后又有几丝枝条绿透?

向远处极力地望去,湖水万顷连接着青翠的岸堤。我们荡起双桨,扁舟前行迅疾,四处寻觅,莫愁你在哪里?忽然一处酒楼被发现,瞧,就在那画桥的旁边。

风入松①

卷帘日日恨春阴,寒食新晴。马蹄只向南山去,长桥爱、花柳多情②。红外风娇日暖,翠边水秀山明③。　　杜郎歌酒过平生,到处蓬瀛④。醉魂不入重城晚,秾欢寄、桃叶桃根⑤。绣被嫩寒清晓,莺啼唤起春醒⑥。

[注释]

①风入松:这是一首咏春词。上片重描风光景色,下片抒感春之情。词

虽字句秀丽，但所追情调不高。但寻花向柳，剪红刻翠，似是那个时代的诗词中常有内容，反映了那个时代文人骚客的生活侧面，也表现出一定社会风气中文人固有的局限性。②南山：南屏山，位于西湖南边，长桥附近。长桥：位于西湖南端湖岸旁。③红外：花外，花旁。翠边：柳旁。④杜郎：即杜牧。这里作者以此自比。蓬瀛：即蓬莱和瀛洲。传说中海上神仙居住的地方。⑤重城：指临安内城。桃叶、桃根：桃叶为晋代王献之的爱妾。桃根为桃叶之妹，两人皆美貌有才艺。这里代指歌妓。⑥酲（chéng）：酒醉。

[译文]

春天每次卷帘时，总恨阴天不消失，待到寒食节到后，天才放晴露新日。天气骤晴有游趣，骑马直奔南山去，最爱长桥那一带，此处花柳多情义。红花丛旁风和煦，阳光明媚暖身躯，杨柳树边水碧秀，远处青山更明丽。　　杜郎我歌酒伴平生，所到之处皆仙境，天色已晚酒意浓，今夜索性不进城，满怀情意何处伸，去找桃叶桃根寻欢心。绣被难抵清晨冷，屋外几声莺啼，把我从春醉中唤醒。

谒金门①

烟墅暝，隔断仙源②芳径。雨歇花梢魂未醒，湿红如有恨。别后香车谁整，怪得画桥春静③。碧涨平湖三十顷，归云何处问。

[注释]

①谒金门：这是一首闺怨词。全词叙写别后情思。上片写恋人别离心生惆怅；下片以景衬情，以事渲情。将词中女子的孤单怨意通过雨、花拟人化地表现出来，是该词的成功之处。②仙源：仙境。王维《桃源行》有"春天遍是桃花水，不辨仙源何处寻"。③整：整理，备办。怪得：怪不得，难怪。

[译文]

　　烟笼小楼雨蒙蒙,通往仙境的路径看不清。雨已停,花在枝上仍未醒,那雨湿重,花将头耷拉,仿佛心中怨恨重。　　你别后香车谁备整,怪不得画桥旁边无游人,春色浓浓却那么寂静。平湖千顷碧波涨,谁知你何日返家乡?

刘 镇

刘镇,字叔安,南海人。宋宁宗嘉泰二年(1202)进士,学者称随如先生。善诗,有诗集《随如百咏》,不传。

玉楼春

东山探梅①

泠泠水向桥东去,漠漠云归溪上住②。疏风淡月有来时,流水行云无觅处。　佳人独立相思苦。薄袖欺寒修竹暮③。白头空负雪边春,著意④问春春不语。

[注释]

①东山探梅:该首词咏梅。会稽、金陵、临安等地皆在东山。此词应是作者在临安所作。②泠(líng)泠:流水的声音。漠漠:闲寂的样子。③薄袖欺寒修竹暮:化用杜甫诗句:"天寒翠袖薄,日暮倚修竹。"④著意:执意,特意。

[译文]

河水叮咚流向桥东,行云悠闲飘聚在溪水上边。清风淡月往来有规律,流水行云却难寻踪迹。　美人独自伫立备受相思之苦,单薄衣衫浸透寒露,日日伴修竹,双眼欲穿盼郎归,常常等至天色暮。残雪身边春色青,我却白发头上生,执意问春我老否?春天默默不出声。

张 辑

张辑,字宗瑞,号东泽,鄱阳(今属江西)人,其词风与姜夔一体,格调幽远,清疏淡雅,尤用力于结尾数语,故其词常以篇末之句另立新名。有作《东泽绮语》。

疏帘淡月①

梧桐雨细,渐滴作秋声,被风惊碎。润逼衣篝,线袅蕙炉沉水②。悠悠岁月天涯醉,一分秋、一分憔悴!紫箫吹断,素笺③恨切,夜寒鸿起。　　又何苦、凄凉客里,负草堂春绿,竹溪空翠④。落叶西风,吹老几番尘世。从前谙尽⑤江湖味。听商歌⑥、归兴千里。露侵宿酒⑦,疏帘淡月,照人无寐。

[注释]

①疏帘淡月:原调名《桂枝香》。此词或题作"秋思",是张辑的代表作。词写客居思归,其意与晋张翰"人生贵得适志,何能羁宦数千里以要名爵乎"类似。②衣篝:熏笼。沉水:沉香。③素笺:信笺。无花饰的或素绢制成的信纸。④草堂、竹溪:草结的屋子、竹临溪水。这里泛指山林隐居的处所。如杜甫有成都草堂,李白曾与孔巢父在山东徂徕山的竹溪畔隐居。⑤谙

尽：熟知，尝尽。⑥商歌：悲凉的歌，秋天的歌。商，我国古时五声音阶的一个级。古时又尝以宫、商、角、徵、羽五音来配四时，商音西方属秋。⑦宿酒：昨夜醉酒。

[译文]

细雨敲打着梧桐发出滴滴答答的声音，像是秋天被风撕碎的呻吟。屋内，熏笼上烤着潮湿的衣服，燃烧着沉香的铜炉升起细线般的香雾。我无数岁月都在天涯中沉醉，每一次秋天的经历都让我多一分身心的憔悴。积压满腹的忧怨之气，怎能通过紫箫全部吹熄，素绢纸上早布满了恨切的话语。大雁在夜晚的寒空中向南飞去，夜空中留下声声哀啼，这景象让我心中更加悲凄。又何苦呢？孤独凄凉地在他乡为客，失去了多少故乡草堂外的春色，丢掉了欣赏溪水清澈、竹林翠透的快乐。西风吹落了片片树叶，也吹老了我几多人生岁月。我已尝尽了漂泊江湖的艰辛，如今又听到了这细雨敲出的秋天声音，怎会不萌发千里归乡之心。露水已在浸湿我的衣服，昨夜醉酒现在还未消除，稀疏的门帘透来惨淡的月光，照得让人无法进入梦乡。

山渐青①

山无情，水无情，杨柳飞花春雨晴。征衫长短亭②。　　拟行行③，重行行，吟到江南第几程？江南山渐青。

[注释]

①山渐青：原调名为《长相思》。词中提及数次欲归乡却总羁于旅途的感受，虽语短但情长，清新且感人。②长短亭：长亭和短亭。古时官道上十里设长亭，五里置短亭用作行人休息和亲友饯别之处。③拟行行：拟定，想。与后"重行行"合一起有"说走啊走就走啊走"意。在这里有不停行走之意。

[译文]

座座山无情,道道水无情,一路上有过多少杨柳飞花春雨声。征衫破损知几件,坏在短亭长亭路途中。　　走啊走,行啊行,江南千里才行几程?不是双脚会认路,越向南行山越青。

谒金门①

花半湿,睡起一帘晴色。千里江南真咫尺,醉中归梦直②。前度兰舟送客,双鲤③沉沉消息。楼外垂杨如此碧,问春来几日?

[注释]

①谒金门:此词在《东泽绮语》中原题作"垂杨碧"。词取唐代岑参《春梦》诗意,写闺中人思念远方亲人的情怀。②直:直接,快。③双鲤:代指书信。古有鲤鱼传书的说法。汉乐府《饮马长城窟行》:"客从远方来,遗我双鲤鱼。呼儿烹鲤鱼,中有尺素书。"

[译文]

昨日花朵经雨,今晨还挂着露珠,一觉醒来帘外却是阳光处处。千里江南也真短,醉中做梦就到眼前。　　前一段我用船送客离去,此后再不见双鲤送来信息,终日只将他的归期惦记,哪里顾得上窗外四季。忽见楼外垂柳如此碧绿,才想起问春天:你是何时来到这里?

念奴娇①

嫩凉生晓,怪得今朝,湖上秋风无迹②。古寺桂香山色外,肠断幽丛金碧③。骤雨俄来，苍烟不见，苔径孤吟屐④。系船高柳，晚蝉嘶破愁寂。　　且约携酒高歌，与鸥相好，分坐渔矶石。算只藕花知我意，犹把红芳留客。楼阁空濛，管弦清润，一水盈盈隔。不如休去，月悬良夜千尺。

[注释]

①念奴娇：此词写西湖的山水风光及作者游览的感受。该词咏物清新隽雅，具有南宋中后期典型的风雅词风。②嫩凉：微寒。怪得：此处为"得"字衍文，无实际意义。③古寺：指杭州灵隐寺。幽丛金碧：丛林幽深、殿宇金碧。④俄来：突然而至。吟屐（jī）：发出响声的鞋。屐，木鞋。

[译文]

清晨弥漫着轻轻的寒意，湖面平静光滑毫无秋风吹动的痕迹。古寺就在桂香浓郁的青山边上，那里丛林幽深、殿宇金碧，令人内心深处感叹不已。一场骤雨突然来袭，又顷刻如烟云消散不见踪迹，长满苔藓的潮湿路上，只有木鞋踩踏的声音吱吱叽叽。我把船在一棵高大的柳树上拴系，岸上空静无人，只有老蝉的鸣叫撕破了这里的愁闷和沉寂。　　相约好友到此放歌饮酒，飞来几只凑趣的渔鸥，与我们遥遥相对，各占着一处江边的石头。算来只有眼前的荷花懂我的心意，依然开放得娇红艳丽，让我的客人迷恋不忍离去。对岸的楼阁隐隐约约，从中传出清润的管弦音乐，只是一条清清的小河，把我们相互阻隔。不想踏上返程，索性在这里夜宿，瞧，一轮明月高悬在美丽的夜空。

祝英台近①

竹间棋，池上字，风日共清美。谁道春深，湘绿涨沙觜②。更添杨柳无情，恨烟鞲雨，却不把、扁舟偷系。　　去千里，明日知几重山？后朝几重水？对酒相思，争似且留醉③。奈何琴剑④匆匆，而今心事，在月夜、杜鹃声里。

[注释]

①祝英台近：这是一首抒发思念离别之情的词。②湘绿：湘水以碧绿著称，这里泛指春水。觜：同"嘴"。③争似：强似。且留醉：指不让自己醉。④琴剑：男子随身携带之物。这里代指离别之人。

[译文]

我们在池塘边写字，在竹林中下棋，风中日下一起享受清新美好的空气。谁料想春意正浓重，春水涨至沙嘴时你便乘舟远离。更是那杨柳无情无义，平时恨烟雾怨阴雨，此时却不帮我将那扁舟悄悄地拴系，让他不能离去。　你一去就要千里奔波，明天不知你又翻了几座山，后天不知你又要涉过几条河？唉，我一边醉酒一边将你思念，总比清醒着痛苦要好得多。奈何你那么匆匆地离我而去，我想你、念你，如今我的心事，都在这惨淡的月夜里，在这哀鸣的杜鹃声中藏匿。

李 石

李石（1108～?），字知几，号方舟，资阳磐石（今四川资中）人。宋高宗绍兴二十一年（1151）进士，先后为太学录、太学博士。后被罢贬为成都学官，又入为都官郎中、知眉州等。宋孝宗淳熙二年（1175）放罢。有《方舟集》。

木兰花令①

辘轳轭轭门前井②，不道隔窗人睡醒。柔丝无力玉琴寒，残麝彻心金鸭冷③。　　一莺啼破帘栊静，红日渐高花转影。起来情绪寄游丝，飞绊翠翘④风不定。

[注释]

①木兰花令：这是一首闺情词。②辘轳：井上汲水装置。轭（è）轭：原指套马的部件，这里为象声词，形容辘轳转动的声音。③残麝：残留的麝香。金鸭：金属制的鸭形香炉。④翠翘（qiáo）：翠鸟的羽毛。

[译文]

门前，辘轳在井上轭轭地转动，窗内，睡觉的人被这响声吵醒。床上，悬挂的丝坠儿无力地垂着，屋内，玉琴冷落麝香已在香炉中燃尽。　　一声莺啼穿透窗户打破了室内的寂静，太阳渐渐高升，花影随其转动。本想把我的心愿托寄给那自由飘浮的游丝，不料却被羽毛阻挡无法在乱吹的风中升空。

李 泳

李泳，字子永，号兰泽，庐陵（今江西吉安）人。淳熙中为溧水令，又为坑冶司干官，淳熙末卒。李泳兄弟五人，皆能诗词，有《李氏花萼集》五卷。

定风波[①]

点点行人趁落晖，摇摇烟艇出渔扉[②]。一路水香流不断，零乱，春潮绿浸野蔷薇。　　南去北来愁几许？登临怀古欲沾衣。试问越王歌舞地，佳丽，只今惟有鹧鸪啼[③]。

[注释]

①定风波：这是一首感怀词。全词通过景物的沧桑变化来咏史，抒发自己的怀古之情。②渔扉（fēi）：渔户的门。③越王歌舞地：化用李白《越中怀古》："越王勾践破吴归，战士还家尽锦衣。宫女如花满春殿，只今惟有鹧鸪飞。"鹧鸪啼：古代传说鹧鸪飞必南向而不往北，《本草纲目》中状其啼声如云："行不得也哥哥。"对李泳此词句有影射南宋朝德宏南逃而不思北之说。

[译文]

一个个行人趁着夕阳的余晖匆匆赶路，一只只艇舟摇着橹从渔户中驶出。赶路的、行船的源源不断，繁忙中显得零乱。春天给大地披上绿衣，掩遮了野外生长的蔷薇。　　这南来北往的行人有多少忧愁？我登高怀想过去，泪水忍不住地要流。试问这昔日越王歌舞欢宴之地，如今哪里还有美女的踪迹，眼前蒿草遍野，只闻鹧鸪声声哀啼。

清平乐①

乱云将②雨，飞过鸳鸯浦。人在小楼空翠处，分得一襟离绪。　　片帆隐隐归舟，天边雪卷云游。今夜梦魂何处？青山不隔人愁。

[注释]

①清平乐：这是一首思妇念远之词。此词应为李篪（nài）所作，见《阳春白雪》卷四。查古阁抄本《绝妙好词》，作者仍署李篪未误。疑后通行本漏署其名，而加之于李泳名下。李篪，字仲镇，号懒窝，宣城（今属安徽）人，工词章，累官迪功郎、淮西安抚司等。②将：携带。

[译文]

乱云携带着雨，飞过鸳鸯嬉水的岸边。人在绿树环抱小楼的空闲间，尝到了一腔离别的忧怨。　　归航的船帆点点隐约可见，天边的浮云如白雪翻卷。今夜梦中我的魂魄将在何处浮悬？青山再秀也难挡我这么深的思念。

郑 域

郑域,字中卿,号松窗,三山(今福州)人。宋孝宗淳熙十一年(1184)进士,曾任池阳副职。宋宁宗嘉定十三年(1220)任行在诸司粮料院干办。有《燕谷剽闻》,不传,今有辑本《松窗词》。

昭君怨

梅①

道是花来春未,道是雪来②香异。水外③一枝斜,野人家。冷落竹篱茅舍,富贵玉堂琼榭④。两地不同栽,一般开。

[注释]

①梅:此词咏梅,但几乎不及其貌,重写其品格。立意新巧,写法别致。②来:语气助词,在这里无实际意义。③水外:有本作"竹外"。④玉堂琼榭:富丽华美的房屋、楼榭。

[译文]

说它是花吧,可春天没到就已经开放,说它是雪吧,可却会发出花的清香。没人管它,它就在水边独自生根发芽,真是个野人家。　　不论是冷落贫寒的篱笆、草房,抑或是富贵华丽的阁楼、殿堂,它生在两种不同的地方,却会一样地绽放。

王 岀

王岀（yú）（？~1182），字季夷，号贵英，北海（今山东潍县）人。绍兴、淳熙间名士，寓居吴兴，少与陆游同学。有《北海集》，不传。词仅存以下二首。

祝英台近①

柳烟浓，花露重，合是②醉时候。楼倚花梢，长记小垂手③。谁教钗燕轻分，镜鸾慵舞，是孤负、几番晴昼④。　自别后，闻道花底花前，多是两眉皱。又说新来，比似旧时瘦。须知两意常存，相逢终有。莫谩被、春光僝僽⑤。

[注释]

①祝英台近：这是一首抒发心中恋情的词。上片写别后相思，下片写对情人的关切。②合是：应是。③小垂手：代指歌舞。化用吴均诗《小垂手》："舞女出西秦，蹑影舞阳春。且复小垂手，广袖拂红尘。"④钗燕轻分：指离别。镜鸾慵舞：传说鸾鸟离开伴侣不再起舞。孤负：辜负。⑤谩被：随便被。僝僽（chán zhòu）：烦恼，折磨。

[译文]

杨柳绿荫浓浓，花朵被露水沾湿娇容，眼前满目春色，让人陶醉不醒。登上小楼靠着花枝头，常记起我们欢畅歌舞的时候。谁叫那燕儿飞走，让镜中鸾鸟懒舞闭了歌喉，辜负了多少美好的时光。

自从我们分别后，只要听到那花前花后的风流，我就心中难受，常把两条眉皱。如果你突然归来，会见到我已比过去消瘦。只要我们彼此心中互有，相逢终归会有时候。万不可随便被眼前春光折磨，增添许多烦愁。

夜行船[①]

曲水溅裙三月二，马如龙，钿车如水[②]。风飐游丝，日烘晴昼，人共海棠俱醉。　　客里光阴难可意[③]。扫芳尘、旧游谁记？午梦醒来，不觉[④]小窗人静，春在卖花声里。

[注释]

①夜行船：这是一首描写客中人情怀的诗。虽属小令，但词语含蓄蕴藉，情味隽永。《词旨》一书中对此词非常欣赏。②溅裙：同"湔裙"。宋时通常农历二月上旬巳日士女至水边酹酒、洗衣以祓除不祥，也称"湔裳"、"湔衫"。钿车：装饰华丽的车子。③可意：顺心如意，中意。④不觉：二字系衍文，在词内无实际意义。

[译文]

三月二，谁在弯弯的河边洗衣衫，野外人马穿梭像游龙一样蜿蜒，华丽的车辆来来往往，如同流水不断。和风吹得游丝浮悬，阳光照得大地温暖，人和海棠花都陶醉在这迷人的春天。　　身在异乡为客总难如意，美好的过去像衣服上的尘土被扫去，旧时的游历有谁还会记起？午觉在梦中清醒，小窗明净屋内寂静无声，哪里去寻春天的身影，她就在卖鲜花的叫声中。

蔡松年

蔡松年(1107~1159),字伯坚,号萧闲老人。真定(今河北真定县)人。其父蔡靖,于北宋宣和末年守燕山时兵败降金。后蔡松年仕金为真定府判官,官至右丞相、加仪同三司,封卫国公。松年擅长写诗,文辞清华,当时与吴激齐名,号"吴蔡体"。词以雄爽隽逸见长。有《明秀集》。

鹧鸪天

赏 荷①

秀樾横塘十里香,水花晚色静年芳②。燕支肤瘦熏沉水,翡翠盘高走夜光③。　　山黛远,月波长,暮云秋影照潇湘④。醉魂应逐凌波梦,分付⑤西风此夜凉。

[注释]

①赏荷:这是一首咏荷词。词写荷花的形貌香色,描绘逼真,取喻较贴切,当时被人广为传诵。②秀樾(yuè):清秀的树影。水花:即荷花。《古今

注》谓芙蓉"一名水花"。年芳:美好时光。③燕支:胭脂。沉水:沉香。翡翠盘:形容荷叶。夜光:即夜明珠。这里指荷叶上的水珠。④潇湘:潇、湘二水,都在湖南境内。⑤分付:打发,消遣。

[译文]

清秀的树荫映印的水塘十里飘香,水中入晚的芙蓉静静地享有着一年最好的时光。它像胭脂般娇红,体态轻盈、气味似沉香,翡翠般的叶盘高高举着,滚动着的水滴晶莹剔透如同夜明珠一样。

远山如眉峰一样秀美,月光似水波一样清亮,暮色中云朵带着秋天的影子飘拂在潇湘二水的上方。此时醉中人应追随进入凌波仙子的梦乡,莫失掉消遣这眼前荷花香艳、清风夜凉的风光。

尉迟杯①

紫云暖。恨翠雏、珠树双栖晚②。小花静院逢迎,的的③风流心眼。红潮照玉椀④,午香重、草绿宫罗淡。喜银屏小语,私分麝月⑤,春心一点。　　华年共有好愿,何时定妆鬟,暮雨零乱⑥。梦似花飞,人归月冷,一夜晓山⑦新怨。刘郎⑧兴,寻常不浅,况不似、桃花春溪远,觉情随、晓马东风,病酒余香相半⑨。

[注释]

①尉迟杯:这是一首写离别之情的词。②翠雏:绿色羽毛的小鸟。珠树:树之美音。《山海经》中说其树如柏,叶皆为珠。③的的:明亮的样子。④红潮:醉酒脸上泛起的红晕。玉椀:玉碗。⑤麝月:一种香茶。制成茶饼,其状如圆月。⑥暮雨零乱:化用宋玉《高唐赋序》:"朝为行云,暮为行雨。"喻男女欢爱。⑦晓山:有本作"小山",喻美人的眉毛。⑧刘郎:指汉代刘晨。刘义庆《幽明录》载,刘晨与阮肇入天台山遇仙,山上有桃树,树旁有条溪水,刘晨等食桃止饥饿,沿溪水下山。⑨晓马东风:形容心往神驰,意绪不平静。

余香相半：有本作"余香相伴"。

[译文]

　　天上浮动着紫色的云朵看着那么和暖。妒忌那绿色的小鸟在树上双双相伴睡得香甜。犹记得那开满花朵的小院，我们初次相遇时你那双含情脉脉的双眼。你脸上漾起的红晕配着手中洁白的玉碗，显得羞涩可爱十分好看。你午间的香气仍那么浓郁，穿着草绿的罗裙瞧着典雅清淡。你在屏风后与人悄声话语，因茶饼私分而争辩，那举止如活泼可爱的孩童一般。　　青春年华的我们有着好的心愿，盘算着我何时能为你描眉梳理发辫，我们相互爱恋，偷偷地约会见面。美梦终似花絮一样飘远，自我们分别，那月亮看去也似乎格外冷淡。我常整夜地将你思念，那皱起的眉峰上凝结的全是忧怨。刘郎遇仙的故事常深记在心间，况且我们的距离总没有故事中桃花溪水那么遥远，盼望着我们有再见面的那天。只是对你的思念让我心绪常常混乱，瞧，酒醉中仍觉得你带着余香和我相伴。

韩 疁

韩疁,字子耕,号萧闲。有《萧闲词》,不传。存词六首。

高阳台

除 夕①

频听银签,重燃绛蜡,年华衮衮惊心②。饯旧迎新,能消几刻光阴。老来可惯通宵饮,待不眠、还怕寒侵。掩清尊,多谢梅花,伴我微吟。 邻娃已试春妆了,更蜂枝簇翠,燕股横金③。勾引春风,也知芳意难禁④。朱颜那有年年好,逞艳游、赢取如今。恣⑤登临,残雪楼台,迟日园林。

[注释]

①除夕:这是一首描写辞岁迎新感受的词。②银签:更漏上的物件,这里指代更漏。绛蜡:红烛。衮衮:匆匆之意。③蜂枝:有本作"蜂腰"。译者以为更为贴近,译此词时按另本作解。燕股横金:燕形的金股钗横插在头发上。④勾引:招惹。芳意:春情。⑤恣:尽情。

[译文]

　　我不断地看着时间,把红烛多次点燃,岁月流逝之快真让人心惊胆战。辞旧迎新仅一瞬间,能耗去几刻时间,可过这几刻就算过去了一年。岁数已不饶人,不知能否经受得住整夜的狂饮,想一夜不眠,等着新春来临,又怕夜间寒气伤身。放下已空的酒杯,看那庭院中的梅花来提神,感谢这梅花能陪伴我作诗轻吟。　　邻居家的女孩已在试穿新衣,蜂样的细腰穿红戴绿,燕形的金钗横插在头发里。那俊俏模样招惹得春风也觉得妒忌,怎么也比不上她溢散出的春情浓郁。人的容貌哪能永远保持青春,不如趁艳丽还在,来追求欢欣,先享受一番这眼前的大好光阴。我尽情地登高赏春,在这残雪犹存的楼台上,观赏着这太阳尚未光顾的园林。

浪淘沙[①]

　　莫上玉楼看。花雨斑斑。四垂罗幕护朝寒,燕子不知春去也,飞认栏杆。　　回首几关山。后会应难。相逢只有梦魂间。可奈[②]梦随春漏短,不到江南。

[注释]

　　①浪淘沙:这是一首描述离别之情的词。上片写思妇登楼所观,下片转换角色,写游子羁旅途中的思念情怀。②可奈:怎奈,无奈。

[译文]

　　千万别登楼望远,因为看到的常是花朦胧、雨点点,我思念的人儿哪里能够寻得见。失望怅恨屋内返,放下罗帐御晨寒。燕子不知春已去,依然飞来认栏杆。　　千里征途回首看,我已越过千重山。今后我们相会难上难,相逢只能在梦间。无奈更漏催得美梦短,路程太遥远,她梦里也难到江南。

浪淘沙

丰乐楼①

裙色草初青,鸭鸭波轻②。试花霏雨③湿春晴。三十六梯④人不到,独唤瑶筝。　艇子忆逢迎。依旧多情。朱门只合锁娉婷。却逐彩鸾归去路,香陌春城⑤。

[注释]

①丰乐楼:这是一首怀人之词。丰乐楼在临安涌金门外,过去曾叫众乐亭,后又改名为耸翠楼,北宋政和中改叫丰乐楼,为临安著名景观。②裙色:青草色。化用南朝江总妻《赋庭草》:"雨过草芊芊,连云锁南陌。门前君试看,是妾罗裙色。"鸭鸭波轻:化用苏轼《惠崇春江晚景》:"春江水暖鸭先知。"③试花霏雨:春花初开时的毛毛细雨。④三十六梯:泛指楼高的样子。⑤彩鸾:这里指香车、彩车。春城:指临安城。

[译文]

芳草泛出青色像绿色的罗裙,春水轻轻漾溢着波纹,被细雨打湿的花朵在春日下更显精神。高高的楼台上召唤不到我的情人,只得将满腹思念寄托给玉筝瑶琴。　记得昔日画船上我们初次相逢的事情,虽过多日至今依旧心有独钟。深宅重门只能阻挡我的身体,我的心却随着路上归返的彩车直奔临安城。

卷 三

刘克庄

刘克庄（1187~1269），字潜夫，号后村居士，莆田（今福建省内）人，以祖荫入仕，宋理宗淳祐六年（1246）赐同进士出身。历任工部尚书兼侍郎、龙图阁学士。有《后村先生大全集》。

摸鱼儿

海棠[①]

甚春来、冷烟凄雨，朝朝迟了芳信。蓦然作暖晴三日，又觉万姝娇困[②]，天怎忍[③]？潘令[④]老，不成也没看花分。才情减尽。怅玉局飞仙，石湖绝笔，辜负这风韵[⑤]。　　倾城色，懊恼佳人薄命，墙头岑寂谁问！东风日暮无聊赖，吹得燕支[⑥]成粉。君细认：花共酒，古来二事天尤吝[⑦]。年光去迅。漫绿叶成荫[⑧]，青苔满地，做取异时恨。

[注释]

①海棠：这是一首咏物抒情的词。作者通过对海棠似薄命红颜的遭遇的

同情，诉说年华易逝、莫要浪费时机、事后悔恨的心理。②蓦(mò)然：突然。万姝：海棠繁花。③天怎忍：有本作"霜点鬓"。译者认为后者较妥。④潘令：即晋潘岳。潘岳曾任河阳令，爱花，喜种桃李，人称河阳一县花。⑤玉局：指苏轼。苏轼晚年曾提举玉局观，有多篇咏海棠诗。石湖：指范成大。范成大《石湖居士诗集》中有《闻石湖海棠盛开携家过之三绝》。⑥燕支：即胭脂。⑦吝：顾惜。⑧绿叶成荫：化用杜牧诗："狂风落尽深红色，绿叶成荫子满枝。"

[译文]

入春气候反常，风冷雨凄凄，海棠迟迟不开延误了花期，天刚放晴蓓蕾初吐却遭三日暴晒，万朵嫩花耷拉着脑袋少气无力。我如喜花的潘岳白发已上双鬓，虽然爱花却年年与花没有缘分。如今才思锐减，激情也不如以前。恨我不如苏轼是写词的飞仙，也不像范成大能神笔妙赞，面对眼前海棠花风韵千般，却难以表达心中誉美的语言。　　海棠花空有这倾城的美艳，却遗憾红颜薄命，如今在墙头寂寞绽放无人赏观。只有那夕阳下百无聊赖的东风，一味地将她百般摧残。吹得胭脂消淡，吹得落花片片。请君细盘算，名花易凋谢、名酒酿成难，古往今来这两件物事老天最吝啬，不轻易去成全。时光匆匆如飞箭，很快已绿叶成荫到夏天，再不抓紧时间赏观，只怕那时地上铺满了苔藓，即便海棠飘落的花瓣，你也寻觅不见。

卜算子

海棠为风雨所损①

片片蝶衣轻，点点猩红小②。道是天工不惜花，百种千般巧。　　朝见树头繁,暮见枝头少。道是天工果惜花,雨洗风吹了。

[注释]

①海棠为风雨所损:此词与上篇同为咏海棠词并同表惜花之意,但写法却大相径庭。词中作者提出两个困惑不解的问题而不答复,似乎在暗示自己的境遇。刘克庄为南宋后期的爱国志士,他遗世独立,耿介不群,因而颇不为当政者所喜,数遭弹劾,屡官屡罢。政治生涯中的阴晴冷暖使他常将情绪表达在他的诗词中,所以他笔下的海棠也多不逢天幸、不得真赏。②蝶衣:蝶翅。猩红:血红色。陆游在《春雨绝句》中有"千点猩红蜀海棠"句。

[译文]

海棠花片片如蝶翅那样轻盈,小花朵朵如血液一样鲜红。如果老天爷不爱她,为何给她这千娇百媚的颜容。　　晨看树上海棠花儿繁茂,夕看枝头海棠花儿已稀疏减少。如果老天爷真心爱她,如何总用风雨将她侵扰。

清平乐[①]

宫腰束素[②],只怕能轻举。好筑避风台护取,莫遣惊鸿飞去[③]。　　一团香玉温柔,笑颦俱有风流。贪与萧郎眉语,不知舞错伊州[④]。

[注释]

①清平乐:词前原有题序:"顷在维扬,陈师文参议家舞姬绝妙,为赋此词。"陈师文,时任扬州制置使。参议,即制置使的别称,属安抚使的属官幕僚。②宫腰束素:形容腰细柔软。③避风台:汉代赵飞燕纤弱轻盈,相传汉成帝恐其随风入水,于太液池筑七宝避风台来保护她。惊鸿:形容女子体态轻盈,身体如飘飞的大雁。④萧郎:泛指女子意中人。诗词中常有其用语。眉语:眉目传情。伊州:唐宋时舞曲名。

[译文]

如同一束素绢的细腰舞女,只怕是把她轻轻一举便能举起。应建个避风台将她保护,莫让风儿将她吹进水里。她那体态是多么轻盈,担心她舞着舞着便会像受惊的雁儿一样飞去。 她温柔得似一块软软的香玉,一笑一颦都透着风流令人着迷。在那里她只顾与我眉目传情不已,却不知自己跳错了《伊州》这支舞曲。

生查子

灯夕戏陈敬叟①

繁灯夺霁华,戏鼓侵明发②。物色旧时同,情味中年别③。浅画镜中眉,深拜楼中月。人散市声收,渐入愁时节。

[注释]

①灯夕戏陈敬叟:灯夕,元宵节放灯的夜晚。陈敬叟,陈以庄,字敬叟,号月溪,建安(今福州)人,作者的朋友。②霁华:月光。明发:天刚发亮。有本作"明灭"。③物色:景物,景色。情味:情趣,心情。中年别:暗用《世说新语·言语》中谢按语:"中年伤于哀乐。与亲友别,辄作数日恶。"

[译文]

繁多的节灯与月光争宠,演戏的锣鼓直敲打到天明。元宵节的景物仍与往年相同,只是人到中年已没有了年青时的心情。 对镜将眉毛淡淡地描上,再去跪拜楼外西落的月亮。待街上人散尽没了喧闹声,她却因盼夫婿早归渐渐陷入愁苦中。

吴 潜

吴潜（1196~1262），字毅夫，号履斋，德清（今属浙江）人。宋宁宗嘉定十年（1217）进士第一，官至右丞相兼枢密使。因力主抗金被罢相，卒于循州贬所。吴潜时与姜夔、吴文英相近，文风亦似。但所作词中多抒发自己报国无门之积愤，笔调洒脱凝重，词情慷慨激昂，格调近辛弃疾。有《履斋诗余》三卷。

满江红

金陵乌衣园①

柳带榆钱，又还过、清明寒食。天一笑②、满园罗绮，满城箫笛。花树得晴红欲染，远山过雨青如滴。问江南、池馆有谁来，江南客③。　　乌衣巷，今犹昔。乌衣事④，今难觅。但年年燕子，晚烟斜日。抖擞一春尘土债⑤，悲凉万古英雄迹。且芳樽、随分⑥趁芳时，休虚掷。

[注释]

①金陵乌衣园：金陵即今南京。乌衣园在金陵城南乌衣巷之东，为晋代王谢等贵族故宅遗址。吴潜作其词时正在金陵任淮西财赋总领，当时与其同游乌衣园者还有其兄吴渊。在词中吴潜以写乌衣园春景感发怀古之情和自己羁绊他乡的愁怀。②天一笑：指天晴。杜甫《能画》诗中有"每蒙天一笑，复似物皆春"。③江南客：作者自指。④乌衣事：化用唐刘禹锡诗《金陵五题·乌衣巷》："朱雀桥边野草花，乌衣巷口夕阳斜。旧时王谢堂前燕，飞入寻常百姓家。"⑤抖擞：除去。尘土债：指官途上的劳苦、繁忙。⑥随分：随其自然。

[译文]

柳丝飘拂，榆荚繁多，清明、寒食节已过。天晴了，满园游客，满城笙歌。阳光照耀，满树红花红得艳丽；雨后远山，座座青翠欲滴。向江南问讯：谁会来这乌衣园探寻？是我这个江南的客人。　　乌衣巷的模样今天还似往昔，可乌衣巷中的往事今日已难寻觅。只有春来秋去的燕子年年来此地，看到的也不过是苍茫暮色中残阳渐坠西。我来这里游赏本想除去为官经历上的烦意，眼前所见，倒为古今沧桑生出无数悲切和忧郁。且端着酒杯让我随意畅饮，莫虚丢了这天气晴和花红柳绿的光阴。

南柯子①

池水凝新碧，阑花②驻老红。有人独倚画桥东。手把一枝杨柳、系春风。　　鹊伴游丝坠，蜂粘③落蕊空。秋千庭院小帘栊。多少闲情闲绪、雨声中。

[注释]

①南柯子：这是一首咏春词。词虽系一首小令，但语句酣畅、生动而又形象。特别是"杨柳系春风"一句成为千古绝唱，为后人吟诵不已。②阑花：花栏。③蜂粘：一作"蜂拈"。粘，采。

[译文]

一场雨后池水更加碧青,花栏中即将败落的花朵依然挂着残红。她独自站在画桥东,手握一枝杨柳幻想拴住春风。飘拂的游丝被喜鹊绊落空中,蜜蜂采摘过的花朵如今都已落尽。小窗外、庭院中,她在雨中荡起秋千抒发闲情。

尹 焕

尹焕，字惟晓，号梅津，福州长溪人，寓居山阴（今浙江绍兴）。宋宁宗嘉定十年（1217）进士，官至朝奉大夫太府少卿兼尚书左司郎中、敕令所删定官。有《梅津集》，已佚。仅存词三首。

霓裳中序第一

茉　莉①

青颦粲素靥，海国仙人偏耐热②。餐尽香风露屑。便万里凌空，肯凭莲叶③。盈盈步月，悄似怜、轻去瑶阙④。人何在？忆渠痴小，点点爱轻撷⑤。　　愁绝，旧游轻别，忍重看、锁香金箧⑥。凄凉今夜簟席。怕杳杳诗魂，真化风蝶⑦。冷香清到骨。梦十里、梅花霁雪。归来也，厌厌心事，自共素娥⑧说。

[注释]

①茉莉：这是一首咏茉莉的词。以拟人手法写茉莉，由形及神，将花的特点描写得形象生动。全词意境凄美，虽有种幽怨之气，但不令人伤痛。②青

颦粲素靥：青，茉莉叶色。颦，皱眉。粲，鲜明美好的样子。素，白色花。靥，酒窝、笑脸。海国仙人：指茉莉。据晋嵇含《南方草木状》中述，茉莉花系胡人自西国移植于南海，故称。③肯凭莲叶：泡在茶中的茉莉花形似小莲花。④瑶阙：仙宫。⑤渠：她，指茉莉。挻（jué）：折断。⑥锁香金箧：把茉莉花茶装进金色的盒子里。箧，小箱子，盒子。⑦风蝶：指茉莉花。花洁白巧薄如风蝶之翅。⑧素娥：嫦娥。

[译文]

  青青的茉莉叶片如美人皱着的眉眼，洁白的茉莉花朵犹如美人的一张笑脸。我很疑惑，她是仙女本来自海中之国，竟能耐得住这杯中的炎热。莫非她喝尽了香风和甘露玉汤，不然她的气息怎会如此芳香。她的香味悠长能够冲向万里长空，却浮在杯中宛如朵朵微小的芙蓉。她仿佛是位轻盈的仙女在月中步行，悄无声息惹人爱怜地飘入仙宫。她怎会到这里来？想是她娇小不懂世风险坏，便轻易地被人摘采。 真为她感到愁苦。轻易地离别了她的故土，不忍心再看她如今的出路，那么芳香的她竟在上锁的金属小箱里居住。我在竹席上度过凄凉的今夜，怕我那难于捉摸的诗魂会像她一样化做小小风蝶。茉莉幽幽的香气已沁入我的骨子里，如今在我十里之长的梦境之地，她就像梅花在停息的雪中伫立。夜空一轮明月高悬，我躺在竹席上暗暗把茉莉花召唤。归来吧，把你那心中无数伤心事端，和这月宫中的嫦娥谈谈。

眼儿媚①

  垂杨袅袅蘸②清漪，明绿染春丝。市桥系马，旗亭沽酒，无限相思。 云梳雨洗风前舞，一好百般宜。不知为甚，落花时节，都是颦眉③。

[注释]

①眼儿媚：这是一首咏柳词。此词在《阳春白雪》中有题作"柳"。全词以咏柳为主题，由柳及人暗写离别相思之事。②蘸（zhàn）：湿水，浸水。③颦眉：皱眉。

[译文]

垂杨枝条摆动浸入清水的涟漪里，春天的温暖把它根根染得鲜绿。街头的桥旁拴好我的马匹，在酒楼中买酒寻找我的情趣。楼外杨柳相觑，似有相思寄语。　　看这杨柳正值春风得意，白云为她梳理，春雨为她洗涤，风儿助她舞弄，让她更添俏丽。无论春风或春雨，可能爱她貌美，事事让她顺意。但不知什么道理，柳叶片片弯曲，是因落花时节春将去？她总将眉头皱起。

唐多令

苕溪有牧之之感①

蘋末转清商②，溪声共夕凉。缓传杯、催唤红妆。慢绾③乌云新浴罢，裙拂地、水沉香。　　歌短旧情长，重来惊鬓霜。怅绿阴、青子成双。说著前欢俜④不睬，飏莲子、打鸳鸯。

[注释]

①苕溪有牧之之感：周密在《齐东野语》中说，尹梅津没有考取进士前，曾游历苕溪，对一青楼中的歌女非常喜欢。十年后向朋友打听她的下落，得知她一直被当地一位官宦子弟所占有，并生了孩子。但她仍在青楼中挂名。于是尹就托朋友召她来，召了几次那女子才来，已经面容憔悴，不能再相聚一起了。两人相对都非常伤感。尹梅津为此赋《唐多令》。尹因其事与唐杜牧的湖州情恋之事相仿，故题"有牧之之感"。苕溪，水名，源出浙江天目山，流经湖州等地，亦做湖州别名。牧之，即唐诗人杜牧，字牧之，曾为湖州刺史。

据史载杜牧曾与湖州一女子有十年迎聚之约,后已过十年之约后那女子嫁人。杜牧有感曾赋《叹花》一诗云:"自恨寻春去较迟,不需惆怅怨芳时。生风落尽深红色,绿叶成荫子满枝。"②蘋末:青蘋之末,蘋即浮萍。宋玉《风赋》:"夫风生于地,起于青蘋之末。"商:商声,即秋声。旧以五声(宫、商、角、徵、羽)配四时,秋属商。③绾(wǎn):盘结。慢绾乌云即梳头盘发。④佯:假装。

[译文]

秋天的声音从浮萍下边生起,溪水流动的声响和黄昏一样充满寒意。我缓缓地端动着酒杯,频频催唤歌女。她慢慢地梳头沐浴,穿着的长裙拖地,一股水沉香的气息,布满了她的身体。 她歌唱得短可我旧日情却深,此次重逢令我吃惊,她竟白了双鬓。恨那绿树长大会有树荫,叹这女子如今已经嫁人。谈起以前的欢爱情况,她假装出听不懂的模样。其实是风已吹离了莲子,棒已打散了鸳鸯。

赵以夫

赵以夫（1189~1256），字用父，号虚斋，长乐（今属福建）人，宋宗室后裔。宋宁宗嘉定十年（1217）进士。累官至同知枢密院事、吏部尚书兼侍读。其词擅长调，多为唱和咏物之作。有《虚斋乐府》。

忆旧游慢

荷　花①

望红蕖②影里，冉冉斜阳，十里沙平。唤起江湖梦，向沙鸥住处，细说前盟。水乡六月无暑，寒玉散清冰。笑老去心情，也将醉眼，镇为花青③。　　亭亭，步明镜，似月浸华清④，人在秋庭。照夜银河落，想粉香湿露，恩泽亲承。十洲⑤缥缈何许，风引彩舟行。尚忆得西施⑥，余情袅袅烟水汀。

[注释]

①荷花：此词咏荷。与大多咏物赏花词不同，作者在词中极少有对荷花的正面描写，而是通过所咏之物生长的环境来显示、衬托所咏之物的特点，也

算是该词的一种特色。②红蕖:荷花。③镇:正。青:青眼。垂青喜爱的眼色。晋阮籍以青眼待知己,白眼待俗士。④华清:华清池。唐代华清宫中的温泉,位于陕西临潼骊山下,玄宗与杨贵妃每于冬季居于此处。⑤十洲:传说海中神仙居住之处。天下九洲,第十洲为神仙所居。⑥西施:古代越国美女。诗词中常用作美女的代称。

[译文]

看荷花深处,斜挂着一轮缓缓坠落的夕阳,远处十里沙岸平坦空旷。闲暇唤起了我游赏江湖的梦,要到那沙鸥栖身之处,履行我们以前的约定。水乡六月暑气不重,清凉平滑如寒玉般的湖面,布满了冰洁的芙蓉。可笑我已经这般年龄,竟还有这样的心情,醉眼之中满是对荷花的垂青。 眼前的荷花似美人玉立亭亭。船在湖中行驶,似在明亮的镜面上滑行。水中银光闪烁,恍如月亮落进了华清池中。湖风阵阵,六月天却让人像在庭院中沐浴秋风。湖水映印着夜空银河的倒影,莫非这天上的星星也想亲近这沾着湿露的芙蓉,亲自享受一番人间娇艳的美景。我们的方向不明,因为海中神仙居住本来就缥缈不定,只任凭清风引着我们的彩舟随意前行。看着眼前的荷花,美女西施就在心中油然浮现,一种爱恋之情如同一股烟云袅袅不断,在这湖中的沙洲上久久徘徊、缠绵。

姚 镛

姚镛,字希声,号雪蓬,剡溪(今浙江嵊州市)人。宋宁宗嘉定十年(1217)进士,曾任吉州判、赣州守等。后坐事贬衡阳。有《雪蓬集》。

谒金门①

吟院静,迟日自行花影。熏透水沉云满鼎,晚妆窥露井②。
飞絮游丝无定,误了莺莺③相等。欲唤海棠教④睡醒,奈何春不肯。

[注释]

①谒金门:这是一首闺中怀人之词。②水沉:沉香。云满鼎:香雾充满香炉。露井:庭院。③莺莺:思妇自称。④教:让,叫。

[译文]

说这庭院多么安宁,日行缓缓花影随其移动。屋内沉香燃尽香雾在炉鼎上升腾。我一边化着晚妆,一边隔窗偷看院中的动静。

空中飞絮游丝飘忽不定,活似我那冤家,误了时间让我苦苦相等。欲让海棠前去把他叫醒,无奈春天也惜花,不让海棠动。

罗椅

罗椅（1214～?），字子远，号涧谷，庐陵（今江西吉安）人。家豪富，壮年始留意功名，捐金结客，驰名于江湖。早年曾被荐之贾似道，不甚得意。宋理宗宝祐四年（1256）进士及第，为江陵漳州教官，知赣州信丰县。《宋季忠义录》中说其后因上书诋毁贾似道受报复，弃官而去，终身不仕。词存四首，咏江南风景颇有特色，文笔清丽秀整。

柳梢青[①]

萼绿华身，小桃花扇，安石榴裙[②]。子野闻歌，周郎顾曲，曾恼夫君[③]。　　悠悠羁旅愁人，似零落、青天断云。何处销魂？初三夜月，第四桥春[④]。

[注释]

①柳梢青：这是一首与情人分别后追怀旧事的词。全词意境旖旎入情，含思无限，给人一种莫名的怅惘感。②萼绿华：仙女名。有书记载，萼绿华，约二十岁，着青衣，容貌秀美。在晋穆公升平三年夜降羊权家，从此经常往

来,后赠羊权仙药引其成仙。又,萼绿华也是一种名贵的梅花,萼片枝梗皆作纯绿色。小桃花:桃花的一种,状如垂丝海棠。安石榴:石榴的别名,夏初开花,花色艳红。③子野闻歌:晋桓伊,字子野。《世说新语·任诞》载:子野每闻清歌,辄唤"奈何"。谢安闻之曰:"子野可谓一往有深情。"周郎顾曲:三国时吴国周瑜精于音乐,曲有阙误,不合理必知之,知之必顾看演奏者。故时有歌谣曰:"曲有误,周郎顾。"恼:引逗、撩拨。夫君:夫,音"扶",语出《楚辞·九歌》,对男子的敬称。词中作者自指。④初三夜月:化用白居易《暮江吟》:"可怜九月初三夜,露似真珠月似弓。"第四桥:吴江城外甘泉桥,以其泉品居第四得名。

[译文]

她有着仙女一般的容颜,手握着一把绘有桃花的团扇,穿着的裙子像石榴花一样红艳。她像晋代桓伊一样深情,像三国周瑜那样音律精通,她曾深深地把我的心扉打动。漫长的旅途是那么愁人,如同落花难归枝头委地化做泥尘,又如蓝天上的浮云飘忽不定没有根。是什么使我黯然销魂?还是那初三夜空中的一弯新月,是那第四桥边的风光如春。

方 岳

方岳（1199～1262），字巨山，号秋崖，祁门（今属安徽）人。宋理宗绍定五年（1232）进士，历知饶州、抚州、袁州，官至吏部侍郎。秋崖以诗名，才锋凌厉。词多为咏物、唱酬，尤擅长寿词，有《秋崖先生词稿》，存词七十余首。

江神子

牡 丹①

窗绡深掩护芳尘，翠眉颦②，越精神。几雨几晴，做得这些春。切莫近前轻著语，题品错，怕花嗔③。　　碧壶难贮玉粼粼，碎苔茵，晚风频。吹得酒痕④，如洗一番新。只恨谪仙⑤浑懒事，辜负却，倚栏人。

[注释]

①牡丹：此词咏牡丹。作者所咏为白牡丹，故与大多咏牡丹词作不同，轻其艳美色彩的描绘，而重写气质品格，使其更具人情味。②翠眉颦：皱眉

头。③题品：评论。嗔：生气。④酒痕：酒醉脸上泛起的红晕。⑤谪仙：李白。

[译文]

  窗上的纱帘紧紧拉上护着沙尘，牡丹花瓣紧紧闭合像皱着眉头的美人，更显出一番风致神韵。几次阳光沐浴、几番雨露滋润，才能培养得它这样春意浓深。切莫靠近轻声将它们评论，只怕评定不当会引起它们恼恨。　碧翠花瓶怎能装得下这白色的花神，落在长满苔藓的地上的花瓣也像碎玉，惹得晚风也偷窥频频。洁白的花朵，像美女被轻风吹消了酒醉后脸上的红晕，如用水洗浴过一样清新。只恨谪仙李白懒于动心神，不写些赞美白牡丹的好诗句，辜负了眼前倚栏赏花的人。

杨伯嵒

杨伯嵒（yán）（？~1254），字彦瞻，号泳斋。居临安（今浙江杭州）。周密外舅。曾任工部郎，出守衢州。存词仅此一首。

踏莎行

雪中疏寮借阁帖，更以蔷露送之①

梅观初花，蕙庭残叶，当时惯听山阴雪②。东风吹梦到清都，今年雪比前年别③。　　重酿宫醪，双钩④官帖，伴翁一笑成三绝。夜深何用对青藜⑤，窗前一片蓬莱月。

[注释]

①雪中疏寮借阁帖，更以蔷露送之：这是一首迎客词。疏寮，高似的孙子，字续古，号疏寮，鄞县人。与作者同时，为当时著名诗人词家。阁帖，《淳化阁帖》的简称。宋太宗淳化元年（990），朝廷将搜访到的古人墨迹命侍书王著偏次摹勒上石作十卷，人间罕传。蔷露，蔷薇露，宫酒名。②山阴雪：晋代王子猷居住在山阴，夜大雪，忽忆友人戴安道，遂乘舟至剡，至戴家门后

不进而返，自谓"乘兴而来，兴尽而去"。后人多用此为访友的典故。③清都：指临安，作者所在处。前年：指当年王子猷雪夜访戴之时。④双钩：以书法摹刻在石上，沿其笔墨痕迹，两边用细线勾画出，使不失真，南朝时称之为填廓书，宋人称为双钩书。⑤青藜：用典晋王嘉《拾遗记》，上载刘向于成帝末校书于天禄阁，夜有老人着黄衣，拄青藜杖登阁，见刘向独坐诵书，遂吹杖端烟燃，因以见向，说开辟以前事，授五行洪范之文。

[译文]

梅花初放正是观赏的好时节，庭院中蕙兰未抽新芽仍是去年的残叶。这一段已习惯于朋友造访，客人络绎不绝。谁知东风能将梦想吹送到临安的大街？这来访的客人非同一般来客，今年的大雪可与过去山阴的"大雪"有别。　　新酿的官酒、名贵的官帖，加上和疏寮翁的谈笑可称上是人生三绝。深夜我们欢聚何用仙人来检阅，窗前就悬挂着一轮仙境中的明月。

周 晋

周晋,字明叔,号啸斋,周密之父。居住于吴兴。宋理宗绍定四年(1231)为富阳令,曾判衢州,知汀州。词多清逸之趣,闲婉雅畅。

点绛唇

访牟存叟南漪钓隐①

午梦初回,卷帘尽放春愁去。昼长无侣,自对黄鹂语。絮影蘋②香,春在无人处。移舟去,未成新句,一研梨花雨③。

[注释]

①访牟存叟南漪钓隐:此词为访友而作,写园林情趣。牟存叟,牟子才,字存叟,井研(今属四川省)人,因喜好吴兴山水,遂家迁居湖州南门。又据周密《癸辛杂识》记载,"南漪钓隐"为牟存叟家花园的名字,园中有硕果轩、元祐学堂、芳菲二亭、桴舫斋、岷峨一亩宫诸景。②蘋:蕨类植物,生在浅水中,茎横生在泥中,也叫田字草。湖州水中多蘋。柳恽《江南春》云:"日暮江南春,汀洲采白蘋。"南宋词中多有咏"蘋"处,皆为此物。③研:即"砚"。梨花雨:牟氏园中硕果轩旁有大梨树一棵,故云。

[译文]

我午梦刚刚醒来,把帘子卷起,将春天的愁闷放出去。白日漫长又无诗朋酒侣,只有与黄鹂相对而语。 柳絮纷飞,蘋草吐露香气,呵,春天原来就在这里。我们划船前去寻觅春意,心想吟诗尚未构思成句,砚池中已洒满了梨花雨。

清平乐[①]

图书一室,香暖垂帘密。花满翠壶熏研席[②]。睡觉满窗晴日。 手寒不了残棋,篝香细勘唐碑[③]。无酒无诗情绪,欲梅欲雪天时。

[注释]

①清平乐:这是一首闲适词。与唐代多写赏花饮酒的闲适诗不同,该词写出的是一种书斋清雅的生活气息。②翠壶:花瓶。研席:放有砚台书墨的台案。③不了:下不完,结束不了。篝香:燃香。篝,本指香炉,这里作动词。唐碑:唐代的碑帖、碑文。

[译文]

图书摆满屋子,屋内香气充盈,窗帘掩盖得严密。瓶中插满了鲜花,书写的案台上满是芳香的气息。在这儿一觉睡到阳光照进窗户里。 眼前是昨夜手冷没下完的残棋,燃上香火细细体会唐代碑文的含义。无酒、无诗哪里会有好的情绪,我真想处在那梅花怒放、大雪纷飞的环境里。

柳梢青

杨　花①

似雾中花，似风前雪，似雨余云。本自无情，点萍成绿②，却又多情。　　西湖南陌东城，甚管定③、年年送春。薄幸东风，薄情游子，薄命佳人。

[注释]

①杨花：这是一首咏花词。咏花词中多为咏荷、梅、海棠等艳丽花卉，咏杨花的实为少见。世人多以水性贬杨花，作者在词中却为杨花赋予一种新的生命，令人爱怜不已。②点萍成绿：古人认为水中的浮萍是杨花落水而生长成的。苏轼《水龙吟·次韵章质夫杨花词》有"遗踪何在，一池萍碎"。并自注："杨花落水为浮萍，验之信然。"③甚管定：怎么管定。

[译文]

杨花，似雾中的花，似风中的雪，似雨后的云。她本无情，可她舍了身躯落入水中就能化做绿色的浮萍，这难道不是她多情的证明？　　西湖南岸的路上杨柳成荫连接着东城，没有谁约束着杨花，她每年默默地在这里把春天迎送。无情的东风将她吹落、凋零，薄情的游客将她践踏、嘲弄，她的一生真像红颜佳人那样薄命。

杨 缵

杨缵（zuǎn）（1201～1265），字继翁，号紫霞，又号守斋。居临安，其女为度宗妃。历任司农卿、浙东帅。善画墨竹，精音律，周密、张炎等皆出其门下。存词三首。

八六子

牡丹次白云韵①

怨残红，夜来无赖，雨催春去匆匆。但暗水新流芳恨，蝶凄蜂惨，千林嫩绿迷空。　　那知国色还逢。柔弱华清扶倦，轻盈洛浦临风②。细认得凝妆，点脂匀粉，露蝉耸翠，蕊金团玉成丛③。几许愁随笑解，一声歌转春融。眼朦胧④，凭阑干、半醒醉中。

[注释]

①牡丹次白云韵：此词咏牡丹。应为次韵白云更好理解。白云，赵崇嶓，字汉宗，号白云。次韵，也称步韵。即依照所和诗词中的韵及其用韵的先后次序写作。②华清：华清池。扶倦：以贵妃出浴形容牡丹的姿态。白居易《长

恨歌》有"春寒赐浴华清池,温泉水滑洗凝脂。侍儿扶起娇无力,始是新承恩泽时"。洛浦临风:为曹植《洛神赋》中形容洛神的句子,这里以洛神比牡丹。洛浦,洛水之滨。唐宋时洛阳牡丹最盛,时人称牡丹为"洛阳花"。③凝妆:浓妆。露蝉耸翠:形容牡丹的枝叶如美人的秀发。露蝉,形容美人的鬓发如蝉翼。蕊金团玉:指白色的牡丹花瓣团裹着金黄色的花蕊。④眼朦胧:半醉状。

[译文]

　　抱怨是谁让白花残败、红颜褪离,是这场无赖般的夜雨,它骤然下起,催促着春天匆匆离去。雨水还在地下暗暗流动,汇积成新的小溪。招惹得众花恼恨不已,它让蜂蝶无处可依,显得惨惨凄凄,更让千树万草一时彷徨迷离。　　哪知有国色之称的牡丹却正逢其时,暗自欢喜。看她雨后的姿态,柔柔弱弱恰似贵妃出浴。她在风中轻盈地绽放,就像洛神一样美丽。你细看她浓妆打扮得多像仙女,涂点着胭脂、匀抹着香粉,左右缠绕的枝叶像美人的鬓发那样清秀飘逸。她花蕊如金丝、花瓣如青玉,层层相连接,紧紧地拥抱在一起。因夜雨摧花的很多愁绪,都随着我的笑声远远离去,开怀地放歌一声,又唤来了春天的气息。倚着栏杆、眼光蒙眬地观赏娇艳的牡丹,也许这就是我半醉半醒中的最大情趣。

一枝春

除　夕①

　　竹爆惊春,竞喧填②、夜起千门箫鼓。流苏帐暖,翠鼎缓腾香雾③。停杯未举,奈刚要、送年新句。应自有、歌字清圆,未夸上林④莺语。　　从他岁穷日暮,纵闲愁、怎减刘郎⑤风度。

屠苏办了,迤逦柳欺梅妒⁶。宫壶⁷未晓,早骄马、绣车盈路。还又把、月夜花朝,自今细数。

[注释]

①除夕:此词咏除夕。全词以直面描写的手法写出辞旧迎新的欢快气氛和热闹场景,词句精雅、流畅。周密在《武林旧事》中赞此词曰:"守岁之词虽多,极难自选,独杨守斋《一枝春》最为近世所称。"②喧阗:即喧阗,喧闹之声。③流苏:用五彩羽毛或丝线制成的穗子。翠鼎:香炉。④上林:上林苑,秦汉时皇帝于春秋时节打猎的园林。⑤刘郎:指刘备。《三国志·魏志·陈登传》中说刘备豪情满怀"欲卧百尺楼上"。⑥屠苏:屠苏酒。旧俗农历正月初一饮屠苏酒。迤逦(yǐ lǐ):曲折连绵。⑦宫壶:即漏壶,古代的计时器具。

[译文]

爆竹声惊醒了春天,街头巷尾喧闹声一片,千门箫鼓敲击声响彻夜晚。五彩流苏在暖帐上坠悬,炉鼎中升腾起缕缕香烟。先把酒杯放在一边,我要献上新的诗句恭贺新年。心中要思索出清新圆润的歌词,虽说不如上林苑的莺歌燕语美甜。 眼下已是年尽日暮,我即使是随意地抒发心中愁苦,也不能缺少当年刘备豪放的风度。屠苏酒我早已备足,眼看春天就进入,马上就要杨柳气盛、腊梅嫉妒。时间未到,清晨还未在滴漏上露出,可街上已是人马络绎不绝,绣车充盈道路。我要把这夜晚的明月、拂晓的花树,从头到尾一点一滴细细地记住。

被花恼

自度腔①

疏疏宿雨②酿寒轻,帘幕静垂清晓。宝鸭③微温瑞烟少。檐声不动,春禽对语,梦怯频惊觉。攲珀枕④,倚银床,半窗花影明东照。　　惆怅夜来风,生怕娇香混瑶草⑤。披衣便起,小径回廊,处处多行到。正千红万紫竞芳妍,又还似、年时⑥被花恼。蓦忽地,省得而今双鬓老⑦。

[注释]

①自度腔:这是一首惜花词。词中人因夜闻风雨声而为花产生种种担忧。而待雨过天晓见花丽窗明时,感悟自己已老迈,对芳香艳丽的花儿产生一种"恼恨"的心理状态。②宿雨:隔夜雨。③宝鸭:鸭形香炉。④攲(qī):通"倚",斜靠。珀枕:琥珀枕头。⑤娇香:这里代指花。瑶草:芳草。⑥年时:当年、往时。⑦蓦忽地:突然间。省(xǐng)得:意识到。

[译文]

淅淅沥沥一夜细雨带来了微微凉意。已是清晨时光,屋内帘幕低垂悄无声息。鸭形香炉余温尚存,稀薄的香气从中升起。屋外房檐的滴水声已经停止,鸟儿在春晓中相互鸣啼。梦中怕雨打花落频频惊醒,斜靠着琥珀枕倚着银床不能踏踏实实地休息。旭日渐渐东升,窗户上铺满了花影的痕迹。　　昨夜风起让我生出许多愁绪,生怕那花遭风摧坠落芳草地。于是披衣起身走到庭院里,小路、回廊处处查看仔细。看眼前春花万紫千红竞相比美丽,就像当年,我护花心切似乎总是多余,为此涌出对花的一丝恼恨之意。突然间感到,我已这把年纪,对花如此痴情,是否已不太适宜。

翁孟寅

翁孟寅,字宾旸,号五峰,钱塘(今浙江杭州)人。曾为贾似道门客,有辑本《五峰词》。

齐天乐

元 夕①

红香十里铜驼梦②,如今旧游重省。节序飘零,欢娱老大,慵立灯光蟾影③。伤心对景。怕回首东风。雨晴难准。曲巷幽坊,管弦一片笑相近。　　飞棚浮动翠葆,看金钗半溜,春炉红粉④。凤辇鳌山,云收雾敛,迤逦铜壶漏迥⑤。霜风渐紧。展一幅青绡,争悬孤镜⑥。带醉扶归,晓酲⑦春梦稳。

[注释]

①元夕:此词写元宵节感怀。词中人重游临安城,观华灯睹繁华街貌忆起当年情景,涌生出对往事的感慨之情。②铜驼梦:繁华梦。铜驼,北宋洛阳一条繁华的街道。这里指临安闹市。③慵立:懒立。蟾影:月影。神话中,月中有蟾蜍,故云。④飞棚:篷车。因篷车能行驶,故谓"飞棚"。翠葆:绿色

的车盖。春炉：能拿在手中或揣在怀中的小暖炉。⑤凤辇（niǎn）：皇帝所乘坐的车子，络带、门窗皆绣云凤，车顶饰有金凤。这里代指华丽、高贵的车子。鳌（áo）山：古时灯景的一种，把彩灯堆叠成山，如海中巨鳌的形状。迤逦：连绵不断。铜壶：漏壶。⑥青绡：青色的丝绢。这里比喻夜空。争悬孤镜：正悬挂着一轮明月。争，正也。⑦晓酲：清晨醉酒。

[译文]

十里临安城重现当年洛阳铜驼繁华梦，旧时曾游此地如今再睹盛景。自感岁月沧桑飘零，如今老大年纪难有当年欢娱的心情。懒懒地站立在灯光月影中，伤心地面对着游人灯影。怕回首想起以往的情形，人生如东风飘忽不定，谁知将来是阴是晴。弯曲的小巷里、幽深的乐坊中，近近地传来一片弦乐和笑声。　　篷车行驶着晃动着绿色的盖顶，车上美女半掩半露，手中暖炉映着浓施红粉的俏容。华丽的车辆、叠成山形的彩灯，等这些如云雾般的情景消散时，时间流逝已是夜深人静。迎面渐渐吹起了夹霜的寒风，我抬头看这似一幅巨大青绡铺就的夜空，一轮孤独的月亮正高高悬挂在当中。带着醉意被挽扶着踏上归程，在清晨喝醉定能做个稳稳当当的好梦。

烛影摇红①

楼倚春城，琐窗②曾共巢春燕。人生好梦逐春风，不似杨花健。旧事如天渐远。奈晴丝③、牵愁未断。镜尘埋恨，带粉栖香，曲屏寒浅。　　环佩空归，故园羞见桃花面④。轻烟残照下阑干，独自疏帘卷。一信狂风又晚，海棠花、随风满院⑤。乱鸦归后，杜宇⑥啼时，一声声怨。

[注释]

①烛影摇红：这是一首闺怨词。翁孟寅词多写离别愁怨，且喜涉牵多种

情缘物事,加以描绘形容,使人感觉满目愁怨。这首词的言情之笔可做代表。②琐窗:带有花形格棂的窗户。③晴丝:晴天的游丝。④环佩空归:化用杜甫《咏怀古迹》:"画图省识春风面,环佩空归月夜魂。"环佩,词中女主人公自喻。桃花面:化用崔护《游都城南庄》:"去年今日此门中,人面桃花相映红。人面不知何处去,桃花依旧笑春风。"⑤一信狂风:从小寒到谷雨有二十四番花信风,海棠位于第十六番。这里有海棠凋谢,春也将过完之意。⑥杜宇:杜鹃。

[译文]

春楼坐落在春城中,花窗的空间曾供春燕双双筑巢使用。人生的好梦总是追逐着春风,倒不如杨花强健可随意飘落舞弄。往事随时光流逝能够渐渐远行,晴天的游丝却因牵着愁绪不断,无奈地缠绵滞留在空中。布满灰尘的镜子暗藏有多少恨情,它闻过芳香的气味、照过娇美的面容,如今却被遗忘在曲折的屏风后体会着寒冷。

我如今归来也是枉然,故园虽仍是旧貌,可羞惭我已年老色衰,再不是昔日那张桃花面了。我常在暮霭残阳笼罩时才离开栏杆回房间,独自放下门帘。时令的狂风晚间一味地肆行,海棠花饱受摧残随风满院飘红。乌鸦乱飞纷纷归宿巢中,杜鹃悲切啼叫,一声声怨气深重。

阮郎归[①]

月高楼外柳花明,单衣怯露零。小桥灯影落残星,寒烟蘸水萍。　歌袖窄,舞环[②]轻,梨花梦满城。落红啼鸟两无情,春愁添晓酲[③]。

[注释]

①阮郎归:这是一首描写舞女生涯的词。②舞环:指飘带如环。③晓酲:清晨醉酒。

[译文]

月亮高悬在楼外的天空,将杨柳、花草照得鲜明。小桥上闪烁的灯影陪伴着落入水中的星星,冷冷的烟雾笼罩着河中的浮萍。

歌女窄窄的袖口将飘带一圈圈轻盈地舞动,梨花飘落纷飞梦幻般地洒满全城。花落凋零与杜鹃啼鸣这两样最是无情,它们出现将预示着春天踏上了归程,春天的愁绪都添注进清晨的酒醉之中。

赵汝茪

赵汝茪（guāng），字参晦，号霞山，又号退斋，宋宗室后裔。曾不仕长期隐居。词有盛名，周密曾拟其词体作词。有辑本《退斋词》。

梅花引[①]

对花时节不曾欢。见花残，任花残。小约帘栊[②]，一面受春寒。题破玉笺双喜鹊，香烬冷，绕云屏，浑是山[③]。　待眠，未眠，事万千。也问天，也恨天。髻儿半偏，绣裙儿、宽了还宽，自取红毡，重坐暖金船[④]。惟有月知君去处，今夜月，照秦楼[⑤]，第几间？

[注释]

①梅花引：这是一首春怨怀人词。词中采用浅显的口语拉近了读者与作者之间的距离，给人一种亲近感。此处较为生动的情态和心理描写也是该词吸引人的一个特点。②小约帘栊：稍微卷起些窗帘。约，卷。③玉笺：素色信笺的美称。浑：全，满。④金船：船形酒器。⑤秦楼：酒楼妓馆。

[译文]

赏花的季节我也不曾心欢，要眼看着花凋残，任凭花凋残。我将遮盖窗户的帘子稍稍上卷,迎面承受着春风的冷寒。信纸几乎被我画烂,一双双喜鹊在上面画满。熏香燃尽香炉已不暖,绕着屏风看,上面画的全成冷冷清清的山。　　想去睡眠,没去睡眠,心中思绪万千。心想询问上天,心中怨恨上天。我无心装扮,发髻坠在一边,合身的绣花裙子,如今宽了又宽。独自铺下红色的毡毯,重新坐下再把酒壶温暖。今晚、今晚,只有明月知道他在哪儿寻欢,今夜明月高悬,照在秦楼上边,明月、明月,他在楼上第几间?

梦江南①

帘不卷,细雨熟樱桃。数点霁霞②天又晓,一痕凉月酒初消。风紧絮花高。　　萧闲处,磨尽少年豪。昨梦醉来骑白鹿,满湖春水段家桥③。濯发听吹箫。

[注释]

①梦江南:这是一首触景抒发情怀的词。"萧闲处,磨尽少年豪"应为全词主旨。②霁霞:霞消散。③段家桥:即西湖断桥。

[译文]

窗帘不卷向外瞧,细雨淋洒着成熟的樱桃。几片云霞消散,天空透出清晨的光线,酒意刚刚退去,一弯清凉的月牙仍挂在天边。风吹得急,杨柳花絮高高地飘起。　　这萧瑟清闲之地,磨尽了我少年时的豪气。昨夜梦里醉中骑着白鹿,看到段家桥边春水溢满西湖。梦中好逍遥,我一边洗头发一边听吹箫。

恋绣衾①

柳丝空有万千条。系不住、溪头画桡②。想今宵、也对新月,过轻寒、何处小桥?　　玉箫台榭春多少,溜啼痕、盈脸未消。怪别来、燕支慵傅③,被春风,偷在杏梢。

[注释]

①恋绣衾:这是一首写离别之情的词。构思新巧,用笔非常俊俏。②画桡:画船。装饰华丽的船。③燕支慵傅:懒搽脂粉。傅,搽,抹。

[译文]

柳丝空有万千条,却不能把溪头的画船拴牢,让他竟然走掉。看看今宵,也像那天一样,弯弯的月亮洒照。可已过了那个轻寒的季节,又何处寻找我们相会时的小桥?　　亭台楼榭上吹玉箫的好日子能有多少,一行行泪痕流在脸上,至今也难消。自你别后我心情不好,懒涂胭脂扮容貌,那脂粉的红色,全被春风偷去,抹在杏花的枝梢。

汉宫春①

著破荷衣②,笑西风吹我,又落西湖。湖间旧时饮者,今与谁俱③?山山映带,似携来、画卷重舒。三十里,芙蓉步障④,依然红翠相扶。　　一目清无留处,任屋浮天上,身集空虚⑤。残烧⑥夕阳过雁,点点疏疏。故人老大,好襟怀、消减全无。漫赢得、秋声两耳、冷泉亭⑦下骑驴。

[注释]

①汉宫春:这是一首感时伤世、感慨伤怀之作。作者重游西湖,一方面描绘湖中美景,一方面悲悼王朝故家的沦落和自己的不幸遭遇。全词深入浅出,语句清新。况周颐在《蕙风词话》中对该词评价很高,说它:"以清丽之笔作淡语,便似冰壶濯魄,玉骨横秋,绮纨粉黛,回眸无色。"②荷衣:荷叶所编的衣服。屈原《离骚》中有:"制芰荷以为衣兮,集芙蓉以为裳。"③俱:一同,一起。④步障:用以遮蔽风尘或视线的屏幕。这里指层层叠叠、相连不

断的荷花遮挡了去处和视线。⑤集：聚，居。空虚：空中。⑥残烧：木柴烧后残留下的红火炭。化用白居易《秋思》诗句"夕照红于烧"。这是指夕阳的颜色。⑦冷泉亭：在杭州灵隐寺飞来峰下冷泉上。

[译文]

我曾经到过这个地方，穿破了用这里荷叶做的衣裳，如今笑那西风，又将我吹落西湖旁。过去湖中一起饮酒的朋友，现在和谁一起，又都身居何乡？眼前，青山绿水相连，就像我随身带来、重新展开的一幅画卷。连绵三十里层层叠叠的芙蓉，犹如放倒的巨大屏风，叶、花相间、相衬，依然有绿有红。　　放眼望去天阔水明，船在湖上划行，仿佛房子浮在天上，人身飘在空中。夕阳像燃尽的木炭色彩暗红，远飞的大雁似一个个墨点在高空中移动，好一幅凄楚苍凉的图景。旧时友人都曾是豪情壮志的英雄，如今那壮志消失，豪情也没了踪影。只落得两耳听几声秋风、冷泉亭下骑驴子的处境。

如梦令[①]

小砑[②]红绫笺纸。一字一行春泪。封了更亲题。题了又还拆起。归未，归未，好个瘦人天气！

[注释]

①如梦令：这是一首写闺情的词。虽属小令但精练浓缩，刻画思妇情态、心理形象生动。②砑（yà）：以石磨纸，使其平滑光泽，宜于书写，谓之砑光。

[译文]

把红绫信纸磨得滑光，写下一个字流下泪一行。写过将信封，亲笔题姓名，封过不放心，重拆看错没。还未回，还未回，好个天气，让我人瘦容憔悴。

冯去非

冯去非（1192～?），字可迁，号深居，南康都昌（今属江西）人。宋理宗淳祐元年（1241）进士。宝祐中召为宗学谕，因忤权臣丁大全被罢职。存词三首。

喜迁莺①

凉生遥渚，正绿芰擎霜，黄花招雨②。雁外渔灯，蛩边蟹舍，绛叶表秋来路③。世事不离双鬓，远梦偏欺孤旅。送望眼，但凭舷微笑，书空无语④。　　慵看清镜里，十载征尘，长把朱颜污。借箸青油，挥毫紫塞，旧事不堪重举⑤。间阔⑥故山猿鹤，冷落同盟鸥鹭。倦游也，便樯云舵月，浩歌归去⑦。

[注释]

①喜迁莺：这是一首写旅途情景与心中感慨的词。词应写在南宋理宗宝祐四年（1256）十一月。作者因受专横恣肆的丁大全排挤而被罢官，于是雇船归返南康，归途中触景生情，百感交集，回顾了他往日的宦海生涯，抒发他坚决离弃官场、隐居以终的思想情绪。②遥渚：远处的洲渚。绿芰（jì）：荷叶。黄花：菊花。③蛩（qióng）：蟋蟀。蟹舍：渔家茅舍。绛叶：红叶，枫

叶。表秋来路：表明秋天已经来临。④书空无语：用典《世说新语·黜免》晋殷浩被桓温废免，成天用手在空中空写"咄咄怪事"四字，表示困惑，不可理解的意思。此典情况与作者情景极相似。据《宋史》记载，冯去非归返时船停泊于金焦山，有一僧人拜见。冯不知是丁大全派来的人，和他亲热交谈。这僧人找一机会替丁大全带话，让冯别急着归返，在这儿等着召回，并要冯给丁大全写一封信，表一下态度就行。但冯得知其意一字未写。"但凭舷微笑，书空无语"其实意即指此。⑤借箸青油：指在军中幕府参谋军事。借箸，出谋划策。用典《史记·留侯世家》，上载张良在刘邦吃饭时进策说："臣请借前箸为大王筹之。"箸，筷子。青油，青油幕，军中帐幕。紫塞：原指长城。这里泛指边塞。重举：重提。⑥间阔：久别。⑦樯云舵月：驾船行舟之意。樯，桅杆。这里描写"桅杆指着云彩，驾舵迎着月亮"前行的景状。浩歌：放声高歌。

[译文]

　　远处的沙洲透着微微的凉意，近处荷叶托举着滚动的露滴，遍野的菊花呼唤着秋雨。塞外江边渔火闪烁不已，茅舍旁蟋蟀在声声鸣啼，浓红的枫叶证明，秋天早已来到这里。双鬓上最能显示人生的沧桑经历，远已离去的往事偏爱把孤独的旅客凌欺。放眼向前方望去，对那烦心的过去，我只能倚着船舷微笑，一如晋代殷浩望空虚写、默默无语。　　懒得去看明镜中的自己，因为十年征途上的灰尘，常让我脸上沾上污泥。军中幕僚生涯、边塞上舞墨弄笔，愁忧不知多少，旧事已不堪提起。我久别了故乡山中的猿鹤，也将故土常相伴的鸥鹭冷落，仕途之路早已让我厌倦不乐。眼下让桅杆高挺着白云、迎月驾着船舵，回归路上我放声高歌。

许棐

许棐（fěi）（？~1249），字忱父，自号梅屋，海盐（今属浙江）人。宋理宗嘉熙中隐居于秦溪，家中藏书数千卷，广植梅树，并以此自号，工诗，为江湖派中人。词擅小令，细腻委婉，清新简妙，有《梅屋诗余》。

鹧鸪天[1]

翠凤金鸾绣欲成，沉香亭下款新晴[2]。绿随杨柳阴边去，红踏桃花片上行。　　莺意绪，蝶心情，一时分付[3]小银筝。归来玉醉花柔困，月滤窗纱约半更[4]。

[注释]

①鹧鸪天：这是一首描写春闺情事的词。虽未有过深的主题，但却音词秀倩娇柔，给人一种舒畅轻松的感觉。②沉香亭：在长安，唐玄宗与杨贵妃曾在此亭观赏牡丹。这里泛指亭阁。款：迎。③分付：寄托，托付。④半更：五更之半，即二三更时分，半夜。

[译文]

翠凤金鸟就要绣成，且到沉香亭看这雨后的天晴。喜爱绿色就到杨柳荫处,喜爱红色就踏着桃花落英走动。　　我的情绪像欢快歌唱的黄莺,我的心情像翩翩起舞的蝴蝶一样轻松。大好时光,把我快乐心情托付给眼前的银筝。游玩归来,人醉倦意顿生,看皎洁的月光穿透了窗纱,已是半夜三更。

琴调相思引[①]

组绣盈箱锦满机,倩人缝作护花衣[②]。恐花飞去,无复上芳枝。　　已恨远山迷望眼,不须更画远山眉[③]。正无聊赖,雨外一鸠啼。

[注释]

①琴调相思引:这是一首描写思妇情调的词。运思很新巧。②组绣:织锦的成品。倩人:请人。③远山眉:古时女人画眉的一种样式。

[译文]

织锦在机上,织好的锦装满箱,请人把它缝做护花的衣裳。怕这花开终究要落地,干脆不让它再长到枝头去。　　已恨这远山让我把双眼望穿,从此不再画远山眉来装扮。正在百无聊赖中,雨后的斑鸠啼一声,又让我万般思念心中生。

后庭花[①]

一春不识西湖面,翠羞红倦[②]。雨窗和泪摇湘管[③],意长笺短。　　知心惟有雕梁燕,自来相伴。东风不管琵琶怨,落花吹遍。

[注释]

①后庭花:这是一首闺怨词。说春闺寂寞,诉相思情切。②翠羞红倦:

倦红羞翠。懒见红怕见羞,不想见春日丽景的意思。③湘管:毛笔。

[译文]

  一个春季没和西湖谋面,怕见外边这花香日暖的春天。窗外的雨应和着我的泪水,挥动着我手中的笔管吐诉情感,心中的思念那么长,信笺却这么短,我怎么能够把话说得完。 懂得我心的只有这雕梁上的春燕,飞来飞去地与我相伴。东风哪会晓得我琵琶声中的忧怨,刮来刮去又把花儿吹落一片。

陆 睿

陆睿(？~1266)，字景思，号云西，会稽(今浙江绍兴)人。宋理宗绍定五年(1232)进士，历官礼部员外郎、起居舍人、中枢集英殿修撰等职。存词三首。

瑞鹤仙[1]

湿云粘雁影。望征路、愁迷离绪难整。千金买光景，但疏钟催晓，乱鸦啼暝。花惊[2]暗省，许多情、相逢梦境。便行云、都不归来，也合寄将音信。　　孤迥[3]。盟鸾心在，跨鹤程高，后期无准[4]。情丝待剪，翻[5]惹得，旧时恨。怕天教何处，参差双燕，还染残朱剩粉。对菱花[6]与说相思，看谁瘦损。

[注释]

①瑞鹤仙：此词在南宋陈景沂《全芳备祖》前集卷一"梅花门"中有题作"梅"。这是一首思妇念远之词。古时有折梅赠别的习俗，该词就此俗结合人之别离之情加以咏唱。②花惊(cóng)：青春恋情。③孤迥：感叹远别，自感孤独。④盟鸾：结成双鸾之好的盟约。跨鹤程高：骑鹤飞离，越来越高。这里指距离越来越远。⑤翻：反。⑥菱花：菱花铜镜。古代镜子背面多铸有菱花

纹路。

　　[译文]

　　阴云中紧贴着大雁的身影，遥望他远去的路程，我满腹的离愁别绪难以梳整。千金也难买那临别前的光景，我们依依难舍，可稀疏的钟声却在提醒着快到天明，乌鸦又在昏暗的空中乱飞，发出急促的哀鸣。暗自回忆着当初相恋的情形，我们曾共有过多少温馨的柔情，我们的相聚始终都如在一场美梦之中。你一去便似行云来去不定，你即使无法归来，也应给我个信息让人传送。　　我孤独寂寞难于形容。可我们双鸾同飞的誓言却刻在我的心中。如今你骑鹤远走高飞，将来相会不知有无可能。我想把这愁人的情丝剪断，反惹出旧时相爱的情怨萌生。又怕上天恩赐我们在何处再次相逢，如比翼双飞的燕子遨游天空。我要将这剩下的脂粉搽上，再涂上残余的口红。对着菱花镜与它诉说相思之情，比一比是谁瘦损得没了人形。

萧泰来

萧泰来,字则阳,一说字阳山,号小山,临江(今重庆市忠县)人。宋理宗绍定二年(1229)进士。宝祐初自起居郎出守隆兴府,官至御史。有《小山集》。

霜天晓角

梅①

千霜万雪,受尽寒磨折。赖是生来瘦硬,浑不怕、角吹彻②。　　清绝。影也别③,知心惟有月。元④没春风情性,如何共、海棠说?

[注释]

①梅:这是一首咏梅词。学界多有人认为该词为萧泰来自况之作。梅与松、竹并称"岁寒三友",自古文人骚客咏赞者很多,所以能出奇者廖廖。萧词《梅》能脱尽"匠气",写出自己的个性,非常难得。②赖是:亏得。浑:全。角:号角。牛角制成,多为军中明号令或计时用,其声凄凉。古"大角曲"有《梅花落》,中配乐,用号角吹。③影也别:指梅枝疏影、别有风致。

④元:通"原"。

[译文]

  千层霜打万层雪裹,梅花受尽了寒冷的折磨,亏得它生来一副瘦硬的骨骼。它什么都不怕,即使用号角将《梅花落》吹彻,也要坚持绽放枝头的花朵。面对严霜酷雪,它全无惧色,傲然挺立,生气勃勃。　　它超凡脱俗清白高洁,它枝干横斜的疏影也很特别,它在万籁俱寂中孤独开放,理解它个性的只有与其相似的天上明月。它原来就没有在春风中邀宠的性格,怎能相聚一处,与海棠相互诉说?

赵希迈

赵希迈,字端行,号西里,永嘉(今浙江温州)人。宋宗室后裔,理宗朝知武冈军。有《西里稿》,不传。存词二首。

八声甘州

竹西怀古①

寒云飞、万里一番秋,一番搅离怀。向隋堤跃马,前时柳色,今度蒿莱②。锦缆③残香在否,枉被白鸥猜。千古扬州梦,一觉庭槐④。　歌吹竹西难问,拼菊边醉著,吟寄天涯。任红楼⑤踪迹,茅屋染苍苔。几伤心、桥东片月,趁夜潮、流恨入秦淮⑥。潮回处,引西风恨,又渡江来⑦。

[注释]

①竹西怀古:这是一首怀古叹今的咏景词。词中人能触景生情,涌发出历史兴亡的悲叹。又据自身经历产生伤心别离之情。但词中对历史兴亡的悲叹比较浮泛,家国之恨、身世之痛的着笔又较含糊,缺乏感染力。这是该词在诸

多怀古词中不能显其头角的原因所在。然其怀古凭吊中透出的悲凉情调仍被认为很有艺术表现力。竹西，竹西亭，在扬州北门外。杜牧《题扬州禅智寺》中有："谁知竹西路，歌吹是扬州。"古诗词中常将"竹西亭"作扬州的代称。②隋堤：隋代大运河河堤，其上广植杨柳。蒿莱：野草。③锦缆：用锦做的挽舟绳索。隋炀帝三次游江都，游船千艘，使宫女以锦缆拉牵。④一觉庭槐：用典"南柯一梦"。典出唐李公佐《南柯太守传》，淳于棼醉酒后睡在大槐树下，梦入大槐安国，被招为驸马，任南柯太守。屡次出征建功，荣华富贵显赫一时。后大敌压境、举国迁移，仓皇之中骤然梦醒。所睡之大槐树上有蚁穴，即梦中所历。⑤红楼：歌舞繁华之地。⑥桥东片月：姜夔《扬州慢》："二十四桥仍在，波心荡，冷月无声。"秦淮：秦淮河。流经金陵城中，为六朝金粉之地。⑦潮回处：潮水退去的地方。西风：秋风。又渡江来：金陵在扬州西边，中隔长江。

[译文]

阴冷的云雾在天空飘着，万里大地一片秋色，眼前苍凉的景象，搅动着我满怀的伤心、失落。跃马驰上隋堤，那当年满岸的柳绿，今朝却是荒凉不堪、野草遍地。昔日那肩挽锦缆为隋炀帝拉纤的宫女今在哪里，你们那脂粉的香味竟没一点残余。何处寻觅这些踪迹，徒让河边的白鸥胡乱猜议。一场千古扬州如梦般的经历，仿佛"南柯一梦"，醒后皆成空虚。　　既然往昔笙歌响亮的竹西亭处都问不出什么信息，不如我拼着醉倒在秋菊下，也要将我的感怀吟唱，传送到天边去。任凭那岁月无情，抹去了当年繁华红楼的痕迹，将它演变成眼前茅屋数间苔藓驳离。多少伤心的回忆，如那桥东上空一弯残月，暗淡无辉、朦胧迷离。趁夜晚潮涨西涌入江，让我的遗恨随潮水流进秦淮河里，只怕在潮水退去的地方又遭西风妒忌，助推潮水东去，让我的遗恨再随江水流回扬州竹西。

赵崇磻

赵崇磻(pán)(1198~?),字汉宗,号白云。南丰(今属江西)人,宋宗室后裔。宋宁宗嘉定十六年(1223)进士,官任石城令、淳安令,官至大宗丞。有《白云稿》。

蝶恋花①

一剪微寒禁翠袂②。花卜重开,旧燕添新垒。风旋落红香匝③地。海棠枝上莺飞起。　薄雾笼春天欲醉。碧草澄波,的的④情如水。料想红楼挑锦字⑤,轻云淡月人憔悴。

[注释]

①蝶恋花:这是一首描写春景的词。该词一气呵成,轻快而不寡味。②一剪:指春风,"二月春风似剪刀",就下"翠袂"而言。翠袂:柳条。③匝(zā):绕,周遍。④的的:明亮、晶莹的样子。⑤挑锦字:在锦上挑织出回文诗。前秦时,秦州刺史窦滔被徙流沙,其妻苏氏思之,织锦为回文旋图诗以赠滔。见《晋书·窦妻苏氏传》。

[译文]

一度春风微寒滞柳绿,花开才又显暖意,旧燕忙着筑新巢,来来去去衔草泥。风吹花落香满地,海棠枝头莺飞起。　　薄雾笼罩着春天的身躯,大地像喝醉了酒,显得迷迷离离,芳草青青水波明丽,春情滋生如水在心中荡起涟漪。猜想此时红楼女,应正将诗文织入锦里,轻云淡月更伤感,令人憔悴多思绪。

菩萨蛮①

桃花相向东风笑,桃花忍放东风老。细草碧如烟,薄寒轻暖天。　　折钗鸾作股,镜里参差②舞。破碎玉连环③,卷帘春睡残。

[注释]

①菩萨蛮:这是一首闺怨词。词中多用暗喻手法,写桃花有情、春意浓重,人对镜生出遐想。可一觉春梦醒,思念的人却不见,心中充满失落。②参差(cēn cī):高低不齐的样子。③玉连环:一种两只相互套连解不开的玉环。

[译文]

桃花灿烂地对着东风笑,桃花又忍着被东风吹得衰老。细草青青如烟雾般遮盖着大地,正是不冷不热的适宜天气。　　将鸾鸟金钗分做两股,镜中看去,像是鸟儿比翼双飞翩翩起舞。可解不开的玉连环如今已经破碎,卷起的帘内是春梦醒后孤独的泪水。

赵希彰

赵希彰（jìng）（1205~1266），字清中，号十洲，四明（今浙江宁波）人，宋宗室后裔。宋理宗宝庆二年（1226）进士，曾除南雄守，不赴。存词三首。

霜天晓角

桂①

姮娥戏剧，手种长生粒②。宝干婆娑千古，飘芳吹、满虚碧③。　　韵色，檀露④滴。人间秋第一。金粟如来境界⑤，谁移在、小亭侧？

[注释]

①桂：这是一首咏桂花的词。语句流畅、轻快，着笔像随意拈来，且词意中神情飞扬，令人心动。②姮娥：嫦娥。戏剧：戏说，戏弄，开玩笑。长生粒：这里指桂花。其花小如粒状。嫦娥吃不死药飞月宫，故把桂花比为长生药粒。③婆娑：枝叶纷披繁杂的样子。虚碧：天空。④檀露：檀香露。⑤金粟：桂花的别名。以其花蕊如金露点缀。又，金粟如来，佛名，即维摩诘。金粟如

来境界，佛教清虚庄严的境界。

[译文]

它就是传说中的嫦娥，亲手种植的长生药。那挺拔的树干繁茂的枝叶，经历了世间千古岁月。一旦风吹香气飘动，那芬芳便会充满碧空。它的气味神韵无物可比，像是神女的香水洒落大地。人间秋季的花卉万种，唯尊它为第一。它本生在神圣的佛界里面，是谁将它移来，栽在小亭的旁边？

秋蕊香[①]

髻稳冠宜翡翠，压鬓彩丝金蕊[②]。远山碧浅蘸秋水[③]，香暖榴裙衬地。亭亭，二八余年纪[④]。恼春意。玉云凝重步尘细[⑤]。独立花阴宝砌。

[注释]

①秋蕊香：这是一首描写美女姿态的词。上片写发式、眉眼和装扮。下片由表及里写心情，词意细腻逼真。宛然一幅仕女工笔画。②金蕊：插在鬓发上的金属花饰。③远山：画眉毛的一种样式，远山眉。秋水：眼波如秋水。④亭亭：挺秀、苗条的样子。有本作"宁宁"。二八：十六岁。⑤玉云：脸部色泽、神态如白玉般光洁、沉静。步尘细：轻盈的碎步。

[译文]

她发髻上稳稳地戴着适宜的翡翠簪，压鬓发的是彩丝做的金色花团。远山眉绿色淡淡，配着一双秋水荡漾般的秀眼，香暖红艳的长裙拖着地面。她身姿亭亭玉立，十六岁多点的好年纪，让春天瞧着也有几分妒忌。脸庞光洁如玉，带着一种纯情文静的神气，那步子迈得轻盈碎细。她在花荫下站立独自凝思，像是一尊玉石堆砌出的仙女。

王 澡

王澡(1166~?),字身甫,号瓦全,四明(今浙江宁波)人。宋光宗绍熙元年(1190)进士,嘉定中任国子博士,通判平江。有《瓦全集》。存词二首。

霜天晓角

梅①

疏明瘦直,不受东皇②识。留与伴春应肯,千红底、怎著得③? 夜色,何处笛?晓寒无奈力④。飞入寿阳宫里⑤,一点点、有人惜。

[注释]

①梅:此首词咏梅。该词以"梅不入春"为其特点,将其人格化,谈衰败与成名的体验和认识。②东皇:传说中的司春之神。③千红底:这里指百花。著:容身,接受。④无奈力:经受不住。⑤寿阳宫里:用典"梅花妆"。宋武帝女寿阳公主日卧含章檐下,梅花落其额上,成五瓣花形,拂之不去。宫女皆效之,为梅花妆。

[译文]

梅花疏致明朗瘦硬正直,却不被司春之神赏识。即使它同意留下伴春,可在百花之下它如何容身? 夜色茫茫,何处笛声吹响?预示着春到梅落的笛乐曲,让它在清晨的寒风中更难寿长。凋落的梅花飞入寿阳宫里,一瓣、一片,都有那么多人珍惜。

赵与鉨

赵与鉨(yǔ),字庆鉨,号昆仑,宋宗室后裔。存词仅一首。

谒金门[①]

归去去,风急兰舟不住。梦里海棠花下语,醒来无觅处。薄幸[②]心情似絮,长是轻分轻聚。待得来时春几许?绿阴三月暮。

[注释]

①谒金门:这是一首抒发别离之情的词。词中人恨情人离别仓促,怨薄情如絮无定数,惧岁月流逝难觅寻,盼意中人早归。②薄幸:薄情,无情。

[译文]

归去匆匆,风急催着船儿不留停。梦中我们还在海棠花下说话,醒后再寻觅不到你的踪影。　薄情的人就似那随意飘飞的柳絮,对分别、相聚常不放在心里。你可知再次来时都已到了春季,大地铺满绿荫,三月就要过去。

楼槃

楼槃（pán），字考甫，号曲涧，鄞县（今属浙江宁波）人。宋理宗绍定初年（1228）曾任庆元府学教谕。存词二首。

霜天晓角

梅①

月淡风轻，黄昏未是清。吟到十分清处，也不啻②、二三更。　　晓钟天未明，晓霜人未行。只有城头残角，说得尽、我平生。

又

剪雪裁冰，有人嫌太清。又有人嫌太瘦，都不是、我知音。　　谁是我知音？孤山人姓林③。一自西湖别后，辜负我、到如今。

[注释]

①梅：此二词咏梅。咏梅者较多，以此方式咏者少见。盖意在翻新，追

求别趣吧。两首词皆以梅"我"为第一人称自述,层层递进,展示梅的清高与哀怨。虽然内容、立意并非很深,但其词句、结构都别出机杼,给人一种清新的感觉。②不啻(chì):不仅。啻,但、仅、只。③孤山人姓林:指北宋初诗人林逋。林隐居于孤山,种梅养鹤,终身不娶。

[译文]

我高洁幽静,月淡风轻的黄昏比不上我的雅清。如说十分清绝的是夜晚,那我至少比得过二三更。　那什么时候能匹配我的倩影?晓钟敲响天还未明,晨霜已落人还未行。谁能真正地了解我呢,只有那历经沧桑残角的城头,能说尽我的平生。

又

我如剪出的雪花裁出的冰,有人却嫌我这色调太寡清。我枝叶稀疏骨骼清秀,又有人嫌我太瘦。这些人都不是我的知音朋友。

谁能称做我的知音?那个叫林逋的孤山人。可即使对他我也有些怨恨,自从那次西湖边上把手分,他再没为我写过诗句,辜负我直到如今。

钟 过

钟过,字改之,号梅心,庐陵(今江西吉安)人。宋理宗宝祐三年(1255)解试。存词仅一首。

步蟾宫①

东风又送酴醾信②。早吹得、愁成潘鬓③。花开犹似十年前,人不似、十年前俊。　　水边珠翠香成阵,也消得、燕窥莺认④。归来沉醉月朦胧,觉花气、满襟犹润。

[注释]

①步蟾宫:此词写春情。作者因荼蘼花开油然伤春,叹岁月无情。又受春景感染,仿佛回到十年前。②酴醾(tú mí)信:二十四番花信风中的荼蘼花信风,在信风中排序倒数第二,此花一开春天就进入尾声。酴醾,花名,也作"荼蘼",蔷薇科植物,花白色。③潘鬓:鬓发斑白。用晋代潘岳的典故。④珠翠:女子首饰。这里借代指仕女、佳人。消得:消受得。燕窥莺认:形容青年男女恋爱欢乐场景。

[译文]

东风又吹得荼蘼花儿开放,春将离去我愁得双鬓斑白已成潘郎。荼蘼花开与十年前一样芬芳,而我却失去十年前的俊俏模样。

水边游玩的美女如云香气飘荡,这场景真值得卿卿我我地欢乐一场。返回时夜深人醉天空一轮朦胧的月亮,感觉到我满怀的花气仍然那么清润芳香。

李肩吾

李肩吾，名从周，字肩吾，又字子我，号嫔洲，眉州（今四川眉山）人。魏了翁门客，精六书之学。有辑本《嫔洲词》，存词十首。

抛球乐①

风罥蔫红雨易晴，病花中酒过清明②。绮窗幽梦乱于柳，罗袖泪痕凝似饧③。冷地④思量著，春色三停早二停。

[注释]

①抛球乐：这是一首闺怨词。主旨是对春色流逝的感叹。写清明时节，人醉于酒、花，待回过神来，三分春色早已失去了两分。②罥（juàn）：牵挂。蔫（niān）红：指落花。病花中酒：沉溺于花，饮醉于酒。③凝似饧（xíng）：形容泪水多，像糖稀一样粘在袖上。饧，糖稀。④冷地：冷不丁，突然。

[译文]

风牵挂着落花雨过后天晴，我沉溺在赏花醉酒中过清明。窗下梦中还贪恋着柳色，醒后泪水似糖稀在罗袖上粘了一层。突然悟到了什么，原来三分春色两分已没了踪影。

风流子[1]

双燕立虹梁[2]。东风外、烟雨湿流光。望芳草云连,怕经南浦,葡萄波涨,怎博西凉[3]。空记省,残妆眉晕敛[4],裛袖唾痕香。春满绮罗,小莺捎蝶,夜留弦索,幺凤求凰[5]。　　江湖飘零久,频回首、无奈触绪难忘。谁信温柔牢落[6],翻堕愁乡。便玉笺铜爵,花间陶写,瑶钗金镜,月底平章[7]。十二主家楼苑,应念萧郎[8]。

[注释]

①风流子:此词写别离之情。全词抚今忆昔,章脉清楚连畅,读之轻快而味厚。②虹梁:曲梁,拱梁。③南浦:河南岸渡口。词中多指代分手离别之地。葡萄:葡萄酒。博:敌,斗。西凉:今甘肃酒泉一带,古时称西凉。古乐部中有西凉乐,隋以来管弦杂曲多用西凉乐。其曲调悲凉,常用于离歌别曲中。④眉晕敛:眉晕,眉色。敛,收。愁眉不展之意。⑤幺凤:鹦鹉的一种,五色羽毛,体小而形如凤,常群聚于开花的梧桐树上,又名"桐花凤"。用该词中含有两种意思:一、男女恋爱曲。乐府琴曲中有《凤求凰》。汉司马相如《琴歌》中也有:"凤兮凤兮归故乡,遨游四海求其凰。"二、古琵琶技法。琵琶第四弦为幺凤弦,或幺弦。其音高而清。⑥牢落:荒废,冷落。⑦铜爵:铜制墨盒。平章:品味,端详。⑧十二主家楼苑:歌楼酒肆繁华游乐场所。这里泛指。萧郎:女子意中人的泛称。

[译文]

曲梁上一双燕子相互呢喃,东风过后烟雨蒙蒙湿润着春天。望芳草无际直与云天相连,怕路过我们分别的渡口南岸,因为到此处我更会涌现出痛心的思念。即使把葡萄酒向杯中不断增添,仗这点酒力怎能抵挡耳边那西凉曲声的凄惨。我白白地将他挂牵,只落得懒化妆日日愁眉不展,扯着衣袖将他千声万声地抱怨。对那时我们的欢爱留恋无限,那时春色常布满我漂亮的罗衫,我们莺歌蝶舞般的缠缠绵绵。即使夜晚也要坐到琴边,将那凤求凰的欢爱曲子反复奏弹。　　他已在江湖上漂泊太久,虽毫无踪迹可求,我仍一次次地将往事回首,无奈旧情总缠绕不断,难于从心头驱走。谁会信我对他无限的温柔会被冷落,被他转换做仅对故乡的思愁。拿出信纸墨盒,在花间陶醉地写着,摆出他送的玉钗铜镜,月下仔细地回味品评。风流子啊,我的冤家!没准儿那么多酒楼妓馆,也有谁正在思念着他。

清平乐[①]

美人[②]娇小,镜里容颜好。秀色侵人春帐晓,郎去几时重到?　　叮咛记取儿家[③]:碧云隐映红霞。直下小桥流水,门前一树桃花。

[注释]

①清平乐:这是一首描写留恋之情的词。言简意赅却娇柔动人。②美人:这里词中女自称。③儿家:我家。

[译文]

我身材玲珑娇小,镜中自照出一张娇美的容貌。春帐里欢爱无限中天色已晓,郎走后不知啥时再把我找?　　分手时叮咛郎要记准我家,这儿的蓝天常隐露出红霞。从那流水的小桥上一直走下,可看见门前一树桃花。

风入松

冬至①

霜风连夜做冬晴,晓日千门。香葭暖透黄钟管,正玉台彩笔书云②。竹外南枝③意早,数花开对清樽。　　香闺女伴笑轻盈,倦绣停针。花砖一线添红景,看从今、迤逦新春。寒食相逢何处?百单五个黄昏④。

[注释]

①冬至:这是一首写冬至的节令词。因冬至场景较单薄,既无春秋的应景物,也没除夕、元宵的鼓乐气氛,因此写者较少,能引用前者的成名的语句和典故也少,所以很不容易写。而此首词却写得非常成功,除轻笔点及应景物梅外,从闺阁女子的活动、心态来弥补景色环境氛围的不足,倒生出一番生活情趣。②香葭(jiā):芦苇中薄膜烧成的灰,古人将它放在十二律管中,置于密室以占气候。到某一节气,相应律管中的葭灰便自动飞出。黄钟管:黄钟为古乐十二律之一。冬至这一节气属黄钟律。玉台:观台。古代逢春分、冬至、立夏、立秋等节气的日子,由专人登台瞻望云气物色,把所见天象用不同颜色的笔刻在简策上。故言"玉台彩笔书云"。李曾伯有诗《雪夜不寐偶成》:"底事阳和尚未回,书云已久未逢梅。"③竹外南枝:指梅花。④百单五个黄昏:从冬至至寒食,共一百零五日,故宋人言寒食时多称一百五。

[译文]

连夜风霜迎来了冬日的天晴,清晨的阳光照进千家万户门中。黄钟管内的葭灰已经飞出,观象台上彩笔记载了冬至的降生。竹林南边的梅花对气温变化感觉最灵,向阳的枝头几朵梅花率先绽露出笑容,让那文人骚客饮酒赏观作诗吟诵。　　闺阁中女伴们笑得多么轻盈,已刺绣多时暂将手中的针线活儿歇停,相互猜测春花先在园中花墙的哪处显红,设想着从今开始将连续不断地出现哪些春景。算一算还要多长时间才能迎来寒食节的踏春,呵,还要度过一百零五个黄昏。

乌夜啼[①]

径藓痕沿碧甃[②],檐花影压红阑。今年春事浑无几,游冶懒情悭[③]。　旧梦莺莺沁水,新愁燕燕长干[④]。重门十二[⑤]帘休卷,三月尚春寒。

[注释]

①乌夜啼:这是一首闺怨词。写离人去后环境冷落、旧梦新愁中阳春三月仍觉孤独寒清。②碧甃(zhòu):砖石砌的井壁。③悭(qiān):吝啬。④沁水:指园林。汉明帝为其女沁水公主建有沁园。长干:指里巷。古建康城有长干巷。乐府《杂曲歌辞》有《长干曲》。⑤重门十二:泛指庭院很深,门户很多。

[译文]

苔藓从路上直爬上井台的壁沿,屋檐下花枝的影子遮盖着红色的栏杆。今春心情不好没做什么事,懒得分神费心去外面游玩。

梦中常出现昔日我们莺歌沁园的欢乐场面,可眼前见双双燕子穿梭里巷又引起我新愁万千。这深深庭院中的房间不要卷起门帘,这个阳春三月我感到特别孤寒。

清平乐[①]

东风无用,吹得愁眉重。有意迎春无意送,门外湿云如梦。

韶光九十悭悭，俊游回首关山②。燕子可怜人去，海棠不分春寒。

[注释]

①清平乐：这是一首叙别离之情的词。②韶光九十悭悭：指春天三个月九十天的时光。韶光，春光。悭，吝啬。这是形容短暂。俊：指代离人。

[译文]

东风真是没用，吹得春将离去郎君远行，吹得我心烦意乱双眉愁凝。我欢心地迎接春来，可不想伤心地将春相送。门外阴云密布犹如我噩梦般的处境。　我们美好的九十天竟然如此短暂，你此番出游何日回归关山。燕子可怜人离去仍在庭院与我相伴，可海棠却犹自吐艳，分不清我心中此时的冷暖。

鹧鸪天①

绿色吴笺覆古苔，濡毫重拟赋幽怀②。杏花帘外莺将老，杨柳楼前燕不来。　倚玉枕，坠瑶钗。午窗轻梦绕秦淮③。玉鞭何处贪游冶，寻遍春风十二街④。

[注释]

①鹧鸪天：这是一首闺怨情人之词。②吴笺：吴地生产的信纸，有苔藓样的绿色。濡（rú）毫：浸润笔毛，即蘸墨汁。③秦淮：即秦淮河，本为金陵繁华之处，这里代指酒楼妓馆繁华场所。④玉鞭：代指心上人。十二街：泛指很多街。

[译文]

吴地产的信纸像蒙着一层古旧的绿苔，将毛笔饱蘸了墨汁再次抒发我的情怀。帘外杏花枝头上的黄莺啼声细弱行将老迈，楼前杨柳枝条枯黄燕子飞来。　懒倚着玉枕、歪斜着凤钗，窗后午觉虽短却依然梦到秦淮。你究竟在何处贪求欢快，梦中为找你我将那么多风流场所一一寻觅过来。

黄 简

黄简,一名居简,字元易,号东浦。建安(今福建建瓯)人。隐居吴郡光福山,嘉熙中卒。工诗,存词三首。

柳梢青①

病酒心情,唤愁无限,可奈②流莺。又是一年,花惊寒食,柳认清明。　　天涯翠巘③层层。是多少、长亭短亭④!倦倚东风,只凭好梦,飞到银屏⑤。

[注释]

①柳梢青:这是一首闺思怀人之词。词意深婉,字句畅达,文情俱妙。②可奈:怎奈,无奈。③巘(yǎn):相连并峙大小不同的山,如山叠嶂。这是泛指山岭。④长亭短亭:古时设于大道上的驿亭,以供旅客休息。有十里一大亭,五里一小亭之说。庾信《哀江南赋》有:"十里、五里,长亭、短亭。"⑤银屏:嵌银的屏风。古时屏风上多为山水画,诗词中多提及此,大抵是因为山水画中山不多易引思人联想,极似今之地图。

[译文]

此刻的心情就像喝醉了酒,涌现出了无限思愁。无奈年华犹如流莺一过,美妙的鸣叫还能停留多久?又是一年来临,鲜花惊恨寒食节到来春天就要溜走,杨柳却认同清明的细雨,正是自己风光妩媚的时候。　　天涯无际绿山翠岭层层没有尽头,其间长亭短亭算不清也查不够。疲倦地在东风中等候,为见郎只愿能做个好梦,飞进银屏的山水中去四处寻游。

玉楼春①

龟纹晓扇堆云母②,日上彩阑新过雨。眉心犹带宝觥醒,耳性已通银字谱③。　　密窨彩索看看午。晕素分红能几许④?妆成挼镜问春风,比似庭花谁解语⑤?

[注释]

①玉楼春:这是一首描绘年青女子情态的词。②龟纹晓扇:窗户。窗格图案似龟纹,故称。云母:云母石。这里形容窗外的白云。③宝觥:酒杯。耳性:听觉、记性、悟性。银字谱:乐谱。银字称银管,管笛上用银作字,标明音色高低。这里喻指鸟儿的叫声。④密窨彩索:躲在闺房中化妆打扮。窨,化妆盒。彩索,翻检化妆品。晕素分红:涂脂抹粉。分红,搽抹口红。⑤挼镜:挪镜子。解语:解意,指美人。五代王仁裕《开元天宝遗事》载,唐玄宗与贵妃共赏太液池千叶白莲,左右皆叹美久之,玄宗指贵妃示左右曰:"争如我解语花。"后人遂以"解语花"喻美女。

[译文]

推开窗户看到天上堆着白云,雨后的晴日显得光彩而又温馨。她眉宇间还带着酒醉的红晕,聆听着花丛间鸟叫的声音。　　她躲在闺房中将化妆盒摆弄个不断,搽胭脂涂口红直到午间。装扮好移开镜子询问春风,我与庭院中的鲜花比谁更好看?

陈 策

陈策(1200~1274),字次贾,号南墅,上虞(今属浙江)人。以功授训武郎,主管制司机宜文字。策学于刘汉弼,潜心典籍,词章甚美,在当时小有名气。存词仅二首。

摸鱼儿

仲宣楼赋①

倚危梯、酹春怀古,轻寒才转花信②。江城望极多愁思,前事恼人方寸③。湖海兴,算合付、元龙④举白浇谈吻。凭高试问,问旧日王郎⑤,依刘有地,何事赋幽愤? 沙头路,休记家山远近。宾鸿⑥一去无信。沧波渺渺空归梦,门外北风凄紧。乌帽整,便做得、功名难绿星星鬓⑦。敲吟⑧未稳,又白鹭飞来,垂杨自舞,谁与寄离恨。

[注释]

①仲宣楼赋:这是一首登临怀古之词。全词由登高生情,因怀古而伤今,格调比较悲壮苍凉。仲宣,三国王粲,字仲宣。竹林七贤之一。他在荆州依附

刘表时曾登麦城（今湖北当阳）城楼，感于久留客地，远离家乡，又怀才不遇遂赋《登楼赋》。后人将他作赋的城楼名为仲宣楼。②危梯：高楼。酹春：酹酒迎春。酹，把酒浇地上。花信：花开的信息。③方寸：心。④元龙：三国陈登，字元龙，有文武胆略。一次三国另一名士许汜因求田问舍去见陈登。陈登对其无主客之礼。久不与其相语，自上大床卧，使许汜卧下床。后来许汜对刘表、刘备说："陈元龙湖海之士，豪气不除。"刘备认为许汜为自己求田问舍，言无可采。就对许汜说："如小人欲卧百尺楼上，卧君于地，何但上下床之间邪？"见《三国志·魏志·陈登传》。⑤王郎：指王粲。⑥宾鸿：即鸿雁。⑦难绿星星鬓：难使白发变黑。⑧敲吟：击节歌吟。晋裴启《语林》载，王敦每酒后辄咏魏武帝《龟虽寿》诗句，从铁如意击唾壶为节，壶尽缺。

[译文]

  登高楼、浇酒于地迎春来，抒发我怀念古时的情怀。轻寒刚过天转暖，百花即将开。江边城头望天外，涌出无限愁思来。往事历历如浮云，令人心绪败坏。我也算江湖中人，但说豪情比精神，也只配给陈登饮酒时当笑料论。站在这高处试问，过去王粲依附刘表已有地立身，还因何事写赋发泄悲愤？　江边沙头路难行，怎顾得上家乡离得远近。我像那讬来迁去的鸿雁，一去杳无音信。沧桑经历如一场空梦，世事险恶如那门外凄厉的北风。乌纱帽再高大端正，即使戴得牢稳求得了功名，又怎能让双鬓的白发重新变青。我边敲击边吟诵，胸中愤懑还是未泄尽。只见白鹭悠闲飞，垂杨自顾舞弄，这满腔离恨愁伤谁会为我传送。

满江红

杨　花①

倦绣人闲，恨春去、浅颦②轻掠。章台路，雪粘飞燕，带芹穿幕③，委地身如游子倦，随风命似佳人薄。叹此花、飞后更无花，情怀恶。　　心下事，谁堪托。怜老大，伤飘泊。把前回离恨，暗中描摸。又趁扁舟低欲去，可怜世事今非昨。看等闲、飞过女墙④来，秋千索。

[注释]

①杨花：这是一首咏杨花的词。上片写杨花，以拟人手法写杨花的悲芳，委地随风，命薄如佳人。下片借咏杨花感怀自己身世。全词所表达的主旨仍是闺中人因怀人而伤春、惜春。②浅颦：微皱着眉头。③章台路：汉代长安有章台路，是较为热闹的场所。后人多以章台借代繁华游冶场所，也多借指男女伤别之事。唐代韩翃有《章台柳》词。许尧佐《柳氏传》中记载有韩翃与柳氏失散后重新团圆的爱情故事。雪：喻杨花。带芹穿幕：燕子衔芹泥穿帘幕在梁上筑巢。④女墙：垒在建筑上的矮墙。

[译文]

绣得疲倦停下针线歇息，恼恨这春天即将去，微皱双眉瞧那杨花飘离。看那热闹的场地，杨花如雪花般舞动纷纷靡靡，粘在飞来飞去的燕子身上，燕子载着它穿越帘幕嘴中衔着筑巢的芹泥。杨花像那走累的游人，随意飘落在地。又似薄命的佳人，让风儿把自己的命运驾驭。感叹杨花的飞落的喻义：杨花一旦飞落，百花也将先后凋谢离去，想到这些，坏心情瞬间布满心里。　　心中忧愁事多，无人能够为我解脱。可怜青春将过，惧怕将来漂泊无定所。把前次分别的离恨事情，在心中悄悄地揣摩。又想要乘一叶扁舟偷偷地将他寻觅，可又担心世事难料、人心今日已非昨日可比。看那杨花悠闲地飘过女墙，片片沾落在秋千绳索上。

黄 昇

黄昇,字叔旸,号玉林,建安(今属福建)人。早弃科举,吟咏自适。有《散花庵词》。编有《绝妙词选》二十卷。分上、下两部分,上部为《唐宋诸贤绝妙词选》,下部为《中兴以来绝妙词选》,后人统称《花庵词选》。

清平乐

宫 词①

珠帘寂寂,愁背银釭②泣。记得少年初选入,三十六宫③第一。　　当时掌上承恩,而今冷落长门④。又是羊车⑤过也,月明花落黄昏。

[注释]

①宫词:有本作"宫怨"。这是一首宫怨词,描写一位宫女失宠后的寂寞哀怨。语言明快流畅而又有余韵。结构颇有特色。②银釭(gāng):银色的油灯。③三十六宫:班固《西都赋》中说,汉代长安上林苑有:"离宫别馆,三十六所。"④掌上承恩:赵飞燕体态轻盈,得到汉成帝喜爱,立为皇后,传

说她能在掌上跳舞。长门：汉武帝时陈皇后失宠，幽居于长门宫。⑤羊车：羊拉的车。《晋书·胡贵嫔传》中载，晋武帝所宠嫔妃很多，武帝不知该找哪一位，就常坐着一辆由羊拉的车，任羊随意拉自己到哪个宫院。于是宫女们就取竹叶插在门口，在地上洒上盐汁来引羊车到自己那儿。

[译文]

珠帘静静地低垂，她愁苦地背对着银灯流泪。记得少女时刚被选入宫内，三十六宫中数她最美。　　当年她倍受君王恩宠，如今被冷落在长门宫中。又传来羊车驶过的响声，而她却只能呆立不动，面对着黄昏中的落花，明月照着一个孤单的身影。

李振祖

李振祖(1211~?),字起翁,号中山,福州闽县(今属福建)人,宋理宗宝祐四年(1256)登第。传词仅下面一首。

浪淘沙①

春在画桥西。画舫轻移。粉香②何处度涟漪?认得一船杨柳外,帘影垂垂。　　谁倚碧阑低。酒晕双眉。鸳鸯并浴燕交飞③。一片闲情春水隔,斜日人归。

[注释]

①浪淘沙:这是一首咏景词。写春游中的湖上风光。②粉香:代指游女。③燕交飞:燕双飞。

[译文]

春色就在这画桥的西边,湖中轻轻移动着一只画船。粉香貌美的女士,你们将划到水中何处游玩?看得见杨柳外的那只小船,船舱隐隐垂挂着珠帘。　　是谁倚着绿色的船栏,羞红似酒晕抹在双眉之间。呵呵,是看到了并游的鸳鸯、双飞的春燕。一片悠闲情调在这春水中弥漫,夕阳西下,人们才恋恋不舍地归返。

薛梦桂

薛梦桂,字叔载,号梯飙,永嘉(今浙江温州)人,宋理宗宝祐元年(1253)进士。曾知福清县。

醉落魄[1]

单衣乍著[2]。滞寒[3]更傍东风作。珠帘压定银钩索。雨弄新晴,轻旋玉尘[4]落。　　花唇[5]巧借妆红约。娇羞才放三分萼。樽前不用多评泊。春浅春深,都向杏梢觉。

[注释]

①醉落魄:这是一首描写初春景色的词。词意清新、明快,用词纤巧。况周颐在《蕙风词话》中评此词:"工于刷色,得一丽字。"②乍著:初着,刚穿上。③滞寒:滞留的寒气。④玉尘:细雨。⑤花唇:刚绽放的花苞如美女搽上口红的嘴唇。

[译文]

天转暖才穿上单衣,东风又吹送着滞留的寒气。用银钩将珠帘高高卷起。刚放晴的天气又下起了细雨,毛毛细雨似玉屑,纷纷扬扬轻轻洒落在地。　　花苞艳丽仿佛涂了胭脂抹了口红的美女,娇柔羞怯才透出三分春意。要说我犯了禁忌，饮酒时不应对花妄加评语。春浅、春深，春天已经走到哪里？看看杏花枝头，就能找到谜底。

眼儿媚

绿　笺①

碧筒新展绿蕉芽，黄露洒榴花②。蘸烟③染就，和云卷起，秋水人家。　只因一朵芙蓉月，生怕黛帘④遮。燕衔不去，雁飞不到，愁满天涯。

[注释]

①绿笺：此词咏绿色彩笺。一张信纸本无东西可写，可词人将其特点和前后左右的相关事物加以发挥，倒显得别致、有趣。②黄露洒榴花：绿笺上点缀零星金粉，笺上方饰有石榴红色的彩画。③蘸烟：蘸墨。④黛帘：眼睫毛。

[译义]

碧玉筒中取出蕉芽般嫩绿的信笺，上面金粉点点，饰有红石榴花的图案。饱蘸墨汁挥毫将信笺写满，那思念的语言如同白云一样翻卷，希望能让秋水那边的人儿听见。　只因那张芙蓉银月般的俏脸，时时在我心中浮现，怕这影像消散，我甚至不敢眨眼。遗憾，这载满我心声的信笺，燕衔不去，大雁不传，让我的忧愁布满天涯海边。

三姝媚①

蔷薇花谢去，更无情连夜，送春风雨。燕子呢喃，似念人憔悴,往来朱户。涨绿烟深,早零落、点池萍絮②。暗忆年华,罗帐分钗③,又惊春暮。　　芳草凄迷征路。待去也还将,画轮留住。纵使重来,怕粉容消腻,却羞郎觑④。细数盟言犹在,怅青楼何处?绾尽垂杨,争似相思寸缕⑤!

[注释]

①三姝媚:这是一首闺思词。②点池萍絮:落入池塘的杨花柳絮。③分钗:临别时常将金钗分为两股,各持一股为记。④觑(qù):看。⑤绾(wǎn):盘绕,打结。争似:怎似。

[译文]

蔷薇花已凋谢落地,天公无情又送来一夜的风雨。燕子呢喃私语,像挂记我这憔悴的人儿,在庭院中飞来飞去。绿水升涨,柳烟浓郁,杨花早已零落,飘入池塘化做浮萍败絮。暗将当年回忆,罗帐中我们分钗互记,害怕春天一过你就要告别离去。　　伤别路上芳草凄迷,你当时恋恋不舍,几次要走却又将车儿停在原地。唉,纵使君能再来,只怕我已粉容失色,羞于见你。细细地想想,我们的海誓山盟还记在心里,可我能到何处的青楼中寻觅到你?挽尽垂杨枝条,揽尽杨花飞絮,怎比得上我心中相思之苦千头万绪!

浣溪沙①

柳映疏帘花映林。春光一半几销魂。新诗未了枕先温②。燕子说将千万恨,海棠开到二三分。小窗银烛又黄昏。

[注释]

①浣溪沙:这是一首春情词。景为春浓之景,情亦应为闺中少女之情。②枕先温:人先睡。

[译文]

柳色透进门帘,红花点缀着树林,春天才过了一半就已经让人销魂。新诗还没作好,她却早已入了梦乡。　　庭院中燕子呢喃不已,似在倾诉千愁万恨,海棠花儿才将姿色展露二三分。春昼易逝,小窗上银烛闪亮,又是一个黄昏。

曾揆

曾揆，字舜卿，号懒翁，南丰（今属江西）人。

西江月①

檐雨轻敲夜夜，墙云低度朝朝。日长天气已无聊，何况洞房人悄。　　眉共新荷不展，心随垂柳频摇。午眠仿佛见金翘②，惊觉数声啼鸟。

[注释]

①西江月：这是一首闺思词。②金翘：金钗。金钗是赠给男子的信物。这里代指所思之人。

[译文]

阴雨绵绵夜夜把屋檐轻敲，云雾低低朝朝都在墙头缠绕。常常这样的天气已令人感到无聊，何况洞房寂寞无人日日静悄悄。眉头像新生的荷叶卷曲着难见欢笑，心中思愁万缕随着垂柳枝条摆摇。午梦中忽然见他来到，把我从梦中惊醒的是几声啼叫的飞鸟。

卷 四

吴文英

吴文英（约1212～约1272），字君特，号梦窗，晚号觉翁，四明（今浙江鄞县）人。本姓翁，入继吴氏。曾为浙江安抚使吴潜幕僚，复为宗室赵与芮门客。精通音律，能自度曲。从词风讲，多年来词评家对吴词讥评甚多，认为其词晦涩难解。一些词评家对其词之难解总结出三个特点：叙写方面喜欢把时间和空间杂糅；修辞方面只凭自己的直觉感受；喜欢用生僻典故。但也有些词评家特别是清代的一些诗词评家却对吴词倍加推崇，如戈载之称其"运意深远，用笔幽邃，炼字炼句，迥不犹人。貌观之雕缋满眼，而实有灵气行乎其间"。吴著有《梦窗甲乙丙丁稿》。

八声甘州

陪庾幕诸公秋登灵岩①

渺空烟，四远，是何年、青天坠长星②？幻苍崖云树，名娃金屋，残霸宫城③。箭径酸风射眼，腻水染花腥④。时靸双鸳响，廊叶秋声⑤。　宫里吴王沉醉,倩五湖倦客,独钓醒醒⑥。问苍波无语,华发奈山青⑦。水涵空阁凭高处,送乱鸦、斜日落渔汀⑧。连呼酒,上琴台⑨去,秋与云平。

[注释]

①陪庾幕诸公秋登灵岩:这是一首登灵岩山怀古之词。有本作"灵岩陪庾幕诸公游"。庾幕,幕府僚属的美称,此指苏州仓台幕府。作者曾在苏州做仓台幕僚。灵岩,山名,在今江苏省苏州市西。这里有春秋末期吴国的多处遗址。②四远:四处远望。长星:彗星,俗称扫帚星,古代被视为不祥之物。③名娃:有名的美女。指吴王夫差的宠妃西施。金屋:豪华宫殿。指吴国的馆娃宫,故址在灵岩山上。残霸:指吴王夫差,他在春秋末期与晋国争霸,未成功。④箭径:又称箭泾,即采香径,是一条笔直的小溪。吴王夫差命人种香花香草于溪边,常使宫女们泛舟采香。酸风:冷风。冷风吹眼令眼发酸,故称。腻水:指宫女们梳洗后带有脂粉油腻的水。⑤靸(sǎ):同"趿",趿拉。双鸳:当时宫女们穿的一种木屐。有本认为是绣花鞋。廊:指馆娃宫中的响屧(xiè)廊。屧,木屐,木底有双齿,后跟无帮。相传响屧廊用优质木材铺成,夫差让西施和宫女们穿木屐在上行走,发出有节奏的响声。⑥倩:让,使。五湖倦客:指范蠡。其为春秋末年政治家,辅佐勾践灭吴后,不贪恋富贵权势,遂游五湖当隐士。醒醒:非常清醒。⑦苍波:有本作"苍天",这里仍是苍天之意。华发:白发,花白头发。奈山青:无奈山青。青山不改无奈人生易老。⑧水涵空阁凭高处:一作"水涵空、阑干高处"。渔汀:水边的渔村。汀,水边的平地。⑨琴台:灵岩山上的一处古迹,在灵岩山顶。

[译文]

举目四望,辽阔大地烟云蒙蒙。究竟是何年何月碧空中坠落下这颗彗星?它幻化做云雾密林让绿色遍布峻岭,它幻化出绝代佳人幽居金宫,幻化出一位不成功的霸主和他的一座宫城。采香径边吹着令人眼酸的冷风,宫女们梳洗的残粉香脂溶进水中,将溪水两岸的花草也染上荤腥。响屧廊上,仿佛听到宫女们趿拉着双鸳木屐不停走动,廊外落叶纷飞像深秋在悲凄地嘶鸣。　馆娃宫内吴王夫差常常醉意酩酊，游历五湖的范蠡，却常常独钓自乐所以头脑非常清醒。试问苍天，为何发生这样的事情？苍天高深莫测，默默不出一声。千年已过高山依旧翠青，无奈我却白发萌生，深感力不从心，空有满腹伤情。在这秋水环绕的空荡阁楼上凭高望远，目送乱鸦飞过、夕阳沉落渔村之中。高声连呼拿酒来，再上琴台去抒情，看远处秋水与白云齐平。

声声慢

闰重九饮郭园①

檀栾金碧，婀娜蓬莱，游云不蘸芳洲②。露柳霜莲，十分点缀残秋。新弯画眉③未稳，似含羞、低度墙头。愁送远，驻西台④车马，共惜临流。　　知道池亭多宴，掩庭花长是、惊落秦讴⑤。腻粉阑干，犹闻凭袖香留。输他翠涟拍甓⑥，瞰新妆、时浸明眸。帘半卷，带黄花⑦、人在小楼。

[注释]

①闰重九饮郭园：这是一首为幕友饯行的词。词题有本作"陪幕中饯孙无怀于郭希道池亭，闰重九前一日"。闰重九，闰九月的重阳节。②檀栾：秀美貌，形容竹。汉代枚乘《梁王菟园赋》："修竹檀栾，夹池水。"婀娜：形容山水柔秀。蘸：沾浸，停留。③新弯画眉：指新月弯弯如画出的眉毛。④西台：即西席、西宾。古代宾主相见，以西为尊，主人居东，客人居西，因而尊称官府幕僚为西宾。这里的西台应为孙无怀。⑤秦讴：优美动听的歌声。相传秦青饯薛谭于郊衢，抚节悲歌，"声振林木，响遏行云"。这里指园内之花也被歌声惊落。⑥甓：石砌的池岸或井壁。⑦黄花：菊花。

[译文]

秀美的竹子簇拥着金碧辉煌的楼亭，犹如婀娜多姿的蓬莱仙岛、浮尘不染的人间仙境。沾挂着露水的绿柳、花白如霜的芙蓉，为落英缤纷的残秋点缀出几分姿容。一弯如柳眉般的新月渐升，似含羞的少女，低低地从墙头上露出身影。将驻留西台的车马一行含愁远送，面对着河水共同惜别往日的友情。　　自古池亭处多是宴别的环境，常常遮掩庭院的鲜花，被那激越的别离悲歌惊落一层。栏杆上还沾着昔日佳丽的腻粉脂红，曾抚栏的衣袖，还能闻到残留气息的香浓。只是尽管绿水依旧拍打池岸发出响声，但再也看不见佳人临水试看新妆和映在池水中那双明媚的眼睛。半卷起的帘子透着冷落，帘外菊花寥寥数棵，只剩下人在小楼中孤独寂寞。

青玉案[①]

短亭芳草长亭柳，记桃叶[②]，烟江口。今日江村重载酒，残杯不到，乱红青冢[③]，满地闲春绣。　　翠阴曾摘梅枝嗅，还忆秋千玉葱手。红索[④]倦将春去后。蔷薇花落，故园蝴蝶[⑤]，粉薄残香瘦。

[注释]

①青玉案：这首词为作者凭吊亡妾而作。②桃叶：王献之的爱妾名桃叶。词中多以桃叶代指心爱的女人，这里代指作者的亡妾。③乱红青冢：长满杂草野花的荒坟。④红索：秋千绳索。⑤故园蝴蝶：作者自比。用典"庄子梦蝶"。

[译文]

五里短亭上的芳草、十里长亭上的柳，追忆爱妾在这烟波浩渺的江口，今日载着酒带着愁，再来到这江边的渔村头。杯中的酒难以洒在九泉之下，眼前青草野花掩荒坟，周围却遍地春色如锦绣。

曾记得当年我们绿荫中摘梅闻枝头，还记得你荡秋千的那双玉葱般的手,哪知道我们的春天就这样在秋千的绳索上溜走。你如蔷薇花落香消玉殒,红颜却薄寿,我化成蝴蝶在故园中飘游。一个是粉翅薄翼,一个是残香清瘦。愿我们魂魄重聚共白首。

青玉案[①]

新腔一唱双金斗,正霜落、分甘手[②]。已是红窗人倦绣。春词裁烛,夜香温被,怕减银壶漏[③]。　吴天雁晓云飞后,百感情怀顿疏酒[④]。彩扇何时翻翠袖[⑤]?歌边拚取,醉魂和梦,化作梅边瘦。

[注释]

①青玉案:这是一首怀念旧情的词。②金斗:酒器。分甘:切开甘甜的水果。③春词裁烛:烛光下填写春词。银壶:银制漏壶,古代计时器。④吴天:吴地的天空。疏酒:疏远酒,无意饮酒。⑤翻翠袖:起舞状。

[译文]

想那时,我们唱一首新歌互敬一杯酒,分甘美的水果在霜落下的时候。常是曙光已映窗口,人疲倦了才停绣。多少次我们在烛光下,将那春词品个够。夜晚香暖的锦被中,春宵一刻千金难购,当时只怕那漏壶快走。　分手后,你如吴地的大雁随着晨云飞走,我百感交集愁得无意饮酒。不知何时再能见你挥摇彩扇舞动绿袖?我在你昔日的歌声中祈求,让我醉后的魂灵随梦飘游,化作梅花边的痴情人,终日追思消瘦。

好事近[①]

飞露湿银床[②],叶叶怨梧啼碧。蕲竹[③]粉连香汗,是秋来陈迹。　　藕丝空缆宿湖船，梦阔水云窄。还系鸳鸯不住，老红香月白。

[注释]

①好事近：这是一首怀人之词。②湿：有本作"洒"。银床：银色的井架、辘轳架。③蕲（qí）竹：湖北蕲春所产之竹，有盛名。这里指蕲竹编的簟席。

[译文]

细雨飞洒，沾湿了银色的井栏石壁，点点滴滴敲打得梧桐绿叶怨啼。蕲竹凉席上还染着你的脂粉香汗，这是那年秋天你遗留下的痕迹。　　藕丝即使能将湖船拴系，让我在水阔云低的梦中伴随着你。可藕丝却难将两只鸳鸯系在一起，让我们的旧情再续。眼前香花枯衰低垂，月光惨白迷离，令人怎不生出万千思愁苦绪。

唐多令①

何处合成愁，离人心上秋②。纵芭蕉、不雨也飕飕。都道晚凉天气好，有明月、怕登楼③。　　年事梦中休，花空烟水流。燕辞归、客尚淹留④。垂柳不萦⑤裙带住，漫长是、系行舟。

[注释]

①唐多令：这是一首写离别之情和乡愁的词。词主要内容是描写离别愁苦及思恋之情。与大多离别词相近，反映了人们共同的感受，虽看不出太多的新意，但语言浅畅，品之有味。②心上秋：拼字法，为一"愁"字。③倦登楼：有本作"怕登楼"。④"燕辞归"二句：化用曹丕《燕歌行》："群燕辞归鹄南翔，念君客游多思肠。慊慊思归恋故乡，君何淹留寄他方？"客，作者自指。淹留，久留、因受阻而留。⑤萦：缠绕。

[译文]

何处汇集来这么多忧愁，离乡的愁、离别情人的愁。即使没有下雨，秋风也让芭蕉颤抖。都说这晚来的凉爽天气好，我却怕在明月之下登高楼。因为月下登高更思乡，思乡难归更添愁。　　时光、年华都在一场场梦中开溜，花落尽，云消散，江水不停向东流。我的情人早已归去，我却仍在他乡滞留。垂柳啊，你空长了这么多枝条，为何不缠着她的裙带不让她走，却常常拴系着我的小船，让我在异乡为客漂泊太久。

高阳台

落　梅①

宫粉雕痕，仙云堕影，无人野水荒湾②。古石埋香，金沙锁骨连环③。南楼不恨吹横笛，恨晓风、千里关山④。半飘零，庭院黄昏，月冷栏杆。　　寿阳宫里愁鸾镜⑤。问谁调玉髓，暗补香瘢⑥。细雨归鸿，孤山⑦无限春寒。离魂难倩招清些，梦缟衣、解佩溪边⑧。最愁人，啼鸟清明，叶底清圆⑨。

[注释]

①落梅：这是一首咏落梅的词，也是一首追忆、凭吊离别伤逝的词。全词明为咏梅落，其实借咏花而咏人。据夏承焘《吴梦窗系年》中述，吴文英在苏州曾纳一妾，后离去；在杭州也纳一妾，后亡故。对去姬亡妾的深深眷念，是吴文英词的一大主题。他有不少借咏物而怀人的词，这首《高阳台》也是其中之一。咏物词有白描和用事之分，这首词属于后者。历代对该首词评价不一，批评者很多，认为"杂凑"、"斧凿"、"不连贯"、"不融合"，甚至有人贬其为"碎折下来，不成片段"的典型代表。但褒者也有，认为该词"文笔警练、含思凄婉"。陈廷焯《白雨斋词话》以为该词"既幽怨，又清虚"，推为《梦窗集》中"最高之作"。该词用事多、用典多的确是事实，但不至于"失去了文学的整体性和联系性"，"合数典为一典"虽是该词的一大

特征,但经作者锻铸销熔后,大多浑化无迹了。②宫粉:宫女粉面。仙云:仙人乘坐的云。③香:代指死去的美人。金沙锁骨连环:用典《续玄怪录》,说过去延州有个美女,曾与许多青年男子交往甚密,几年后就死去了,被大家埋到路旁。后一位胡僧到她墓前致敬,说她是锁骨菩萨的化身,大慈大悲,喜欢施舍,满足世俗的情欲。后其墓被挖开,发现她尸体的骨骼像锁链一样。黄庭坚《戏答陈季常寄黄州山中连理松枝》诗中有"金沙滩头锁子骨,不妨随俗且婵娟"句。这里喻落入滩头沙中的梅花,有暗指自己已故的妓女身份的情人之意。④南楼:黄鹤楼,借用泛指。李白《与史郎中钦听黄鹤楼上吹笛》中有"黄鹤楼中吹玉笛,江城五月落梅花"句。吹横笛:吹笛曲《梅花落》。⑤寿阳宫里愁鸾镜:一作"寿阳空里愁鸾"。指南朝宋武帝女寿阳公主日卧含章殿檐下,有梅花落其额上,印出五瓣花形,拂之不去,成为永远的痕迹,寿阳公主因而对镜发愁。⑥玉髓:指治疗瘢痕的药膏。此句用三国时东吴孙和邓夫人的事。唐段成式《酉阳杂俎·前集》卷八载,孙和月下舞水晶如意,误伤邓夫人颊,命太医合药,医言需白獭髓、杂玉与琥珀屑,当灭痕。孙以百金购得白獭,乃合膏。结果因琥珀太多,痕未灭,左颊有赤点如痣,视之,更加美妍。⑦孤山:北宋林逋隐居西湖孤山,种梅养鹤。⑧些:语尾助词,无义。缟衣:白衣,这里代指白衣女子。用典《龙城录》遇梅仙事。说赵师雄见一淡妆白衣女子,共诣酒家共饮,醉寝醒后却卧在一棵大梅树下。解佩:用典刘向《列仙传》,江妃二女游于江汉之滨,逢郑交甫,解佩相赠。关合上文"野水荒湾"。⑨叶底清圆:用杜牧《叹花》"绿叶成荫子满枝"诗句意。清圆,指鸟声,也指梅子。

[译文]

像宫女粉面上留落的印痕,像仙人乘坐坠落的一朵白云,飘落在无人的荒野水湾处安身。古老的石头掩埋着你的香颜玉体,金沙滩头安葬着你锁骨菩萨的化身。你不怨黄鹤楼上横笛吹奏《梅花落》的声音,只恨寒风把你吹向千里关山的那个清晨。在黄昏的庭院里你飘零纷纷,清冷的月光把栏杆抹上了一层银粉,你照旧疏影横斜、幽香芳芬。　　寿阳宫里公主对镜发愁额上的梅花瘢痕,将谁能调和玉髓膏事细细询问,想探知琥珀是否加得太多,暗将这红色变得越来越深。归去的大雁经受着细雨的浇淋,无穷的春寒笼罩着孤山梅林。我无法招回你游离的孤魂,只能在梦中相见那溪边解佩相赠的白衣美人。我最愁苦的是,清明已到,鸟儿啼叫得悲切而又深沉,绿叶下面的梅子已经长得圆润。可我心中清楚,今生今世我已无法和你相见相亲。

杏花天

重 午①

幽欢一梦成炊黍②,知绿暗汀菰几度?竹西歌断芳尘去,宽尽经年臂缕③。　梅黄后、林梢更雨。小池面、啼红④怨暮。当时明月重生处,楼上宫眉⑤在否?

[注释]

①重午:这是一首怀人之词,写端午忆旧。②一梦成炊黍:用典唐朝沈既济《枕中记》。上载唐开元年间,卢生考试途中,于邯郸旅舍中遇道士吕翁,自叹穷困,翁授生枕,生就枕梦中历经荣华富贵,醒后主人睡前蒸的粱米尚未熟。菰:茭白。③竹西:扬州繁闹处。臂缕:古风俗,端午以五彩盘丝系臂,以避邪。④啼红:红啼,即落花。⑤宫眉:仿宫中样式画的眉。这里代指所思女子。

[译文]

昔日的幽欢已成黄粱一梦,芳草枯萎、茭白发芽一过就是几个春冬。竹西别后就再也听不到你的歌声,年年思念,手臂上已更换了多少次端午的彩绳。　梅子黄了、树枝上总是细雨不停。池塘水中、落花悲怨春已过尽。当时的明月如今又悬挂在头顶,可楼上的美女哪里还能见到你的身影?

风入松①

听风听雨过清明,愁草瘗花铭②。楼前绿暗分携③路,一丝柳、一寸柔情。料峭春寒中酒④,交加晓梦啼莺。　　西园⑤日日扫林亭,依旧赏新晴。黄蜂频扑秋千索,有当时、纤手香凝。惆怅双鸳⑥不到,幽阶一夜苔生。

[注释]

①风入松:这是一首怀人之作。写于清明期间的西园,表述独过清明的寂寞情怀和对旧情的思念。②草:起草,写。瘗(yì)花铭:葬花的铭文。北周庾信作有《瘗花铭》。③分携:分手,分别。④中酒:醉酒。⑤西园:诗词中对园林的泛指,这里指作者寓所的园林。⑥双鸳:绣鞋。

[译文]

在风声雨声中我度过了清明,满含着愁意起草了葬花的碑铭。楼前绿荫遮掩着我们分别时的小路,路旁每一缕柳丝都系着我心中一寸柔情。微微春寒中我为消愁酒醉,直至拂晓才被莺啼从梦中惊醒。　　每日我都把西园的林间小亭打扫得干干净净,盼她回来我们一起欣赏雨后的美景。黄蜂不断地扑打秋千的索绳,因为当时她手上的香脂还在上边结凝。惆怅啊,再也听不到她那双鸳鸯绣鞋的响声,幽暗的台阶上一夜生出苔藓层层。

朝中措①

晚妆慵理瑞云盘②,针线傍灯前。燕子不归帘卷,海棠一夜孤眠。　　踏青人散,遗钿③满路,雨打秋千。尚有落花寒在,绿杨未褪青绵④。

[注释]

①朝中措:此词写闺情。写闺房的寂寞与春游人散后的感受。②瑞云盘:女子发髻的样式。③遗钿:因热闹拥挤遗落地上的首饰。④青绵:尚绿未老的杨花。

[译文]

晚上化妆懒得把头发梳盘,坐在灯下独自做着针线活儿。门帘虽然高卷却不见飞出的燕子归还,今夜只有屋外海棠伴我孤独睡眠。

郊外踏青的人们已经消散,满路都是因拥挤而遗落的首饰物件。归返后看春雨清冷地敲打着秋千,眼前一幅凄楚伤感的场面。将花吹落的风儿还透着轻寒,绿杨上的杨花尚带青色,飞絮还未出现。

西江月

青梅枝上晚花①

枝衮一痕雪在,叶藏几豆春浓②。玉奴最晚嫁东风,来结梨花幽梦③。　香力添熏罗被,瘦肌犹怯冰绡④。绿阴青子⑤老溪桥。羞见东邻⑥娇小。

[注释]

①青梅枝上晚花:此词原题"赋瑶圃青梅枝上晚花"。这是一首咏梅词。②一痕雪:指梅花。几豆:指梅子。③玉奴:美女。比喻梅花。苏轼《次韵杨公济奉议梅花》诗:"月地云阶漫一樽,玉奴终不负东昏。"梨花幽梦:化用王建《梦看梨花云歌》:"薄薄落落雾不分,梦中唤作梨花云。"④瘦肌:形容梅花如美人娇弱的肌体。冰绡:轻薄的纱衣。⑤绿阴青子:指通常的梅花。作者在这里所咏的对象是花时已过晚开的梅花。当一般的梅花已"绿阴青子"时,突然发现某处"枝衮一痕雪在"。⑥东邻:美女。用典宋玉《登徒子好色

赋》："东邻有美女。"

[译文]

枝头虚虚幻幻仿佛点点残雪聚凝，叶下挂着几颗豆子显得春意浓浓。冰洁的美女这么晚来迎接东风，是想营造出一段梨花如云的梦境。　　自身的芳味让已熏过的罗被香气更浓，娇弱纤细的肌体犹似不堪薄纱的沉重。已经深绿结子的普通梅花早在溪头桥边衰老，羞惭见这东邻娇小俏丽的姿容。

浪淘沙[①]

灯火雨中船，客思绵绵。离亭春草又秋烟。似与轻鸥盟未了[②]，来去年年。　　往事一潸然，莫过西园[③]。凌波[④]香断绿苔钱。燕子不知春事改，时立秋千。

[注释]

①浪淘沙：这是一首伤逝词。作者为追忆亡妾而作。②鸥盟未了：这里指自己不得清闲。鸥盟，即言"隐居者与鸥为伴侣"也。意在表明自己决心归隐，永与鸥鹭为伴。③潸（shān）然：泪流貌。西园：诗词中对园林的泛称，这里指作者寓居临安时的寓所。④凌波：代指所思念的女子。原指女子轻盈的步履。

[译文]

两岸灯火雨中的船，异地为客思愁绵绵。别时亭边春草才抽芽，转眼秋风又吹送着云烟。整日忙碌，身不得闲，来来去去，一年又是一年。　　回想往事令人泪流不断，再也不敢路经我们曾欢聚的西园。你美丽的身影、轻盈的步履，已在那长满绿色苔藓的路上中断。燕子不知你已离开人间，依然时时光顾，停立在你曾荡过的秋千。

高阳台

丰乐楼分韵得"如"字①

修竹凝妆②,垂杨驻马,凭栏浅画成图。山色谁题?楼前有雁斜书③。东风紧送斜阳下,弄旧寒、晚酒醒余④。自销凝,几许花前,顿老相如⑤。　　伤春不在歌楼上,在灯前敧枕,雨外熏炉⑥。怕有游船,临流可奈清癯⑦。飞红若到西湖底,搅翠澜、总是愁鱼。莫重来,吹尽香绵,泪满平芜⑧。

[注释]

①丰乐楼分韵得"如"字:此词写登丰乐楼与友分韵填词。丰乐楼在临安涌金门外。据淳祐《临安县志》载,此楼"据西湖之会,千峰连环,一碧万顷"。为西湖著名景观。分韵,数人相约赋诗填词,选定数字为韵,由各人分拈,依所拈韵填写。作者所拈为"如"字,古音应为"鱼"韵。②修竹凝妆:化用杜甫《佳人》诗:"天寒翠袖薄,日暮倚修竹。"③斜书:斜飞的雁仿佛为远山的画面题字落款。④醒(chéng)余:酒醒后。⑤相如:司马相如,西汉著名辞赋家。⑥歌楼:有本作"高楼"。敧枕:斜靠着枕头。⑦怕有:有本作"怕叙"。清癯(qú):清瘦。⑧香绵:柳絮。平芜:指登高望远所见草木齐平的景致。

[译文]

根根修竹像凝妆苗条的美女,棵棵垂柳像站立着的骏马。凭栏远望,眼前风景似一幅淡抹的图画。这山色秀美的图画谁来题字?楼前斜飞的大雁来把题款写下。东风劲吹,吹得夕阳坠滑,吹出了往年一样的春寒,让我从晚间的醉酒中脱拔。我独自伤感凝思,人生能有几次花前月下,空有司马相如的才华,怎能阻挡岁月染白头上的青发?　　伤春的心情不在高楼望远时最重,难受的时刻应是斜靠着枕头面对着孤灯,屋内香炉袅袅,屋外小雨淅沥。坐船出游怕在岸边靠停,临水怕会看到自己清瘦的身影。更怕落花飘入湖底中,搅起层层绿浪,让鱼儿也忧心忡忡。我不能再来这里了,东风将把柳絮吹得纷扬于天空,我思念的泪水也将遍洒这片原野之中。

思嘉客[①]

迷蝶[②]无踪晓梦沉,寒香深闭小庭心。欲知湖上春多少,但看楼前柳浅深。　　愁自遣,酒孤斟。一帘芳景燕同吟[③]。杏花宜带斜阳看,几阵东风晚又阴。

[注释]

①思嘉客:这是一首伤逝词。作者有感亡妾而作。②迷蝶:梦中化为蝴蝶。用典《庄子·齐物论》。③燕同吟:燕子和我同吟。

[译文]

与她同化做蝴蝶在梦中,清晨醒来全无了踪影。庭院深深门紧闭,独居宅中不出行。想知湖上春色有多少,只看楼前柳色淡与浓。　　没有你,我自己排遣忧愁,孤独一人斟酒。对着帘外的美景作诗,和燕子对吟相应酬。杏花开得娇艳,最宜落日时看。几阵东风吹过,今晚又是阴天。

采桑子慢

九　日[①]

桐敲露井,残照西窗人起。怅玉手曾携,乌纱[②]笑整风攲。

水叶沉红,翠微③云冷雁慵飞。楼高莫上,魂销正在,摇落江蓠④。　　走马断桥⑤,玉台妆榭,罗帕香遗。叹人老、长安⑥灯外,愁换秋衣。醉把茱萸⑦细看,清泪湿芳枝。重阳重处,寒花怨蝶,新月东篱。

[注释]

①九日:这是一首在重阳感旧的词。作者当时寓居临安。九月九日重阳登高怀念亲人是传统做法。然而作者却不是登高思亲,而是一觉睡到夕阳西下,醒后才浮想联翩,忆旧痛思,表达想念之深和不登高的理由。继而联想自身遭遇再与重阳对照。以重阳为题,却无重阳实情的描写,也是吴文英表情抒意的一奇吧。②乌纱:乌纱帽。这里暗用晋代孟嘉重阳登高,风将帽子吹掉的典故。见《晋书·孟嘉传》。③翠微:青山。④江蓠:香草名。也作"江离"。⑤断桥:西湖景点。在西湖北岸白堤上。⑥长安:本是唐朝都城,在这里代指南宋临安。⑦茱萸(zhū yú):一种草本植物,香味浓烈。古代风俗,重阳节佩戴茱萸能驱邪避灾。

[译文]

风儿吹动着庭院中的梧桐,我在夕阳斜照的西窗下睡醒。怅然忆起昔日与心爱之人携手登高的事情,当时风吹歪了乌纱帽儿,是她微笑着帮我戴正。思念她,我想把心中话儿题上红叶与她传送,可红叶竟然沉进水中;我想让大雁帮我捎信传情,可青山云冷大雁懒得飞行。千万不要再登高思念过去了,楼高风大会将你的魂魄散尽,就像把江边香草拔起抛落一样无情。登高望远容易触景悲生,岂不让你更加苦痛?　　驱马奔上断桥,望水面仿佛又看到她在梳妆照镜、将香罗帕偷偷遗落给我的情景。哀叹自己已老了,岁月流逝匆匆,而今花白头发的我只能躲在临安繁华的灯后,忧愁地将过秋的衣物摆弄。醉时我把茱萸仔细地端详,行行清泪洒在枝叶之中。又过重阳节了,秋寒中花朵将蝴蝶抱怨不停,怨秋风摧残美景,怨蝴蝶不来光顾失去了昔日的热情。唉,日子总要过下去呀,看,一弯新月又悬挂在东篱上的夜空。

三姝媚

过都城旧居有感①

湖山经醉惯,渍②春衫、啼痕酒痕无限。久客长安,叹断襟零袂,涴尘谁浣③?紫曲④门荒,沿败井、风摇青蔓。对语东邻,犹是曾巢,谢堂双燕⑤。　　春梦人间须断⑥!但怪得当时,梦缘能短⑦。绣屋秦筝,傍海棠偏爱,夜深开宴。舞歇歌沉,花未减、红颜先变⑧。伫久河桥欲向,斜阳泪满。

[注释]

①过都城旧居有感:这首词写重过旧居的感慨。都城指临安。②渍:浸染。③久客:有本作"又客"。断襟零袂:破衣烂衫。涴(wò):弄脏。④紫曲:指旧时所居处的歌坊。⑤谢堂双燕:化用刘禹锡《乌衣巷》:"旧时王谢堂前燕,飞入寻常百姓家。"⑥须断:应断。⑦能短:恁短,如此短。⑧舞歇歌沉:指舞停了歌声消失了。指昔日的欢乐烟消云散。

[译文]

过去我和她常在西湖山水里醉中游玩,无数的酒痕、泪痕沾染了我的春衫,可她总帮我洗涤干净,让我焕然一新地站在人前。这次我又客居京都,可怜一身脏衣烂衫,谁来缝补?谁来洗浣?昔日热闹的紫曲坊门前也荒凉一片,野草青藤沿着残破的井栏蔓延。一对曾在东邻筑巢的燕子,此时正相对呢喃:这儿已不能居住,我们马上搬迁。　　人世间美好的姻缘都要有个了断,只是当年我们的缘分,却是那么匆匆而又短暂。犹记得她绣屋中的秦筝之音那么缠绵,更爱在海棠树下深夜开宴。如今舞停歌歇,好像一阵过眼的云烟。海棠花虽在并依然鲜艳,但我的红颜知已经离开了人间。久久地站立在河桥上边,望着故居想走却又徘徊不前,看那斜阳血一般的余晖,我的泪水早将双眼浸满。

翁元龙

翁元龙,字时可,号处静,四明(今浙江宁波)人。吴文英胞弟。客宋末名公杜范门下,有词集刻于当时,已佚。存词二十首。

水龙吟

雪霁登吴山见沧阁,闻城中箫鼓声[①]

画楼红湿斜阳,素妆褪出山眉翠。街声暮起,尘侵灯户,月来舞地。宫柳招莺,水苤[②]飘雁,隔年春意。黯梨云,散作人间好梦,琼箫在、锦屏底[③]。　　乐事轻随流水。暗兰[④]消、作花心计。情丝万轴、因春织就,愁罗恨绮。昵枕迷香,占帘看夜,旧游经醉[⑤]。任孤山、剩雪残梅,渐懒跨、东风骑[⑥]。

[注释]

①雪霁登吴山见沧阁,闻城中箫鼓声:这是一首登游感怀之作。吴山,在杭州西湖东南,春秋时为吴南界,故名。又名胥山,以伍子胥而得其名。见沧阁,在吴山下宝奎寺中,阁旁有宋理宗御书"见沧"二字的石刻。②水苤

(hóng)：蓼科植物，生长水边，夏秋开花，花白色或粉红色。③黯：昏沉貌。梨云：梨花云。王建《梦看梨花云歌》："薄薄落落雾不分，梦中唤作梨花云。"④暗兰：暗淡的灯光。兰，兰釭，即灯盏。⑤昵枕：恋枕。占帘：掀帘察看，巡视。⑥任：任凭，不管。渐：已经。东风骑：指春游所骑的马。

[译文]

斜阳的余晖将画楼涂染得绯红，山间积雪渐渐消融显得一片苍青。黄昏街头响起激越的箫鼓声，欢快的人群荡起的烟尘，遮蔽了千家万户门前的华灯。天上的明月也来凑趣，到这人世间的歌舞之地显露面容。宫柳在招引黄莺歌唱，江边水荭花旁掠过大雁的身影。沉沉的梨花云此刻都洒向了人间，虚虚幻幻犹如一片片美好的梦境。彩色的屏风后面，传出玉箫优美动听的乐声。　欢乐的事情像流水一样最易逝去，油灯越是跳跃闪亮越预兆着灯火将熄。我独卧在青灯影下，心中情丝不断能织成愁与恨的罗绮。靠着枕头恋着香炉冒出的香气，时不时地掀帘向外看去，似要寻觅我们曾经欢游醉饮的过去。唉，任凭孤山残雪消融、腊梅渐稀，我早已失掉了骑马前去游赏的兴趣。

风流子

闻桂花怀西湖①

天阔玉屏空②，轻云弄、淡墨画秋容。正凉挂半蟾③，酒醒窗下，露催新雁，人在山中。又一片，好秋花占了，香换却西风。箫女夜归，帐栖青凤，镜娥妆冷，钗坠金虫④。　西湖花深窈，闲庭砌、曾占席地歌钟⑤。载取断云⑥归去，几处房栊。恨小帘灯暗，粟肌⑦消瘦，熏炉烟灭，珠袖玲珑。三十六宫⑧清梦，还与谁同？

[注释]

①闻桂花怀西湖：这是一首咏歌桂花的词。在赵闻礼《阳春白雪》中将此词阕题作"木樨"，木樨即桂花的别名。②玉屏空：天水一色似无画的玉屏风。③半蟾：半圆的月亮。④箫女：箫史之妻弄玉。金虫：女子头饰上的细链悬垂物，钗坠儿的一种。⑤歌钟：古代铜制的打击乐器。⑥断云：指桂花繁盛如云。⑦粟肌：凡人的面容。粟，粮食。指吃粮食长出的肌肤与仙神有别。⑧三十六宫：汉代帝王有三十六座宫殿。这里泛指宫殿众多，非实数。

[译文]

天高水清仿佛一张巨大的空白屏风。浮云在空中轻轻飘动，水碧、叶黄、花红，似用淡墨勾勒出的一幅秋景。正是弯月初上的凉爽时刻，我在小窗下刚刚酒醒。能看到风露中才向南迁的大雁急急地飞行，我就恰巧居住在这观景最佳的山中。眼光又被一片美好的秋花占据，西风中桂花的气味芳香浓郁。莫非成了仙的弄玉夜晚归来，这一片桂树就是她和青凤住宿的帐篷？她把西湖当做一面冷凉的镜子梳妆，那朵朵桂花就是她钗坠儿上镶嵌着的金虫。　　西湖的桂花繁茂出众，株株都是窈窕艳丽的身形。找一处桂花围砌如庭院的一席之地，我们在这里高歌欢舞、吹箫击钟。我们折来几枝繁茂的桂花载着返归，香气充盈了几间房栊。桂花摆在屋中，只显得门帘太小，灯光不明，熏炉的香烟也少得难见飘动。与桂花的姿容相比，屋内的人都是一张张无精打采消瘦的面容。只有桂花像玉珠缀袖的仙女那么美丽玲珑。能与桂花终日相处是人生最美妙的享用，即使帝王在众多宫殿中与美妃做着美好清梦，这美梦又有哪一个能与伴着桂花相同？

醉桃源

柳①

千丝风雨万丝晴,年年长短亭②。暗黄③看到绿成阴,春由他送迎。　莺思重,燕愁轻,如人离别情。绕湖烟冷罩波明,画船移玉笙。

[注释]

①柳:这是一首咏柳词。咏柳也泛咏离情。②长短亭:古代官道上设置的供旅人休歇的驿亭。五里一短亭,十里一长亭。③暗黄:指柳枝初抽芽的颜色。

[译文]

千万条柳丝迎着风雨沐浴着日晴,年年站在长短亭旁目睹旅客来去匆匆。从暗黄的柳芽萌生到一片绿荫浓重,经历了春来春往的整个过程。　莺、燕在柳丝间缠绵徘徊不断穿行,恰似长短亭上人们依依难舍、含愁相别的情形。环湖柳色绿波,映衬得西湖水波明净。一叶画舟在水面上划动,载着玉笙一曲幽幽的乐声。

谒金门①

莺树暖,弱絮欲成芳茧②。流水惜花流不远,小桥红欲满。　原上草迷离苑,金勒③晚风嘶断。等得日长春又短,愁深山翠浅。

[注释]

①谒金门:这是一首春情词。②芳茧:这里指飞絮滚卷成雪球状,如同

蚕吐丝成茧。③金勒：束勒马头的缰具，在这里代指所骑之马。

[译文]

莺儿在树上欢唱，春风清和温暖，柔弱的柳絮随风滚动成团，似一颗颗白色的蚕茧。流水爱惜落花，不忍载着它们漂远，小桥下边积满了红色的花瓣。　　青青原野上的草，茫茫没有边，只有凄凉的晚风声音不断，听不到游子归返的骏马嘶鸣。等呀等、盼呀盼，眼看夏至春将完，山间翠色日渐浓，仍比我心中的忧愁浅。

绛都春

秋晚，海棠与黄菊盛开①

花娇半面，记蜜烛②夜阑，同醉深院。衣袖粉香，犹未经年如年远。玉颜不趁③秋容换，但换却、春游同伴。梦回前度，邮亭倦客，又拈笺管④。　　慵按、梁州旧曲，怕离柱断弦，惊破金雁⑤。霜被睡浓，不比花前良宵短。秋娘⑥羞占东篱畔。待说与、深宫幽怨。恨他情淡陶郎⑦，旧缘较浅。

[注释]

①秋晚，海棠与黄菊盛开：这是一首咏花词。如题所咏为秋海棠与黄菊，但词中黄菊是作为秋海棠的对照物，作者主意是在赞誉秋海棠。海棠分为春、秋开花两个种类，人们大多见于春季同梨花、杏花同开放的海棠，作者突见有于秋风中与菊同放光彩的海棠花开时，自然有所惊喜，所咏两花之中有一主一次之分便是很自然的了。②蜜烛：蜂蜡做的烛。③趁：逐、随。④笺管：纸和笔。这里借代吟咏作词。⑤梁州：又作《凉州》，唐代著名的乐曲，传为西凉人所献。金雁：琴弦柱。琴之弦柱斜排成行，如同雁阵，故名之。⑥秋娘：美人的代称。此处喻秋海棠。⑦陶郎：即陶渊明。其《饮酒》诗中有"采菊东篱下，悠然见南山"的名句。

[译文]

　　秋海棠艳丽的娇容半闭半绽,可记得春天我曾秉烛观赏了你一晚,和你一起醉卧在那个深深的庭院。你的粉香如今还在我衣袖上沾染,这香味保留虽未到一年但却会香过一年。你美丽的容貌未变却在秋天出现,只是春天的邻居梨花没了,换成了秋日的黄菊和你做伴。是你在梦中把我又召回到了以前,让我这旅途上的疲倦游客忍不住舞笔弄墨,涌出诗情无限。　　不想对着你再把《凉州》的旧曲奏弹,我怕情绪激动拨断了琴弦,惊吓了那一排做琴柱的金雁。就在你面前迎着秋霜浓睡他一晚,那感觉比春天的花前月下更加香甜。瞧,你现在如美女羞怯地站在东篱笆的旁边,似乎在等待着向人诉说那深宫中的无数幽怨。唉,只恨陶渊明隐居太久情调变淡,只知道爱菊花却与你海棠的缘分太浅。

郑 楷

郑楷,字持正,三山人。曾著有《文房拟制表》一卷。传词仅此一首。

诉衷情[1]

酒旗摇曳柳花天,莺语软于绵。碎绿未盈芳沼,倒影蘸秋千。　　戗玉燕,套金蝉,负华年[2]。试问归期,是酴醾后[3]?是牡丹前?

[注释]

①诉衷情:这是一首闺情词。写的是一位面对满园春光的女子盼着意中人在鲜花怒放时归来的心理活动。用语纤巧、生动、脍炙人口。②玉燕、金蝉:皆为女子头饰名称。③酴醾:又作荼蘼,夏季开花。

[译文]

正是酒旗招展柳浓花红的春天,黄莺欢快的啼叫声又轻又软。庭院池塘中浮萍还没长满,秋千的倒影儿在池水中清晰地显现。

对镜插玉燕套金蝉,仔细地将自己装扮,不能辜负了我的青春华年。面对春色满园,心中将他思念,试问郎君归期,是在荼蘼花开后,还是牡丹花开前?

黄孝迈

黄孝迈,字德文,号雪舟,宋末理宗时期的词人,与刘克庄有交游。著有《雪舟长短句》,不传。存词四首。

湘春夜月[①]

近清明,翠禽枝上消魂。可惜一片清歌,都付与黄昏!欲共柳花低诉,怕柳花轻薄,不解伤春。念楚乡旅宿,柔情别绪,谁与温存? 空樽夜泣,青山不语,残月当门。翠玉楼前,唯是有、一波湘水,摇荡湘云。天长梦短,问甚时、重见桃根[②]?这次第,算人间没个并刀,剪断心上愁痕[③]。

[注释]

①湘春夜月:这是一首漂泊者倾吐孤独郁闷的词。该词的曲调为词人自度,所命词牌《湘春夜月》即该词的词题。全词浅易畅通,用典极少。后人对此评价很高,誉其:"风度婉秀,真佳词也!"②桃根:晋王献之的爱妾。这里代指自己旧日的情人。③次第:光景,情形。并刀:古时并州出的剪刀,以锋利著称。

[译文]

清明已经临近,枝头上翠鸟欢唱,可惜春色中一片清悦的歌声,都被淹没进这灰灰暗暗的黄昏。我欲与柳絮低声诉说胸中的郁闷,又怕柳絮性格轻薄,不能理解我为何对春天伤心。想我在楚地漂泊孤独一人,思念、忧愁之情涌出时,谁能对我温存?　饮干了酒我整夜哭泣,青山毫不同情总是默默无语,门外,一轮残月冷冷地斜视着大地。翠玉楼前一条湘水无情地流奔,扬起浑波浊浪应和着楚地上空的阴云。天长梦短度日如年,问上天,什么时候才能再见到我的桃根?在这极度忧伤的时分,只恨人间没一把并州产的锋利剪刀,让我剪断心头千丝万缕的愁痕。

水龙吟[①]

闲情小院沉吟,草深柳密帘空翠,风檐[②]夜响,残灯慵剔,寒轻怯睡。店舍无烟,关山有月,梨花满地。二十年好梦,不曾圆合,而今老、都休矣。　谁共题诗秉烛?两厌厌[③]、天涯别袂。柔肠一寸,七分是恨,三分是泪。芳信不来,玉箫尘染,粉衣香退。待问春,怎把千红换得,一池绿水?

[注释]

①水龙吟:这是一首暮春时分羁旅途中感慨人生的词。其词句与写法和《湘春夜月》近似,通畅、易解而富有感染力。这首词曾得到当时许多词人的推崇。当时著名词人刘克庄谓其清辞丽句堪与秦观、晏几道媲美。②风檐:屋檐下悬挂的小铁片,又称铁马,风吹时互撞有声。③厌厌:病态的样子。

[译文]

闲情时在客舍小院中沉吟,看一帘绿色处处柳密草深。屋檐上的铁马在夜风中响动,屋内灯火已残却懒得剔弄,寒虽轻却怕入梦。旅舍之中无香炉,关山月照无人处,梨花飘零入尘土。思念啊思念,二十年来我年年期盼,没有一年能够实现,如今我已如此衰老,更是无法如愿。　是谁曾与我秉烛题诗,因即将分飞天涯,一副忧伤不堪的样子?如我有柔肠一寸,那七分是离愁别恨,余下三分全是泪痕。长久未闻你的音信,你我吹过的玉箫已经蒙满了灰尘,衣衫上你余留的香粉也都消退了芳芬。我不禁要问春天:你为何要把万紫千红的美艳,换成浮萍幽怨的池水一潭?

江 开

江开,字开之,号月湖,事迹很少见于书,约是宋末江湖之辈。赵闻礼《阳春白雪》中也选有他的词。

浣溪沙①

手捻花枝忆小蘋②,绿窗空锁旧时春,满楼飞絮一筝尘。素约③未传双燕语,离愁还入卖花声,十分春事倩行云。

[注释]

①浣溪沙:这是一首追忆旧时情人的词。诗词中这种主题颇多,不同的是这首词中独居小楼忆情人的主人公是位男子。②小蘋:晏几道所钟爱的歌妓的名字,这里代指自己所思恋的情人。③素约:在素绢上写的书信。

[译文]

手捻着花枝思念着我的小蘋,绿窗内封锁着我旧时的春梦。但现实竟然如此残酷,满楼飘着飞絮、筝琴上落满灰尘。 燕子没有捎来她写给我的情书,楼下卖花声又勾引出我更多愁苦,眼前的烦恼暂且抛下,闭目只忆那时的风流春色、欢爱之路。

杏花天[①]

谢娘[②]庭院通芳径,四无人、花梢转影。几番心事无凭准,等得青春过尽。　　秋千下、佳期又近,算毕竟、沉吟未稳。不成[③]又是教人恨?待倩[④]杨花去问。

[注释]

①杏花天:这是一首闺怨词。词中主人公期盼情人的心理活动刻画得惟妙惟肖,十分生动。②谢娘:美人的代称。古诗词中常以此名代指美人。③不成:难道。④倩:遣派,让。

[译文]

谢娘又从庭院踏上约会的小径,四处无人静悄悄,只有花枝影儿朦朦胧胧。几次约定都没个准儿,等得青春都快耗尽。　　相会秋千下,时间又临近,想东想西心中不安稳,难道他又爽约不至,再让我恼恨?哼,让我先派空中飞舞的杨花去问问。

谭宣子

谭宣子,字明之,号在庵。精于音律,能自度曲。词风纤细绵丽、自成一格。但也有少数词刻意模拟姜夔的风格,笔调凄苦清远,耐人寻味。

谒金门[①]

人病酒,生怕日高催绣。昨夜新番花样瘦,旋描双蝶凑。闲凭绣床呵手[②],却说春愁还又。门外东风吹绽柳,海棠花厮勾[③]。

[注释]

①谒金门:这是一首闺情词。词中人设计一幅双蝶舞花间的刺绣花样,表达自己的愿望,但花样又刺激了她对现实的忧愁。②呵手:暖手,用口中热气暖手。③厮勾:贴近,相接。宋代方言。

[译文]

人喝醉了酒,就怕太阳一点一点地升高催你去刺绣。昨夜描了幅新花样有些嫌薄瘦,又补描了两只蝴蝶飞舞,让画面显得紧凑。

闲靠着绣床呵气暖双手,迟迟不想动针线却说心中有春愁。你看，门外东风真温柔，轻轻拂杨柳，两枝海棠紧偎依，活像相爱的小两口。

江城子

咏　柳[①]

嫩黄初染绿初描，倚春娇，索春饶[②]。燕外莺边，想见万丝摇。便作无情终软美，天赋与、眼眉腰。　　短长亭外短长桥，驻金镳，系兰桡[③]。可爱风流，年纪可怜宵。办得[④]重来攀折后，烟雨暗，不辞遥。

[注释]

①咏柳：这是一首咏物词。歌咏柳的形态、作用与寓意。②饶：义同娇，美丽之意。③短长亭：古时驿道上所设供旅人歇脚的亭子。十里谓之长亭，五里谓之短亭。镳（biāo）：马嚼子。这里代指所骑之马。兰桡：桨。这里指代舟船。④办得：准备。

[译文]

杨柳初染上嫩黄刚描绘出翠绿，凭着娇好的姿色，又向春天索要更多美丽。燕子在它旁边飞舞，黄莺在它身边唱曲儿，都喜爱看它万根青丝迎风摇曳。即使不说它多情，也配称得上柔丽，它的各种美态都是上天赋予。你看它芽如眼、叶如眉、枝如腰，样样都似美女。　　它在短长亭边长、它在短长桥边立，能把征人的骏马拴，能把游子的舟船系。春天里，它正值风流的年纪，犹如惹人爱怜的芳龄少女。这样的姿色、这样的年纪，让人无心长远离，纵使要经千里烟雨路遥，总要归来将它攀折到手里，再踏行程也无顾忌。

陈逢辰

陈逢辰,字振祖,号存熙。事迹不详,传词仅此二首。

乌夜啼①

月痕未到朱扉。送郎时,暗里一汪儿泪,没人知。 揾②不住,收不聚,被风吹。吹作一天愁雨,损花枝!

[注释]

①乌夜啼:这是一首抒情词。语言上通俗畅通,词风极似今之民歌。现场感很强,富有感染力。②揾(wèn):擦,按。

[译文]

郎走时月光还未照到朱红色的门,送郎别离时我把心中万般酸苦强忍,你走后我躲在没人处,暗自流出一汪泪纷纷,却没人知问。 这泪水擦不干、收不拢、落不完,任由风吹散。散作满天的忧愁雨,打折了花枝,损衰了容颜!

西江月①

杨柳雪融滞雨,酴醿玉软欺风。飞英簌簌扣雕栊,残蝶归来粉重。　罨画②扇题尘掩,绣花纱带寒笼。送春先自费啼红,更结疏云秋梦③。

[注释]

①西江月:这是一首伤春词。上片是所目睹春景皆伤心景,下片是由景伤情。人如春,伤了心,故而伤春。②罨(yǎn)画:一种彩色的画。罨,覆盖。③先自:已自。"先自……更……"是一种递进写法的句式。

[译文]

杨柳如雪一样的花絮被雨淋成黏糊糊的一团,荼蘼开出玉色的花也被风吹得软绵绵。飞花被春风逼得扑打着门窗,蝴蝶经春雨粉翅沉重不能伸展。　绘花团扇上曾留有他的题言,如今他已远去,团扇也让尘土遮掩,我曾为他跳舞穿过的绣花纱衫,他走后久已不穿被冷落在屋子的一边。春天将尽,我已先为落花流泪,更何况又梦见云稀风寒的秋天,让我更觉凄凉无限。

楼 采

楼采,字君亮,鄞(今浙江宁波)人,宋宁宗嘉定十年(1217)登进士第。楼采的词在宋末比较流行,但后人记其作品多与赵闻礼等人混淆,可见其词风与赵闻礼极近似。楼采存词仅六首,皆为周密所选。

瑞鹤仙①

冻痕销梦草②,又招得春归,旧家池沼。园扉掩寒峭,倩谁将花信,遍传深窈③?追游趁早,便裁却、轻衫短帽。任残梅、飞满溪桥,和月醉眠清晓。　　年小,青丝纤手,彩胜④娇鬟,赋情谁表?南楼⑤信杳,江云重,雁归少。记冲香嘶马,流红回岸,几度绿杨残照。想暗黄,依旧东风,灞陵⑥古道。

[注释]

①瑞鹤仙:这是一首咏春词。有本有词题为"立春"。②梦草:池塘旁边的草。谢灵运在《登池上楼》中有"池塘生春草,园柳变鸣禽"句,据说此二句系谢灵运梦见族弟谢惠连而咏得,故称"梦草"。③深窈:深处,角落。④彩胜:女子头发上的饰品,类似现在女人勒头的彩带。⑤南楼:文人聚集的

场所,典出《世说新语·容止》。此书中记载庾亮秋夜登武昌南楼,与僚佐们洒脱不羁地谈笑。这个故事被后人传为佳话。此处借指男子所在的地方。⑥灞陵:在长安城东,为唐代长安一热闹处所。

[译文]

池水上的浮冰已经消融,塘边长出一片细茸茸的小草,故乡的池塘湖沼又把春天唤到。花园的门外寒意料峭,奇怪,是谁把春天的信息传进这封闭的角落?寻春踏青就要趁早,且脱下冬装换上郊游的轻衫短帽。路上任凋残的梅花飘满溪水小桥,游玩累了就在月下醉眠一觉睡到拂晓。　　手嫩发青正值少女芳龄,娇美的发髻上系满鲜艳的彩绳。可他不归来,让谁来欣赏我这漂亮的姿容?他在南楼音信全无踪影,江上归雁寥落云浓雾重,纵有书信谁会为我传送?又忆起昔日和他驰马郊游的事情,我们在落花漂浮的岸边观景,有多少次在绿柳下缠绵徘徊,至残阳西坠尚未尽兴。想芳草暗绿的季节他会踏上归程,眼下灞陵古道上依旧吹着东风。

玉漏迟①

絮花寒食路。晴丝罥②日,绿阴吹雾。客帽欺风,愁满画船烟浦。彩柱秋千散后,怅尘锁、燕帘莺户。从间阻,梦云无准,鬓霜如许③。　　夜永绣阁藏娇,记掩扇传歌,剪灯留语。月约星期,细把花须频数④。弹指一襟幽恨,漫空趁、啼鹃声诉。深院宇,黄昏杏花微雨。

[注释]

①玉漏迟:这是一首念怀词。所叙述的是男主人公怀念过去曾爱过的女子,追忆逝去的往昔。②罥(juàn):挂,牵。③从:任凭,任从。梦云:巫山之云,常喻欢爱。这里指所恋之女子。用典《高唐赋》:"妾在巫山之阳,高丘

之阻。旦为朝云,暮为行雨。朝朝暮暮,阳台之下。"④花须频数:旧时数花须多少、单双数来占卜凶吉和日期。

[译文]

寒食节的路上飞满了絮花,游丝四处飘浮把阳光牵挂。杨柳的绿荫在风的吹动下影影绰绰,如烟雾般在空气中袅袅散发。风儿时时地掀歪我的帽子,江边画船中我的忧愁已快装不下。我们在彩柱的秋千旁分别后,蒙满尘土的铁锁一直紧守着你那曾让我深感温馨的家。任凭时间流逝,你再也没有音信,而我早已花白了鬓发。

长夜漫漫那时绣阁中总有你娇美的身影,记得你用扇子掩面传递着歌声,我们在灯下话语不断互相表达感情。就如月亮约会星星,即使一时分开,也频数花须盼着何日相逢。弹指间美好岁月已经逝去,想起过去我满怀的幽恨怨语,暂且借这杜鹃的声声悲啼,将我的忧愁郁闷倾诉给你。庭院深深孤独沉寂,看眼前景象一片苦凄,暮色中一树颤抖的杏花经受着无穷的细雨。

法曲献仙音[①]

花匣幺弦,象奁双陆,旧日留欢情意[②]。梦到银屏,恨裁兰烛,香篝[③]夜阑鸳被。料燕子重来地,桐阴锁窗绮。　倦梳洗,晕芳钿、自羞鸾镜。罗袖冷,烟柳画栏半倚。浅雨压荼蘼,指东风、芳事余几。院落黄昏,怕春莺、惊笑憔悴。倩柔红约定,唤取玉箫同醉。

[注释]

①法曲献仙音:这是一首伤春怀人之词。词中事物描写精细,且时间顺序井然。②幺弦:最细的一根弦,常用作琵琶的代称。双陆:古代博戏的一种。是一种类似飞行棋的游戏。③篝:竹笼。

[译文]

雕花的匣子装着琵琶,摆双陆的盒子用的是象牙,旧日我们欢乐深情的印痕,都在每一件物品上留下。梦中畅游屏风上的山水,醒来全无踪影,恨恨地剪那烛火上的灯花。香笼中烟雾升腾,夜深人静,鸳鸯被中孤眠难挡寒冷。本应是燕子归来之处,却无奈梧桐的阴影遮盖了窗户。　　懒得梳洗整容,怕将发饰动用,自感羞愧、日渐衰老不敢面对鸾镜。寒气穿透罗纱袖,半倚着小楼上的栏杆,看那远处的烟柳。细雨绵绵敲打着荼蘼,落花飘落一地,暗暗地指责东风,美好的春意被你践踏得几乎无余。庭院中降下了黄昏的幕帷,此时真怕黄莺飞来,它会嘲笑我的憔悴。这样的心情会让自己活得太累,且抛掉痛苦的今春今岁,先与落花约定日期,明年此时此刻,我吹玉箫与你同醉。

好事近[①]

人去玉屏闲,逗晓[②]柳丝风急。帘外杏花细雨,罥[③]春红愁湿。　　单衣初试曲尘罗,中酒病无力[④]。应是绣床慵困,倚秋千斜立。

[注释]

①好事近:这是一首春情词。②逗晓:到晓,至清晨。③罥(juàn):挂。④曲尘:淡黄色。中酒:醉酒。

[译文]

他走后遮挡的屏风没了用处,至清晨风急急吹得柳丝扬拂。帘外细雨绵绵淋洒着杏花,牵挂着春花面临风雨能否经受得住。换上我淡黄色的罗纱春衣想要出去,但昨夜醉酒至今浑身无力。该是刺绣的时候却懒得去动针线,在雨中站立斜靠着秋千。

二郎神[①]

露床转玉[②]，唤睡醒、绿云梳晓。正倦立银屏，新宽衣带，生怯轻寒料峭。闷绝[③]相思无人问，但怨入、墙阴啼鸟。嗟露屋锁春，晴风喧昼，柳轻梅小。　　人悄，日长谩忆，秋千嘻笑。怅烬冷炉熏，花深莺静，帘箔微红醉袅。带结留诗，粉痕绡帕，情远窃香年少[④]。凝恨极，尽日凭高目断，淡烟芳草。

[注释]

①二郎神：这是一首伤春怀人之词。春日，一位多情的女子触景生情，想起昔日的情人生出一番思情。全词表意较为直白，内容也与一般怀人词大致相同。②露床转玉：井台上方月亮移动。③绝：极点，很。④窃香年少：风流少年。这里借指自己的意中情郎。此句化用"韩寿偷香"的故事。《晋书》载，贾充女贾午见韩寿而爱之，便暗写书信约韩寿夜晚相见。两人相好，贾充这里的人谁都不知道。当时西越向朝廷进贡一种奇香，用后香气月余都不消散。皇帝把奇香仅赐赏贾充一人。后贾午将奇香偷出赠给韩寿，最后被贾充发现，拷问左右婢女得实情后就将贾午嫁给了韩寿。后人就戏称韩寿为"窃香年少"。

[译文]

月亮还在井台上方移动，我从睡梦中惊醒，趁着依稀的晨光，梳理满头黑发，清洗自己的面容。呆呆地站在那儿紧靠着屏风，看着穿上的衣服又显出几分宽松。想到自己日渐消瘦心生怯意，感到春天的轻寒也是那么冰冷。我苦闷欲绝相思成病却无人过问，只好将这满怀的忧怨融入墙阴处的鸟啼声中。感叹这蒙盖霜露的屋子锁住了我的青春，白日只有喧嚣的风声。绿柳无心观赏，梅花也引诱不了我的眼睛。　　人仍在悄悄地站立，脑海中浮现出长久的记忆！一挂秋千在春风中悠悠荡起，你推我荡，西园内充满了我们的笑语欢声。那时，我们所愁的只是熏炉中的香料燃尽，情意绵绵的话语，常持续到花丛深处的黄莺停止了它的歌声。有时晨曦的光线已将帘箔染红，我们还带醉歌舞，屋内常闪动着我们轻袅的身影。你题有诗句的同心结、留有我粉痕的丝手绢，这些都是我们相爱的证明。难忘的情爱已远远而去，这都是我们窃香年少时的事情。而今对你的思念已凝结成怨恨一团，每天站在高处将目光望断，只能见到轻淡的云烟、芳草萋萋接连着天边。

玉楼春[①]

东风破晓寒成阵，曲锁沉香簧语嫩[②]。凤钗敲枕玉声圆，罗袖拂屏金缕[③]褪。　云头雁影占来信，歌底眉尖萦浅晕。淡烟疏柳一帘春，细雨遥山千迭恨。

[注释]

①玉楼春：这是一首伤春词。语言洗练工整，结构也较严谨。②曲：门窗上的花格子。这里指代门窗。簧语：莺燕啼鸣的娇柔之声。③金缕：金色的线。

[译文]

东风在拂晓吹起，吹出了阵阵寒意。雕花门窗关闭着沉香的气息，屋外传来莺燕柔嫩的鸣啼。凤钗坠落枕上的声音像玉石一样圆润，罗袖拂拭屏风把袖上的金线磨损。　推窗远望云头，寻雁影来猜测有无来信，哼着思念的曲子眉尖萦绕着愁云。帘外云烟轻淡、杨柳稀疏，满目都是新春，眼前细雨绵绵、远山青青，却激起我心中千层怨恨！

奚 㴖

奚㴖,字俾然,号秋崖,宋末临安(今杭州)人。登音律大师杨缵之门,与词坛名人李彭老、周密、徐宇、施岳等人交游甚密。奚秋崖的词以婉转凄清见长。其音律闲整出于杨缵,其格调骚雅则出于姜夔。其词大多失传,今存十首。

芳 草

南屏晚钟①

笑湖山、纷纷歌舞,花边如梦如熏。响烟惊落日,长桥芳草外,客愁醒②。天风送远,向两山、唤醒痴云。犹自有、迷林去鸟,不信黄昏。　　销凝,油车③归后,一眉新月,独印湖心。蕊宫④相答处,空岩虚谷应,猿语香林。正酣红紫梦,便市朝、有耳谁听?怪玉兔、金乌⑤不换,只换愁人。

[注释]

①南屏晚钟:这是一首咏景词。南屏山在西湖南岸,南屏晚钟为西湖十

景之一。②响烟：暮霭中传出的钟声。长桥：在南屏山下东北处的西湖旁边。③油车：春游时乘坐的用油纸蒙着能挡雨的车子。④蕊宫：天宫，亦指鲜花簇围的宫殿。⑤玉兔、金乌：月亮和太阳。

[译文]

　　湖边山间充满了欢笑的声音，大家歌舞纷纷，花丛中都是如梦如醉的人群。暮霭中传出的钟声把即将落山的太阳惊动，长桥边、芳草外，身处异乡的客人从忧愁中清醒。天上的风儿将这深沉的钟声向远方传送，钟声传遍南屏，夕阳照两山，让正在发呆的云朵露出笑容。还有那迷失了林中窝巢的飞鸟，怎么也不肯相信，黄昏竟然已经来临。　一切复归平静，待游玩的油车返回后，一弯新月在湖水中留下自己的倒影。天宫中传出的春雷，似在回答南屏钟声，世间的空岩虚谷也在作出回应，一时鸟咝猿语，山林间布满了奇妙的响声。当然歌舞纷纷的世俗之人对这种响声无法感应。他们正在做着荣华富贵的梦，即使有人没有入睡，身处热闹的街市、宫廷，又怎肯用双耳去把这种声音聆听？太阳升起月亮落下循环往复永不变动，变动最快的是那让人忧愁伤感的年龄。

华胥引

中秋紫霞席上①

　　澄空无际，一幅轻绡，素秋弄色。翦翦②天风，飞飞万里，吹净遥碧。想玉杵芒寒，听佩环无迹③。圆缺何心，有心偏向歌席。　多少情怀，甚年年、共怜今夕。蕊宫珠殿④，还吟飘香秀笔。隐约霓裳声度⑤，认紫霞楼笛。独鹤归来，更无清梦成觅。

[注释]

①中秋紫霞席上：这是一首应景词。作者与友人中秋节聚于紫霞楼上唱和欢饮，即席而作。紫霞，即宋末著名音律专家和词坛领袖杨缵。杨缵字继翁，号守斋，又号紫霞、紫翁。曾发起组织过西湖吟社，他的家园东园，是当时临安词人经常聚集唱和的地方。周密《齐东野语》中回忆说："翁往矣！回思著唐衣，坐紫霞楼，调手制闲素琴，作新制《琼林》、《玉树》二曲，供客以玻璃瓶泺花，饮客以玉缸春酒，笑语竟夕不休，犹昨日事。而人琴俱亡，冢上之木已拱矣，悲哉！"这段记载为该词提供了一个很好的背景。②翦（jiǎn）翦：同"剪"。风吹轻寒貌。③玉杵：传说里月中玉兔捣药用的玉棒，这里代玉兔。佩环：嫦娥身上的饰物，这里指代嫦娥。④蕊宫珠殿：对杨缵家亭台楼阁的美称。⑤度：按曲行歌，依谱演奏，谓之"度"。

[译文]

晴空万里飘拂着一抹轻纱似的白云，眼前一派清素的秋色乾坤。微寒的轻风吹拂，把世间吹得碧净无尘。想那月中玉兔怕寒不把药杵，也听不到嫦娥佩环响动的声音。月圆月缺大概是上天不用心的原因，我们欢歌的宴席分了他的心神。　　激荡的情怀不可能年年出现，大家共同怜惜这难得的今晚。天宫似的楼台宝殿，秀笔写出歌曲在这里吟咏唱弹。可隐约听到《霓裳》曲的旋律，它出自紫霞楼上的玉笛。那感觉如乘鹤飘飞超凡脱俗，有此境界何须再向梦中寻觅。

赵闻礼

赵闻礼，字立之，又字粹夫，号钓月。山东临濮（今山东与河南交界一带）人。生活时代在宋末理宗、度宗前后。诗、词兼工，博雅多识。曾任职胥口监征，亦属宋末江湖词客。有词集名《钓月集》，但其中不全为自作，混杂有施岳和楼采的词。又曾选两宋二百余人六百七十余首词为《阳春白雪》。赵闻礼的词今存有十余首，以绵丽清新为特色，小令尤流转圆美。

千秋岁[①]

莺啼晴昼，南国春如绣。飞絮眼，凭栏袖。日长花片落，睡起眉山斗。无个事，沉烟一缕腾金兽[②]。　　千里空回首，两地厌厌[③]瘦。春去也，归来否？五更楼外月，双燕门前柳。人不见，秋千院落清明后。

[注释]

①千秋岁：这是一首闺怨词。词中女子与情人分别后寂寞孤独。她整日凭栏伤春，青春的飞逝和对昔日情人的思念让其忧心忡忡，以至于将自己的情

绪赋予种种春色的事物之中。②金兽：熏香铜炉。多铸成麒麟、狻猊、鸭、兽等形状，故称金兽。③厌厌：有气无力的样子。

[译文]

白日里黄莺声声鸣啼，南国的春色如锦绣一样秀丽。倚在栏杆上远远望去，满眼飘动的都是飞絮。长长的一天能有多少落花委地，每天睡起便愁得双眉皱起。整日闲暇无聊空虚，呆看着金兽香炉中烟气缕缕。　　人隔千里空相思，分处两地都消瘦。春天就要溜走，不知你还回来否？夜至五更明月照着小楼，燕子双双飞过门前的杨柳。无论白昼还是月夜，眼前的景象总是勾起我的思愁。你看不见吗？已是清明后，院落的秋千上仍是空悠悠。

鱼游春水^①

青楼^②临远水，楼上东风飞燕子。玉钩珠箔，密密锁红关翠。剪胜裁幡春日戏，簇柳簪花元夜醉^③。闲忆旧欢，漫撩新泪。　　罗帕啼痕未洗，愁见同心双凤翅^④。长安十日轻寒，春衫未试。过尽征鸿知几许？不寄萧郎^⑤书一纸。愁肠断也，个人^⑥知未？

[注释]

①鱼游春水：这是一首闺怨词。在春节后元夕的欢快节日里，词中女主人公独处闺阁，怀念昔日情人而伤感忧愁，怨声自涌。②青楼：歌妓、妓女所居之所。这里指闺阁所处地。③胜、幡：彩旗飘带一类的节日悬挂的饰物。柳、花：皆为女子头上的饰物。元夜：元宵节之夜，又称元夕。④同心双凤翅：女子手帕上的图案。⑤萧郎：女子对自己所喜欢的男性情人的代称。有本作"萧娘"。⑥个人：那个人，指特定的对方。

[译文]

青楼紧靠着远远流动的河边，楼上东风迎送着飞舞的春燕。玉石做的帘钩，宝珠装饰着门帘，扇扇门重重帘把我关在里面。剪缝彩旗飘带就是我春节的快乐，插戴着头饰在元宵之夜独自醉伏桌面。一边追忆着旧日的欢快，一边把新涌出的泪水擦干。　　啼哭的泪痕还在罗帕上面，最怕看罗帕上同心双凤翅的图案。长安城内接连轻寒十天，冬衣未脱春衫未敢试穿。天上不知飞过了多少只大雁，可未见捎来萧郎一字一言。我这里思念你愁得肠断，郎君你难道没有丝毫同感？

风入松①

曲尘②风雨乱春晴，花重寒轻。珠帘卷上还重下，怕东风、吹散歌声。棋倦杯频昼永，粉香花艳清明。　　十分无处著闲情，来觅娉婷。蔷薇误冒寻春袖，倩柔荑③、为补香痕。苦恨啼鹃惊梦，何时剪烛重盟？

[注释]

①风入松：这是一首伤春词。目睹春雨花沉或粉香花艳总难以忘却昔日情人，想起过去和她一起度过的美好时节，渴求能有机会再和她重温旧梦。②曲尘：一种色调，黄绿色或浅黄色。③柔荑：指女子柔嫩洁白的手。《诗·卫风·硕人》中有"手如柔荑，肌如凝脂"。

[译文]

遍地黄绿色的芳草晴日里突遭风雨，花儿低垂着头，空气中透着轻轻的寒意。珠帘刚刚卷上又重新将它放下，是怕那东风将那外边的歌声吹进我的屋里，从而勾起我痛苦的回忆。下棋下得疲倦、饮酒频频不断，一整天就这样打发时间。可外面正是清明时节，游人不断，郊外粉香花艳。　　十分无聊无处打发闲情，来到庭院寻觅春花的娇美姿容。看到蔷薇花开，又将我记忆中的往事勾动。那年我们观花携手在院中,蔷薇花刺将我的衣袖扯破个洞,你用柔嫩洁白的手,为我把衣衫补缝。回忆中的往事是那么美好,苦恨那杜鹃啼叫把我的好梦惊醒。上天啊,上天!何时能让你的恩赐降生,让我能与她再次相伴,在灯下重温我们的旧情?

水龙吟

水仙花①

几年埋玉蓝田②,绿云翠水烘春暖。衣熏麝馥,袜罗尘沁,凌波步③浅。钿碧搔头,腻黄冰脑,参差难剪④。乍声沉素瑟,天风佩冷,蹁跹舞、霓裳⑤遍。　　湘浦盈盈月满,抱相思、夜寒肠断。含香有恨,招魂无路,瑶琴写怨⑥。幽韵凄凉,暮江空渺,数峰清远。粲迎风一笑,持花酹酒⑦,结南枝伴。

[注释]

①水仙花:这是一首咏水仙花的词。除形态的赞美外,再将其人格化。以作者所崇尚的品格赋予花身,与大多咏花词的写法大致相同。②蓝田:陕西省蓝田县东南有蓝田山,以产美玉而闻名。③凌波步:女子轻盈的走路姿态。④搔头:古代女子插发的玉簪子。冰脑:冰片。一种药物。⑤霓裳:唐代曲《霓裳羽衣舞》的简称,传说原是月宫中的仙乐,后传至人间。⑥瑶琴写怨:把水仙花比做湘妃,故有此句。唐钱起有《湘灵鼓瑟》诗,诗中有"善鼓云和瑟,常闻帝子灵"一句。湘灵,传说中追随舜帝溺水的妃子。⑦酹(lèi)酒:把酒浇在地上,表示祭奠。

[译文]

你像蓝田多年埋藏着的美玉,叶片青碧宛如绿云翠水,烘托出春天的暖意。你的衣衫像熏过兰麝散发着浓郁的香气,鞋袜无一丝尘灰，脚步轻柔如同仙女，在水面上移动步履。你细长的花茎恰似美人头上的簪子，用的是名贵的碧玉。你金黄色的花蕊仿佛是冰片制成，透出几丝幽芳清凉的气息。你的叶、茎、花朵高高低低，搭配得那么完美，令人无可挑剔。耳边仿佛突然传出幽沉的琴声，你如翩翩起舞的美女，跳完了整支《霓裳》舞曲。　　一轮满月悬挂在湘江岸边，你似湘妃怀着相思在夜晚寒风中愁得肠断。你一身香肌却有满腹忧恨，无处为所爱的人求生招魂，只好把一腔幽怨寄托于瑶琴。那琴声幽幽，凄凉低沉，顺着浩渺湘江充盈在蒙蒙的黄昏，远远的几座清幽的山峰，也能听到你悲怨的琴音。迎风高兴地把笑容展露，握一枝水仙花，向地上洒酒，愿我与水仙从此结为伴侣，成为世上最好最好的朋友。

隔浦莲近[①]

愁红飞眩醉眼，日淡芭蕉卷。帐掩屏香润，杨花扑、春云暖。啼鸟惊梦远，芳心乱，照影收奁晚。　　画眉懒，微醒带困，离情中酒[②]相半。裙腰粉瘦，怕按六幺歌板[③]。帘卷层楼，探旧燕肠断，花枝和闷重捻。

[注释]

①隔浦莲近：这是一首伤春词。词中人与意中人别离，遂对春日中的一切都兴趣索然，目睹的一切总与旧情相连，从而生出新的伤悲。②中酒：醉酒。③六幺：唐宋时流行的燕乐曲，又作《绿腰》。歌板：节奏。原为打拍子的板。

[译文]

忧愁中醉眼看花，花仿佛在旋转，阳光清淡照得芭蕉叶儿翻卷。放下帐幕掩起屏风把香炉点燃，杨花飞舞直扑人面，春风和煦浮云透轻暖。鸟儿一声鸣啼,将我的美梦打断。梦中之事依稀在,想起他就心慌乱,本欲照镜梳洗,却误把化妆盒盖关。　　懒得画眉打扮,刚醒却还疲倦,别离的苦情和酒醉,原因各占一半。看我腰细粉面瘦,裙带又松宽。怕按《六幺》的旋律跳舞,我已瘦弱不经风,只怕腰折断。将门帘高卷,上楼探归燕,睹旧物又是肠断心苦酸。带着一腔愁闷,却把手中花枝反复拈。

贺新郎

萤①

池馆收新雨。耿②幽丛、流光几点,半侵疏户。入夜凉风吹不灭,冷焰微茫暗度。碎影落、仙盘秋露③。漏断长门④空照泪,袖纱寒、映竹无心顾。孤枕掩,残灯炷。　　练囊⑤不照诗人苦。夜沉沉、拍手相亲,骏⑥儿痴女。栏外扑来罗扇小,谁在风廊笑语。竞戏踏、金钗双股。故苑荒凉悲旧赏,怅寒芜、衰草随宫路。同磷火,遍秋圃。

[注释]

①萤:这是一首咏萤词。作者对萤的描绘不在于它的形状,而是在于它与人的关系上。确切地说是不同处境中的人对于萤的态度不一样。②耿:亮,光明。③仙盘秋露:汉武帝曾铸铜人,手捧承露铜盘以玉杯接云中露水,调玉屑服食,以祈求长生不老。④长门:长门宫。汉武帝时陈皇后失宠后被幽居于此。⑤练囊:纱做的袋子。古人捕捉萤火虫纳入袋中,代替灯盏照明。⑥骏(ái):痴傻。

[译文]

馆外池塘边雨水刚停。几点流光闪亮在幽幽的草丛中,另有一些随风向附近的庭院里飘动。入夜的凉风吹不灭这点点火星，冷冷的火焰在暗夜中穿行。这点点的星火碎落，如仙盘中的秋露一样晶莹。长门宫中滴漏尽，暗暗长夜里的萤火照出一张含泪的面容。身着宫纱锦衣，却无奈内心寒冷，哪里顾得上看那竹林间星星点点在闪动。独自将那枕头掩面，怕见那即将燃尽的残灯。　　被置入练囊中的萤火虫，不理解借光写诗人的苦衷。偷飞出练囊在沉沉夜色中寻求清风，倒被那傻儿痴女拍手戏弄，白白丢失了自己的性命。冷不防栏杆外一把罗扇伸出，扑打这闪动的星星，紧随着便听到风廊上一片嘻嘻笑声。戏捉萤虫她们互相推拥，竟将头发上的双股金钗弃扔。眼前这帝王旧苑荒凉一片，早已非昔日光景，惆怅伴随着荒芜凄冷、宫路上落叶残枝杂草丛生。野冢上的磷火伴随着萤火虫的点点光明，在这满目秋色的园林中时时闪动。

施 岳

施岳,字仲山(有本作中山),号梅川,吴(今苏州)人。客寓临安,是宋末临安词人中的主要词人之一。精通音律,能依声度曲,常与杨缵、周密、李彭老等词人商榷音律、修订琴谱、分题唱和。理宗景定五年(1264),施岳与杨缵、张枢等人共同组织西湖吟社。施岳的词几乎散佚殆尽,今仅传六首。

水龙吟[①]

翠鳌涌出沧溟,影横栈壁迷烟墅。楼台对起,栏干重凭,山川自古。梁苑平芜,汴堤疏柳,几番晴雨[②]。看天低四远,江空万里,登临处、分吴楚。　　两岸花飞絮舞,度春风、满城箫鼓。英雄暗老,昏潮晓汐,归帆过橹。淮水东流,塞云北渡,夕阳西去。正凄凉望极,中原路杳,月来南浦。

[注释]

①水龙吟:这是一首登高凭吊故国的词。词应是词人北游两淮时所作。淮水,是当时南宋与金国的分界线。宋理宗端平元年(1234),金国被蒙古和

南宋合兵破灭,淮水又为宋、蒙的分界线。淮水之南有都梁山,为南北使臣往来必经之地,词人所登临北望的"翠鳌"应是都梁山。②梁苑:汉梁孝王所修建的宫室苑囿,在旧时东京(今开封)东边。又称菟园、梁园。汴堤:运河岸、东京汴梁段。两岸广植杨柳。

[译文]

都梁山涌出茫茫江河,穿越栈道峭壁在烟云迷蒙的原野上流过。在这楼台叠立之处登高再次凭栏远望,看这亘古不变的山川湖泽。梁苑平坦无垫,汴堤上绿柳万棵,曾经历了几番晴日晒照又经过几番风吹雨过。看天空远远地与大地接连,江河万里空荡无边。我登临的高山正是吴、楚的界线。　　落花飞絮飘舞在两岸,春风一到,山下满城锣鼓喧天。英雄已渐渐地衰老,黄昏和拂晓、涨潮又退潮,载着归来不尽的白帆、摇不完的橹篙。淮水难阻向东流淌,边塞以北云雾缭绕,残阳西沉余晖斜照。我正在凄凉的景象中远望,中原之路茫茫渺渺,一轮明月升上江河南岸的树梢。

清平乐①

水遥花暝,隔岸炊烟冷。十里垂杨摇嫩影,宿酒和愁都醒。□□□□□,□□□□□,□□□□□,□□□□□。

[注释]

①清平乐:此词有四句残缺。清道光八年爱日轩刻本在此词下注明:"原本云:此下缺六首。"本译本照录在上,不译。

解语花①

云容沍②雪,暮色添寒,楼台共临眺。翠丛深窅③,无人处、数蕊弄春犹小。幽姿谩好，遥相望、含情一笑。花解语④，因甚无言？心事应难表。　　莫待墙阴暗老。称⑤琴边月夜，笛里霜晓。护香须早，东风度、咫尺画栏琼沼。归来梦绕，歌云坠、依然惊觉。想恁时，小几银屏冷未了。

[注释]

①解语花：这是一首咏梅词。作者在词中让梅花从自然界中逐渐淡出，而集中放大于和人相互沟通的描绘中。由花姿到爱花、惜花再到失花的想象，完成了一个人理解花，花懂得人，人花相交融的过程。②沍（hù）：冻，凝结，封闭。③窅（yǎo）：形容深远。④解语：能懂话，会说话。⑤称：相称，适宜于。

[译文]

　　冬云冻凝成雪片，为黄昏增添了几分冷寒，我们登上楼台一起望远。远方无人的绿草丛中，有几枝小小的梅花在召唤着春天。它挺着自己幽清娇美的身材与我们遥遥相望，含情一笑似乎懂得人的语言。为什么它默默无语？大概它有心事难于表现。　　不要呆在墙阴处暗暗地等着自己衰残，你最适宜于开在月光下，立在瑶琴边。在人们赞美你的笛声中绽放，在晨霜清冷中露出你的笑脸。喜爱梅花就要及早观赏，东风一吹，你应该发觉它已在身边围着画栏的池塘边出现。登高归来你又在我的梦中绕缠，歌声让我从梦中跌落下云端，突然惊醒后才发现只是一场虚幻。想到这个时候，入画的你应该在茶几旁的屏风上正经受着风寒。

兰陵王①

柳花白，飞入青烟巷陌。凭高处，愁锁断桥②，十里东风正无力。西湖路咫尺，犹阻仙源信息。伤心事，还似去年，中酒恹恹③度寒食。　　闲窗掩春寂，但粉指留红，茸唾④凝碧。歌尘不散蒙香泽。念鸾孤金镜，雁空瑶瑟⑤。芳时凉夜尽怨忆，梦魂省难觅。　　鳞鸿⑥，渺踪迹。纵罗帕亲题，锦字谁织？缄情欲寄重城隔。又流水斜照，倦箫残笛。楼台相望，对暮色，恨无极。

[注释]

①兰陵王：这是一首伤春怀人之词。词中人长久客居他乡，睹春光丽景却倍觉伤怀。与情人别离后思念之情愈重，面对情人旧物感慨伤情。又无奈信息不通，只能年复一年地盼望。由伤春到念人至最后无奈感叹是大多数伤春词的模式。语句也似无特别独到之处。②断桥：又名断家桥、段家桥，在西湖孤山侧。③恹恹：有病的样子。④茸唾：用典李煜《一斛珠》："烂嚼红茸，笑向檀郎唾。"茸，柔软稠密。⑤鸾孤金镜：鸾鸟雌雄相守，离则悲鸣。如果让离开的单只鸾鸟面对镜子看自己的影子，就会哀鸣得更厉害。此处用典《异苑》，上载："罽宾王有一鸾，三年不鸣。夫人曰：闻见影则鸣，可悬镜照之，鸾睹影悲鸣，半夜一奋而绝。"雁：古代琴瑟上斜行排列的弦柱，犹如雁阵，故名雁柱。这里说琴瑟上空空无弦，久已不用之意。⑥鳞鸿：鱼和大雁。古时有鲤鱼传书、大雁传信的传说。

[译文]

柳絮一片白茫茫，飞进烟笼雾蒙的小路和深巷。登临高处向远方眺望，忧愁缕缕全凝结在这断桥之上。东风吹拂十里路，让人软软绵绵懒洋洋。西湖之路近在咫尺，却把你的信息无情地阻挡。痛苦的思念还像去年一样，终日醉酒昏昏、过寒食节精神颓唐。春天的寂寞透不过这关闭着的门窗，你粉腻的纤手摸过的地方还留有淡淡的芳香，你嚼过的那戏唾我面的红茸至今仍粘在碧纱窗上。你跳舞荡起的尘灰似乎还在屋内飞扬。可如今我形单影只、孤独惆怅，曾为我们带来无数欢乐的琴瑟再也没有弹响。春色弥漫的凉夜全是我怨恨的回忆，梦中与你相会醒后却不知你在何方。　　说什么捎信的大雁传书的鲤鱼，如今都渺然不见踪迹。纵使我想在罗帕上绣上诗句想法传送给你,可你不在又有谁会为我织上这些诗句?积压了无数情思想向你表达,却无奈这条条街巷道道城墙阻隔让我无法传递。夕阳斜照着流水,哀怨的箫声掺杂着呜咽的短笛。楼台亭榭历历在目,在这茫茫的暮色里,我的怨恨愁思无边无际。

曲游春

清明湖上①

画舸西泠②路,占柳阴花影,芳意如织。小楫冲波,度曲尘③扇底,粉香帘隙。岸转斜阳隔。又过尽、别船箫笛。傍断桥、翠绕红围④,相对半篙晴色。　　顷刻,千山暮碧。向沽酒楼前,犹系金勒⑤。乘月归来,正梨花夜缟,海棠烟幂⑥。院宇明寒食。醉乍醒、一庭春寂。任满身、露湿东风,欲眠未得。

[注释]

①清明湖上:这是一首浏览西湖咏春景的词。据载,同游者有周密等人。周密在自己所写的《曲游春》中题序说到此次游湖赋词的情况:"禁烟湖上薄游,施中山赋词甚佳,余因此其韵。"并在比较他人词优劣中细说:"盖乎时游舫,至午后尽入里湖,抵暮始出,断桥小驻而归,非习于游者不知也。故中山亟击节余'闲却半湖春色'之句,谓能道人之所未云。"由此看出施岳也是游赏西湖的常客,此词下片所云大概是尚未目睹只是按惯有程序合理想象出来的情景。②西泠(líng):西泠桥。西湖孤山下的名胜景点。③曲尘:淡黄色、嫩黄色。④翠绕红围:指柳荫花影。⑤金勒:马嚼子。这里借代马。⑥幂(mì):笼罩。

[译文]

画舟从西泠桥边驶过,岸边柳绿花红,像用锦绣织出的一派春色。小船在湖面上激起水波,从另一只游船边经过,透过船帘的空隙，船上佳人的俏容隐隐约约，娇嫩的手将那淡黄色的团扇摇着。这边湖岸顷刻驶过，岸边景物将那西坠的太阳挡遮。又赶过了几只游船，能听到这些船中传出的箫笛奏出的音乐。我们将画舟靠着断桥边停泊，桥旁绿柳环绕、红花鲜丽婀娜，从船的一侧望去，欣赏着半船的晴色。　　在断桥停驻不过片刻，暮色已悄然来临将那千山的葱翠淹没。我们来时买酒的楼肆前面，所骑的马匹仍在门前拴着。乘着皎洁的月光返程归家，庭院中那梨花披着白纱、夜幕笼罩着海棠繁茂的枝花。不点烟火的寒食节，院中却有明月悬挂。深夜从酒醉中突然惊醒，满院充盈着春天的寂静。任凭全身沾湿着露水经受着东风，迟迟不愿此时进入梦中，仍在细细品味着白天畅游西湖的情景。

步　月

茉　莉①

玉宇熏风，宝阶②明月，翠丛万点晴雪。炼霜③不就，散广寒霏屑。采珠蓓④、绿萼露滋。嗔⑤银艳、小莲冰洁。花魂在，纤指嫩痕，素英重结⑥。　　枝头香未绝，还是过中秋，丹桂时节。醉乡冷境，怕翻⑦成消歇。玩芳味、春焙旋熏，贮浓韵、水沉频爇⑧。堪怜处，输与夜凉睡蝶。

[注释]

①茉莉：这是一首咏茉莉花的词。周密对该词状物之句非常欣赏，说："此篇'小莲冰洁'之句，状茉莉最佳。"②宝阶：天阶。③炼霜：指月中玉兔捣制的仙药。④珠蓓：茉莉花苞。⑤嗔：生气。这里有怜惜、喜爱的意思。⑥素英重结：白色的茉莉花重新苞开花。茉莉生于江南，花期较长，从初夏

开到秋天,采后能复长,可以反复采摘。⑦翻:反。⑧春焙旋熏:将摘下的茉莉花采摘后进行烘焙,再马上熏制做成茉莉花茶。水沉频爇(ruò):像点燃沉香一样把茉莉花反复冲泡。水沉,沉香,一种名贵香料,可点燃。爇,点燃、焚烧。

[译文]

　　宇宙中吹出的香风,天阶上月亮透出的光明,茉莉花犹如万点晴日的白雪,点缀在一片翠绿之中。仿佛玉兔炼仙药不成,便将这银末玉屑撒出了广寒宫。这采摘下的朵朵洁白花苞,在绿色花萼上像颗颗露水一样晶莹,真爱怜它银白色的娇容,像小小莲花一样皎洁冰清。茉莉花自有魂魄聚凝,美人纤指将它采后,它会形成娇嫩的疤痕,过几天就会有新的花苞从中重生。　它枝头的香气绵绵不断从不消停,中秋节到了,桂花已经绽露笑容,只担心它进入这秋意微寒的环境,仍继续吐香笑迎,是否反倒会危及自己的生命。欣赏茉莉花香味的幽清,把它加工烘焙成花茶,就像贮存了它的魂灵,犹如不断点燃的沉香,茉莉花的芳香可以永生。但仍有值得可怜它的事情,秋风起后,茉莉花将渐渐从枝头匿迹销声,而那睡眠的蝴蝶却能在凉夜中安卧花丛。

卷 五

陈允平

陈允平,字君衡,号西麓,四明(今浙江宁波)人。曾任余姚令,沿海制置参议。宋亡,杜门不出,被元朝征召至大都,后放还。词与吴文英、翁元龙齐名。有《西麓继周集》、《日湖渔唱》。

绛都春①

秋千倦倚,正海棠半坼②,不奈春寒。㴩③雨弄晴,飞梭庭院绣帘闲。梅妆欲试情懒,翠鬟愁入眉弯④。雾蝉香冷,霞绡泪揾,恨袭湘兰⑤。　悄悄池台步晚。任红熏杏靥,碧沁苔痕。燕子未来,东风无语又黄昏。琴心⑥不度香云远,断肠难托啼鹃。夜深犹倚,垂杨二十四栏⑦。

[注释]

①绛都春:这是一首伤春词。作者在《日湖渔唱》中对此词自注:"旧上声韵,今改平声。"陈允平的词接近于北宋词的一般格局,喜欢虚拟闺情,借女子之口道出,很少写自己的心声,所描述的闺情常常难有个性,而是一种带有普遍意义的"类型化"的情绪,如伤春、离愁、怀旧或毫无由头的惆怅,

等等。该篇词也是这种类型。②坼（chè）：裂开。这里指海棠花初绽。③䗰（tì）：滞留。④梅妆：用典寿阳公主首创的梅花妆，在额上画一圆点，或多瓣梅花状。颦：皱眉头。⑤雾蝉：蝉鬓。形容鬓发飘逸如蝉翼。霞绡：丝巾。湘兰：喻美人。⑥琴心：以琴声表心意。《史记·司马相如列传》载："卓文君新寡，好音，司马相如以琴心挑之。"⑦二十四栏：泛指，很多的意思。

[译文]

我疲倦地倚靠着秋千，看那海棠花初绽，怕它难以经受突来的春寒。细雨绵绵刚止，迎来了一个晴天，燕子飞来飞去，掠过庭院、穿过绣帘。欲学寿阳公主将梅妆描扮，无奈心情惰懒，忧愁难解，只将眉头皱得弯弯。鬓发上的香水早已经消散，丝巾上的泪痕至今未干，怨恨的心情时时冲击着我的心田。　夜晚常独自徘徊在池台旁边，任凭红了杏花，绿了苔藓，春色已到我却无心赏观。不见燕子双双呢喃，东风吹动无力，庭院常是暮色弥漫。欲用琴声将我的情意表白，可郎君离我遥远，琴声传不到他的耳边。可惜我满腹断肠的悲苦，唯有托付给这声声哀啼的杜鹃。夜已深沉我仍在期盼，靠着庭院的垂柳，倚遍了楼阁上的栏杆。

瑞鹤仙①

燕归帘半卷，正漏约琼签，笙调玉琯②。蛾眉画来浅。甚春衫懒试，夜灯慵剪。香温梦暖。诉芳心、芭蕉未展。渺双波、望极江空，二十四桥凭遍③。　葱茜，银屏彩凤，雾帐金蝉，旧家坊院④。烟花弄晚。芳草恨，断魂远。对东风无语，绿阴深处，时见飞红数片。算多情、尚有黄鹂，向人睨以睍⑤。

[注释]

①瑞鹤仙：这是一首闺怨词。写闺中人思念迟迟不归的情人的种种心态。

词在叙述中空间与时间顺序有明显跳跃和倒叙的手法。语句较委婉雅致,与词中人的个性宛然融合。②琼签:漏箭,是漏壶中计时的刻度尺。玉琯(guǎn):是古时一种六孔的管乐器,类似今之笛子,也称玉管。③双波:女子含情脉脉的双眼。二十四桥:古时扬州有二十四桥。杜牧《寄扬州韩绰判官》中有"二十四桥明月夜,玉人何处教吹箫"句。这里泛指桥多,并非实数。④葱茜:苍翠美好。这里指的是屏风上的山水画。金蝉:蝉鬓,这里代指美女。⑤睍睆(xiàn huǎn):形容鸟鸣叫声音清圆婉转。《诗·邶风·凯风》中有"睍睆黄鸟,载好其音"句。

[译文]

飞归的燕子穿过半卷起的门帘,漏壶中的刻尺显出时间已临近傍晚,吹着笙竹奏着玉管欢声一片。晚妆把蛾眉画得浅淡。心情不好什么新奇的春衫也懒得试穿,夜晚灯芯凝结也无心修剪。梦中与他相见心中香甜温暖,欲诉别后对他的无数思念,却见芭蕉叶卷原是一场空幻。渺渺茫茫我望断了含情的双眼,江河无际碧空高远,为寻觅他的踪迹,我将二十四桥踏遍。　苍翠美艳,这屏风上的绿水青山,更绘有彩凤鸣舞翩翩,可香雾纱帐只能伴着佳人独眠。一切美好的期盼都深锁在这乐坊歌院。烟花绚丽渲染着夜晚,满地芳草却和我一样含着深深的恨怨,恨这令我断魂的人远不可见。面对东风我默默无言,不时地看到落花数片飘坠,显得那么可怜。算来黄鹂太是多情,还向人鸣叫得那么婉转清圆。

思佳客①

锦幄沉沉宝篆残,惜春无语倚栏杆②。庭前芳草空惆怅,帘外飞花自在还。　金屋③静,玉箫闲。一樽芳酒驻红颜。东风落尽荼蘼④雪,满地清香夜不寒。

[注释]

①思佳客：这是一首伤春词。这首词表达方式含蓄、轻巧，特别是结尾两句非常清新上口。②锦幄：锦绣帐幕。宝篆：盘香。一说是盘香弯曲如篆字；一说香雾缭绕如篆字。③金屋：华屋，装饰华贵的房子。④荼蘼雪：荼蘼花是白色，荼蘼雪，指其落花如雪。

[译文]

锦帐空空篆香已快燃完，我在楼外倚着栏杆默默地怜惜着春天。院前的芳草枉自惆怅哀叹，帘外的柳絮照旧飞落不断。　　华美的屋子常常寂静无声，玉箫闲挂在墙上已经好久没用。为解愁忧喝上一杯芳酒，任那红晕泛上我的面容。东风无情吹得荼蘼花落尽，落花坠地像铺了白雪一层，夜晚满地弥漫着荼蘼花雪的清香，但看着似雪却不让人感到丝毫的寒冷。

恋绣衾①

多情无语敛黛眉，寄相思、偏仗柳枝②。待折向、樽前唱，奈东风、吹作絮飞。　　归来醉抱琵琶睡，正酒醒、香尽漏移。无赖是、梨花梦，被月明、偏照翠帏③！

[注释]

①恋绣衾：这是一首表达恋情的词。词虽短但写得很有趣味。词句的口语化、拟人的修辞方法、生动的想象和比喻为该词增色不少。②柳枝：折柳枝。"柳"与"留"谐音，古时有折柳赠别表示挽留不舍之意的习俗。③无赖：无奈。有解作无心、无意。梨花梦：谓朦胧不清楚的梦。

[译文]

有情却说不出口，只能皱着我的眉头，为表露相思我想为他送一枝带花的杨柳。等折了柳枝到他面前唱歌的时候，一阵东风袭来将柳絮吹散，让我好不尴尬害羞。　　归来心里难受，醉抱着琵琶要睡上一宿,却突然梦断酒醒,计时的香漏已快到了尽头。无心做的梦总是朦朦胧胧拼拼凑凑,可有心的明月却偏偏照着我挂着绿纱帐幕的床头!

唐多令①

休去采芙蓉②,秋江烟水空。带斜阳、一片征鸿。欲顿③闲愁无顿处,都著在两眉峰。　心事寄题红④,画桥流水东。断肠人⑤、无奈秋浓。回首层楼归去懒,早新月、挂梧桐。

[注释]

①唐多令:这是一首写秋暮思乡怀人的词。此词在陈允平的《日湖渔唱》中题作"秋暮有感"。②芙蓉:荷花。古诗《涉江采芙蓉》:"涉江采芙蓉,兰泽多芳草。采之欲遗谁,所思在远道。还顾望旧乡,长路漫浩浩。同心而离居,忧伤以终老。"为游子思乡怀人的名作,这是化用其意。③顿:安顿,放置。④题红:用典"红叶题诗"的故事。⑤断肠人:作者自指。

[译文]

怕思乡伤情不要去采摘芙蓉,江水浩渺烟云朦胧秋色更凄清。你看那夕阳斜照余晖血般红,只只大雁列队长空急急赶归程。欲将闲愁放下却无摆放处,只好全都堆积在眉峰。　把我的思念写上红叶随水漂桥东,只望意中人见到知我心中情。可怜我断肠之人思乡怀人满腹是忧痛,急欲寻觅春天无奈秋色正浓。回首顾望归途楼阁千百层,心懒意冷踏返程再做凄凉梦。看,早有一轮新月,悄然挂上梧桐。

满江红

和清真韵①

目断烟江,相思字、难凭雁足②。从别后、翠眉慵妩③,素腰如束。困倚牙床春绣懒,钏金斜隐香腮肉④。昼渐长、谁与对文枰⑤,翻新局? 枝上鹊⑥,心期卜。芳草暗,西厢曲。谢多情海燕⑦,伴愁华屋。明月空圆双蝶梦,彩云难驻孤鸾宿。任画帘、不卷玉钩闲,杨花扑。

[注释]

①和清真韵:这是一首闺思词。清真:北宋词人周邦彦,字美成,号清真居士。这首小令是和周邦彦的词韵而作的。②雁足:传说中鸿雁传书,书系于雁足而传。③慵妩:懒得妩媚。这里是指懒得画眉。④牙床:绣床。有解为象牙镶嵌的床。钏金:金钏,金手镯。斜隐:斜托,以手托腮。⑤文枰(píng):围棋棋盘。⑥枝上鹊:古代有"灵鹊报喜"的说法,认为闻鹊声必有喜兆,所以常用此来占卜离人归期。⑦海燕:燕子。天阔如海,燕子飞其间故称之。非今之海燕。

[译文]

双眼望断烟云弥漫的大江,寻觅不见你如今身在何方。写满相思的书信,难系在鸿雁的脚上。自与你分别后,我再也懒得描眉化妆,腰身消瘦变细,像被素帛紧束一样。经常困倦得倚着绣床,春色中不想刺绣花样,用那戴着金镯子的手,呆呆地托着腮帮。白日渐渐变长,你不在,谁和我对坐在棋盘两旁,一局一局地较量,高兴地消磨着时光? 喜鹊在枝头上歌唱,是否预兆着你会很快来我的身旁。西厢的走廊依旧弯弯曲曲,时光一点点地流逝,芳草已逐渐浓绿。感谢多情春燕的一番心意,和我一起与忧愁相伴,在这华美却寂寞难耐的屋里。明月当空,却难以成全我与你双蝶并飞的好梦。彩云难以留停,鸾鸟无法乘云寻双,只能孤眠哀鸣。任凭玉钩空闲,门帘低垂不卷,让那门外的杨花随风飞舞扑打人面。

秋蕊香[①]

晚酌宜城酒暖,玉软嫩红潮面[②]。醉中窈窕度[③]娇眼,不识愁深愁浅。　绣窗一缕香绒线[④],系双燕。海棠满地夕阳远,明月笙歌别院。

[注释]

①秋蕊香:这是一首描写闺情的词。与上篇《满江红》词一样,也是和周邦彦词韵而作。②宜城酒:古代的一种名酒。玉软:喻指女子的肌肤。③度:送,传递。④香绒线:指初春刚抽芽的柳枝条。

[译文]

晚间饮几杯宜城酒感到温暖,白嫩的身体软绵绵、红晕涌上了脸面。酒醉中犹自空把媚眼递传,美好的年华真是不知愁深愁浅。

绣窗外一缕柳丝活像数根飘动的绒线,那从柳下飞过的双燕仿佛就系在上边。海棠花满目的娇艳,夕阳远远地坠向青山。明月洒下一片银光,笙歌欢笑声从别院传到耳畔。

一落索[①]

欲寄相思愁苦,倩流红去[②]。泪花写不断离怀,都化作、无情雨!　渺渺暮云江树,淡烟横素[③]。六桥[④]飞絮,夕阳西尽,总是春归处。

[注释]

①一落索:这是一首写离愁别恨的词。在写作顺序上与多数词相反,是先抒情,再描景。②倩流红去:用典"红叶题诗"。意即让水流载着红叶传递相思之情。③素:白色的生丝绢。④六桥:西湖的外湖有映波、跨虹等六座桥,皆为当年苏轼所建。

[译文]

想传递我的相思愁苦,让好心的流水载着题字的红叶前去倾诉。泪花表不完我离别怀念的心绪,都变成了天上无情的绵绵细雨。　　渺茫的暮霭把江边的树木遮掩,淡淡的云烟像横悬在天空的一束丝绢。六桥边杨花飞絮漫天飘散,夕阳已坠落西山,春天越离越远。

垂　杨①

银屏梦觉,渐浅黄嫩绿,一声莺小。细雨轻尘,建章②初闭东风悄。依然千树长安③道,翠云锁、玉窗深窈。断肠人、空倚斜阳,带旧愁多少。　　还是清明过了,任烟缕露条,碧纤青袅。恨隔天涯,几回惆怅苏堤④晓。飞花满地谁为扫?甚薄幸⑤、随波缥缈。纵啼鹃、不唤春归,人自老。

[注释]

①垂杨:这是一首伤春词。词的调名(词牌)为"垂杨",而词意实为咏柳。以咏柳写闺情,以女子伤春抒客愁。②建章:建章宫,汉代宫室。在这里借指临安宫殿。③长安:唐朝都城,在这里借指临安。④苏堤:即苏公堤,苏轼任杭州刺史时所筑。"苏堤春晓"为西湖十景之一,堤上有"六桥烟柳"等胜景。⑤薄幸:薄情,无情。

[译文]

　　一觉睡醒在屏风旁，窗外垂柳绿嫩浅黄，树上黄莺一声轻轻的啼唱。细雨轻轻地敲打着尘土，临安宫殿刚刚披上一层雨雾，东风来了，悄悄地移动着脚步。临安官道上依然千树，绿荫如云都被风雨封住，玉纱窗户，正处在这绿荫的深处。断肠人望断故乡路，空对着斜阳哀叹，心中一时涌出旧愁无数。　　毕竟清明已过了，任凭烟雨缕缕将杨柳缠绕，挡不住它碧绿纤细的枝条，随着春风拂摇。恨这天涯阻隔路途遥远，几次在苏堤春晓景点，想起家乡便涌出无数惆怅愤怨。满地飞花谁会将它打扫？真是无情啊，只能任它坠入湖水，随波沉浮缥缈。纵使杜鹃声声啼叫，催不动春天离去的步脚，人在这般心境中也会早早地衰老。

张 枢

张枢,字斗南,号寄闲,祖籍西秦(今陕西省),居临安。词人张炎之父。精通音律,与杨缵、周密等发起西湖吟社。有《寄闲集》。

瑞鹤仙[①]

卷帘人睡起。放燕子归来,商量春事。风光又能几?减芳菲、都在卖花声里。吟边眼底,披嫩绿、移红换紫。甚等闲[②]、半委东风,半委小溪流水。　　还是,苔痕湔[③]雨,竹影留云,待晴犹未。兰舟静舣[④],西湖上、多少歌吹。粉蝶儿、守定落花不去,湿重寻香两翅。怎知人、一点新愁,寸心万里。

[注释]

①瑞鹤仙:这是一首伤春词。词所述的西湖春景比较细腻动人。镜头由内推外,既有近镜头的细微又有广角镜头的春景的宽度,极似若干摄影照片的组合。词中伤春气味较为含蓄清淡,让人读起来有所感染但却没有过分伤感的沉重心情。②等闲:寻常,普通。③湔(jiān):洗,冲刷。④舣(yǐ):泊舟靠岸。

[译文]

卷帘人睡醒,放燕子飞进屋中,和它们商量春天的事情。还有多少春光能让百花吐艳露红?将逐渐叶残色衰的预兆都含藏在卖花声中。可眼前的花草并不忧虑将来的处境,它们披着嫩绿的颜色,把面容变得忽紫忽红。它们感到这只是寻常的事情,把自己的命运一半交给小溪流水,一半交给喜怒无常的东风。　　还是重复着那种难以猜测的情形。苔藓还带着雨水冲刷过的痕迹,云雾又在竹林中滋生,这天气说雨不雨、说晴不晴。小船在岸边静静地泊停,西湖上此刻有多少吹拉弹唱的歌声。粉色的蝴蝶死守着落花不动,为贪寻花香它们宁可让双翅被雨水淋得沉重。谁能理解我心头涌出的一点新愁,寸心之中牵挂着他万里行程。

风入松[1]

春寒懒下碧云楼,花事等闲休。红绵[2]湿透秋千索,记伴仙、曾倚娇柔。重迭黄金约臂,玲珑翠玉搔头[3]。　　熏炉谁慰暖衣篝,消遣酒醒愁[4]。旧巢未著新来燕,任珠帘、不上琼钩。何处东风院宇,数声揭调甘州[5]。

[注释]

①风入松:这是一首追忆昔日恋情的怀人之词。②红绵:红色的汗巾。③约臂:臂环。搔头:发簪。④慰:有本作"熨"。⑤揭调:演奏。甘州:乐曲名。

[译文]

初春寒意重、懒下碧云楼,无心踏青赏花去郊游。昔日的情景不断浮现在心头,秋千绳索上她那红色的手绢都被香汗湿透。我们相互依偎,她的身体是那么娇柔。圈圈黄金臂环套在她玉藕般的手臂上,插在她头发上的碧玉发簪玲珑剔透。　环视眼前的碧云楼,谁为我的衣服熏香、熨衫暖被头。酒醒后又能和谁一起交谈解忧愁。新燕子至今未飞归,去年的燕巢空悠悠。任凭珠帘每天低垂,根本用不上卷帘的玉钩。东风中传来哪家宅院的音乐,正将著名的曲调《甘州》演奏。

南歌子①

柳户朝云湿,花窗午篆清②。东风未放十分晴,留恋海棠颜色、过清明。　垒润③栖新燕,笼深锁旧莺。琵琶可是不堪听,无奈愁人把做、断肠声④!

[注释]

①南歌子:这是一首闺思词。写闺中女子对过去欢爱情景的留恋和自己深处闺中的寂寞愁思。②朝云:双关语。一明为晓云湿;一暗为喻巫山朝云,男女欢爱之事。午篆:午间焚香的烟雾。因香炉烟袅袅旋腾如篆字,故旧词中将香常称之为篆香。③垒润:新燕巢。指燕子所垒之巢的新泥尚湿。④可是:岂是,难道是。把做:当做,作为。

[译文]

绿柳簇拥的院落,清晨空气清新湿润,雕花窗内香炉升起的烟袅袅如云。东风吹得轻柔,天气十分晴朗,我在贪恋海棠花的娇色中度过清明。　新燕住进了刚垒成的泥巢,丝笼中紧锁着旧日的莺鸟。一阵音乐传来却难以进入心中,难道是琵琶弹奏得不好、声音太难听?无奈愁绪满怀的人听来,都是断肠的悲声!

谒金门①

春梦怯,人静玉闺平帖②。睡起眉心端正贴,绰枝双杏叶③。

重整金泥蹀躞④,红皱石榴裙褶。款步花阴寻蛱蝶,玉纤和粉捻⑤。

[注释]

①谒金门:这是一首闺情词。作者在词中描摹了一位形象逼真、心思细密的美女。②平帖:平静,宁静。③眉心端正贴:在眉心处粘贴红痣、花卉图案等饰物以增其美。绰:抓。杏叶:草名,即金盏草。④蹀躞(dié xiè):佩带上的装饰物。⑤款步:轻缓的步子。玉纤:嫩白纤细的手指。粉:粉蝶。

[译文]

春梦中梦到的事情让我羞怯,好在闺房静静只我一人。睡起后在眉心处把梅花粘贴,抓两枝金盏草戏将心事占卜拆解。　重新整一下我金泥涂饰的蹀躞,再细心顺一顺红石榴裙上出现的皱褶。轻轻地走进花浓处寻找彩蝶,用我那灵活纤细的手指将蝴蝶捕捏。

庆宫春①

斜日明霞,残虹分雨,软风浅掠蘋波②。声冷瑶笙,情疏宝扇,酒醒无奈秋何。彩云轻散,漫敲缺、铜壶浩歌③。眉痕留怨,依约远峰,学敛双蛾④。　银床露洗凉柯,屏掩香销,忍扫茵罗⑤。楚驿梅边,吴江枫畔,庾郎从此愁多⑥。草虫喧砌,料催织、回文凤梭⑦。相思遥夜,帘卷翠楼,月冷星河。

[注释]

①庆宫春:这是一首描写秋思的词。一般思情词多描述春季,写秋天的不多。但秋思自有秋景衬托的好处,秋月的凄冷与枫叶的霜红更能烘染出思情的悲切。②蘋波:秋波。③漫敲缺、铜壶浩歌:因使劲地击节高歌而将壶口敲缺。用典王敦酒后咏曹操《龟虽寿》诗句的事情。王敦高咏时总以铁如意击打唾壶为节,致使唾壶尽缺口。④依约:隐约。双蛾:女子的双眉。⑤银床:井栏。茵罗:落叶。⑥吴江枫畔:化用唐代崔信明的诗句"枫落吴江冷"之

意。庾郎：即北周庾信，作有《愁赋》。后词中多将其名代指有愁绪的人。这里是词中人自指。⑦催织、回文：这里用苏若兰织锦为回文璇玑图诗寄给窦滔的典故。

[译文]

夕阳映照着明丽的晚霞，残缺的彩虹的出现中断了细雨的倾下，柔和的风与秋波正在亲昵地摩擦。笙竹声幽冷滑，团扇早已懒得用它，即使酒醒对这萧瑟的秋天我也深感无奈。彩云在风中轻轻地消散，我敲击着铜壶面对着苍天，悲愤高歌竟将壶嘴敲烂。眉宇间深藏我的愁怨，遥望着隐隐约约的远山，学女人试将一双蛾眉紧敛。　　露水打湿了凉凉的井栏，屏风把香炉严严地遮掩，忍着悲伤我打扫着庭院中这落叶一片。枯梅立在楚地的驿站旁边，红枫长在吴国的江畔，庾郎我久客他乡，从此忧愁不断。秋虫终日鸣叫在草丛之间，像在催促她快快地用那凤梭，将那含情的回文锦缎织完。遥遥地相思在这深深的夜晚，想她应在翠楼仍将门帘高卷着期盼，无奈地看着天上的月亮，在银河中显得那么惨淡。

壶中天

月夕登绘幅堂，与篔房各赋一解①

雁横迥碧，渐烟收极浦，渔唱催晚②。临水楼台乘醉倚，云引吟情闲远。露脚飞凉，山眉锁暝，玉宇冰奁满③。平波不动，桂华④低印清浅。　　应是琼斧修成，铅霜捣就，舞霓裳曲遍⑤。窈窕西窗谁弄影，红冷芙蓉深苑。赋雪词工，留云歌断，偏惹文箫怨⑥。人归鹤唳，翠帘十二⑦空卷。

[注释]

①月夕登绘幅堂，与篔（yún）房各赋一解：此词写作者于月夜与友人

雅聚绘幅堂赏月吟咏的情景。绘幅堂,张枢家的楼台之一。在群仙绘幅楼上。筼房,李彭老,字商隐,号筼房。②迥碧:遥天,辽阔的天。极浦:远远的水边。③冰奁满:满月。冰奁,比喻皎洁的月亮。古时铜镜常放于奁中故有此喻。④桂华:月光。⑤琼斧修成:用典"玉斧修月"的故事。传说月乃七宝合成,月宫常有八万二千户以斧修之。见段成式《酉阳杂俎》。铅霜捣就:用典"玉兔捣药"的传说。古之炼仙药常用铅汞。霓裳:《霓裳羽衣曲》。传说系唐玄宗得自月宫。⑥赋雪:化用谢道韫赋雪联诗的佳话。见《晋书·列女传》。文箫:唐代书生文箫。传说他在钟陵西山遇仙女吴彩鸾。这里代指箫声。⑦翠帘十二:指绘幅堂中的重重帘幕。这里"十二"泛指多,并非实数。

[译文]

　　鸿雁横飞过辽阔的蓝天,云烟在远远的水边消散,渔舟中传出的乡歌引来了江边又一个夜晚。在这临水的楼台上乘醉倚着栏杆,晚云中吟咏,情闲意趣高远。地上晚露飞散出凉意,形如眉毛般的远山收拢着夜色一片,一轮皎洁的满月正在天穹中高悬。江水平静无波,月光洒照似在窥探它的清浅。　　这璀璨的月宫是用玉斧修建而成,玉兔在宫旁捣制好了仙丹,嫦娥又把《霓裳》曲舞遍。西窗上是谁将窈窕的身影隐隐闪现,冷艳的红芙蓉就藏在那深深的林苑。咏雪的词赋作得是多么工整好看,能让浮云忘了飘动,美妙的歌声也为之中断,却偏偏招惹得箫笛一阵呜咽忧怨。为这绝妙好词而惊叹,驮着归去仙人的飞鹤感动得鸣叫长天,翠楼层层,一时全都门帘高卷。

李 演

李演,字广翁,号秋堂,宋理宗时词人,有《盟鸥集》,存词七首。

摸鱼儿

太 湖①

又西风、四桥②疏柳,惊蝉相对秋语。琼荷万笠花云重,袅袅红衣如舞③。鸿北去,渺岸芷汀芳,几点斜阳字④。吴亭旧树,又系我扁舟,渔乡钓里,秋色淡归路。　　长干路⑤,草莽疏烟断墅。商歌⑥如写羁旅。丹溪⑦翠岫登临事,苔屐尚粘苍土。鸥且住,怕月冷,吟魂婉冉⑧空江暮。明灯暗浦,更短笛衔风,长云⑨弄晚,天际画秋句。

[注释]

①太湖:这是一首秋游太湖,咏吟湖山风光的咏景词。太湖在今江苏无锡市旁,为著名风景名胜区。②四桥:指吴中的甘泉桥,因泉品居第四而得其名。③万笠:形容荷叶之多,如万顶绿笠。红衣:指荷花。④斜阳字:指斜阳

中飞行的大雁。⑤长干路：这里泛指吴中古道。⑥商歌：秋歌。⑦丹溪："丹"与翠岫的"翠"字对仗，指溪流。⑧婉冉：犹冉冉，婉曲轻柔飘动的样子。⑨长云：长空中的云彩。

[译文]

  西风吹拂着甘泉桥边的绿柳，受惊的老蝉将怨言诉说给浓秋。玉石般的湖面荷叶万张，簇拥着如云般的芙蓉，像千万红衣仙女袅袅起舞、畅舒歌喉。大雁展翅北去，渺渺湖岸芷草吐香在那水旁的沙洲，斜阳下飞鸿数只似用笔墨在碧空中点就。吴国古亭旁的老杨柳，如今又系着我的一叶扁舟，在渔乡的垂钓中，秋色消淡在路头。 吴中古道上野草漫漫轻烟遮掩着农户，秋天的歌声铺满在客人的旅途。一心观赏着清溪翠岭，已粘满了苔藓的鞋底如今又粘上了一层尘土。湖鸥且把双翅收住，只怕月光清冷，让我的思路柔柔漂浮陪伴着这江边的昏暮。明亮的灯火照着江边的暗路，更有短笛吹奏借风表述孤独。云彩在夜空中飞舞，大地、天边全是深秋的住处。

声声慢

问梅孤山①

  轻鞚②绣谷，柔屐烟堤，六年遗赏新续。小舫重来，唯有寒沙鸥熟。徘徊旧情易冷，但溶溶、翠波如縠③。愁望远，甚云销月老，暮山自绿。 颦笑人生悲乐，且听我尊前，渔歌樵曲。旧阁尘封，长得树阴如屋。凄凉五桥归路，载寒秀、一枝疏玉④。翠袖薄，晚无言、空倚修竹⑤。

[注释]

  ①问梅孤山：这首词写作者阔别六年后重至孤山访梅的心情与感触。孤

山在西湖旁,以山上多梅花而著称,为当时西湖著名景点之一。②轻鞯(jiān):指行马轻快迅捷。鞯,马鞍下的垫子,这里代马。③縠:绉纱,这里形容像纱一样皱的细小波纹。④五桥:西湖苏堤有"六桥烟柳"之景。宋词中游湖者已多称"六桥",李演此首与《祝英台近》一词中称其"五桥"不知何因,一说为韵,一说是误缺一桥。寒秀、疏玉:皆为梅花之品种。⑤"翠袖薄"句:化用杜甫《佳人》诗:"天寒翠袖薄,日暮倚修竹。"此处以梅花喻佳人。

[译文]

轻骑驰往锦绣般的谷地,轻柔的脚步又踏上处处烟柳的苏堤,六年前游赏的遗缺今日再续。小船又来此地,想来湖边的沙鸥应该熟悉。缠绵于旧情,游兴容易消极,好在眼前碧水溶溶,湖波柔柔浪纹细细,自然又激起我浓浓的兴趣。含愁远远地望去,说什么这里常是云消月残景象悲凄,眼前分明是暮云苍茫,青山依旧葱绿。

皱眉苦笑人生的悲乐,如想悟出真谛,请听我酒杯前这樵夫的曲子、渔夫的歌。尘土蒙盖着破旧的楼阁,树木高大,树荫如屋子一样宽绰。返途中从凄凉的五桥面前路过,折来的寒秀、疏玉等名梅都在马上载着。想着这梅如佳人空有俏丽的容颜,绿纱袖薄面对着无数的风寒,常在傍晚默默无言,倚着修竹苦苦地将人期盼。

醉桃源

题小扇①

双鸳②初放步云轻,香帘蒸未晴。杏熔③暗泪结红冰,留春蝴蝶情。　　寒薄薄,日阴阴,锦鸠花底鸣。春怀一似草无凭,东风吹又生④。

[注释]

①题小扇：如词题，这是一首题写在扇面上的小令。咏春景，抒春情。②双鸳：女子绣鞋。以鞋面绣鸳鸯而名之。③杏熔：杏花溢出泪。熔，熔化、流出。有本认为暗喻女子杏眼。④"春怀"二句：化用白居易《赋得古原草送别》："离离原上草，一岁一枯荣。野火烧不尽，春风吹又生。"

[译文]

移动着鸳鸯绣鞋脚步云般的柔轻，帘内香炉熏蒸，帘外细雨不停。看杏花暗流血泪，凝结成红冰。只因留恋蝴蝶依偎，萌发出万般春情。　　寒意轻轻，天阴日不明，花下锦鸠声声啼鸣。怀春的心就像无根的草，春风一吹又滋生。

南乡子

夜宴燕子楼①

芳水戏桃英，小滴燕支浸绿云②。待觅琼觚藏彩信，流春，不似题红易得沉③。　　天上许飞琼，吹下蓉笙染玉尘④。可惜素鸾留不得，更深，误剪灯花断了心⑤！

[注释]

①夜宴燕子楼：此词写情事。燕子楼在徐州，据说为唐代张建封镇守徐州时为爱妾盼盼所建。苏轼在《永遇乐》词中咏及此楼。②桃英：即桃花。燕支：即胭脂。③琼觚（gū）：酒器，玉制的酒杯。题红：题诗的红叶。化用"红叶题诗"的故事。④许飞琼：传说中西王母的侍女。蓉笙：仙乐。坐在莲花上吹奏笙竹。⑤素鸾：明月。暗指美人。心：灯芯。以谐音喻爱慕之心。

[译文]

水中戏看容颜，面美如桃花，一点胭脂浸染上了满头浓密的秀发。欲寻来玉酒壶暗藏书信，表白春心，应不像题诗的红叶容易下沉,非常妥稳。　许飞琼本是天上的女仙,却吹着笙竹下凡间。可惜明月留住太难,更已深,夜已晚,我误剪灯花却将此心剪断!

八六子

次箦房韵①

乍鸥边、一番腴绿②,流红又怨蘋花。看晚吹、约晴归路,夕阳分落渔家。轻云半遮。　萦情芳草无涯。还报舞香一曲,玉瓢③几许春华。正细柳青烟,旧时芳陌,小桃朱户,去年人面,谁知此日重来系马,东风淡墨攲鸦④。黯窗纱,人归绿阴自斜。

[注释]

①次箦(yún)房韵:这是一首写晚春西湖景色的词。次箦房韵即步李彭老词的韵。次,跟着,步。箦房,李彭老,号箦房。②腴绿:浓绿。腴,丰满、肥美。③玉瓢:指西湖。④去年人面:化用崔护诗《题都城南庄》:"去年今日此门中,人面桃花相映红。人面不知何处去,桃花依旧笑春风。"攲(qī)鸦:斜飞的乌鸦。攲,倾斜。

[译文]

惊飞的沙鸥旁边一派浓绿的景观,落花入水又把湖中的蘋草抱怨。看傍晚风吹处,归去的道路在暗明的天色中隐约可见。夕阳的余晖洒照着几户渔家,浮云轻轻时时将暮日半露半掩。　情系芳草无际无边。香风歌舞绵绵不断,西湖的春色还能展露几天。正是柳细烟青的好时间,过去芳草中的小路边,桃树立在朱门前,有我去年看到的艳如桃花的容颜,让人心中常留恋。谁知今日重来把马拴,却只见如淡墨点画的乌鸦在东风中斜着飞穿。光线即将在窗纱上消散，人快快不乐踏上归途，大树的阴影在渐坠西山的暮日斜照下，自动地变换。

祝英台近

次箧房韵①

采芳蘋，萦去橹，归步翠微②雨。柳色如波，萦恨满烟浦。东君③若是多情，未应花老，心已在、绿成阴处。　困无语，柔被搴损梨云，闲修牡丹谱④。妒粉争香，双燕为谁舞。年年红紫如尘，五桥流水，知送了，几番愁去⑤。

[注释]

①次箧房韵：这是一首伤春词。仍为步李彭老原韵。②翠微：山色葱郁。③东君：传说中的司春之神。④搴（qiān）：揭起，撩起。梨云：指梦。⑤五桥：西湖苏堤上有"六桥烟柳"，李演词中常称五桥。这里泛指，非实数。

[译文]

去时摇橹舟采芳蘋，归时细雨中步行，雨雾蒙蒙远山一片绿葱葱。柳色一片在风中如波浪般翻动，满怀怨恨满布在水边的云烟中。司春之神若是多情，不应让春花过早地衰残寿终，只怕他的心只喜爱那春过绿荫浓重。　困倦无力默默不愿出声，轻柔的被衾掀动打破了我的春梦，起身生闲情，便将牡丹花谱摆弄。妒忌粉蝶寻花逐香，质疑燕子双双为谁飞舞穿行。年年春花如尘土般微轻，谁知道五桥下无情的流水，载走了我几番忧愁，漂失了多少红花的性命。

莫崙

莫崙,字子山,号两山,江都(今江苏扬州)人。咸淳四年(1268)进士。周密词友。存词五首。

水龙吟①

镜寒香歇②江城路,今度见春全懒。断云③过雨,花前歌扇,梅边酒盏。离思相欺,万丝萦绕,一襟销黯④。但年光暗换,人生易感,西归水⑤,南飞雁。　　也拟与愁⑥排遣,奈江山、遮拦不断。娇讹梦语,湿荧啼袖,迷心醉眼⑦。绣毂华茵,锦屏罗荐,何时拘管⑧?但良宵空有,亭亭⑨霜月,作相思伴。

[注释]

①水龙吟:这是一首伤春怀人之词。词中人为旧情所困,终日苦思惆怅。春来不以春为喜,反因春而伤。进而由怀人为有限的年华及以后的岁月感叹悲忧。②镜寒香歇:湖面冷,春意消停。③断云:云断,云消。④销黯:暗愁。黯,阴暗。⑤西归水:水倒流。这里喻时光不能倒流。⑥与愁:将愁。⑦娇讹梦语:错以梦中情人的娇语为真。湿荧:泪眼。⑧绣毂:女子所乘钿车。罗荐:丝织垫席。⑨亭亭:高高的样子。

[译文]

去年,我们分别在湖寒香消的江城路边,今年此时又见春天,心灰意懒所有的兴致全部消散。阴云已散雨过迎来晴天,有多少人在花前歌舞、摇动着团扇,更有人在梅边驻足赏观,频频端起酒盏。可我却被相思之苦压抑,千万思绪萦绕在心间,满怀忧愁心中笼罩着阴暗。但年华悄悄流逝,人生短暂,怎不让人伤感。要想找回昔日的欢乐,犹如河水向西流归,春天大雁迁移由北边飞向南边。　也曾筹划将心中忧愁排遣,可无奈江山万里,也难将我的思念阻拦。梦中听到你娇美的语言,竟误认为你就在我的身边。醒来泪眼哭湿了衣袖,心中痴迷混乱,醉眼蒙眬总见你的身影出现。名贵的马车蒙着华美的绒毯,锦绣的屏风、罗缎床单,可没有了你,谁会为我看管?空有良宵一刻,此时唯有孤独的霜月高悬,与我的相思做伴。

玉楼春[1]

绿杨芳径莺声小,帘幕烘香桃杏晓。余寒犹峭雨疏疏,好梦自惊人悄悄。　凭君莫问情多少,门外江流罗带绕[2]。直饶[3]明日便相逢,已是一春闲过了。

[注释]

[1]玉楼春:这是一首春情词。闺房的愁寂与闺中人的怀人情切上下映衬,一幅生动的春情神态图跃然纸上。[2]"凭君莫问情多少"两句:化用李煜《虞美人》"问君能有几多愁,恰似一江春水向东流"。凭,拜托。[3]直饶:就算,即使。

[译文]

绿杨迎风扮俏,芳草路上莺鸟轻轻啼叫,帘幕前香气萦绕,院中的桃杏最早见到拂晓。寒气犹存,细雨绵绵不消,人在好梦中惊醒,屋内静悄悄。　　请君莫问我心中愁情有多少,恰似门外江流不断,又如这罗带环环缠绕。就算明日我们便能相逢,已经把一春白白浪费掉。

生查子[①]

三两信[②]凉风,七八分圆月。愁绪到今年,又与前年别。衾单容易寒,烛暗相将[③]灭。欲识此时情,听取鸣蛩[④]说。

[注释]

①生查子:这是一首描写秋夜感怀的词。词虽短但言语非常明快、通畅,前两句以数字对仗尤显得风趣。整首词读之有五言诗的轻快感。②三两信:三两阵。③相将:行将,就要。④蛩(qióng):蟋蟀。

[译文]

凉风吹了三两阵,月圆刚有七八分。愁绪积压到今年,又与前年有区分。　　衾被单薄难挡寒,蜡烛将灭火焰暗。欲知我此时的心情,细听那蟋蟀哀鸣。

卜算子[①]

红底过丝明,绿外飞绵[②]小。不道东风上海棠,白地春归了[③]。　　月笛曲栏留,露舃[④]芳池绕。争得闲情似旧时,遍索檐花笑[⑤]。

[注释]

①卜算子:这是一首闺情词。②飞绵:飞絮。③不道:不知不觉。白地:

白白地。④舄（xì）：鞋。⑤争得：怎得，怎能够。遍索檐花笑：化用杜甫《舍弟观赴兰田取妻子到江陵喜寄》："巡檐索近梅花笑，冷蕊疏枝半不禁。"

[译文]

游丝在花下缠绕，飞絮在绿柳边乱飘。不知不觉东风吹红了海棠，春天就这样悄悄地来到。　　月下笛声穿过曲折的栏杆在空中萦绕，沾着露水的绣鞋围着碧池展俏。怎得闲情逸致像过去一样高，我将要赏遍屋檐下的梅花开怀大笑。

丁宥

丁宥，字基仲，号宏庵，钱塘（今杭州）人。吴文英词友。

水龙吟[1]

雁风[2]吹裂云痕，小楼一线斜阳影。残蝉抱柳，寒蛩[3]入户，凄音忍听。愁不禁秋，梦还惊客，青灯孤枕。未更深，早是梧桐泫露[4]，那更度、兰宵永。　　空叹银屏金井[5]，醉乡醒、温柔乡冷。征尘倦扑，闲花漫舞，何心管领[6]。葱指冰弦，蕙怀[7]春锦，楚梅风韵。怅芙蓉城杳，蓝云依黯，锁巫峰暝[8]。

[注释]

①水龙吟：这是一首吊亡伤逝之作。丁宥曾娶过一位小妾周氏，号得趣居士。她色艺双全，不仅长得美貌，并且能歌善舞，琴棋书画、填词作赋无所不能，丁宥对她特别爱重。后不幸早逝。此词即为伤悼周氏而作。对于周氏，吴文英在《高山流水》序中曾有描述："丁基仲侧室善丝桐赋咏，晓达音律，备歌舞之妙。"可见周氏在当时应为许多词人熟悉和佩服，其亡后，丁宥心情可想而知。②雁风：秋风。③寒蛩：蟋蟀。④泫（xuàn）露：滴露。兰宵永：

即夜长。⑤金井：设有雕花栏杆围护的井。这里指庭院。⑥管领：管理，打理收拾。⑦蕙怀：满腹才情。⑧蓝云：蓝桥仙云。用典裴航蓝桥遇仙女云英的故事。巫峰：用典楚王梦巫山神女的故事。

[译文]

秋风将天下的云彩吹断，小楼披着一缕夕阳的光线。衰老的秋蝉紧紧地抱着栖身的杨柳，蟋蟀躲进庭户人家的床下避寒，它们凄凉的哀鸣让人不忍心听见。忧愁蔓延滋生在秋天，梦中也让人心酸，惊醒后的我面对青灯孤枕落泪潸然。夜尚未深晚，正是梧桐滴挂露水的时间，她在时，这时候我们正在期盼，美好的长夜永远不要过完。　　对着屏风、庭院长叹，我从酒醉之乡中醒来，可温柔之乡却从此冷寒。当仕途劳累神情疲倦、花絮漫舞人闲景灿时，你不在，这些事有谁能操心打点。你的形象时时出现在我的眼前。你那玉葱样的手指拨动着琴上的银弦；你满腹的才华辞赋妙如锦缎；你南国娇梅般貌美，风韵非凡。惆怅芙蓉国杳然不见，蓝桥仙云依然黯淡，我与你的巫山情结将被牢牢地闭锁在这深深的夜晚。

储 泳

储泳,字文卿,号华谷,云间(今上海松江)人。著有《诗家鼎脔》、《华谷祛疑说》。

齐天乐[①]

东风一夜吹寒食,红片枝头[②]犹恋。宿酒[③]初醒,新吟未稳,凭久栏干留暖。将春买断。恨苔径榆阶,翠钱[④]难贯。陌上秋千,相逢难认旧时伴。　　轻衫粉痕褪了,丝缘余梦在,良宵偏短。柳线穿烟,莺梭织雾,一片旧愁新怨。慵拈象管[⑤]。待寄与深情,怎凭双燕。不似杨花,解[⑥]随人去远。

[注释]

①齐天乐:这是一首写寒食节怀旧心情的词。词以春愁、春怨为主线,通篇景色点缀似为愁怨作铺垫,像一首怨曲愁歌。因对象虚无,词意稍显空泛,然想象生动新奇,故情致不减。②红片枝头:有本作"枝头片红"。③宿酒:昨夜所饮之酒。④翠钱:榆荚,榆钱。⑤象管:毛笔。⑥解:懂得,知道。

[译文]

寒食节东风吹了一夜,红花不忍落下,犹恋枝头绿叶。昨晚醉洒今才醒,新词尚未想妥帖。久久地倚着栏杆,迎着阳光取暖。想将这春天整个买断,只遗憾,榆荚洒满台阶,小径上长满苔藓,满眼的绿钱却无法用线贯穿。路上有人荡着秋千,久不走动,相遇也难认出旧时的伙伴。　　她的粉痕已在我的春衫上消退不见,但丝丝情缘还在我梦中纠缠,只恨良宵太少、太短。柳丝拂弄着青烟,黄莺来回穿梭似要把薄雾织成锦缎,睹景生情,招惹出我一片旧愁新怨。懒懒地掂着笔管,本想把心中的深情写成书信一篇,但投寄给她怎能依靠眼前飞舞的双燕。哀叹自己不如这随风舞动的杨花,懂得跟着人飘浮飞远。

赵汝迕

赵汝迕（wǔ），字叔午，号寒泉，乐清（今属浙江）人。宋宗室后裔，宋宁宗嘉定七年（1214）进士。金判雷州，谪官而卒。

清平乐①

初莺细雨，杨柳低愁缕。烟浦花桥如梦里，犹记倚楼别语。小屏依旧围香，恨抛薄醉残妆。判却②寸心双泪，为他花月凄凉。

[注释]

①清平乐：这是一首闺怨词。虽是小令但用语情深，非常感人。②判却：拼将，豁出去的意思。

[译文]

雏莺躲避着绵绵细雨，杨柳低低地舞弄着枝条，仿佛要摆脱缕缕的愁绪。烟云的江岸、春花丛生的桥边，都恍如梦中的昨天，我还清楚地记得我们靠着小楼的栏杆，你对我说的那些缠绵的分别语言。　屏风依旧围着香炉中袅袅的香烟，微醉中我怨恨地竟将妆容画残。我拼将这寸心插满霜箭、双眼泪流不断，也甘愿为他在花下月圆时独忍凄惨。

楼 扶

楼扶,字叔茂,号梅麓,鄞(今浙江宁波)人。端平、淳祐年间,曾任沿江制置司干官,知泰州军事。

水龙吟

次清真梨花韵①

素娥②洗尽繁妆,夜深步月秋千地。轻腮晕玉,柔肌笼粉,缁尘③敛避。霁雪留香,晓云同梦,昭阳宫④闭。怅仙园路杳,曲栏人寂,疏雨湿、盈盈泪。　　未放游蜂叶底,怕春归、不禁狂吹。象床困倚,冰魂微醒,莺声唤起⑤。愁对黄昏,恨催寒食,满襟离思。想千红过尽,一枝独冷,把梅花比。

[注释]

①次清真梨花韵:这是一首咏花词。清真,周邦彦,号清真居士。次,跟进之意,第二,不是首赋。意即按周邦彦先作的词韵填词。作者词中以拟人化的手法咏唱梨花,抒发词人惜花、颂花之意。②素娥:月中嫦娥,这里喻梨花。③缁(zī)尘:污垢,灰尘。④昭阳宫:汉代宫名。汉成帝时的昭仪赵合德居此宫。

⑤象床:象牙镶嵌的床。冰魂:亦指梨花。

[译文]

梨花像嫦娥洗掉了面容上的浓妆,夜深时在月宫散步、在秋千上轻荡。两腮像玉石般润洁,柔软的肌肤像用粉搽过一样。这样的冰洁丽姿,灰尘见到也会赶快避让。它似下过的点点雪花却散发着清香,它如梦中轻袅的晨云,让美貌的昭仪也害羞,紧闭着昭阳宫门不敢开放。它惆怅仙园之路渺渺茫茫,又嫌曲坊人稀缺少歌唱,甘愿让零乱的雨点打湿衣裳,洒出令人怜惜的清泪数行。　　游蜂紧盯在它的叶下徘徊不放,只怕春天离去梨花受不得东风的疯狂,落花遍地让游蜂失掉这温柔之乡。它的倩魂结束了梦中的欢畅,醒后困乏地倚着象牙之床,唤醒它的正是那只黄莺的几声啼唱。它忧愁黄昏过去黑夜临降,它因催促寒食节匆匆到来而怨恨无情的时光,满腹都是离愁别伤。想想不多时日,百花仍然在眼前开放,而它将一枝独冷孤独凄凉,与那已落尽的梅花相比,怕是命运一个模样。

菩萨蛮^①

<u>丝丝</u>杨柳莺声近,晚风吹过秋千影。寒色一帘轻,灯残梦不成。　　耳边消息在,笑指花梢待^②。又是不归来,满庭花自开。

[注释]

①菩萨蛮:这是一首闺情词。语句明快疏朗,其风格与唐五代词相近。除上片前两句外,余皆似五言诗。②待:等待。

[译文]

杨柳丝丝莺声亮,晚风吹过秋千旁。轻轻寒意扑满帘,灯火暗淡梦不畅。　　花开返归消息在,笑指着花梢急等待。结果至今不归来,满院春花早绽开。

史介翁

史介翁,字吉父,号梅屋。存词一首。

菩萨蛮①

柳丝轻飐黄金缕,织成一片纱窗雨。斗合做春愁,困慵熏玉篝②。　　暮寒罗袖薄,社雨③催花落。先自为诗忙,蔷薇一阵香。

[注释]

①菩萨蛮:这是一首春情词。全词借咏春景表达作者伤春惜春之情。词意较为含蓄。②斗合:搅和。玉篝:熏笼。用于衣、被的熏香和烘暖。③社雨:春雨。因春社时间下的雨,故称之。

[译文]

杨柳轻轻地将金黄色的枝条摇曳,像在编织着纱窗外的毛毛细雨。窗外的天气搅和出一片春愁,让人慵懒,无心燃香熏衣。黄昏轻寒罗袖单薄,春雨阵阵催促花落。排遣闲愁作诗忙,传来一阵蔷薇香。心头一阵惆怅,又去了几分春光。

周端臣

周端臣，字彦良，号葵窗，建业（今江苏南京）人。曾入临安为御前应制。存词九首。

木兰花慢

送人之官九华①

霭芳阴未解，乍天气、过元宵②。讶客袖犹寒，吟窗易晓，春色无聊。梅梢，尚留顾藉③，滞东风、未肯雪轻飘。知道诗翁欲去，递香要送兰桡④。　　清标，会上丛霄⑤。千里阻、九华遥。料今朝别后，他时有梦，应梦今朝。河桥⑥，柳愁未醒，赠行人、又恐越魂销。留取归来系马，翠长千缕柔条。

[注释]

①送人之官九华：这是一首饯别相赠之词。之，在这里做介词，"到"的意思。九华，九华山，在今安徽省青阳县西南。题意为，送人到九华做官。②霭：阴沉的样子。乍天气：乍暖还寒的天气。③顾藉：顾记，留恋。④递香：传送香气。兰桡：船桨，这里代指船。⑤清标，会上丛霄：清标，清楚地

标明。会上，能够上。丛霄，高耸入云。全句为祝颂语，意思是：清楚地证明，你一定能登上高耸入云的九华山。暗喻官职高升。⑥河桥：送别之地。

[译文]

　　天空阴沉沉的，晴意未露，乍暖还寒的天气中将元宵节送走。惊讶客人衣袖犹带着寒冷，窗下吟诗填词常易由夜至明，初春天气时阴时晴，还要以身体为重。梅花即将凋残，仍对枝头非常留恋，滞留在东风中，不肯让花瓣像雪片一样飘散。知道诗翁你要走，专将它的香气传向你乘的船。　　这就是一个清晰的预兆，你定会达到九天云霄。千里阻碍重重，九华山路途遥遥。料想今日一别后，他日会腾达应预兆，应验的开始就在今朝。河上桥，桥旁杨柳愁绪未了，欲折一枝赠与行路人，又怕你思恋更重魂魄消。留着它归来时拴系马匹，想那时它已翠绿高大、柔枝万条。

玉楼春①

　　华堂帘幕飘香雾，一搦楚腰轻束素②。翩跹舞态燕还惊，绰约③妆容花尽妒。　　樽前漫咏高唐赋④，巫峡云深留不住。重来花畔倚栏杆，愁满栏杆无倚处。

[注释]

　　①玉楼春：这是一首表达恋情的词。细观词意，词中人也是情深意真，但不过是一见钟情、单相思而已。②一搦（nuò）：一把，一捏。楚腰：美人的细腰。《韩非子·二柄》："楚灵王好细腰，而国中多饿人。"③绰约：婉约美好的样子。④高唐赋：宋玉所作的一篇赋文，写楚王游高唐，梦与巫山神女相欢。

[译文]

　　华美的屋子帘幕前飘着香雾，美女的细腰像用素绢裹束仅有一把粗。她翩翩起舞体态轻盈让燕子自愧不如，婉约的气质俏丽的容貌令百花深感嫉妒。　　酒杯前慢慢地吟咏着《高唐赋》，想这么漂亮的美女怕云深的巫峡仙境也留她不住。又重到花旁停住脚步，倚着栏杆神情恍惚，爱她爱得愁满栏杆，让人想倚都没个倚处。

杨子咸

杨子咸,号学舟。宋末词人,存词一首。

木兰花慢

雨中荼蘼①

紫凋红落后,忽十丈,玉虬②横。望众绿帏中,蓝田璞碎,鲛室珠倾③。柔条系风无力,更不禁、连日峭寒清。空与蝶圆香梦,枉教莺诉春情。　　深深,苔径悄无人。栏槛湿香尘。叹宝髻蓬松,粉铅④狼藉,谁管飘零。不愁素云易散,恨此花、开后更无春。安得胡床月夜,玉醅满蘸瑶英。

[注释]

①雨中荼蘼:这是一首咏花词。如题所示,所咏之花是荼蘼花,且为雨中所赏。词句风致骚雅,情韵十足。然词意象大多与周密所编选的咏花词一样,主题难以升华,无非是伤春、惜春、感叹年华易逝之意。荼蘼,蔷薇科落叶灌木,春末夏初开花,花小、白色。②玉虬:玉龙,这里喻荼蘼。③蓝田璞碎:蓝田碎玉。蓝田,在陕西蓝田县,以产玉闻名。鲛室珠:南海鲛人所居之

处谓鲛室。《述异记》载:"南海中有鲛人室,水居如鱼,不废机织。其眼能泣,泣则出珠。"其实即今之采珠者而已。④粉铅:化妆品,古描眉用铅。

[译文]

等到紫花凋零红花坠落后,荼蘼花就像十丈长的玉龙横空昂首。望着广阔的绿野里,呈现出一片蓝田的碎玉,又像海中采珠人将万粒珍珠扬起。它的枝条被风拴系,摇摆无力,更受不住连日的料峭寒意。它空与彩蝶圆着美梦,枉和黄莺倾诉春情,眼下别于春花枝头繁茂,到头来都是一场虚空。　　苑林深深,长满苔藓的小路上寂静无人,栏杆潮湿沾着落花与灰尘。哀叹荼蘼如美女沉沦,发髻散乱,脸上眉铅脂粉、狼藉杂陈,谁会在意它何时落花纷纷。不怕它素云般的花朵凋零,只恨它开花以后已无芳春。如能胡床月下等夜深,定将美酒洒那荼蘼一身。

杨恢

杨恢，字充之，号西村，眉山（今属四川）人。宋理宗宝祐年间在世。

二郎神

用徐干臣韵①

琐窗睡起，闲伫立、海棠花影。记翠楫银塘，红牙金缕，杯泛梨花冷②。燕子衔来相思字，道玉瘦③、不禁春病。应蝶粉半销，鸦云④斜坠，暗尘侵镜。　　还省，香痕碧唾⑤，春衫都凝。悄一似荼䕷，玉肌翠皱⑥，消得东风唤醒。青杏单衣，杨花小扇，闲却晚春风景。最苦是、蝴蝶盈盈弄晚，一帘风静。

[注释]

①用徐干臣韵：这是一首情思词。词中抒发对旧时情人的怀念。徐干臣，北宋词人徐伸，字干臣，政和初为太常典乐，后出知常州。其有名作《转调二郎神》。据王明清《挥尘余话》说，系为亡室在世时不容而逐去的侍妾而作。杨恢此首步徐伸《转调二郎神》原韵。②红牙：拍板。金缕：《金缕曲》，

为旧时名曲，此处泛指歌曲。③玉瘦：玉人消瘦。④鸦云：女子的乌发。⑤碧唾：指缝制衣裳时穿针引线咬下线头苴端唾出的痕迹。有说旧时有女人嚼烂线苴互唾为戏的习俗。⑥玉肌翠帔：荼蘼的花和叶，这里喻女子的肌肤和披肩。

[译文]

在花窗下睡起，无事在海棠花影中伫立。忆当年我们在碧水中荡着绿色的桨楫，打着拍板唱着《金缕曲》，杯中印有岸边梨花的影子微微透着凉意。燕子飞来又让我心中的相思升起，耐不住这相思病的折磨，我已消瘦了多少玉肌。脸上如残蝶粉退，头上乌发歪斜不齐，懒对镜梳妆，灰尘已把镜面遮闭。 眼前的许多东西让我睹物生情，屋内处处留有你的印痕，春衫上还凝粘着唾出的碧苴。暗似这暮春的荼蘼，洁白的肌肤罩着绿色的肩帔，等着东风将你从梦中唤起。你穿着杏青色的单衣，手摇动着团扇挥弄眼前的飞絮，在晚春的风景中闲抒情趣。最苦的是，蝴蝶翩翩飞舞中夜色笼罩大地，我的住室却是风静声息，人伴着一片孤寂。

倦寻芳①

饧箫吹暖，蜡烛分烟，春思无限②。风到楝花，二十四番吹遍③。烟湿浓堆杨柳色，昼长闲坠梨花片。悄帘栊，听幽禽对语，分明如剪。 记旧日、西湖行乐，载酒寻春，十里尘软。背后腰肢，仿佛画图曾见。宿粉残香随梦冷，落花流水和天远。但如今，病厌厌、海棠池馆。

[注释]

①倦寻芳：这是一首暮春感怀词。②饧（táng）箫：卖糖人所吹的箫。饧，饴糖，软糖。此句化用宋祁《寒食》诗："箫声吹暖卖饧天。"蜡烛分烟：寒食节禁火，节日夜子时取烛燃新火。③二十四番吹遍：古人将春天前后八个

节气分属二十四种花,称"二十四番花信风"。它们是:小寒梅花、山茶、水仙、大寒瑞香、兰花、山矾,立春迎春、樱桃、望春,雨水菜花、杏花、李花,惊蛰桃花、棣棠、蔷薇,春分海棠、梨花、木兰,清明桐花、麦花、柳花,谷雨牡丹、荼蘼、楝花。

[译文]

卖糖人的箫声将天气吹暖,寒食过后家家户户新火点燃,有情的人们春思无限。信风吹到楝花前,二十四番已吹完。浓郁的湿雾将杨柳的绿色遮掩,长长的白昼坠落梨花片片。悄悄地开窗卷帘,听那绿荫深处的燕子互吐情言,兴奋地张开羽尾,形状如同刀剪。

昔日的情景在脑海中浮现:我们在西湖尽情行欢,载着美酒寻觅春色的娇艳,十里路上花红鸟语绵软。初遇时从背后看她腰肢细纤,那美妙的身姿,仿佛曾在图画中看见。艳遇的欢乐随着梦去渐渐冷淡,落花随着流水漂逝在远远的天边。但看看我的今天,相思成病,整日神情怠倦,孤独时住在这开满海棠花的水边驿馆。

满江红[①]

小院无人,正梅粉、一阶狼藉。疏雨过,溶溶天气,早如寒食。啼鸟惊回芳草梦,峭风吹浅桃花色。漫玉炉、沉水熨春衫,花痕碧[②]。　　绿縠水[③],红香陌。紫桂棹,黄金勒[④]。怅前欢如梦,后游何日?酒醒香消人自瘦,天空海阔春无极。又一林、新月照黄昏,梨花白。

[注释]

①满江红:这是一首春情词。文笔流畅,词意简明,然意蕴稍浅。②漫:不经心,随便。沉水:沉香。③绿縠水:春水。水面上泛起绿色的细浪纹。④棹:划。这里指船。黄金勒:马具,这里代马。

[译文]

　　无人的小院，正值梅花凋残，满阶落花狼藉一片。稀疏的春雨刚刚下完，迎来了和风轻暖的晴天，仿佛寒食节的到来突然提前。鸟儿的啼鸣将芳草的春梦打断，凉凉的风儿将桃花的粉色吹淡。随意地拨弄着玉熏炉将沉香点燃，把我春衫烘干熨展，那花红草碧的痕迹还染在上面。　　池塘里绿水细波涟涟，小路上红花一片香艳。湖中紫桂木的船，岸边骏马备着黄金鞍。惆怅过去的欢畅如梦一般，以后的乐游又会在哪天？酒醒了，香已燃残，纵情的游乐竟让人瘦了一圈，真是天高海阔春色无边沿。又一片秀林呈现在眼前，新月一轮正与黄昏相伴，雪花般的梨花开得一片璀璨。

祝英台近[①]

　　宿醒苏，春梦醒，沉水冷金鸭[②]。落尽桃花，无人扫红雪。渐催煮酒园林，单衣庭院，春又到、断肠时节。　　恨离别。长忆人立荼蘼，珠帘卷香月。几度黄昏，琼枝[③]为谁折？都将千里芳心，十年幽梦，分付与，一声啼鴂[④]。

[注释]

　　①祝英台近：这是一首诉说离别之情的词。有赏析本认为是"檀板歌喉的应景之作"。然全词朗朗上口，言简意赅，虽应景也不失咏唱之雅骚。②宿醒苏：从隔夜的醉酒中苏醒。沉水：沉香。金鸭：鸭形香炉。③琼枝：花枝。④鴂（jué）：鹈鴂，即杜鹃。杜鹃啼鸣春将尽，词中离人应是相别于春尽时。

[译文]

　　从隔夜的酒醉中清醒，春梦也消失得无踪影。沉香已燃尽金鸭香炉早变冷。桃花落尽铺地一层红，无人将这红雪扫清。一次次地催促在园林中煮酒，已是穿单衣能到庭院的气候，春天又来临，这时节令人断肠多思愁。　　恨离别太久长。常回忆我们伫立荼蘼花旁,珠帘高卷欣赏那皎洁的月亮。有多少次暮色临降,你折取花枝为谁插戴上?我心中对你的爱有千里远长,我们十年如美梦般的交往,都让这杜鹃一声哀啼给埋葬。

祝英台近

中　秋①

月如冰,天似水,冷浸画栏湿。桂树风前,酝香②半狼藉。此翁③对此良宵,别无可恨,恨只恨、古人头白③。　　洞庭窄。谁道临水楼台,清光最先得④?万里乾坤,原无片云隔。不妨彩笔云笺,翠尊冰酝,自管领、一庭秋色⑤。

[注释]

①中秋:这是一首中秋之夜赏月抒发情怀的词。有本此题为"仲秋"。②酝香:指桂花。③此翁:作者自指。古人头白:古人因悲秋而头白。化用潘岳《秋兴赋》:"斑鬓彭以承弁兮,素发飒以垂领。"④清光:月光。先得:指前之临水楼台先得月之意。⑤冰酝:指美酒。管领:掌管、拥有、占有。

[译文]

月如冰雕成,天似水般清,这冰这水将楼台栏杆浸泡得湿冷。风在桂树面前吹送,桂花半数凋零。老翁我面对此良宵美景,别无恨生,恨只恨古人悲秋而头白,时光太无情。　　朗朗天宇,洞庭显得狭窄。谁说临水楼台先得月?万里乾坤原无片云阻隔,湖水更先将月得。不妨舞动彩笔铺着纸笺,摆上翠玉杯倒上美酒,独自占有这满庭的秋色清艳。

八声甘州[①]

摘青梅荐酒,甚残寒、犹怯苎萝衣[②]。正柳腴花瘦,绿云冉冉,红雪[③]霏霏。隔屋秦筝依约,谁品春词[④]?回首繁华梦,流水斜晖。　　寄隐孤山山下,但一瓢饮水[⑤],深掩苔扉。羡青山有思,白鹤忘机[⑥]。怅年华、不禁搔首,又天涯、弹泪送春归。销魂远,千山啼鴂,十里荼蘼。

[注释]

①八声甘州:此词写寄隐孤山的隐逸情怀。词中虽有对山野隐居的美慕,仍不忘追忆繁华旧梦,品词、赏景,惆怅年华虚度。看来因仕途的险恶莫测而造成当时大多词人对野隐的推崇也多是一种虚伪的时尚。②荐酒:下酒,佐酒。苎萝衣:山野隐士所穿的粗布衣。③红雪:落花。④依约:隐约。品:品味、欣赏、评价。⑤一瓢饮水:喻俭朴的生活。用典《论语·雍也》:"子曰:贤哉回也!一箪食,一瓢饮,在陋巷,人不堪其忧,回也不改其乐。"⑥忘机:与世无争,无巧诈之心。

[译文]

采摘青梅下酒,不管它天气冷寒,侵袭我单薄的粗布衣衫。正是柳肥花瘦的时间,绿叶如云簇拥,落花却纷纷不断。邻屋秦筝之声隐隐约约传到耳边,是谁在欣赏曲调又将新词评判?回顾昔日的繁华旧梦,都在这流水夕阳间消淡。　　寄隐在这孤山的下边,生活清苦俭朴,长满苔藓的柴门常常紧关。羡慕青山的博大广宽,喜爱白鹤无巧诈之心的诚坦。惆怅年华飞逝渐渐,不禁搔弄白发伤感,又在这山林天涯边,挥泪送春归返。神伤魂销得太重、太远,此刻,千山都是啼鸣的杜鹃,无数忧怨都隐藏在这十里荼蘼花间。

何光大

何光大,字谦履,号半湖。事迹不详。

谒金门[1]

天似水,池上藕花风起。隔岸垂杨青到地,乱萤飞又止。
露湿玉栏闲倚,人静自生凉意。泛碧沉朱[2]供晚醉,月斜才去睡。

[注释]

[1]谒金门:这是一首描写夏日夜景的词。词句非常简洁,无着意抒情,用意无常见的夸张,也无引典和化用,仿佛是一幅素描的画作。[2]泛碧沉朱:流水与落花。

[译文]

傍晚天色似水清,池上藕花随风动。隔岸垂杨一身青,时飞时停点点闪亮的是流萤。 悠闲地倚着夜露沾湿的栏杆,人心静自然凉意出现。流水落花供我晚间饮酒赏观,月亮斜坠才去睡眠。

赵 㳿

赵㳿,字元晋,号冰壶,潭州(今湖南长沙)人。咸淳中任沿江制置使、知建康府。宋亡后弃家隐遁。

临江仙

西湖春泛①

堤曲朱墙近远,山明碧瓦高低。好风二十四花期②,骄骢穿柳去,文舣挟春飞③。　　箫鼓晴雷殷殷④,笑歌香雾霏霏。闲情不受酒禁持⑤。断肠无立处,斜日欲归时。

[注释]

①西湖春泛:这首词写春游西湖。上片以描景为主,下片以抒情为重。这本是咏景词的一般作法。但本词下片以对比技巧烘托心境的写法非常成功。②二十四花期:即二十四番花信风。③骄骢:骏马。文舣:画船。装饰华丽的游船。④殷殷:象声词,声音震响的样子。⑤禁持:约束,控制。

[译文]

水中行船,堤岸曲折岸上红墙时近时远,远山明丽,近楼碧瓦高低相间。春风吹到二十四番,骏马在绿柳间驰穿,画船追着春色浏览。　　箫鼓声声震天犹如晴天响雷一般,香雾在湖面弥漫,笑声歌声不断。情趣涌现,哪里还受酒的束管?面前美景欢乐一片,我却冷眼旁观,忧愁令肠断此处无我立脚之点。已经日落要归返,我却仍与伤感凄凉相伴。

吴山青

水　仙①

金璞明,玉璞明,小小杯柈翠袖擎②。满将春色盛。　　仙佩鸣,玉佩鸣,雪月花中过洞庭。此时人独清。

[注释]

①水仙:这是一首咏唱水仙花的词。笔墨简练,词境优美。②金璞:黄色的花。玉璞:白的花。杯柈(pán):即杯盘。这里指水仙花茎上的花朵。翠袖:绿叶。

[译文]

黄色的水仙鲜艳,白色的水仙好看,青翠的叶子托着的花朵仿佛托着杯盘,将满天的春色都盛在里面。　　像仙女的佩环在响,像美玉的佩环在响,如雪花似月亮飘悬在洞庭湖上。此时观花的人也会感到清爽。

赵 淇

赵淇,字元建,号平远,又号太初道人、静华翁,潭州(今湖南长沙)人。赵㵮之弟。宋末直龙图阁,任广南东路发运使。入元署广东宣抚使、湖南道宣慰使。存词一首。

谒金门[①]

吟望直,春在栏杆咫尺。山插玉壶[②]花倒立,雪明天混碧。晓露丝丝琼滴[③],虚揭一帘云湿。犹有残梅黄半壁[④],香随流水急。

[注释]

①谒金门:这是一首描写春景的词。词句对景物的刻画比较生动独特,令人有一种新异的感觉。②山插玉壶:山影投入水中。③琼滴:露水。④黄半壁:枯黄半墙。指靠近墙壁生长着的残梅。

[译文]

边吟咏边望着前边,春色仅距栏杆咫尺之远。山影投入湖面,花枝在水中倒立着茎秆,白雪漫漫与碧空混成一片。 晨露像玉液丝丝滴悬,轻将门帘揭卷,湿雾沾了一帘。犹有残梅几株靠着墙壁残喘,落花随水流去,转眼消逝不见。

毛 珝

毛珝,字元白,号吾竹,柯山人。有《吾竹小稿》,存词二首。

浣溪沙

桂①

绿玉枝头一粟黄,碧纱帐里梦魂香,晓风和月步新凉。吟倚画栏怀李贺,笑持玉斧恨吴刚②。素娥③不嫁为谁妆?

[注释]

①桂:这是一首咏桂花词。②李贺:唐代诗人,其诗多咏桂花。吴刚:传说中的月中伐桂人。《酉阳杂俎》载:吴刚学仙有过,被谪月中伐桂。桂高五百尺,斧痕随斫随合。③素娥:即嫦娥。

[译文]

绿叶簇拥的枝头开满粟粒般大小的黄花,如梦中芬芳的仙女宿居于青帐碧纱。享受着初秋的凉爽,陪伴着残月晨风和朝霞。倚着栏杆吟唱,怀念李贺常有佳诗咏桂花,恨那笑持玉斧的吴刚竟将桂树砍伐。嫦娥守着月中桂花不嫁,却日日细把妆化。

潘希白

潘希白,字怀古,号渔庄,永嘉(今浙江温州)人。宝祐元年(1253)进士。干办临安府节制司公事。德祐年间起为史馆检校,不赴。

大 有

九 日①

戏马台②前,采花篱下,问岁华,还是重九。恰归来、南山③翠色依旧。帘栊昨夜听风雨,都不似、登临时候。一片宋玉情怀,十分卫郎清瘦④。　　红萸⑤佩、空对酒。砧杵⑥动微寒,暗欺罗袖。秋已无多,早是败荷衰柳。强整帽檐欹⑦侧,曾经向、天涯搔首。几回忆、故国莼鲈⑧,霜前雁后。

[注释]

①九日:这是一首重阳感怀词。词中作者以宋玉、卫玠自比,写出自己悲秋的情怀和伤感。九日即农历九月初九,重阳节。②戏马台:在江苏铜山县南,也称项羽掠马台,晋义熙中刘裕曾大会宾僚赋诗于此。这里借指登高处。

③南山：用典陶渊明《饮酒》："采菊东篱下，悠然见南山。"④宋玉情怀：即悲秋情怀。宋玉名作《九辨》为著名的悲秋之作。卫郎：晋人卫玠。卫玠风姿秀异，有玉人之称。避乱移家建业，人闻其名，围观如堵。玠先有羸疾，体不堪劳，遂成病而死。时人称其是被人"看"死的，有"看杀卫玠"之说。见《世说新语·容止》。⑤红萸：茱萸，植物名，有浓烈香味。古代风俗，重阳节佩戴茱萸，以祛灾避邪。⑥砧杵（zhēn chǔ）：捣衣用具。砧是捣衣石，杵是棒槌。捣衣是旧时洗衣服的一种方法，通常寒衣较厚需捣，多在中秋以后。⑦攲（qī）：倾斜。⑧莼鲈（chún lú）：莼鲈鱼羹、脍鲈鱼。用典西晋张翰思乡的事情。代指怀乡思隐。

[译文]

戏马台前晋刘裕曾把诗宴摆下，东篱下陶渊明独自采摘菊花，试问都是什么时候，都在九月初九。恰好又逢重阳节，南山依旧绿油油。昨夜窗外风急雨骤，全不似适宜登高的兆头。此刻我心中如宋玉一样悲秋，我的形体像卫玠一样清瘦。　我将红色茱萸佩戴在胸口，面对着酒壶却无心饮酒。砧杵的捣衣声将微寒的空气穿透，冷凉的风儿悄悄钻入人们的罗袖。秋日已剩不多，池中岸边早已见到败荷衰柳。勉强地把倾斜的帽子整好重新戴上头，因为遥望天边时发愁曾不断地挠头。多少次回忆我过去美好的时候，在霜降之前、雁归之后，家乡的脍鲈鱼是那么鲜香可口。

李 珏

李珏(1219~1307),字元晖,号鹤田,吉水(今属江西)人。曾任秘书省正字,干办御前翰林司,主管御览书籍。宋亡后隐居不出。存词二首。

击梧桐

别西湖社友①

枫叶浓于染,秋正老、江上征衫寒浅。又是秦鸿②过,霁烟外,写出离愁几点。年来岁去,朝生暮落,人似吴潮展转。怕听阳关曲③,奈短笛唤起,天涯情远。 双屐行春,扁舟啸晚,忆着鸥湖莺苑。鹤帐梅花屋,霜月后、记把山扉牢掩。惆怅明朝何处,故人相望,但碧云半敛④。定苏堤⑤、重来时候,芳草如剪。

[注释]

①别西湖社友:这是一首饯别词。为作者离开临安时与诗社社友告别时所赠之作。西湖社友,《都城纪胜》载:"文士有西湖诗社,非其他社集之比,

乃行都士夫及寓居诗人，旧多出名士。"②秦鸿：北方的大雁。③阳关曲：送别曲。王维《送元二使安西》："渭城朝雨浥轻尘，客舍青青柳色新。劝君更尽一杯酒，西出阳关无故人。"此诗又名《渭城曲》，后入乐府，谓之"阳关三叠"。④碧云半敛：有本作"碧山半敛"。碧山，意即眉山，借谓愁眉不展之意。⑤苏堤：苏轼官杭州时建于西湖，"苏堤春晓"为西湖十景之一。

[译文]

　　枫叶像被染上了一层浓红，秋天即将过去，临着江面，连衣服都沾着微寒。又见北雁南飞掠过长空，云烟外那大雁的点点身影像把离愁写在空中。年年岁岁，日落日升，人们似吴江的潮水时涨时退辗转不停。最怕听到《阳关曲》那离别的歌声，无奈短笛又将此曲吹出，唤起我虽天涯海边也难舍难断的一片深情。　　我们曾在春游时一起步行，也曾乘扁舟对着夜空高声歌咏，常记着那湖中的鸥鹭、苑林里的黄莺。忘不掉大家在梅花旁盖的小屋，在野鹤飞聚的山间搭的帐篷。无论霜露降还是月悬空，且莫忘记，要把山野庭院的柴门紧掩别留隙缝。惆怅明日我将在何处，思念故人朋友时，却只能让愁云紧锁着自己的眉峰。今天与大家约定，我来年重归时，仍在苏堤聚逢，再看那遍地芳草如茵，一片绿茸茸。

木兰花慢

寄豫章故人①

　　故人知健否？又过了、一番秋。记十载心期，苍苔茅屋，杜若芳洲②。天遥梦飞不到，但滔滔、岁月水东流。南浦春波旧别，西山暮雨新愁③。　　吴钩④，光透黑貂裘⑤。客思晚悠悠。更何处相逢，残更听雁，落日呼鸥。沧江⑥白云无数，约他年、携手上扁舟。鸦阵不知人意,黄昏飞向城头。

[注释]

①寄豫章故人:这是一首寄给友人的词。词叙久别之情,道心中之志,谈对尘世之忧。是一首近似书信式的词,为此语言很有别于他词的特点。"叙"多于"咏"。豫章,今江西南昌。②心期:内心的期望、期盼。杜若:水边的一种香草。③南浦春波:化用江淹《别赋》:"春草碧色,春水绿波。送君南浦,伤如之何。"西山暮雨:化用王勃《滕王阁序》:"画栋朝飞南浦云,珠帘暮卷西山雨。"④吴钩:吴地所产的弯形刀,以锋利著称。⑤光透黑貂裘:为宦游日久,貂裘磨透。黑貂裘,化用《战国策·赵策》:"李兑送苏秦明月之珠,和氏之璧,黑貂之裘,黄金百镒,苏秦得以为用,西入于秦。"⑥沧江:泛指江河。沧,浩大朦胧状。

[译文]

别来无恙吧,老朋友?自分手,至今又是一番秋。我们已期盼了十年之久,想隐居在那长满青苔的茅屋,立脚于那满是香草的水边洲头。无奈天远梦也飞不到呀,但岁月却如滔滔江水无情地向东奔流。春江南岸我们一别之后,西山黄昏阴雨不断,又为人增添了多少新愁。　　有志不能展,灯下看吴钩。整日在仕途上奔波黑貂裘都已磨透,思乡之切从晨至晚悠悠无尽头。不知何日能重逢聚首,唯有残夜之时听雁鸣,落日时分呼鹭鸥。常常面对江河上无数白云筹谋,他年能让我们的相约实现,与你携手共登扁舟泛游。群鸦怎知人的心意,黄昏时分飞上城头,凄凉的景象不吉利的兆头,让人又生几分担忧。

利　登

利登，字履道，号碧涧，金川（今属江西）人。淳祐元年（1241）进士。曾官宁都尉。宋亡后愁郁而终。

风入松①

断芜幽树际②烟平，山外更山青。天南海北知何极，年年是、匹马孤征。看尽好花结子，暗惊新笋成林。　　岁华情事苦相寻，弱雪③鬓毛侵。十千斗酒悠悠醉，斜河界、白月云心④。孤鹤尽边⑤天阔，清猿啼处山深。

[注释]

①风入松：这是一首抒怀词。作者将自己天涯漂泊、心事浩茫和诸多忧愁的感觉寄于词中，也隐露出了自己对山野林下闲淡生活的羡慕与追求。②际：接，连。③弱雪：形容稀疏的白发。④斜河：银河，天河。云心：云中间。⑤尽边：尽头处。

[译文]

原野尽头的树木和烟云齐平，山外有山山更青。天南海北不知何处是端顶，年年都是单枪匹马孤独踏征程。看遍了好花初绽到结子凋零，数寸新笋长成茂密竹林更让我暗暗吃惊。　年年都苦苦寻觅美好的事情，而今已白发稀疏却仍然一事无成。解忧无方唯有饮酒万杯悠悠醉，看那夜空，一轮明月悬挂在云彩正中。孤鹤哀鸣的尽头应该天地广阔呀，听那深山老林中不断传来的猿啼声。何日得归宿，能避尘世喧嚣、余生获清静。

曹邍

曹邍（yuán），字择可，号松山，早年寄迹江湖，后为贾似道门客，曾供奉内殿，官御前应制。

玲珑四犯

茶蘼应制①

一架幽芳，自过了梅花，犹占清绝。露叶檀心，香满万条晴雪。肌素静洗铅华，似弄玉、乍离瑶阙②。看翠虬、白凤飞舞，不管暮鸦啼鴂③。　　酒中风格天然别，记唐宫、赐樽芳冽④。玉蕤⑤唤得余春住，犹醉迷飞蝶。天气乍雨乍晴，长是伴、牡丹时节。夜散琼楼宴，金铺⑥深掩，一庭春月。

[注释]

①茶蘼应制：这是一首咏茶蘼花的词。作者曾供奉内殿，此词是应皇帝之命而作。词中对茶蘼的神态描绘得逼真细腻，文辞非常典雅、工整。况周颐在《历代词人考略》中称"其应制咏花诸作，亦工丽合体裁"。但应制之作非有感而赋，自然情愫难深，其意稍虚。应制，应皇帝之命而作。②弄玉：秦穆

公女,传说与萧史双双骑凤飞升成仙。瑶阙:仙宫。③虬:龙。啼鴂:也叫鹎鴂、鹈鴂,杜鹃的一种。④记唐宫、赐樽芳冽:唐代有春饮荼蘼酒的习俗。《辇下岁时记》载:"长安每岁清明,赐宰臣以下荼蘼酒,即重酿酒也。"⑤蕤(ruí):葳蕤,枝叶繁茂。这里代指荼蘼。⑥金铺:门上的铜制铺首,用以固定门环。这里借代指门。

[译文]

满花架都是荼蘼的幽幽芳香,自从梅花凋残后,它在清香的花类中称得上是绝唱。晨露般圆润的叶子,花蕊香似檀木一样,白花密缀万根枝条如裹着晴雪素妆。仿佛美女洁白的肌肤洗尽了脂粉,又像弄玉下凡离开天宫仙乡。看似一条绿龙腾跃,又如一只飞舞的白玉凤凰,不管春色将去暮鸦啼叫杜鹃哀唱。　荼蘼酒风格与他酒天然有别,记得唐宫中专用它赏赐大臣,那味道芳香清冽。它用繁茂的白花喊停了残春的脚步,还迷醉了千万只贪色的飞蝶。它任凭天气忽雨忽晴也不胆怯,长期陪伴在牡丹花盛开的时节。琼楼的欢宴散于深夜,大门紧闭与外界隔绝,此刻来欣赏这晚间的荼蘼,看!满庭院都是银色的春月。

刘 澜

刘澜（？～1276），字养源，号江村，天台（今属浙江）人。初为道士，后还俗。学唐诗有所悟，求官无成。存词四首。

庆宫春

重登蛾眉亭感旧①

春剪绿波，日明金渚②，镜光尽浸寒碧。喜溢双蛾③，迎风一笑，两情依旧脉脉。那时同醉，锦袍湿④、乌纱攲侧。英游何在，满目青山，飞下孤白⑤。　　片帆谁上天门，我亦明朝，是天门⑥客。平生高兴，青莲一叶，从此飘然八极⑦。矶头绿树，见白马、书生破乱⑧。百年前事，欲问东风，酒醒长笛。

[注释]

①重登蛾眉亭感旧：这是一首登高念古抒怀之词。蛾眉亭，在安徽当涂西北牛渚山下长江边的采石矶上。②金渚：统指牛渚山及江边沙渚。③双蛾：东西梁山夹江对峙，这里把二山比做美人的双眉。④那时同醉，锦袍湿：用典

《新唐书·李白传》:"白浮游四方,尝乘舟与崔宗之自采石至金陵,著宫锦袍,坐舟中,旁若无人。"⑤青山:在当涂县东南,李白墓在青山西北麓。孤白:明月。⑥天门:天门山,即夹江对峙的二梁山。李白《望天门山》:"天门中断楚江开,碧水东流至此回。两岸青山相对出,孤帆一片日边来。"⑦青莲一叶:李白号青莲居士。这里有模仿李白驾扁舟一叶泛江的意思。八极:八方边远之地。⑧白马、书生:书生指南宋初期的虞允文。虞允文为文官,常骑白马。1161年,金主完颜亮大举南犯时,虞允文曾督军在采石矶处大破金兵。

[译文]

春风剪出了条条绿波,阳光把山下的沙洲染成金色,江水如一面巨大的镜子,印映浸泡着两岸碧树千棵。东西梁山夹江相互望着,远远望去恰似美女描画的双眉,迎风嫣然一笑,耸立万年依旧含情脉脉。当年就在这里李白与崔宗之醉中游乐,锦袍被江水浸湿,乌纱帽歪斜在一侧。潇洒地泛舟何人能见,满目都是座座青山,还有那顺流飞来的一片白色孤帆。　　谁扬片帆从天门山过,只在明天我也是天门山客。平生无求最欢畅,驾着一叶扁舟从此飘然游四方。山头绿树抽新芽,犹见当年兵马在厮杀,白马将军虞允文,大破金兵采石崖。百年前事已去如清风,诗仙、白马谁是英雄?欲向东风问个究竟,远处长笛声让我突然酒醒。

瑞鹤仙

海　棠①

向阳看未足,更露立栏杆,日高人独。江空佩鸣玉②。问烟鬟霞脸,为谁膏沐③?情闲景淑,嫁东风、无媒自卜④。凤台高,贪伴吹笙,惊下九天霜鹄⑤。　　红蹙,花开不到,杜老溪庄,巳公茅屋⑥。山城水国，欢易断、梦难续。记年时马上，人酣花醉，乐奏开元旧曲⑦。夜归来，驾锦漫天，绛⑧纱万烛。

[注释]

①海棠：这是一首咏花词。上片描写海棠容态神韵，多以人仙之态比拟，富有情味。下片是感叹和抒怀，借花引思路步入回忆与感发虽为此类词大多所用手法，但该词寓意深浓，咏花细而不艳，抒怀伤感却不悲凄，亦是长处。况周颐在《历代词人考略》中评价"此等词浓处见骨干，淡处弥腴韵，置之碧山、玉田集中，未易伯仲"。②江空佩鸣玉：比海棠为水边仙女，用典《汉皋遗佩》。③膏沐：妇女润头用的油脂，似今抹头油。这里代指梳妆。④淑：美好。卜：选择。⑤凤台：传说萧史弄玉乘凤仙去的楼台。鹄（hú）：天鹅，这里指凤。⑥杜老：诗人杜甫。巳公：古代的一个隐士。⑦开元旧曲：盛唐乐曲。开元为唐玄宗年号。⑧绛：大红色。

[译文]

迎着太阳看不够这娇美的海棠，我索性紧靠着栏杆细细欣赏，孤单单的人高高的太阳。她像江边伫立的美人风吹佩玉在响，问你秀发如云脸如彩霞艳靓，佳人你在为谁梳妆？清婉的神韵美好的模样，无媒人自己选择嫁给东风做了新娘。像弄玉在高高的凤台上，贪恋和萧郎享受丝竹音响，惊得九天上的白天鹅也好奇地下降。

海棠似乎在皱眉感伤。花开不到杜甫的溪庄和巳公隐居的草房，否则他们会一边欣赏一边写出如花似锦的文章。长在这水国里山城上，欢乐最易被中断美梦最难顺畅。记得当年骑马游赏，人醉在海棠花旁，尽心地欢乐把开元乐曲弹唱。夜深观花归来的路上，迎接圣驾的锦围布满道路两旁，万盏大红灯笼把夜空映得通红明亮。

齐天乐

吴兴郡宴遇旧人①

玉钗分向金华②后,回头路迷仙苑。落翠惊风,流红逐水,谁信人间重见。花深半面,尚歌得新词,柳家三变③。绿叶阴阴④,可怜不似那时看。　刘郎⑤今度更老,雅怀都不到,书带题扇。花信风高,苕溪月冷,明日云帆天远⑥。尘缘较短,怪一梦轻回,酒阑歌散。别鹤惊心,感时花泪溅⑦。

[注释]

①吴兴郡宴遇旧人:这是一首偶遇旧人有感而发的词。词人在吴兴的一次宴席上遇到了一位曾经与自己相好后因兵乱而离散的歌女。此时她已属于别人,事情和时间的变化让两人深有感慨。分别又聚,但天各一方,人生悲欢离合的感受更使他们思绪万千。词中各种悲叹、伤感皆由此而生。吴兴,今浙江湖州一带。②金华:在今之浙江金华县一带。金华县县北有金华山,相传汉代赤松子于此处得道仙去。③柳家三变:北宋词人柳永,原名柳三变。其词趋近于歌坊,世俗多咏仿之。这里泛指风格类似柳永的新词。④绿叶阴阴:以花比人色衰,已嫁人。化用杜牧《叹花》诗:"绿叶成阴子满枝。"⑤刘郎:词人这里自指。⑥花信风:春季二十四番花信风。苕溪:吴兴的别称。⑦感时花泪溅:化用杜甫《春望》:"感时花溅泪,恨别鸟惊心。"

[译文]

自金华分钗离别后,你在仙境中徘徊逗留。落叶随风飘走,落花逐波而流,谁相信人间还能有我们重逢的时候。你在花深处半掩半露,能辨别出你唱柳永新词时的歌喉。可岁月已将你的青春带走,感叹你容貌已不如旧。　刘郎我今天更是衰老,风雅的情怀早已褪消,在围带上写字在团扇上题诗的事情久不弄操。花信风已快吹完，苕溪上空寒月照耀，明日我就要挂云帆向天涯游漂。恨只恨我们在尘世间的缘分太短，一场美梦就这样中断，酒宴已完歌也消散。你似驾鹤仙逝，才见面又要匆匆分别怎不令人心寒，我此刻的伤感让花儿看到也会将泪花飞溅。

张龙荣

张龙荣，一名张槩（或作张矩），字成子，号梅深。曾与周密、陈允平吟咏西湖十景。

摸鱼儿[①]

又吴尘[②]、暗斑吟袖，西湖深处能浣。晴云片片平波影，飞趁棹歌声远。回首唤，仿佛记、春风共载斜阳岸，轻携分短[③]。怅柳密藏桥，烟浓断径，隔水语音换[④]。　　思量遍，前度高阳酒伴[⑤]，离踪悲事何限！双峰塔露书空颖，情共暮鸦盘转[⑥]。归思懒[⑦]、悄不似、留眠水国莲花畔。灯帘晕满。正蠹帙重缲，沉煤半冷，风雨闭宵馆[⑧]。

[注释]

①摸鱼儿：这是一首咏景抒怀词。有本此词题为"重过西湖"。作者在诸词人中是最酷爱西湖风景之人，但离别西湖之地多年在吴中谋职，使他只能在心中对西湖抱着深深的眷恋。此番重返临安再次泛舟西湖，内心百感交集，感受特别复杂。词中除咏景外表达的都是这种说不清是重游的快乐还是久别的伤感的情绪，对岁月和人生的惆怅、悲叹都借咏景一泻而出。②吴尘：从吴地

带来的风尘。③分短：缘分浅。④隔水语音换：世事变迁，变化大。⑤高阳酒伴：狂放不羁的酒徒。用典《史记·郦生陆贾列传》，上载：郦食其进见刘邦时自称"高阳酒徒"。⑥双峰：这里指西湖南高峰和北高峰，峰顶各有高塔，被称为西湖十景之一。周密在《木兰花慢·又峰插云》中有"看南峰淡日北峰云"、"双塔秋擎露冷"等句。颖：某些小而细长的东西的尖端。⑦懒：情绪低落。⑧蠹（dù）帙（zhì）：被虫蛀坏的旧破书籍。蠹，蠹虫，蛀虫。缥：同"翻"。沉煤：沉香。

[译文]

我衣袖上沾染的尘垢来自吴中，只有西湖深处的水才能把它洗净。晴空中片片白云在平静的湖面上留下倒影，船桨飞快地划动能听到远处传来的歌声。从记忆中唤出过去的事情，斜阳照着湖岸，人们沐浴着春风，总嫌与时光缘分太浅不能让人欢乐的心情尽兴。眼前杨柳密处藏着旧时游玩的小桥，烟云浓浓遮断了过去行走的路径，沧桑变迁太大，风景、心情都与从前不同。　　思量了一遍，过去我们湖上饮酒狂欢的同伴，走的走、散的散，让人无限伤感！双峰塔像刺向天空的巨大笔尖，笔端尚留有过去的情意，如今却任凭乌鸦在暮色中围绕盘旋。返归时情绪低落心灰意懒，已经全没有过去在莲花盛开的西湖岸边留眠的乐欢。归至住宿处，灯光昏暗一闪一闪地照着窗帘，屋角处蛀虫啃咬着破旧的书卷，香炉中沉香已快燃完，风声、雨声通宵笼罩着我居住的旅店。

卷六

李彭老

李彭老，字商隐，号筼（yún）房。淳祐年间任沿江制置司属官。与其弟李莱老并称"龟溪二隐"，同为宋遗民词社中重要作家，合有《龟溪二隐词》。

木兰花慢[①]

正千门系柳[②]，赐宫烛、散青烟。看秀靥芳唇，涂妆晕色，试尽春妍。田田[③]，满阶榆荚，弄轻阴、浅冷似秋天。随处饧香杏暖，燕飞斜鞚秋千[④]。　　朱弦，几换华年[⑤]？扶浅醉、落红前。记旧时游冶，灯楼倚扇，水院移船。吟边，梦云飞远，有题红、都在薛涛笺[⑥]。听绝残箫倦笛，夜堂明月窥帘。

[注释]

①木兰花慢：这是一首咏景感怀词。写清明期间京城临安的景色及风俗人情，睹景忆旧总伤感年华飞逝，昔日欢乐难以复制，表达了一种凄凉冷落的情绪。②千门系柳：清明节期间的风俗，家家以柳条插门上。宋吴自牧《梦粱录》载："清明交三月，节前两日谓之'寒食'，京师人从冬至后数起至一百五日，便是此日。家家以柳条插于门，名曰'明眼'。凡官民不论小大家，

子女未冠笄者,以此日上头。寒食第三日,即清明节,每岁禁中命小内侍于阁门用榆木钻火先进者赐金碗绢三匹,宣赐臣僚巨烛,正所谓'钻燧改火'者,即此时也。"③田田:鲜碧的样子。④饧:糖。軃(duǒ):下垂的样子。⑤朱弦:红色丝弦。这里代乐器。几换华年:化用李商隐《锦瑟》诗:"锦瑟无端五十弦,一弦一柱思华年。"⑥吟边:吟咏自己身边。题红:用典"红叶题诗"的故事。这里就是"情书"的意思。薛涛笺:唐时蜀中名妓薛涛居成都浣花溪所创制用以写诗的深红色小彩笺被人称做"薛涛笺"。

[译文]

正是家家门前插柳的寒食这天,宫中要赐燃巨烛、榆木钻火冒着青烟。看红红的嘴唇秀美的容颜,涂脂抹粉的女孩们在与春天比试娇艳。绿绿的一片,满台阶飘满了榆钱,天色微暗气候轻寒,弄得初春倒似秋天。到处都是甜甜的香味,杏花在暖枝上绽放得璀璨,燕子斜飞着穿过秋千。 琴弦上流走了多少芳龄华年?有多少次微醉中面对落花悲怜。犹记得过去春游赏玩,在灯光闪烁的楼上笑倚着窗扇,在林苑的池水中划动着小船。看眼前,昔日的美好已如梦飞远,唯有当年写在彩笺上的情书还保留在身边。将这断续的箫声疲倦的笛声听遍,已是清明佳节的夜晚,却只有天上的明月窥视着我凄清的门帘。

壶中天

登寄闲吟台①

青飙②荡碧,喜云飞寥廓,清透凉宇。倦鹊惊翻台榭迥,叶叶秋声归树。珠斗斜河,冰轮辗雾,万里青冥路③。香深屏翠,桂边满袖风露。 烟外冷逼玻璃,渔郎歌杳,击空明归去④。

怨鹤知更莲漏悄，竹里筛金⑤帘户。短发吹寒，闲情吟远，弄影花前舞。明年今夜，玉樽知醉何处？

[注释]

①登寄闲吟台：这是一首咏景词。此词是作者与张枢月夜登绘幅楼吟咏游赏之作。寄闲，张枢，字斗南，号寄闲。寄闲吟台指张枢宅中园林内的绘幅堂。张枢《壶中天·月夕登绘幅堂与箟房各赋一解》："临水楼台乘醉倚，云引吟情逈远。"②青飙：水面上吹来的秋风。③珠斗斜河：北斗星和银河。冰轮：月亮。青冥：青天。④玻璃、空明：形容西湖光滑的湖面和清澈的湖水。⑤筛金：月光穿过竹林。

[译文]

秋风从湖面上吹过，祥云在广阔的天空上飘着，乾坤一派清透凉爽的景色。困倦的喜鹊受到惊吓，从亭台楼榭间曲折地飞掠穿梭，风吹树叶簌簌作响，仿佛秋天在低声唱歌。北斗星陪伴着斜斜的天河，一轮冰洁的圆月把夜雾穿破，在万里夜空路上缓缓地移挪。芳香幽深的林木像一张绿色的屏风，桂树在风露中舞姿婆娑。

远处云雾冷冷地侵逼着湖面，渔郎唱着依稀的歌声击打着湖水归返。仙鹤似乎知道天晚，在莲花丛中停止了哀怨，月光透过竹林洒下银光万点。我虽发短挡不住秋寒，但闲情却浓重吟咏之声不断，兴奋之时手舞足蹈舞弄在花前。明年的这个夜晚，我会在何处醉把酒端？

高阳台

落　梅①

飘粉②杯宽，盛香袖小，青青半掩苔痕。竹里遮寒，谁念减尽芳云③?么凤叫晚吹晴雪,料水空、烟冷西泠④。感凋零,残缕遗钿,迤逦⑤成尘。　　东园曾趁花前约,记按筝筹酒,戏挽飞琼⑥。环佩无声,草暗台榭春深。欲倩怨笛传清谱⑦,怕断霞、难返吟魂。转销凝,点点随波,望极江亭。

[注释]

①落梅:这是一首咏梅词。所咏梅为凋谢残败之梅。作者借梅花败落哀悼已故词友杨缵。②飘粉:梅花飘落纷杂。③芳云:枝头梅花繁多状。④么凤:鸟名,鹦鹉的一种,又称"桐花凤",羽毛非常鲜艳。晴雪:这里喻落梅。西泠:在西湖孤山下,有西泠桥。⑤迤逦:接连,相继。⑥东园:词人杨缵家中园林,为西湖吟社词友常聚的处所。筹酒:投壶、饮酒。投壶是古时一种赌酒的游戏器具,用箭向壶中投掷论输赢。飞琼:仙女许飞琼,泛指歌妓。⑦怨笛:指笛声《梅花落》。清谱:指杨缵的《紫霞洞谱》。

[译文]

飘落的梅花花屑那么细密轻盈,使我面前的酒杯显得很宽绰。落花的香味那么浓重,让我这狭窄的袖口无法容盛。长满青苔的地上很快铺满了一层。原以为竹林中能遮挡些寒风,谁想到原来这里成片的梅花,现在几乎消失殆尽?么凤从早至晚哀鸣,催促着梅花凋零,西泠孤山原是梅花的圣境,如今只落得水空烟冷。伤感于梅花凋零的处境,似缕缕残丝如破碎的首饰,接连不断地化为尘土消散于风中。　　我们曾在东园的花前约定,弹筝取乐投壶饮酒赌输赢,笑挽着佳人比美容。如今东园寂静无声,再也听不到衣服环佩的响动,台榭野草丛生春色浓重。欲借《梅花落》幽怨的笛声,将你的《紫霞洞谱》传诵,又怕笛声断断续续,难以召回你的魂灵。转目凝视远景,但见落花点点漂浮在水波之中,悼花怀人望遍江边的楼亭。

法曲献仙音

官圃赋梅继草窗韵①

云木槎枒,水蒹摇落,瘦影半临清浅②。翠羽③迷空,粉容羞晓,年华柱弦频换。甚何逊④、风流在,相逢共寒晚。　　总依黯!念当时、看花游冶,曾锦缆移舟,宝筝随辇⑤。池苑锁荒凉,嗟事逐、鸿飞天远。香径无人,甚苍藓、黄尘自满。听鸦啼春寂,暗雨潇潇吹怨。

[注释]

①官圃赋梅继草窗韵:这是一首咏梅词。官圃,指杭州清波门外的聚景园。草窗,周密,号草窗。周密原词题作"吊雪香亭梅"。王沂孙和词题作"聚景亭梅次草窗韵"。此词步周密原韵,"继草窗韵"应在"次草窗韵"之后。词中借凭吊聚景园梅花抒发兴亡忧思之感。②槎枒:树木的枝杈。水蒹:即水荭,蓼科植物,夏秋开花。瘦影:化用林逋《山园小梅》:"疏影横斜水清浅。"在这里指梅。③翠羽:绿色的小鸟。④何逊:南朝诗人,作有《咏早梅》诗。⑤锦缆移舟:隋炀帝游江都,使宫女沿运河两岸以锦绳挽纤拉船。宝筝:以乐器借代宫中歌女、乐师。

[译文]

高耸入云的树木交错着枝杈,水荭早已摇落了身上的叶芽,清浅的池塘旁开着稀疏的梅花。绿色的小鸟迷失了方向唧唧喳喳,梅花见到清晨的阳光羞得脸都粉了,琴弦上已流走了多少年华。说什么何逊的风流,我们相逢时已到了晚年寒冷的年头。　　心情总是暗淡依然!想当年隋炀帝赏花游览,让宫女锦缆拉纤移动舟船,筝琴乐队跟随御辇,好大的繁闹场面。如今池水林苑深锁着荒凉一片,对事情变化之大深为感叹,真是往事犹如雁去无影天空高远。昔日花香草绿的小路已无人迹可见,阴湿的苔藓、黄沙尘土早将路面遮掩。听,乌鸦在寂寞的春天叫喊,阴雨绵绵风儿吹送着幽怨。

一萼红

寄弁阳翁①

过蔷薇,正风喧云淡,春去未多时,古岸停桡,单衣试酒②,满眼芳草斜晖。故人老、经年赋别,灯晕里、相对夜何其③。泛剡④清愁,买花芳事,一卷新诗。　　流水孤帆渐远,想家山猿鹤,喜见重归。北阜寻幽,青津问钓,多情杨柳依依⑤。最难忘、吟边旧雨,数菖蒲⑥、花老是来期。几夕相思梦蝶,飞绕蘋溪⑦。

[注释]

①寄弁阳翁:这是写后寄与周密的一首词。弁阳翁即周密,周密自号弁阳老人。作者曾与回湖州故里的周密相聚,周密离去后作者写该词寄给他。②单衣试酒:宋代的一种风俗。由春季进入夏季时,农历三月末四月初人们刚换上单衣时要尝新酿出的酒。周邦彦《六丑·蔷薇谢后作》中有"正单衣试酒"。③夜何其:夜何时。化用《诗经·小雅·庭燎》:"夜如何其?""其"在这里为语气助词,无实际意义。④剡(shàn):剡溪,在浙江嵊县,即曹娥江上游一段。⑤北阜、青津:周密故乡的山和水滨。⑥菖蒲:一种水生草本植物,也叫蒲草,叶狭长,可编织帘、席。民间端午节将其与艾蒿同挂门上以驱鬼避邪。也有以蒲草占卜者。⑦梦蝶:用典庄周梦蝶的故事。蘋溪:周密所住处。周密词集名就叫《蘋洲渔笛谱》。

[译文]

蔷薇花开过后，正是风多云轻淡的时候，春天刚刚溜走。古老的岸边停靠着船舟，人们穿着单衣正在试尝新酒，满眼望去可看到遍地芳草和西坠的日头。记不清了，我的老朋友，去年离别时我们在夜晚灯影里交流究竟是什么时候？想来你现在也许在剡溪上泛舟、消解你的清愁，或是在买花赏观，又作出一卷新诗摆在案头。

你走时孤帆一片随水渐渐远去，想来你家乡的鹤、猿看到你的归来该是多么欢喜。你在家乡的北山上寻觅乐趣，在家乡的青水旁垂钓游鱼，多情的杨柳在你身边摇摆不已。最难忘我们在雨水中互相吟对的过去，我常数菖蒲占卜，测算什么花老时是你再来的日期。有多少次黄昏因想念你梦中化做蝴蝶，飞绕在你家乡的那条苹溪。

高阳台

寄题苏壁山房①

石笋埋云，风篁啸晚，翠微高处幽居②。缥缈云签③，人间一点尘无。绿深门户啼鹃外，看堆床、宝晋图书④。尽萧闲，浴砚临池，滴露研朱⑤。　　旧时曾写桃花扇，弄霏香秀笔，春满西湖。松菊依然，柴桑自爱吾庐⑥。冰弦玉麈⑦风流在，更秋兰、香染衣裾。照窗明，小字珠玑，重见欧虞⑧。

[注释]

①寄题苏壁山房：这是一首咏景词。所咏为苏壁山房的景色。苏壁山房，金应桂，号苏壁，苏壁山房即其在西湖南山中的山庄别墅。戚辅之《佩楚轩客谈》载："金应桂，字一之，雅标度，能欧书，受知贾似道。晚居西湖南山

中,筑荪壁山房,左弦右壶,中设图史古器,客至,抚摩谛玩,清谈细细不得休。每肩舆入城府,幅巾氅衣,望之若神仙然。"②筸:竹子。翠微:青山。这里指西湖南山。③云笈:仙境。道书中有《云笈七签》,"签"与"笈"相通。④宝晋图书:晋代碑帖。泛指名人书法、碑帖。⑤研朱:调和颜色。⑥松菊依然:化用陶渊明《归去来兮辞》:"三径就荒,松菊犹存。"柴桑:即陶渊明,他为浔阳柴桑人。自爱吾庐:化用陶诗《读山海经》:"众鸟欣有托,吾亦爱吾庐。"⑦玉麈(zhǔ):麈尾,拂尘。⑧欧虞:唐代书法家欧阳询和虞世南。

[译文]

　　高高的石笋耸入云端,风吹竹林晚间啸声不断,在青山高处隐居远远脱离世间。这里如缥缈在云中的仙境,无一丝人间的尘垢灰烟。绿树环绕的门户外啼唱着杜鹃,进入后可看到堆放满床的名人字帖和书卷。诗情画意极为悠闲,对着池水洗笔砚,承接露水调色颜。　　过去曾经题诗留款于桃花扇,常把锦绣才华展示在笔端,画得西湖春色满。自有陶渊明钟爱松菊的习惯,也像他一样喜爱自己修建的家园。看他抚琴弦挥拂尘风流不减,常让秋兰的清香将衣服沾染。小窗中洒下明亮的光线,看面前小楷字字如珠玉滚翻,仿佛又见到欧阳询和虞世南。

探芳讯

湖上春游继草窗韵①

　　对芳昼,甚怕冷添衣,伤春疏酒。正绯桃②如火,相看自依旧。闲帘深掩梨花雨,谁问东阳③瘦!几多时,涨绿莺枝,堕红鸳甃④。　　堤上宝鞍骤,记草色熏晴,波光摇岫⑤。苏小⑥门前,题字尚存否?繁华短梦随流水,空有诗千首。更休言,张绪⑦风流似柳。

[注释]

①湖上春游继草窗韵:这是一首咏春游西湖的词。词所用韵是继周密原唱的韵。周密原唱题作"西泠春感"。词写在宋亡后,作者与周密、张炎、仇远等人同游西湖时相继作词。词写西湖景色及抒发作者深深的故国之思,虽西湖春景依旧,只是容颜变,心境再不似从前。伤春忆旧成为该词的主格调。②绯桃:红色的桃花。绯,红色。③东阳:南朝诗人沈约。沈约曾任东阳太守。据《南史·沈约传》载,沈约曾上书说自己老衰、多病,自称"百日数旬,革带常应移孔,以手握臂,率计月小半分"。④鸳甃(zhòu):湖堤岸。⑤岫(xiù):山。⑥苏小:南朝钱塘名妓苏小小。⑦张绪:南朝时吴郡人,风姿清雅,善谈玄理。齐武帝种蜀柳于灵和殿前,一次在赏看时赞叹说:"此杨柳风流可爱,似张绪当年时。"见《南史·张绪传》。

[译文]

面对着白天美好的景观,却怕冷添衣挡寒,伤感于春天的到来,我已经与酒渐渐疏远。红红的桃花如火焰一般正开得璀璨,它们相互映衬看上去依旧如过去一样娇艳。庭院细雨点点将梨花湿遍,屋门紧掩着门帘,将外边的世间隔断,我已老衰瘦弱如南朝沈约,可又有谁问谁管。还能有多长时间,绿叶就会茂密得遮盖住莺巢栖身的枝干,落花也将飘满湖堤河岸。　湖堤上骏马飞驰如箭,看草色青青接连着蓝天,湖中水波荡漾将青山的倒影搅乱。钱塘名妓苏小小的门前,昔日的题字是否还能看见?繁华的过去已如短梦付与流水,空留诗词千篇万卷。更不要虚伪地称赞,仿佛是吴郡的张绪,那风流似柳的少年。

祝英台近①

杏花初,梅花过,时节又春半。帘影飞梭②,轻阴小庭院。

旧时月底秋千，吟香醉玉，曾细听、歌珠一串。　忍重见，描金小字题情，生绡合欢扇③。老了刘郎，天远玉箫伴④。几番莺外斜阳，栏干倚遍，恨杨柳，遮愁不断。

[注释]

①祝英台近：这是一首回忆旧时恋情的词。词意往复，深微曲折的写法，给人一种声容兼美的感觉，为宋季情词中少有的工秀婉丽之作。词下片"几番莺外斜阳"三句，被《词旨》誉标为警句。此词有本题作"后溪次周草窗韵"。周密有同韵之作为《祝英台近·后溪次韵日熙堂主人》。②帘影飞梭：时光在帘子上飞快消逝。③合欢扇：团扇。《怨歌行》中有"裁为合欢扇，团团似明月"句。④刘郎：汉代的刘晨，因入天台山遇到仙人。这里作者以刘郎自指。玉箫伴：吹箫的萧史的伴侣即弄玉。这里代指自己所恋的歌女。

[译文]

杏花初绽颜，梅花已凋残，春天又过去了一半。门帘的影子从西边移到东边，时间流逝像飞梭一般，转眼庭院就有了黄昏的轻暗，一天就要过完。犹记得过去她在月光下戏荡秋千，笑容伴随着她醉人的容颜，曾清晰地听到她那珠玉般的歌声一串一串。　怎忍心再看见，那把生绡制成的团扇，上有我用描金小楷题写的情言。刘郎我已老了，她却如仙女弄玉远离我在天边。多少次我在莺啼日斜的暮色中望远，把楼台的栏杆倚遍寻觅思盼。只恨那联袂成林的杨柳，再多、再浓也无法将我的思愁隔断。

踏莎行

题草窗十拟后①

紫曲②迷香，绿窗梦月，芳心如对春风说。蛮笺象管写新声，几番曾试琼壶觖③。　　庾信书愁，江淹赋别，桃花红雨梨花雪④。周郎先自足风流，何须更拟秦笙咽⑤。

[注释]

①题草窗十拟后：这是一首评论性的词。以词代跋题周密《效颦十解》后。周密是一位很善于博采众长的词家，曾作《效颦十解》组词，分别模仿《花间集》和十位南宋词人的填词格调。其中有拟"二隐"（李彭老和李莱老）的《醉落魄》一首。李彭老读后题此词于其后，既赞美了词人的锦心绣口，又委婉地表达了自己对周密模仿不以为然的看法和态度。词的上下片都是前三句介绍"十拟"的内容和风格，后两句评点议论。词中的介绍不是抽象的，而是通过写景再现意境，指示内容。②紫曲：长满紫色丁香花的曲径。③蛮笺：蜀笺，四川所产的彩色的诗笺，信纸。象管：笔。觖：通"缺"。有本作"缺"。琼壶缺，用典《世说新语·豪爽》晋王敦酒后咏曹操诗，击唾壶为节，将壶敲缺的故事。④庾信：北周文学家庾信，作有《愁赋》。江淹：南朝诗人江淹，作有《别赋》。⑤周郎：三国时的周瑜，精通音律。这里以周瑜比周密。秦笙：谓与琴不同的乐器。暗指与周密风格不同的作品。

[译文]

紫色的丁香开满在曲折小路的两旁，绿窗下梦到了天上洁白的月亮，心中的情意对着春风叙讲。彩川纸象牙笔写出新颖的词章，几番忘情的填作，激动得如同王敦击打唾壶一样。　　像庾信写的《愁赋》佳章，又像江淹写的《别赋》那样棒，你篇篇好词都如桃花坠落似红雨，梨花飘落雪飞扬。先生如周瑜自通音律本就一手好文章，何必琴瑟不弹吹秦笙，费心去将他人仿。

浪淘沙①

泼火雨②初晴，草色青青。傍檐垂柳卖春饧③。画舫载花花解语，绾燕吟莺④。　　箫鼓入西泠，一片轻阴，钿车罗盖竞归城⑤。别有水窗人唤酒,弦月初生。

[注释]

①浪淘沙:这是一首咏春游西湖的词。该词虽短却将游湖的习俗表现得非常清楚,纪实性很强。周密《武林旧事》中说:"若游之次第,则先南而后北,至午则尽入西泠桥里湖,其外几无一舸矣。"极能印证该词所描写的顺序状况为纪实。②泼火雨:寒食禁火时所下之雨。③饧(táng):糖。④花解语:指容貌如花的歌女。绾燕吟莺:莺歌燕舞。暗指佳人的舞、歌。⑤西泠:西湖苏堤旁西泠桥,这里指西泠桥内的里湖。竞归城:游湖归来的情景。《武林旧事》中介绍那几天游湖归来的情况与本词互为印证:"至花影暗而月华生,始渐散去。绛纱笼烛,车马争门,日以为常……'都城半掩人争路,犹有胡琴落后船',最能状此景。"

[译文]

寒食节下的小雨刚停,路上芳草青青。清晨靠着楼檐的垂柳下,传出叫卖春糖的喊声。舟船上载着佳人,个个都有花一样的面容,那歌喉舞姿如同燕舞莺鸣。 中午舟船响着鼓声,过了西泠桥进入里湖中,堤岸上柳荫郁浓。晚间,车马罗盖竞相回城。也有人至临水酒楼喊着买酒,一轮新月正从东边慢慢上升。

四字令①

兰汤晚凉,鸾钗半妆,红巾腻雪吹香,掰莲房赌双②。罗纨素珰,冰壶露床,月移花影西厢,数流萤过墙③。

[注释]

①四字令:这是一首闺情词。上下两片一写室内一写室外,通过掰莲和数萤表达词中女主人公的思情。②兰汤:洗澡水。半妆:淡妆。有别于浓妆。腻雪:肌肤细腻雪白。③素珰:女子的耳饰,类似今之耳环。冰壶露床:碧空与井栏。

[译文]

夜晚浴后身上凉爽,轻插上弯形发钗化上淡淡的闲妆。红色丝巾披在细腻雪白的肌肤上,散出阵阵芳香,剥弄着莲蓬,猜里面莲子是单是双。　　戴着银色的耳环穿着罗纱衣裳,散步在碧空下井栏旁。月儿在移动花影飘过了西厢房,她细细地数着流萤,看究竟有几只飞过了院墙。

生查子①

罗襦隐绣茸,玉合销红豆②。深院落梅钿,寒峭收灯后③。心事卜金钱④,月上鹅黄柳。拜了夜香休,翠被听春漏。

[注释]

①生查子:这是一首闺思词。②罗襦(rú):丝绸短衣。绣茸:刺绣用的丝线。红豆:灯光。③梅钿:梅花花瓣。收灯后:元宵节放灯过后。④卜金钱:用金钱占卜。

[译文]

不想绣下去,将绣线藏进短衣里,玉手双合将灯火灭熄。深幽的庭院里梅花飘落了一地,元宵灯节结束后天气仍有些寒意。拿枚金钱占卜测算情郎归期,是在月满时、还是要等柳枝长出鹅黄色的柳絮。夜色中焚香祈祷把愿许,绿锦被中听那漏壶声响,一滴连着一滴。

李莱老

李莱老,字周隐,号秋崖,与其兄并称"龟溪二隐"。宋咸淳中知严州。后人辑其兄弟的词为《龟溪二隐词》。

惜红衣

寄弁阳翁[①]

笛送西泠,帆过杜曲[②],昼阴芳绿。门巷清风,还寻故人书屋[③]。苍华[④]发冷,笑瘦影、相看如竹。幽谷,烟树晓莺,诉经年愁独。　　残阳古木,书画归船,匆匆又南北。蘋洲[⑤]鸥鹭素熟,旧盟续。甚日浩歌招隐[⑥],听雨弁阳同宿。料重来时候,香荡几湾红玉[⑦]。

[注释]

①寄弁阳翁:这是写寄给周密的一首词。其内容与其兄李彭老所写寄的《一萼红·寄弁阳翁》大致相同,也是在周密离开湖州后寄此词致问,表达离别相思之情。希望周密能回归故里一同过隐居生活。弁阳翁,即周密。号草窗,又号四水潜夫、弁阳老人、华不注山人。②杜曲:地名,在今陕西西安附

近,为唐代大姓杜氏聚居处,以风景优美著称。这里借指临安风景优美处。③故人书屋:周密故里旧有书屋志雅堂、书种堂。④苍华:花发、白发。⑤蘋洲:周密故里。⑥招隐:招人归隐。⑦红玉:落水之花。

[译文]

西泠的笛声送你别离,白帆一片驶过临安最美的风景区域,天气凉爽两岸花香柳绿。湖州街巷上清风缕缕,你在故里寻找着自己的书屋旧居。你花白的头发上带着寒意,在讥笑自己消瘦的身躯,看上去就像竹子一样弱细。幽深的山谷里,烟雾似在林木间祈祷,黄莺在清晨声声哀啼,都在诉说这些年来这里的忧愁和孤寂。

人已如残阳古木却仍不失诗情画意,常用船载着书画奔波于东西。家乡蘋洲的鸥鹭本来就与你熟悉,何日你再返归把旧情重续。每日高歌呼你回归故里隐居,我们住宿在一起细听家乡的风雨。料想你再来的时候,又是几湾溪水荡漾着落花的香气。

青玉案

题草窗词卷①

吟情老尽江南句,几千万、垂丝缕②。花冷絮飞寒食路。渔烟鸥雨,燕昏莺晓,总入昭华谱③。　　红衣妆靓凉生渚,环碧斜阳旧时树④。拈叶分题⑤觞咏处。荀香犹在,庾愁何许,云冷西湖赋⑥。

[注释]

①题草窗词卷:这是一首咏评周密词集的词。词中概括了周密词集的主要内容和作品的创作经历。主要咏评周密在宋亡之前作品的特点。草窗词卷,指的是周密生前写好的二卷词集《蘋洲渔笛谱》。②垂丝缕:杨柳。③昭华

谱：昭华为传说中为西王母所献的乐器名。昭华谱指《蘋洲渔笛谱》。④红衣：指荷花。环碧：环碧园。词人杨缵家的林园。据周密《武林旧事》卷五载，环碧园在北山路，为杨郡王府，堂匾皆御书。⑤拈叶分题：旧时文人聚会赋诗时分韵探题，选定数字为韵，写在树叶上由各人分拈，并依所拈的韵赋成诗句。⑥荀香：东汉末荀彧身体有异香。习凿齿《襄阳记》载："刘季和尝言：'荀令君至人家，坐处常三日香。'"这里以此比喻周密的才情。庾愁：北周庾信作《愁赋》。

[译文]

吟诗用绝了江南的词语，那风采如杨柳摇曳着千万条丝缕。似寒冷中花盛开、寒食节路途上漫天舞弄的飞絮。又如烟波中的渔舟、鸥鹭戏耍着风雨，暮色中的燕鸣、清晨时的莺啼，江南美景全收进了你的草窗词集。　　凉爽的水边荷花装扮得靓丽，环碧园斜阳洒晖的古树林里，常是我们拈叶分题、饮酒咏诗之地。你的才华犹如荀彧香气常在，只是国破使你如庾信有太多的愁绪，你一停笔，从此西湖词赋便全被冷云凝聚。

扬州慢

琼花次韵①

玉倚风轻，粉凝冰薄，土花祠②冷无人。听吹箫月底，传暮草金城③。笑红紫、纷纷成雨，溯空如蝶，肯④堕珠尘？叹而今、杜郎⑤还见，应赋悲春。　　佩环⑥何许，纵无情、莺燕犹惊，怅朱槛香消，绿屏梦杳，肠断瑶琼⑦。九曲迷楼依旧，沉沉夜、想觅行云⑧。但荒烟幽翠，东风吹作秋声。

[注释]

①琼花次韵：这是一首咏花词。所咏为琼花。据周密《齐东野语》记载，

扬州后土祠琼花,相传为唐人所植,天下无二本,为绝类聚八仙,色微黄而有香。几经移植,它处皆难存活,移接聚八仙根上始能活,但色香则大减。后来后土祠之花枯死,只留下接本。该词即咏此花由盛至枯衰的情况。次何人之韵不详。②土花祠:即扬州后土祠。③金城:指扬州。④肯:岂肯,不肯。⑤杜郎:指唐代诗人杜牧。⑥佩环:化用杜甫咏王昭君"环佩空归月夜魂"诗意,这里喻琼花的花魂。⑦瑶琼:瑶池仙女许飞琼。这里指琼花。⑧九曲迷楼:迷楼为隋炀帝在扬州所建,曲房幽室相互连接,人误入终日不得出,故称九曲迷楼。行云:巫山神女所变化的云彩。

[译文]

琼花似美人伫立在轻风中,容颜如粉脂凝就薄冰雕成,独居后土祠中冷清无人声。它在月光下听箫声吹鸣,把芳草即将衰枯的信息传遍扬州城。笑百花纷纷坠落如雨,它却像彩蝶飞向天空,不肯将珠玉般的花瓣轻易地堕入尘泥之中。感叹眼前的情景,倘若杜牧看到,应能赋出春去的悲壮诗情。　琼花如有魂灵应在何处聚凝,即使燕莺无情也不会将它惊动。怅恨朱门前它香消玉殒,绿丛中的一代俏丽已远去如梦,聚八仙的枯萎真让人肠断愁涌。仿佛九曲迷楼依旧陈列在心中,沉沉的夜色哪里去寻觅琼花的踪影。但见荒烟弥漫绿草丛生,东风悲凄的哀鸣吹出一派秋声。

谒金门①

春意态②,闲却远山横黛。香径莓苔嗟粉坏,凤靴双斗彩③。折得花枝懒戴,犹恋鸳鸯飞盖④。旧恨新愁都只在,东风吹柳带。

[注释]

①谒金门:这是一首闺怨词。②春意态:寂寞无聊的意态。③莓:茎秆较低,果实较少的植物。凤靴:女子的一种绣鞋。④鸳鸯飞盖:相伴同游、亲密无间。

[译文]

春天寂寞百无聊赖,闲看远山如美女双眉扬抬。芳香的小路上,我叹息莓果苔藓像粉脂一样被踩坏,绣花鞋上粘满了它们的色彩。　　折下了花枝我却懒得插戴,还在留恋刚见的那对鸳鸯两小无猜。一时旧恨新愁都从心头涌来,只是东风无情依旧吹着柳丝摇摆。

浪淘沙^①

榆火换新烟^②,翠柳朱檐。东风吹得落花颠。帘影翠梭悬绣带,人倚秋千。　　犹忆十年前,西子湖边,斜阳催入画楼船。归醉夜堂歌舞月,拼却^③春眠。

[注释]

①浪淘沙:这是一首感怀词。作者在清明节睹景生情,忆旧抒怀。全词以新、旧两个镜头反映出作者对青春和昔日欢乐的留恋以及岁月易逝的感慨。②榆火换新烟:旧俗寒食禁火,至清明时宫中钻榆木取新火分赐臣民。③拼却:豁出去,拼命博取。

[译文]

寒食过,宫中钻榆来把新火更换,世间杨柳绿翠,依偎着朱门青檐。东风吹得落花一片。帘影在绿草中移动,绣带迎风飘悬,人在后园斜靠着秋千。　　还记得十年以前,在西子湖边游览,夕阳欲坠,催促着游人急急地划动舟船。带醉归返,月下高堂上夜深歌舞不断,豁出去这一个春夜不眠。

生查子^①

妾情歌柳枝,郎意怜桃叶^②。罗带绾^③同心,谁信愁千结。

楼上数残更，马上看新月，绣被怨春寒，怕学鸳鸯叠。

[注释]

①生查子：这是一首恋情词。有五言诗和民歌的风格。②柳枝：即《杨柳枝》，又名《柳枝》，乐府曲名。刘禹锡《杨柳枝》："劝君莫奏前朝曲，听唱新翻杨柳枝。"该曲调多吟唱男女情爱。桃叶：晋王献之的爱妾。这里泛指佳人。③绾：系，盘结。

[译文]

我对你的情像《杨柳枝》中的歌，郎的心中也在爱怜着我。罗带上时刻系着我们的同心锁，可谁会相信我心中忧愁能有这么多。

多少次我深夜难眠在阁楼上数着残更声响，想你此时也思念故乡、在马背上看那新升的月亮。绣被中独眠常抱怨难耐春寒，更怕被子叠成鸳鸯模样，看了会让我对你的思念之情更强烈。

高阳台

落　梅①

门掩香残，屏摇梦冷，珠钿糁缀芳尘②。临水搴③花，流来疑是行云。藓梢空挂凄凉月，想鹤归、犹怨黄昏。黯销凝，人老天涯，雁影沉沉。　　断肠不在听横笛，在江皋解佩，翳玉飞琼④。烟湿荒村，背春无限愁深。迎风点点飘寒粉，怅秋娘⑤，满袖啼痕。更关情，青子悬枝，绿树成阴⑥。

[注释]

①落梅：这是一首咏花词。所咏之花为凋残的梅花，花谢人老，愁思与感叹就成了词的主调。②珠钿：珠宝首饰。这里喻梅花。糁（shēn）缀：碎屑散乱的样子。③搴（qiān）：攀摘。④横笛：笛曲《梅花落》。江皋解佩：江皋，水边的

高地。这里用典"江皋遗佩"的传说。郑交甫在江皋遇仙女解佩相赠。翳玉飞琼：梅花落瓣如琼玉蔽空飘散。翳，遮蔽。⑤秋娘：泛指美女。⑥"更关情"三句：化用杜牧《叹花》诗："狂风落尽深红色，绿叶成阴子满枝。"

[译文]

院门掩闭着，芳香的梅花开始凋零，梦里屏风上的山水在摇动，心中感到冷，醒来梅花落瓣如碎珠已坠入尘土中。临着水边摘花，花瓣落水而行，顺水漂浮的花片，像是彩云在天上流动。长满苔藓的梅梢上一轮凄凉的月亮悬空，想学那仙鹤展翅归巢，却只怨黄昏已至暮色太重。黑暗中愁思聚凝，人已在天涯边衰老，夜色沉沉哪里能望到归乡的雁影。　令人断肠的不是《梅花落》那悲凄的笛声，是已与这芳梅有解佩之情，如今却任它残落的玉屑漫天舞弄，荒野中的村落烟雾湿重，梅花背离了春天的无限生机独自怨深愁浓。落梅带着寒意迎风点点飘动，惆怅这绝色美女的遭遇，令人泪珠在衣袖上落个不停。但仍有值得关切安心的事情：他日梅花谢尽，梅子将在枝头萌生，翠叶满树绿荫郁浓，那时岂不是又一番风景。

木兰花慢

寄题荪壁山房①

向烟霞堆里，著②吟屋、最高层。望海日翻红，林霏散白，猿鸟幽深。双岑③，倚天翠湿，看浮云、收尽雨还晴。晓色千松逗④冷，照人眼底长青。　闲情，玉麈⑤风生。摹茧字，校鹅经⑥。爱静翻细帙，芸台槜几，荷制兰缨⑦。分明，晋人旧隐，掩岩扉、月午⑧籁沉沉。三十六梯树杪⑨，溯空遥想登临。

[注释]

①寄题荪壁山房：此词题写金应桂在西湖南山上的别墅荪壁山房。此词原本词牌作《木兰花》，疑有误。金应桂字一之，号荪壁。其南山之舍以其号名之。本书中李彭老亦有《高阳台·寄题荪壁山房》，系与本词同时所赋，可互为参考。②著：安置，安放。③双岑：指西湖边南高峰和北高峰，即西湖十景之一的"双峰插云"。④逗：留。这里有戏耍、逗引之意。⑤玉麈：拂尘。晋人清谈时爱手执拂尘挥动，以表达情绪，为谈话助兴。这里是谈话气氛热烈、兴致高的意思。⑥茧字、鹅经：对王羲之书法的别称。茧字，写在丝绢上的文字。鹅经，王羲之《黄庭经》的别称。传王羲之曾用此帖换白鹅。⑦缃帙（xiāng zhì）：包在书卷外的浅黄色书套。缃，淡黄色。帙，书画外面包着的布套。这里代称书。芸台：指收藏书的屋子、馆阁。棐（fěi）几：榧木做的案几。荷制兰缨：帽子上荷花色形的华美缨穗。兰缨，华美缨穗。荷制，屈原《离骚》中有："制芰荷以为衣兮，集芙蓉以为裳。"为高洁的象征。⑧月午：半夜。⑨三十六梯：形容石阶级数多。泛指，非实数。树杪（miǎo）：树梢。

[译文]

在烟雾霞云堆里，坐落着你吟诵诗词的楼亭，它处在山间的最高层。这里望得见旭日初升满海通红，看得见林木茂密、白云升腾，听得到幽静的山谷深处猿啼鸟鸣。这里能赏览南北双峰高耸，湿润青翠斜倚着天空，可清楚目睹浮云在山间游动，能看尽西湖的阴雨日晴。晨色中千松苍翠戏耍着寒冷，将一派长青送入人们眼中。　　朋友在这里欢聚抒发逸致闲情，拂尘挥动清谈风趣丛生。临摹名帖茧字，品味王羲之的鹅经。静心翻看名画古籍，藏书的楼阁中，案几皆由名贵的榧木制成，阅读之人华冠兰缨全是雅士精英。分明似晋代高人隐居的府洞，紧掩着石门，常如月夜一样幽静，万物寂静无声。在此望着高似天梯的树梢遥想一通，借它迎空攀登能否到达天宫。

清平乐①

绿窗初晓,枕上闻啼鸟②。不恨王孙归不早,只恨天涯芳草③。　锦书红泪千行,一春无限思量④。折得垂杨寄与,丝丝都是愁肠。

[注释]

①清平乐:这是一首闺思词。语句浅显、自然,其意深情婉约。②"绿窗"二句:化用孟浩然《春晓》"春眠不觉晓,处处闻啼鸟"。③"不恨"二句:似化用《招隐士》"王孙游兮不归,春草生兮萋萋"及苏轼《蝶恋花》"天涯何处无芳草"之意。④锦书红泪:用典"翠绡封泪"的故事。锦城官妓灼灼以软绡聚红泪寄给曾与其相好的裴质。见张君房《丽情集》。

[译文]

绿窗才透曙光明,枕上听到鸟啼声。不恨王孙迟迟不踏归程,只恨天涯处处芳草丛生。　用血泪写成锦书千行,我整个春天为你苦思冥想。折一枝垂柳寄给君郎,枝上丝丝都是我思念的愁肠。

台城路

寄弁阳翁①

半空河影流云碎,亭皋②嫩凉收雨。井叶还惊,江莲乱落,弦月初生商素③。堂深几许?渐爽入云帱④,翠绡千缕。纨扇恩疏⑤,晚萤光冷照窗户。　文园⑥憔悴顿老,又西风暗换,丝鬓无数。灯外残砧,琴边瘦枕,一一情伤迟暮。故人倦旅,料渭水长安⑦，感时吟苦。政自多愁，砌蛩终夜语⑧。

[注释]

①寄弁阳翁：这是寄与周密的一首秋思词。描写秋夜之景，叙说自身状况，表白思念之情。弁阳翁，周密号。本书中周密《扫花游·九日怀归》与该词相似，应是同时期互为赠答之作。②皋：水边高地。③商素：秋天。④云幰：帐幕。⑤纨扇恩疏：因天气转凉弃扇不用。化用汉乐府《怨歌行》："常恐秋节至，凉飙夺炎热。弃捐箧笥中，恩情中道绝。"⑥文园：指司马相如。文园为汉文帝陵园，司马相如曾为官文园令，故称之。⑦渭水长安：化用贾岛《忆江上吴处士》："秋风吹渭水，落叶满长安。"这里借长安指代临安。⑧政：通"正"。砌蛩：墙缝里的蟋蟀。

[译文]

流云细碎，银河星影布满半个夜空，水边高处的亭子微带寒意，阴雨刚刚收停。池塘里的荷叶还在颤动，江中的莲花已纷纷败落水中，秋天的夜晚月牙儿刚刚上升。院堂深有几重？渐渐凉爽的气候已经侵入帐篷，院中绿柳千条都在夜色中停止了舞弄。丝扇已经弃之不用，窗户上闪烁着晚萤几点冷冷的光明。我似司马相如老了已经憔悴懒动，且又逢东风暗转为西风，只能任由无数白发在双鬓上添增。灯下听残砧声悲冷，琴边看孤枕人消瘦，一幕幕更增添人老年衰的伤情。老朋友都已厌倦了旅行，想渭水长安虽近却难以相互走动，感怀思念时唯有独自低吟心中的苦衷。自己正在愁多忧重，偏偏那墙缝里恼人的蟋蟀彻夜叫个不停。

浪淘沙①

宝押②绣帘斜，莺燕谁家？银筝初试合琵琶。柳色春罗裁袖小，双戴桃花。　芳草满天涯，流水韶华③。晚风杨柳绿交加。闲倚栏杆无藉在④，数尽归鸦。

[注释]

①浪淘沙：这是一首春情词。从词中的举止、心理活动的描写可看出主人公是位善良、多情、通灵俊秀的女子。虽因春景而暗生春愁，却对幸福的爱情满怀希望。全词含蓄蕴藉，人物心理表现得生动形象。②宝押：旧时挂在帘上的镇帘之物。徐陵《玉台新咏序》中有"珠帘以玳瑁为押"。③韶华：春光，美好的时光。④无藉在：心中情无寄托、心中空无着落。

[译文]

宝押在绣帘上斜挂，像莺燕一样动听的歌声来自谁家？银筝试弹罢又拨弄着琵琶。她穿着柳青色的春衫，小袖紧贴在腕下，双鬟上插戴着鲜艳的桃花。　　她只想让芳草长满天涯，让流水能将美好的春色容纳。她心中天真无邪，似晚风吹拂的杨柳初吐嫩芽，绿色黄色交加。她闲倚着栏杆似乎有所牵挂，一只一只数尽暮色中飞归回巢的乌鸦。

杏花天①

年时中酒风流病，正雨暗、蘼芜深径②。人家寒食烟初禁，狼藉梨花雪影。　　西湖梦、红沉翠冷。记舞板、歌裙厮趁③。斜阳苦④与黄昏近，生怕画船归尽。

[注释]

①杏花天：这是一首寒食感怀忆旧的词。词以寒食雨为引子，以醉中观景与忆旧感叹人生仓促短暂。②中酒：醉酒。蘼芜：香草名，又名江蓠。③厮趁：相趁、相伴。宋人方言。④苦：很，极，非常。

[译文]

过年时醉酒惹出这风流病，眼下又冒着阴雨走上江蓠丛生的田野小径。家家户户过寒食刚断烟火，周围狼藉一片全是梨花凋零如落雪一样的残景。　　西湖似乎还在梦中，任凭岸边落花纷纷枝叶寒冷。忆当年湖上此时舞板声脆，相伴着歌声不断裙舞不停。斜阳西坠已近黄昏，真怕这湖上的游船返完归尽。

小重山①

画檐簪柳②碧如城，一帘风雨里，过清明。吹箫门巷冷无声，梨花月，今夜负中庭③。　　远岫敛修颦④，春愁吟入谱，付莺莺。红尘没马翠埋轮，西泠曲，欢梦絮飘零。

[注释]

①小重山：这是一首清明感怀词。追忆旧时西湖欢乐盛景，感叹今日的冷落。其写法与内容都与作者前篇《杏花天》略同。②簪柳：宋代风俗，寒食、清明家家户户门前插柳以庆春避邪。③吹箫门巷：指街巷卖糖者的饧（糖）箫。负中庭：庭中无月。负中庭为有负于中庭。④修颦：愁眉，皱眉。

[译文]

家家屋檐下插柳，绿色碧透全城，满帘风雨声中临安迎来了清明。街巷冷冷清清，听不到卖糖人的吹箫声。常爱眷顾梨花的春月，今夜也未出现在庭院中。　　远山似美人紧皱的眉峰，春愁已谱成曲词，任由黄莺飞来飞去地吟诵。昔日尘土没马蹄、芳草埋车轮的盛景，以及西泠的欢歌、西湖边的美梦，眼下已都如风吹飞絮飘零殆尽。

应法孙

应法孙,字尧成,号芝室。事迹无从考。

霓裳中序第一①

愁云翠万叠,露柳残蝉空抱叶。帘卷流苏②宝结,乍庭户嫩凉,栏干微月。玉纤胜雪,委素纨、尘锁香箧③。思前事、莺期燕约,寂寞向谁说? 悲切,漏签声咽。渐寒灺、兰釭未灭④。良宵长是闲别。恨酒凝红绡,粉涴瑶玦⑤。镜盟鸾影缺⑥,吹笛西风数阕。无言久,和衣成梦,睡损缕金蝶⑦。

[注释]

①霓裳中序第一:这是一首闺怨词。这是一首采用赋体写法填作的词,咏秋景中表现词中女子的离愁别恨。②流苏:帘幕、帐幕上的垂饰,以丝线制成的穗子。③素纨:团扇。尘锁香箧:将秋天不用的扇子锁进箱中。汉乐府《怨歌行》中有"弃捐箧笥中,恩情中道绝"句。④灺(xiè):蜡烛的余烬。兰釭:灯。⑤红绡:红丝巾。涴(wò):玷污。玦(jué):玉器,环形,有缺口。类今之镯子。⑥鸾影缺:孤鸾照影,形容孤单。鸾成双,常相伴,一只亡另一只亦不久存。传一鸾亡,另一鸾镜中照其影,窥知其单,遂长鸣数声而亡。⑦缕金蝶:女子头上的首饰。

[译文]

天上愁云涌动,地上绿草翠木层层叠叠,沾着露水的柳树上老蝉死死地抱着枝叶。门帘卷起悬挂的流苏纠缠成结,刚出屋门轻轻的寒气便扑上台阶,我倚着栏杆看那空中一轮朦胧的秋月。纤纤玉手胜似白雪,早将团扇锁箱内、不怕恩情中道绝。想起前事心中不悦,你背弃了我们美好的约定不来,孤独寂寞的感觉我向谁倾泻?

悲切,滴漏的响声像是人在呜咽。灯灰都凉了灯火还没灭,原来两人相爱恋如今倒成了一头热。良宵美好给我的却常是离别。酒后每每恨泪洒满丝巾,泪冲粉脂如泥,玷污了我腕上的玉玦。我们在镜前发誓成双,可镜子里鸾影却单缺,愁苦无处发泄,西风中我将怨恨的笛曲吹奏几节。不想多说了,和衣躺下做梦安歇,却睡坏了我头发上的缕金蝴蝶。

贺新郎[①]

宿雾[②]楼台湿,晓晴初、花明柳润,燕飞莺集。旧约重来歌舞地,留得艳香娇色。又梦草[③]、东风吹碧。午困腾腾春欲醉,对文楸、玉子无心拾[④]。看蝶舞,傍花立。　　酒痕未醒愁先入,记年时、翠楼寒浅,宝笙慵吸。想驻马河桥分别,恨轻竹[⑤]风帆烟笠。早尘暗、华堂帘隙。倚尽黄昏人独自,望江南回雁归云急。凭付与,锦笺墨。

[注释]

①贺新郎:这是一首春思词。写词中人春季一天的活动和离情别意。全词时间顺序明显,词句婉约且有情致。只是叙事过于平缓、纷杂,给人以辞繁意浅之感。②宿雾:昨夜之雾。③梦草:即池边春草。化用谢灵运《登池上楼》"池塘生春草,园柳变鸣禽"句。据说谢灵运梦见其族弟谢惠连而得此

句。④文楸、玉子：围棋的棋盘和棋子。⑤轻竹：竹篙。

[译文]

　　昨夜的雾打湿了楼台，至拂晓晴天才刚刚到来。百花明丽柳色青润，燕飞莺啼一派风采。上天似乎知道我们按约再来这歌舞之处，留这艳香娇色专为我们设摆。特别是那池塘边的春草，东风吹得它碧绿可爱。午间本易困乏，春意又醉人心怀，面对棋盘棋子却无心再摆擂台。且看蝴蝶飞舞，靠着花丛伫立发呆。　　酒意未消忧愁先涌了出来，还记得过年时青楼上微寒，我们吹笙时那副慵懒的神态。驻马河桥头我们分别的一幕让人难以忘怀，恨怨中那竹篙、风帆和你头上的竹笠，脱离了我的视线，一点一点地离开。怕这情景你早已忘记，已如尘灰暗淡在华堂的帘缝里。我无数次孤独地在黄昏中伫立，看江南归雁在云中飞得匆急。想将我的爱托付它们传递，要把对你的思念化成锦笺中的行行墨迹。

王亿之

王亿之,字景阳,号松间。存词一首。

高阳台①

双桨敲冰,低篷护冷,扁舟晓渡西泠②。回首吴山,微茫遥带重城③。堤边几树垂杨柳,早嫩黄、摇动春情。问孤鸿,何处飞来,共唤飘零。　　轻帆初落沙洲暝,渐潮痕雨渍,面色风皴④。旅思羁愁,偏能老大行人⑤。姮娥⑥不管征途苦,甚夜深、尽照孤衾?想玉楼,犹凭栏干,为我销凝。

[注释]

①高阳台:这是一首抒写旅愁怀人的词。词中人在一冬晨乘舟别离临安,途中所见引起他无限感叹,对逝去年华的感慨和对心上人的思念形成了全词的主题。该词意境空阔、清幽,很有特点。②西泠:西湖景区名胜,在孤山下。③吴山:在西湖东南。重城:南宋都城临安。④渍(zì):浸染、沾染。风皴(cūn):风吹得脸上皮肤粗糙起皱纹。方言。⑤老大行人:使行人衰老。⑥姮(héng)娥:嫦娥,这里指月亮。

[译文]

双桨敲破薄薄的湖冰,低低的船篷遮挡着袭来的寒冷,我乘一叶扁舟清晨渡过西泠。回首望吴山，曦光中依稀可看到临安的城影。堤边几棵早吐嫩黄色的垂柳，冷风中摇动着一树的春情。试问天上那只孤雁，你从何处启程，为何能巧妙地配合这萧瑟的风景，共同呼唤出我感觉中的飘零。　　暮色中轻舟在沙洲旁靠停，经过一番雨打潮涌，风吹得皮肤粗糙，皱纹也爬上了面容。旅途上的劳顿愁苦和悲切的心情，最能衰老行人的年龄。月亮可不管你征途上艰辛有多么深重，夜已深到什么程度了，还将冷光向着孤被独眠的人洒照个不停。想此刻我的心上人正在青楼中，倚伏着栏杆遥望着夜空，为思念我而把心神尽倾。

余桂英

余桂英,字子发,号野云。周密《浩然斋雅谈》中又称其为俞桂英。

小桃红[1]

芳草连天暮,斜日明汀渚。懊恨东风,恍如春梦,匆匆又去。早知人、酒病更诗愁,镇[2]轻随飞絮。　宝镜空留恨,筝雁浑无据[3]。门外当时,薄情流水,如今何处?正相思、望断碧山云,又莺啼晚雨。

[注释]

①小桃红:这是一首春怨词。词意深刻而又生动,把思妇念远之情表现得淋漓尽致。②镇:常,长。③筝雁:筝上的调音柱。因其在筝上斜排成行似雁阵,故名之。浑:全。无据:无依靠,没有心情。

[译文]

暮色中芳草接连着天际,斜阳映照的沙洲一片明丽。懊恨东风无情义,吹得春天恍如梦游,匆匆到来又匆匆归去。早知道人醉酒诗中更添愁意,常爱轻易地学那飞絮,胡思乱想全无头绪。　无心照镜子让铜镜空留恨意,欲借筝消愁此刻也毫无情趣。门外分手时,你已薄情得如同流水远去,谁知你如今已流向哪里?正望断青山云雾相思悲戚,偏那黄莺几声哀啼,唤来了一场夜雨。

胡仲弓

胡仲弓，字希圣，号苇航，清源（今福建仙源）人，流寓杭州。与仇远为诗友，多酬和之作。

谒金门[1]

蛾黛[2]浅，只为晚寒妆懒。润逼[3]镜鸾红雾满，额花留半面。渐次梅花开遍，花外[4]行人已远。欲寄一枝嫌梦短，湿云和恨剪[5]。

[注释]

①谒金门：这是一首思妇念远之词。词中以晚妆照镜和折梅欲寄两件小事，表现思妇在心上人走后的空虚无聊和对情人思念笃深的心理。②蛾黛：画眉。③润逼：呼出的热气。④花外：花丛旁、花丛下或花丛外。泛指，不确定的方位词。⑤寄一枝：用典《太平御览》："陆凯与范晔相善，自江南寄梅花一枝，诣长安与晔，并赠花诗曰：'折梅逢驿使，寄与陇头人。江南无所有，聊赠一枝春。'"湿云：指梅花。

[译文]

我蛾眉画得浅，只为晚间冷寒化妆有些懒。热气呼出雾蒙了镜面，镜中额花朦胧了脸一半。　　渐渐地梅花全都开遍，可花外的郎君却已走远。欲寄一枝表思念，又羞涩离别时间太短，怕他嫌我急切耐不住虚闲。心中犹豫难以决断，只将羞恨转向这眼前的梅花和手中的刀剪。

尚希尹

尚希尹,字莘老,号畏斋。赵闻礼《阳春白雪》中作向希尹。存词二首。

浪淘沙①

结客去登楼,谁系兰舟?半篙清涨雨初收。把酒留春春不住,柳暗江头。　　老去怕闲愁,莫莫休休②。晚来风恶下帘钩。试问落花随水去,还解西流?③

[注释]

①浪淘沙:这是一首感怀词。作者在暮春之际感怀不已,一为春即将离去伤感,二为年华逝去悲叹。面对现实,表现出一种无可奈何随波逐流的思想。②莫莫休休:若有所失、彷徨无措、无事可做。③"试问"二句:化用苏轼《浣溪沙》诗句,而反其意。苏轼在《浣溪沙》中有:"谁道人生无再少?门前流水尚能西,休将白发唱黄鸡!"

[译文]

客人结伴去登楼,谁人留下系船舟?清水又涨半篙深,阴雨才停收。端酒要将春挽留,春不回头照旧走,难挡阻这黄嫩的柳色渐渐暗淡在江头。　　人老最怕闲得愁,无事可为没有盼头。晚间东风吹得急就要放下帘钩。试问落花已坠只能随水漂流,还管它河水西流和东流?

柴 望

柴望(1212~1280),字仲山,号秋堂,衢州(今属浙江)人。嘉熙中为太学上舍,后因上书忤贾似道,诏下府狱。宋亡后隐居,与其从兄弟辈三人,号为"柴氏四隐"。著有《道州台衣集》、《凉州鼓吹》。存词十余首。

念奴娇[①]

春来多困,正晷[②]移帘影,银屏深闭。唤梦幽禽烟柳外,惊断巫山十二[③]。宿酒初醒,新愁半解,恼得成憔悴。蓬松云鬓,不忺[④]鸾镜梳洗。　　门外满地香风,残梅零落,玉糁[⑤]苍苔碎。乍暖乍寒浑莫拟[⑥],欲试罗衣犹未。斗草雕栏,买花深院,做踏青天气。晴鸠鸣处,一池昨夜春水。

[注释]

①念奴娇:这是一首闺怨词。词中通过环境、景物及人物情态的描绘,表现思妇的烦恼和苦闷。②晷(guǐ):日影。③巫山十二:巫山有十二峰。这里指男女欢爱的巫山云雨梦。④忺(xiān):高兴,乐意。⑤糁:碎粒。⑥浑:全。莫拟:不似。

[译文]

　　春季的天气让人增添困意,日光推着帘影飞移,屏风紧紧地掩闭。杨柳边的鸟啼将我从梦中唤起,惊断了我的巫山云雨。昨晚的醉意此时才刚散去,消淡一半的新愁又从心中涌起,恼恨得我憔悴了脸皮。蓬松着散乱的头发,不愿对镜梳洗。　门外香风满地,那是残梅飘落散发的气息,遍布苔藓的地面上全是落梅玉一般的碎粒。这忽冷忽暖的天气,让我想试穿罗衫却总是心中犹豫。雕栏内玩着斗草的游戏,买来鲜花种植在自家院里,不用外出,自己创出一番踏青的天地。晴日里斑鸠啼鸣的地方,一池昨夜的春水在轻轻地漾溢。

朱藻

朱藻,号野逸,曾官仙居知县,后罢去,宋宁宗嘉定十六年(1223)官至大理司直。

采桑子①

障泥油壁②人归后,满院花阴。楼影沉沉,中有伤春一片心。闲穿绿树寻梅子,斜日笼明。团扇风轻,一径杨花不避人③。

[注释]

①采桑子:这是一首春情词。词中人不游春,未睹春景却伤春,着实耐人寻味。词句风格婉约有致,词尾末句更爽人口。②障泥油壁:车马。障泥,垫于马鞍下垂于马腹两侧以遮挡尘土的马鞯。这里指代马。油壁,蒙有油布篷的马车。油壁车较小,古代为女士乘坐。③一径杨花不避人:化用晏殊《踏莎行》:"春风不解禁杨花,濛濛乱扑行人面。"

[译文]

踏青的车马归来后,只觉得满院花草暗幽幽。园中楼影阴沉沉,藏着伤春人的一片心。　无事穿梭于绿树间,去把青梅找寻。斜阳余晖照梅林,正是黄昏时分。团扇摇出轻风一阵,一路杨花乱扑面,丝毫不避行路人。

黄 铸

黄铸，字晞颜（有本作字亦颜），号乙山，邵武（今属福建）人。曾官柳州守。

秋蕊香令[①]

花外数声风定，烟际一痕月净。水晶屏小敧[②]翠枕，院静鸣蛩相应。　　香销斜掩青铜镜，背灯影，空砧夜半和雁阵。秋在刘郎绿鬓[③]。

[注释]

①秋蕊香令：这是一首秋思词。语言通畅精练，意境疏朗。词尾末句更为佳句，意深而词简。②敧：同"倚"。③刘郎：代指所爱的男子。绿鬓：黑色的鬓发。

[译文]

花旁几阵清风才停，天边一牙儿弯月明净。欲睡不成倚着绿色的枕头，靠着床前的玻璃屏风，院中寂静，偶能听到几下蟋蟀的叫声。

飘荡的香烟环绕着铜镜，背着灯影，我细听着半夜传来的捣衣声和雁阵中几声苍劲的长鸣。秋色就在我的身旁，秋色也应显在他的鬓发中。

王同祖

王同祖,字与之,号花洲,金华(今属浙江)人。早年入金陵幕府,历任朝散郎、大理寺主簿、建康府通判。存词三首。

阮郎归[①]

一帘疏雨细于尘,春寒愁杀人。桐花庭院近清明,新烟[②]浮旧城。　寻蝶梦[③],怯莺声,柳丝如妾情。丙丁帖子[④]画教成,妆台求晚晴。

[注释]

①阮郎归:这是一首春情词。描写寒食、清明期间的气候与景物。词中人情态可人,词句刻画生动逼真,风格颇似民歌。②新烟:寒食禁火过后要改换新火,故钻木取火,谓之新烟。③蝶梦:用典"庄周梦蝶"。意即身化为蝴蝶的梦。④丙丁帖子:祈求天晴放暖的帖子。五行之中丙丁属火,故以丙丁代指火,晴暖之意。

[译文]

帘外稀疏的细雨润湿了土尘,初春的冷寒愁死人。院桐开花已到清明,钻木烟生飘散古城。　　正做着化蝶的美梦,害怕莺声将我唤醒,柳丝停摆不扰莺,似乎了解我心情。丙丁帖子已写成,妆台前祈求今晚晴。

王茂孙

王茂孙,字景周,号梅山。生平事迹不详。

高阳台

春 梦①

迟日烘晴,轻烟缕昼,琐窗雕户慵开。人独春闲,金猊暖透兰煤②。山屏缓倚珊瑚畔,任翠阴、移过瑶阶。悄无声,彩翅③翩翩,何处飞来。 片时千里江南路,被东风误引,还近阳台④。腻雨娇云,多情恰喜徘徊。无端枝上啼鸠唤,便等闲⑤、孤枕惊回。恶情怀,一院杨花,一径苍苔。

[注释]

①春梦:这是首春情词。以词中人的梦境为主题,从人独春闲而入梦,到梦中的欢畅想象来表达闺中人心中所思。虽属抽象的意境,但梦中所做所思很符合长期幽居闺房的思妇心理。咏题为"春梦"非常恰当。②金猊(ní):兽形铜香炉。猊,狻猊。传说中的古兽,形似狮子。兰煤:香炉中所燃香料。③彩翅:彩蝶。④片时千里江南路:化用岑参《春梦》诗:"枕上片时春梦

中,行尽江南数千里。"阳台:楚王梦中与巫山神女欢会的地方。用典宋玉《高唐赋》。⑤等闲:寻常,随便。

[译文]

缓缓行走的太阳烘暖出了一个晴天,明亮的天空下面升起缕缕轻烟,雕花的窗门未推开因为人慵懒。孤独寂寞的人春天更悠闲,铜香炉中香料添足让它尽情地燃。慢慢地倚着屏风斜躺在珊瑚旁边,任凭绿树的阴影在台阶上不停地变换。周围寂静无声,一点音响不见,恍然间,感觉身化彩蝶飞舞翩翩。　顷刻行遍了千里江南,又被东风误引召唤,来到了阳台上面。细雨娇云及时行欢,与他两情相悦恋恋不舍缠缠绵绵。忽然枝头上的斑鸠无来由地啼喊,就这样随随便便把我从枕上的美梦中惊回到人间。情绪不好心中厌烦,不愿看这一院的杨花飞絮,满路的苍青苔藓。

点绛唇

莲　房①

折断烟痕,翠蓬初离鸳鸯浦。玉纤相妒,翻被专房误②。乍脱青衣,犹著轻罗护③。多情处,芳心④一缕,都为相思苦。

[注释]

①莲房:这是一首咏唱莲蓬的词。虽是咏物词倒似是咏人,词中处处把莲蓬想象为美女。莲子孔被想象为后宫佳丽的专房,由莲子皮想象到美女的外衣,想象生动。词语也浅显清丽。②玉纤:女子如玉般光滑的纤手。翻:反。③青衣:莲子外层的青皮。轻罗:莲子内层白色的薄皮。④芳心:莲心,味苦。

[译文]

折断莲蓬茎秆,藕丝不断如轻烟,绿蓬离开了鸳鸯戏水的湖岩。女子纤纤玉手将莲房拆散,一子一孔像是宫妃有专房住在皇室的后院。结果是专房反被女子拆,相互妒忌易招怨。　　莲子真像美女一般,脱下外面青衫,还有轻薄的内衣遮掩。莲心更像女子心,都为相思受苦难。

王易简

王易简,字理得,号可竹,山阴(今浙江绍兴)人。宋末举进士,除瑞安主簿,不赴。曾客寓临安,为周密词友。

齐天乐

客长安赋①

宫烟晓散春如雾,参差②护晴窗户。柳色初分,饧香未冷,正是清明百五③。临流笑语,映十二栏杆,翠鬟④红妒。短帽轻鞍,倦游曾遍断桥⑤路。 东风为谁媚妩?岁华频感慨,双鬓何许⑥!前度刘郎,三生杜牧,赢得征衫尘土⑦。心期暗数,总寂寞当年,酒筹花谱⑧。付与春愁,小楼今夜雨。

[注释]

①客长安赋:这是一首客居抒愁怀之词。作者曾长期客居临安,对身居异乡的漂泊生涯非常厌倦。思念故乡、渴望回归,伤感年衰力老,留恋昔日盛景为该词主要内容。长安,代指南宋京城临安。②参差:不齐貌。这里为时浓

时淡。③柳色初分:指家家插柳于门。饧香:糖香。清明百五:从冬至到清明,相隔一百零七日,去两头不计,故云一百五。④颦:皱眉头。⑤断桥:西湖十景之一。⑥双鬓何许:双鬓白发何许多。⑦前度刘郎:作者自比。化用刘禹锡《再游玄都观》:"种桃道士归何处?前度刘郎今又来。"三生杜牧:作者自比。化用黄庭坚《广陵早春》:"春风十里珠帘卷,仿佛三生杜牧之。"⑧心期:心愿。酒筹:饮酒戏赌的筹码,类今之骰子。

[译文]

寒食过后,宫中取新火的青烟在清晨飘散如同春雾,忽浓忽淡暗淡了晴空,遮掩了窗户。春糖的香味浓郁,户户门前插柳庆祝,从冬至到清明已经整整一百零五个天数。眼前美女如云倚着栏杆面对流水欢笑歌舞,她们的艳丽令春花绿柳都为之嫉妒。忆当年我也曾简装轻骑,游累了西湖断桥之路。　　东风传送着芳香它在为谁妩媚?如今我双鬓斑白常对年华飞逝深有感触。我似"前度刘郎"和"三生杜牧",整日漂泊在外只落得征袍上一层尘土,却早已将诗歌词赋生疏。心中总暗把过去的期愿细数,回想当年饮酒赏花的欢快,眼下的寂寞简直让我忍受不住。唉,暂且把满腹的愁苦交给春天,小楼今晚细雨绵绵不断。

酹江月①

暗帘吹雨,怪西风梧井,凄凉何早。一寸柔情千万缕,临镜霜痕②惊老。雁影关山,蛩声院宇,做就新怀抱。湘皋遗佩,故人空寄瑶草③。　　已是摇落堪悲,飘零多感,那更长安道④!衰草寒芜吟未尽,无那⑤平烟残照。千古闲愁,百年往事,不了黄花⑥笑。渔樵深处,满庭红叶休扫。

[注释]

①酹江月:这是一首咏景抒怀之作。词意表达作者久客居于临安,睹秋

景而叹年衰,思归故乡,怀念旧友的心情。②霜痕:白发。③湘皋遗佩:佳人赠以佩玉。用典"汉皋遗佩"郑交甫遇仙女赠其玉佩的故事。湘皋,湘水边的高地。瑶草:仙草。化用东方朔《与友人书》:"相期拾瑶草,吞日月之光华,共轻举耳。"④摇落堪悲:化用宋玉《九辩》:"悲哉!秋之为气也。萧瑟兮,草木摇落而变衰。"长安道:代指临安道。⑤无那:无奈。⑥黄花:菊花。

[译文]

风雨暗暗地将门帘吹动,怪这西风无情让梧桐落叶伴随着院井,为何这么早就吹出了一幅凄凉的秋景。千万缕思绪系着一寸柔情,对镜中满头白发如此衰老的我感到吃惊。关山上空孤独的雁影,院落中蟋蟀忧郁的哀鸣,绘就出一张秋悲的新画面而印入我的心中。哪里会有仙女赠玉佩与我传情,也难有故友寄来仙草表达心诚,这些对我已是一场空梦。 已是树叶散落的悲切心境,又伤感于多年的异乡飘零,更让我难以忍受久困于这临安都城。正面对残草萧瑟、荒芜寒冷感叹未尽,却无奈又见夕阳残照暮云涌生的凄凉情景,怎不让我心情悲痛。千古闲愁、百年往事全可以抛却,可怎么也无法忘记故乡菊花的笑容。只愿做渔人樵夫,去那江湖山谷深处度此余生,到那时隐归山野,满院凋零的红叶都不用扫动。

庆宫春

谢草窗惠词卷①

庭草春迟,汀蘋香老,数声佩悄苍玉②。年晚江空,天寒日暮③,壮怀聊寄幽独。倦游多感,更西北、高楼送目④。佳人不见,慷慨悲歌,夕阳乔木⑤。 紫霞⑥洞杳云深,袅袅余音,凤箫谁续?桃花赋在,竹枝词⑦远,此恨年年相触。翠榈芳字,漫重省、当时顾曲⑧。因君凝伫,依约吴山,半痕蛾绿⑨。

[注释]

①谢草窗惠词卷:此词为作者答谢周密惠赠词卷。周密的词集《蘋洲渔笛谱》刻成后,曾分赠词友,除作者作此首词外,王沂孙、李彭老、李莱老、毛珝等都有答谢题词。该词主要赞美该词集、介绍其大概内容和自己的读后感。因此时南宋灭亡不久,词中多有悲慨之情。②佩悄苍玉:吟咏之声。③天寒日暮:化用杜甫《佳人》诗:"天寒翠袖薄,日暮倚修竹。"④西北、高楼:泛指高楼。《古诗十九首》中有:"西北有高楼,上与浮云齐。"⑤夕阳乔木:这里暗喻国衰世微之意。⑥紫霞:杨缵,号紫霞。周密出其门下。⑦竹枝词:词调名。出于乐府,多吟咏风土人情。⑧翠楠:即翠笺。绿色信笺。有本作"笺"。顾曲:度曲填词。三国周瑜精通音律,时人称:"曲有误,周郎顾。"⑨依约:隐约。吴山:在临安城南。蛾绿:美人的黛眉,黑眉。

[译文]

庭院中的草很晚才得到春天,水边的蘋草衰老也不失芳香,隐在襟下的玉佩悄然碰撞,也能发出几声苍润的声响。年末岁寒江上少有帆过舟行,天寒地冻暮日曚眬,你壮怀难酬姑且独将山水吟咏。游累了世间感受重重,更能站在高楼上去看待人生。现在美人已很少出现在你的词中,换成了慷慨悲歌和残阳林木的山野之情。

紫霞翁的洞府高深云涌,那里美妙的音律余音也好听,他走后这凤箫能由谁续接吹送?我们仍在雅聚将桃花赋咏,但创新的竹枝词已渐渐匿声,此恨年年都会在我们心中滋生。绿笺上的诗词又映入眼中,想一想,那时词曲有误是谁来帮助纠正。因您站立在那儿关注着词学的前景,隐隐约约的吴山像美女朦胧的双眉,仍然显得美丽慧聪。

张 桂

张桂,字惟月,号竹山。祖籍西秦(今陕西省),与词人张枢为从兄弟。曾官大理司直。存词二首。

菩萨蛮[①]

东风忽骤无人见,玉塘烟浪浮花片。步湿下香阶,苔粘金凤鞋。 翠鬟愁不整,临水闲窥影。摘得野蔷薇,游蜂相趁归。

[注释]

①菩萨蛮:这是一首春情词。语词秀丽香艳,但一"愁"字点化出主人公的心境。

[译文]

东风忽急无人瞧见,看池塘烟生浪翻浮动着花片。踩着淋湿的地面走下台阶,苔藓沾满了我的金凤绣鞋。 黑黑的头发因愁不想梳整,对着水面偷偷地看着自己的倒影。摘了一枝野蔷薇,游蜂紧追随我归。

浣溪沙①

雨压杨花路半干,蜂遗花粉在栏杆,牡丹开尽正春寒。懒品么弦金雁并,瘦惊双钏玉鱼宽,新愁不放翠眉间②。

[注释]

①浣溪沙:这是一首闺情词。精妙雅致的语句,仍以"新愁"为全词主题。②品:弹。么弦:琵琶的第四弦。金雁:筝上的金属弦柱。双钏:手镯。玉鱼:腰带上的佩饰,这里代指腰带。

[译文]

雨水打蔫了杨花,路面半湿半干,蜜蜂丢失的花粉却被沾贴上了栏杆,牡丹花已全部绽放,正值春意犹寒。 懒调琴柱弹筝弦,惊看手镯套着瘦腕,腰带又显宽松,新愁不断紧锁在双眉之间。

张 磐

张磐,字叔安,号梅崖。宋末为嵊县令。有《梅崖集》,已佚。

绮罗香

渔浦有感①

浦月窥檐,松泉漱枕,屏里吴山何处②?暗粉疏红,依旧为谁匀注③?都负了、燕约莺期,更闲却、柳烟花雨。纵十分、春到邮亭④,赋怀应是断肠句。　　青青原上荞麦,还被东风无赖⑤,翻成离绪。望极天西,唯有陇云江树。斜照带、一缕新愁,尽分付、暮潮归去⑥。步闲阶、待卜⑦心期,落花空细数。

[注释]

①渔浦有感:这是一首怀人之词。词中人客游渔浦思念恋人,为自己外出空负了与恋人相聚之约而内疚,并想象着双方相互思念的各种意境。词中的心理刻画比较细腻,遣词化用也较为贴切,很少有雕琢痕迹。渔浦:地名,在萧山县(今属浙江)西三十里,传说为舜帝捕鱼处。②漱:流过。吴山:在杭州西湖东南。③匀注:涂脂

抹粉，梳妆打扮。④邮亭：驿站，驿馆。这里指词中人所在处。⑤无赖：无端，无理由。⑥尽分付、暮潮归去：化用毛滂《惜分飞》："今夜山深处，断魂分付潮回去。"⑦卜：占卜。这里指用花卜算归期。

[译文]

水边的月亮偷看着房檐，松摇泉响之声传到枕边，那思念中的吴山离这里究竟多远？淡淡的粉稀疏的红春花一片，朵朵涂脂抹粉是在为谁打扮？我在外辜负了燕莺相约的美好会面，让那柳翠花红的美景白白空闲。纵然春天的所有娇艳都在我的身边，从我胸中抒发的也应是断肠的语言。　　原野上的青青荠麦，无端地被东风吹得如浪翻卷，像我的离情别绪千层万段。向西望尽天边，唯有浮动的云、江岸的树时隐时现。斜阳映照处一缕新愁涌现，内心尽力地呼喊，让我能随着暮霭云潮回到她的身边。此刻想她也应在台阶上徘徊往返，把我的归期占卜测算，那落花空被她细细地数遍。

浣溪沙①

习习轻风破海棠，秋千移影上回廊，昼长蝴蝶为谁忙？度②柳早莺分暖绿，过花小燕带春香，满庭芳草又斜阳。

[注释]

①浣溪沙：这是一首咏景词。宋代唱词中专有"春景"类题目。这首词就是这样一首春景词，它纯咏春色中的景物。②度：穿越，飞过。

[译文]

轻风习习吹动着海棠，秋千荡起的影子映在回廊上。漫长晴日中蝴蝶翩翩起舞在为谁忙？　　清晨穿越杨柳的莺鸟知晓哪枝朝向南方，飞过花丛的小燕子浑身带着芳香。时光真如流水一样，顷刻，满院的碧草又在送归斜阳。

张 林

张林,字去非,号樗(chū)岩。宋末知池州。存词二首。

唐多令①

金勒鞚花骢,故山云雾中②。翠蘋洲、先有西风③。可惜嫩凉时枕簟④,都付与、旧山翁。　　双翠合眉峰,泪华分脸红⑤。向樽前、何太匆匆! 才是别离情便苦,都莫问,淡和浓!

[注释]

①唐多令:这是一首咏别离之情的词。对词中男女主人公的不同心理形态描写细腻而又生动。②金勒:马勒子,缰绳。鞚(kòng):马笼头。这里作动词,控,掌握。骢(cōng):青白色相杂的马。③西风:秋风。④簟:竹席。⑤双翠:双眉。泪华:泪花。

[译文]

勒紧了花骢马的缰绳,回首遥望,故乡山水已在云雾中,青翠的蘋洲已经吹起了秋风。可惜夏末初凉时用的枕席,现在只能交给故乡山中的老翁享用。　　双眉紧锁愁涌在眉峰,泪花悄悄地滚动,脸上羞得通红。你喝那杯送行酒时为何那样匆匆!是别离之情都很苦,且莫问是淡和浓。

柳梢青

灯 花①

白玉枝头,忽看蓓蕾,金粟珠垂②。半颗安榴,一枝浓杏,五色蔷薇③。 何须羯鼓声催④,银釭⑤里、春工四时。却笑灯蛾,学他蜂蝶⑥,照影频飞。

[注释]

①灯花:这是一首咏物词。所咏为蜡烛灯花,所咏之物亦属少见。比喻和想象大胆、丰富。②白玉:烛身。金粟:灯花结蕊。珠垂:烛泪流淌。③安榴:安石榴,即石榴。浓杏:有本作"秾杏"。④羯鼓声催:用典南卓《羯鼓录》,该书上载:唐玄宗酷爱羯鼓,曾对柳杏击鼓制曲,鼓毕歌后,柳杏竟为之吐芽、绽放。羯鼓,古代由西域传入的一种击打乐器。⑤银釭:油灯。⑥蜂蝶:有本作"蝴蝶"。

[译文]

白玉枝头上,忽然看到蓓蕾开放,金色的花蕊如泪珠在流淌。像半颗石榴又如一枝杏花盛开,还似一朵五色的蔷薇模样。 何须击打羯鼓催它生长,油灯之中自有春天的各种风光。却笑那灯蛾太不自量,硬将那蜜蜂蝴蝶模仿,照着灯花烛影频频胡飞乱撞。

朱屫孙

朱屫（shù）孙，字令则，号万山。存词一首。

真珠帘①

春云做冷春知未？春愁在、碎雨敲花声里。海燕②已寻踪，到画溪沙际。院落秋千杨柳外，待天气、十分晴霁。春市，又青帘巷陌，红芳歌吹。　　须信处处东风，又何妨对此，笼香觅醉。曲尽索③余情，奈夜航催离。梦满冰衾身似寄，算几度、吴乡④烟水。无寐，试明朝说与，西园⑤桃李。

[注释]

①真珠帘：这是一首咏春景抒发客怀的词。词中多采用铺叙写法，表达客居异乡的漂泊之感和对家乡的愁思。②海燕：即燕子。③索：寻觅，索要。④吴乡：吴中一带，今江苏地区。⑤西园：泛指家乡园林。

[译文]

春天是否知晓春云正在酝酿着冷意？春愁滋生就藏在碎雨敲打春花的声响里。燕子已在寻找春天归去的踪迹，飞往如画般的溪头和那沙洲的边际。院落的秋千在杨柳旁静静地歇息，在等待着天气变得十分晴丽。春天仍然热闹,看街巷上青帘掀动佳人美女又将欢曲吹起。　　要相信处处都有东风暖意,又何必滞留此地寻求酒醉香迷。一曲歌罢尚欲寻觅余情别趣,无奈舟船夜航催促离去。梦中全是冰冷的衣被,身体无根似在四处漂移,计算已有多少次淹没在吴乡异地的烟水里。睡不着,无法入梦里,准备明天细把这些感受说给故乡园林中的桃李。

吴大有

吴大有,字有大,号松壑,嵊县(今属浙江)人。尝游太学,率诸生上书弹劾贾似道。后退处林泉,与林昉、仇远等人以诗酒相娱。宋亡后,元朝辟为国子检阅,不赴。存词一首。

点绛唇

*送李琴泉*①

江上旗亭②,送君还是逢君处。酒阑呼渡,云压沙鸥暮。漠漠萧萧③,香冻梨花雨。添愁绪,断肠柔橹,相逐寒潮去。

[注释]

①送李琴泉:这是一首送别词。词中送别场景顺序分明,词句不媚不俗,清逸隽雅,充满挚诚。李琴泉,作者的友人。②旗亭:酒楼。③漠漠萧萧:空寂冷落貌。

[译文]

江边的酒楼上,是第一次识君今日送君的地方。酒宴散后呼渡江,沙鸥惊飞,云低暮色苍茫。　　冷冷落落凄凄凉凉,寒雨落纷纷梨花失色香,相别更让愁绪长。强忍断肠苦,柔情系橹桨,一颗恋恋不舍心随你逐寒浪。

张 炎

张炎(1248～?),字叔夏,号玉田,晚号乐笑翁。祖籍西秦(今陕西省),世居临安。张炎是词人张枢之子。早年诗酒啸傲,流连于湖山风月间。入元后曾一度北上大都(今北京),失意而归。晚年流落江湖,穷困潦倒。有《山中白云词》,论词专著《词源》。

壶中天

养拙夜饮,客有弹箜篌者,即事以赋①。

瘦筇访隐,正繁阴闲锁,一壶幽绿②。乔木苍寒图画古,窈窕人行韦曲③。鹤响天高,水流花净,笑语通华屋。虚堂松外,夜深凉气吹烛。　　乐事杨柳楼心,瑶台月下,有生香堪掬④。谁理商声帘户悄,萧飒悬珰鸣玉⑤。一笑难逢,四愁⑥休赋,任我云边宿。倚栏歌罢,露萤飞下秋竹。

[注释]

①养拙夜饮,客有弹箜篌(kōng hóu)者,即事以赋:这首词赋咏养拙园夜饮场景。该词的词牌在《历代诗余》中作《念奴娇》,词题在作者的《山

中白云词》中作"养拙园夜饮"。箜篌,一种古代弦乐器。弦数以乐器大小不同,最小的5根弦,最大的25根弦。②瘦筇(qióng):细竹手杖。一壶幽绿:壶中仙境。道家称仙境为壶中天。这里指养拙园。③韦曲:在陕西西安城南,唐时韦氏世居于此,为樊川第一名胜。④杨柳楼心:代指歌舞场所。词出晏几道《鹧鸪天》:"舞低杨柳楼心月,歌尽桃花扇底风。"生香:活色生香。形容乐妓貌美。⑤商声:秋声。珰:耳坠。⑥四愁:汉代张衡作有《四愁诗》。

[译文]

拄着细细的竹杖入山中寻访隐居的高人,这里围闭着一片绿荫如仙境一样葱翠幽深。参天古树像画中一样森寒苍劲,窈窕美女来往穿行在这韦曲一样的园林。气爽天高仙鹤长鸣,涓涓流水鲜花明净,华贵高大的屋子中充满笑声。松林旁的阁亭,深夜的凉风吹摇着烛灯。 歌舞弹唱欢乐充盈,在这月光下的仙境中,有那么多美女个个丽颜俏容。谁理会帘下门前悄然生起的秋风,萧瑟之中只看这耳环晃动玉佩碰鸣。千金易得一笑难逢,别再将那《四愁诗》拿来吟诵,任由我在这山间的云边宿营。倚栏时歌声已停,秋竹旁飞动着点点流萤。

渡江云

次赵元父韵①

锦芍②缭绕地,凉灯挂壁,帘影浪花斜。酒船归去后,转首河桥,那处认纹纱③。重盟镜约,还记得、前度秦嘉④。唯只有、叶题缄付⑤,流不到天涯。 惊嗟,十年心事,几曲栏干,想萧郎⑥声价。闲过了、黄昏时候,疏柳啼鸦。浦潮夜涌平沙白,溯断鸿⑦、知落谁家?书又远,空江片月芦花。

[注释]

①次赵元父韵：这是一首叙写别离之情的词。赵元父，赵与仁，字元父，宋宗室后裔，周密、张炎等人的词友。词借一女子之口，叙述对赵元父深切的相思。词中语气略有调侃意味。②锦荞：有本作"锦香"。荞，即"香"。③纹纱：船行划出的波纹。④秦嘉：字士会，东汉时期人。桓帝时为郡上掾，与其妻徐淑感情深厚。秦嘉赴洛阳，徐淑因病住娘家，不及面别，夫妇作诗、写信相互赠答。秦嘉在《重报妻书》中谈到自己随信赠妻明镜、宝钗、组履、好香、素琴等物。情极感人，为后人称道。⑤叶题：用"红叶题诗"的典故。缄（jiān）付：寄给。有本作"堪寄"。⑥萧郎：有本作"萧娘"。⑦溯：有本作"问"。断鸿：脱离雁群的孤雁。

[译文]

锦衣香气缭绕的地方，凄凉的灯挂在墙上，风吹着帘布形成一条条斜浪。你乘载酒的船走后转眼就过了桥旁，谁还能辨别水纹知道你去了何方。镜子前我们又把誓约重讲，你还向我提到过去惜爱妻子的秦郎。眼下见不到你，只有题诗于红叶让它随波逐浪，可它却难漂流天涯，来到你的身旁。　　惊恨、感叹，十年来我倚过多少栏杆，每天在心中把你的名字暗暗呼唤。有多少次我在黄昏时思念，杨柳稀疏无力地摆动，乌鸦在暮色中啼叫得凄惨。夜晚潮涌淹埋了沙滩，我在问询天上离群的孤雁，你要把信捎到哪家门前？人太远，信也远，江中无帆，月光惨淡，芦花飞得乱。

甘　州

饯草窗西归①

记天风、飞佩紫霞边，顾曲万花深②。怪相如游倦，杜陵愁老，还叹飘零③。短梦恍然今昔，故国十年心。回首三三径④，松竹成阴。　　不恨片帆南浦，只恨剪灯听雨⑤，谁伴孤吟？料瘦筇归后，闲锁北山云⑥。是几番、柳边行色，是几番、同醉古园林。烟波远，笔床茶灶，何处逢君？

[注释]

①饯草窗西归：这是一首为周密返归湖州故里饯别的词。词中表达对词友的浓重情谊。该词作于宋亡后，故词中多有对故国的思念和今衰昔盛的感慨之情。草窗，周密。该词的词题有本作"饯草窗归雪"。②紫霞：杨缵，号紫霞。周密出其门下。顾曲："曲有误，周郎顾"，这是以周密比作周瑜精通音律。③相如：司马相如，西汉辞赋家。杜陵：唐代诗人杜甫。④三三径：指家园。西汉末，王莽专权，兖州刺史蒋诩辞官隐居乡下，于院中修三条路，只与求仲、羊仲来往。有本作"空三径"。⑤剪灯听雨：化用李商隐《夜雨寄北》："何当共剪西窗烛，却话巴山夜雨时。"⑥瘦筇：细竹杖。北山：这里指周密家乡湖州的弁山。

[译文]

是天上的风把你送到了紫霞翁身边，在万花深处把音律学得精湛。你似司马相如已在江湖游倦，像诗人杜甫常为衰老感叹，如今已对天涯飘零感到厌烦。现在已从昔日的短梦中恍然醒悟，回归故乡是你十年来的心愿。回首看看自己的家园，松竹成林已是绿荫一片。　　不恨江南岸边分别时载你离去的白帆，只恨剪灯的夜晚再不能和你一起听雨于巴山，此后独将诗词吟咏时有谁来相伴？想你持细竹拐杖归乡后，将悠闲地隐居在弁山的白云边。你将会多次在溪旁欣赏柳色，又会多次邀友同醉于古雅的林园。烟波浩渺一别遥远，茶灶旁、笔案边，能在何处与君再见面？

赵崇霄

赵崇霄,字有得,号莲岙(ào),剑浦(今福建南平)人。宋宗室后裔。宋理宗宝庆二年(1226)进士。存词一首。

东风第一枝[①]

妒雪梅苏,迷烟柳醒,游丝轻飏新霁。卷帘看燕初归,步屧[②]为花早起。春来犹浅,便做出、十分春意。喜凤钗、才卸珠幡[③],早换巧梳描翠。　　著数点、催花雨腻,更一阵、递香风细。小莺忺[④]暖调声,嫩蝶试晴舞翅。清欢易失,怕轻负、年芳流水。好趁闲、共整吟鞯,日日访桃寻李[⑤]。

[注释]

①东风第一枝:这是一首以早春为题材的节序词。词以写景为主,采用直叙的写法,将与早春有关的景物、情事列写于词中。笔致较为平缓。②步屧:散步。屧,木拖鞋,这里泛指鞋。③才卸珠幡:意即春节刚过。珠幡,幡胜、彩胜,立春所戴的剪彩装饰物。④忺(xiān):高兴,惬意。⑤吟鞯(jiān):出游吟唱所用的马匹。鞯,马鞍下的衬垫,这里代指马。

[译文]

　　梅花在有些妒忌的雪中苏醒,柳枝在迷离的烟雾中舞弄,游丝轻轻地在晴空中飘动。卷起门帘看新燕归来,步履因观花惊动了黎明。春天刚到,便张扬出了十分的春情。取下凤钗卸掉彩色的头绳,清晨在镜前画眉涂红。　　落几点润花湿草的细雨,刮一阵柔柔的香风。雏莺在春暖中快乐地调试啼音,嫩蝶在阳光下翩翩舞弄。好景不常在,怕辜负了这流水似的青春芳龄。趁着时光在,将马具备整,日日去寻赏那梨白桃红。

范晞文

范晞文,字景文,号药庄,钱塘(今浙江杭州)人。宋理宗时为太学生,与叶李上书弹劾贾似道,被流琼州。入元后,以程钜夫荐,擢江浙儒学提举,转长兴丞。有《药庄废稿》。

意难忘[1]

清泪如铅,叹咸阳送远,露冷铜仙[2]。岩花纷堕雪,津柳暗生烟。寒食后,暮江边,草色更芊芊[3]。四十年,留春意绪,不似今年。　　山阴[4]欲棹归船,暂停杯雨外,舞剑灯前。重逢应未卜,此别转堪怜。凭急管,倩繁弦,思苦调难传[5]。望故乡,都将往事,付与啼鹃[6]。

[注释]

①意难忘:这是一首归途抒怀词。公元1276年春,元兵开始围攻南宋都城临安,1278年2月宋幼帝赵㬎、谢太后投降。作者当时正客居越中,惊闻临安失陷后急欲返回故乡,亡国的悲痛与思乡的愁苦使词中充满激楚悲愤之情。②"清泪"三句:以汉武帝时所造金铜仙人被拆掉迁移之事喻南宋的灭

亡。化用李贺《金铜仙人辞汉歌》:"空将汉月出宫门,忆君清泪如铅水。衰兰送客咸阳道,天若有情天亦老。"这里汉时咸阳喻南宋临安。③芊芊:春草青绿茂盛貌。④山阴:今浙江绍兴,作者客居处。⑤凭:凭借。倩:依靠。⑥啼鹃:传说杜鹃为亡国之君杜宇精魂所化。这里暗含吊宋亡之意。

[译文]

流下的清泪沉重似铅,将远方的临安哀叹,怕当年咸阳的情景要在那里出现,沾着寒露的金铜仙人又要被人拆迁。山岩上落花纷飞似雪片,渡口旁柳色暗淡如青烟。寒食节后的黄昏再次降临江岸,芳草嫩绿非常茂繁。四十年间年年留意春天,但没有一年能似今年。　　绍兴江岸边急欲划船归返,雨中暂将酒杯放案前,灯下舞弄手中剑。能否与亲人重逢难测算,这次别离特别令人心酸。凭借着笛管和琴弦,也难将思念之苦的曲调送传。遥望着故乡那边,将往事千段万段,都交给那悲切啼鸣的杜鹃。

郑斗焕

郑斗焕,字丙文,号松窗。存词一首。

新荷叶①

乳鸭池塘,晴波漾绿鳞鳞②。宿藕③根香,夏来生意还新。蚨钱小、钿花贴翠,相间萍星④。一番雨过,一番暗展圆青。

鱼戏龟游,看来犹未胜情。因忆年时,垂钓曾约轻盈⑤。玉人何处?关情是、半卷芳心⑥。帘风一棹,鸳鸯催起歌声。

[注释]

①新荷叶:这是一首咏物词。所咏为新长出的荷叶。词虽短,却写得充满生气,语言清新明丽。②鳞鳞:粼粼,清澈貌。③宿藕:在泥中重新发芽生长的莲藕。④蚨钱:铜钱。这里形容新荷叶的形状。钿花贴翠:女子化妆用的首饰。以此比喻水面上漂浮的翠绿、精巧的荷叶。萍星:星星点点的浮萍。⑤年时:当年,往时。轻盈:美人,这里指荷花。⑥半卷芳心:美人心绪不佳。这里喻半卷的新生荷叶。

[译文]

雏鸭悠闲地浮游在池塘,阳光下池水清澈、碧波荡漾。泥中的老藕怀抱着香甜的希望，夏季一到就展露出新生的迹象。像女子的钿花那样绿翠，模样与那小小的铜钱相仿，间杂在星星点点的浮萍中间生长。一番细雨过后，暗把自己青青的叶盘扩张。　鱼儿在它身边戏耍，乌龟在它身旁游动，看来谁也没能赢得它的爱情。想起往时的情景，我们一边在池塘垂钓，一边欣赏轻盈玉立的芙蓉。这美人现在何处？眼见的是荷叶半卷的愁容。船帘儿随风飘动，一对鸳鸯戏水，又引起一阵歌声。

曹良史

曹良史,字之才,号梅南,钱塘(今浙江杭州)人。有《镂冰词摘》。

江城子[1]

夜香烧了夜寒生。掩银屏,理银筝。一曲春风,都是断肠声。杜宇[2]欲啼杨柳外,愁似海,思如云。　背灯暗卸乳鹅裙[3]。酒初醒[4]。梦初醒。兰炷香篝[5],谁为暖罗衾?二十四帘[6]人悄悄,花影碎,月痕深。

[注释]

①江城子:这是一首闺思词,描写闺中人春夜怀人的寂寞心情。②杜宇:杜鹃。③乳鹅裙:嫩鹅黄色的裙子。④醒:醉酒后神志不清。⑤兰炷香篝:灯烛和熏笼。⑥二十四帘:重重帘幕。二十四,泛指多,非实数。

[译文]

夜香烧过寒气仍在滋生。掩起银色的屏风,弹起银色的琴筝。弹奏的本是一曲春风艳词,传出的却全是断肠之声。杜鹃在杨柳旁悲啼,愁苦似海深,思念如云浓。　悄悄脱下鹅黄色的裙子背对着灯影。酒醉得正重,空梦也才醒。点燃烛灯架起熏笼,可谁为你把锦被暖烘?屋帘重重寂静无声,花影细碎月光浓浓。

董嗣杲

董嗣杲（gǎo），字明德，号静传。杭州人。曾为武康令。宋亡入道，改名思学，字无益，号老君山人，隐西湖上。存词二首。

湘 月[①]

莲幽竹邃，旧池亭几处，多爱君子[②]。醉玉吹香还认取，忙里得闲标致[③]。心逐云帆，情随烟笛，高会知谁继？宵筵会启，蓦然身外浮世[④]。　　因见杜牧[⑤]疏狂，前缘梦里，漫憾双眉翠。香满屏山春满几，炉拥麝焦禽睡[⑥]。月落梅空，霜浓窗掩，两耳风声起。艳歌终散，输他鹤帐[⑦]清寐。

[注释]

①湘月：这是一首歌咏隐居生活的词。作者生平酷爱山水，羡慕隐士生活。宋亡之后遁身为道士，隐居终身。该词应是作者入道之初所作。词中多处显示出他对往事的留恋，体现出一种既欲超脱又无法完全超脱的复杂心理。②君子：指竹。③醉玉：用典"嵇康醉酒"。《世说新语·容止》中有记载："嵇叔夜（即嵇康）之为人也，岩岩若孤松之独立；其醉也，傀俄若玉山之将

崩。"吹香：花草送香。宋理宗为尚书钟仙巢麓山所建之亭题书"仙巢吹香亭"。标致：风采。④浮世：世事虚浮，万事俱空。⑤杜牧：晚唐诗人，举止狂放。其《遣怀》诗中自谓："十年一觉扬州梦，赢得青楼薄幸名。"⑥麝焦禽睡：指燃麝香的卧禽形香炉。⑦鹤帐：隐逸者的床帐。

[译文]

  幽静的莲池、深邃的竹林，几处老池亭旁都有竹子傍临。醉酒赏花值得羡慕，忙中求闲情更吸引人。心追着云帆远去，情随着烟云笛声浮沉，昔日高朋满座的聚会由谁继续延伸？通宵达旦的宴会上，会突然感到身体脱离了凡尘。 因理解杜牧的狂放不羁寻乐买醉，与前世有缘的梦中，还常梦见美人紧皱着的双眉。香气环绕着屏风，书画在案几上摆成堆，卧禽香炉中麝香日日燃尽成灰。霜浓窗户掩闭，月落梅花枯萎，山中萧瑟如此，双耳时时风声不退。再艳丽的歌也有曲终的一刻，不如在帐中悠闲地清睡。

卷 七

周 密

周密（1232～1298），字公谨，号草窗，又号四水潜夫、弁（biàn）阳老人、华不注山人，祖籍济南（今属山东），流寓吴兴（今浙江湖州）。宋末曾任义乌令，宋亡不仕。工诗词，精通音乐，兼长书画。有《草窗词》，又名《蘋洲渔笛谱》。

国香慢

赋子固《凌波图》①

玉润金明②，记曲屏小几，剪叶移根。经年汜人③重见，瘦影娉婷。雨带风襟零落，步云冷、鹅管吹春④。相逢旧京洛，素靥尘缁，仙掌霜凝⑤。　　国香⑥流落恨，正冰销翠薄，谁念遗簪。水空天远，应念矶弟梅兄⑦。渺渺鱼波望极，五十弦、愁满湘云⑧。凄凉耿无语，梦入东风，雪尽江清⑨。

[注释]

①赋子固《凌波图》：这是一首题画词。词咏物、咏画、咏作画之人。此

词应作于南宋灭亡之后,词中多暗露出故国之思和冷落凄凉的心情,同一人笔下之画,亡国前后观之感觉迥异。子固:赵孟坚,字子固,宋宗室后裔。善画梅兰竹石,尤其擅长画水仙。《凌波图》:赵孟坚所画《水墨双钩水仙长卷》。②玉润金明:水仙花明洁如玉。③氾人:水边的人,即凌波仙子。这里指水仙花。氾通"溪",水边。④鹅管吹春:花茎散发春意。鹅管,形容水仙细长的花茎形状似鹅管。⑤旧京洛:三国魏都洛阳。这里代指南宋都城临安。素靥(yè):素面、白净的脸。这里指水仙花。尘缁:尘垢。⑥国香:这里指水仙。⑦矾(fán):山矾花,又称山礬、七里香。常绿灌木,春天开小白花,极香。开花比水仙晚,故称"矾弟"。⑧五十弦:指瑟。⑨耿:耿直、坚贞。

[译文]

水仙花花蕊似金花瓣润洁如玉,摆在屏风下的案几上,修整了叶片和根须。如今又和这位凌波仙子见面,再次欣赏她身影的苗条、姿态的秀丽。风雨中她衣带襟袖零乱,漫步寒云下、只有细细的花茎散发出一丝春意。我们这次在旧都临安相遇,她已与过去不同,素洁的容颜上满是尘泥,伸开的花片上也凝结着霜迹。　　国色天香流落如此怎能没有怨气,但正值冰雪消融芳草初绿,有谁会关注这小小的玉簪脱落发髻。水面空阔碧空远离,更让她怀念梅花兄长和山矾花弟弟。水波浩渺望不到边际,让我为她弹奏琴瑟一曲,琴声直冲云端充满悲愤和愁绪。身处凄凉的境地,她仍旧坚贞不屈默默无语,将自己的梦想随那东风飘去,等待着明朝冰雪融尽江水清碧。

一萼红

登蓬莱阁有感①

步深幽,正云黄天淡,雪意未全休。鉴曲②寒沙,茂林烟草,俯仰今古悠悠。岁华晚,飘零渐远,谁念我、同载五湖③舟。磴④古松斜,崖阴苔老,一片清愁。　　回首天涯归梦,几魂飞西浦,泪洒东州⑤。故国山川,故园心眼,还似王粲登楼⑥。最负他、秦鬟妆镜⑦,好江山、何事此时游!为唤狂吟老监,共赋销忧⑧。

[注释]

①登蓬莱阁有感:这是一首登临感怀词,为周密的名作。词写于宋亡之初,作者在绍兴登蓬莱阁,面对故国山川感慨万分,悲愤抒怀。陈廷焯《白雨斋词话》评此词说:"苍茫感慨,情见乎词,当为草窗集中压卷,虽使美成、白石为之,亦无以过。"蓬莱阁,旧址在今浙江绍兴卧龙山上,为五代吴越王钱镠所建。②鉴曲:鉴湖一曲。③五湖:指太湖。④磴:山路石阶。⑤西浦、东州:作者自注:"阁在绍兴,西浦、东州皆其地。"⑥王粲登楼:东汉末年建安诗人王粲避乱荆州时作《登楼赋》中有:"虽信美而非吾土兮,曾何足以少留。"抒发思乡之情。⑦秦鬟妆镜:秦望山和鉴湖,如美人的发髻和妆镜。⑧狂吟老监:唐代诗人贺知章。贺知章晚年自号"四明狂客",又曾官秘书监,故称"狂吟老监"。销忧:排遣忧愁。王粲《登楼赋》:"登兹楼以四望兮,聊假日以销忧。"

[译文]

走上深幽的楼阁,正是天高云淡的时候,地上积雪还有残留。鉴湖一曲绕过寒沙,两岸林密野草稠,低头仰首感慨古今悠悠。年岁已大,又远在异乡漂流,谁会眷念我像西施伴范蠡一样与我同乘泛游太湖的扁舟。古阶旁山松斜立,崖影下苔藓老透,让人心中一片清愁。　　回首看我的天涯海角沧桑历程,有多少次魂飞西浦泪洒东州。故国山川、故乡的林园都在我的心头,如今却似王粲登楼赋愁,感叹此处虽美却不可久留。最对不起的是,秦望山伴着鉴湖仿佛美女对镜梳头,这么好的江山,为什么偏偏让我在此时赏游!想把狂吟老监贺知章唤出,共赋篇章排遣心中忧愁。

扫花游

九日怀归①

江蘺②怨碧,早过了霜花,锦空洲渚。孤蛩自语,正长安乱叶,万家砧杵③。尘染秋衣,谁念西风倦旅?恨无据④!怅望极归舟,天际烟树。　心事曾细数,怕水叶沉红,梦云离去⑤。情丝恨缕,倩回文为织,那时愁句⑥。雁字无多,写得相思几许?暗凝伫,近重阳、满城风雨⑦。

[注释]

①九日怀归:这是一首写重阳思乡怀归的词。词写于作者久居临安之际,适逢重阳佳节,思乡之情、倦游之意纷涌于笔端。全词语句通畅、意境凄切,咏景细腻而不烦琐。九日,即九月九日重阳节。②江蘺:一种在浅水中的藻草,有香味。③蛩:蟋蟀。砧杵:捣衣声。④无据:无依靠。⑤水叶沉红:用典"红叶题诗"的故事。梦云:情意。⑥回文:织在锦帛上的文字。⑦满城风雨:化用宋潘大临诗句"满城风雨近重阳"。

[译文]

江蘺在抱怨水太清碧,太早地经过了霜期,江边沙洲空空失去了昔日花草的美丽。孤独的蟋蟀在自言自语,正值临安落叶纷飞的时候,千家万户捣衣声四起。尘灰布满了秋衣,谁想着西风中旅途上的游子已经疲倦无力?忧愁无所托寄!惆怅中远望归帆,只见林木似烟雨朦胧在天际。　心事曾经数得细细,只怕题诗传情的红叶沉入水底,失掉了我的情意。恨心中情丝千缕万缕,即使织成锦帛上的文字,怕也全是那愁苦的词句。鸿雁能有几只肯为你传书,你又能写出几分相思来让它们传递?暗暗地凝思久立,重阳节很快就要来临,你瞧,临安已是满城的风雨。

三姝媚

送圣与还越①

浅寒梅未绽,正潮过西陵②,短亭逢雁。秉烛相看,叹俊游③零落,满襟依黯。露草霜花,愁正在、废宫④芜苑。明月河桥,笛外樽前,旧情消减。　　莫诉离觞⑤深浅,恨聚散匆匆,梦随帆远。玉镜尘昏,怕赋情人⑥老,后逢凄婉。一样归心,又唤起、故园愁眼。立尽斜阳无语,空江岁晚。

[注释]

①送圣与还越:这是一首为词友饯行所题的词。圣与,王沂孙,字圣与,号碧山。对此词王沂孙有《三姝媚·次周公谨故京送别韵》。还越,回会稽。会稽,今浙江绍兴。②西陵:今浙江萧山县西兴镇,隔钱塘江与杭州相望。③俊游:与有才能的朋友交往。④废宫:这里指故都临安荒废的宫苑。⑤离觞(shāng):离杯。⑥赋情人:作者自指。

[译文]

气候轻寒梅花尚未绽放,西陵潮水刚通过,短亭饯别又恰逢大雁飞掠。手握着蜡烛相互看着,感叹昔日的朋友如今零零落落,满怀离愁别恨能向谁去诉说。露水压弯了小草,风霜打蔫了花朵,愁绪正在这废弃荒芜的宫苑中弥漫着。明月映照的河桥畔,笛声中、酒杯前,过去的欢情,正在一点一点消减。　　不要说离别酒喝得深浅,只恨我们总是匆匆聚散,往昔高朋满座快乐的美梦,总是随着分别的舟船一次次去远。玉镜上尘灰多了镜面就会昏暗,怕我动情太深容易衰老容颜,将来重逢相看让人更感凄婉。一颗与你一样想归去的心,又唤起了我对故乡的思念。久立在斜阳下默默无言,空荡荡的江面上暮色催促着夜晚。

法曲献仙音

吊雪香亭梅[①]

松雪飘寒,岭云吹冻,红破数椒[②]春浅。衬舞台荒,浣妆池冷,凄凉市朝轻换[③]。叹花与人凋谢,依依岁华晚。　共凄黯[④]。问东风、几番吹梦,应惯识当年,翠屏金辇[⑤]。一片古今愁,但废绿、平烟空远。无语销魂,对斜阳、衰草泪满。又西泠[⑥]残笛,低送数声春怨。

[注释]

①吊雪香亭梅:该词凭吊雪香亭梅花。雪香亭,在杭州集芳园内。集芳园原系张婉仪园,后归谢太后改为聚景苑。②椒:花椒,粒圆而小,颜色深红。这里比喻数朵含苞的红梅。③衬舞台、浣妆池:旧苑中的高台、池塘。④凄黯:悲凄貌。⑤翠屏金辇:帝王宫妃的仪仗车辇。⑥西泠:西湖一景区。

[译文]

雪压青松透着一股寒冷,风云越过山岭吹得天寒地冻,红梅初露的苞芽像花椒那么瘦小,却将浅浅的春意早早地带到了园中。昔日热闹的衬舞台上荒草丛生,浣妆池如今也冷冷清清,改朝换代让这里成为一处凄凉的废宫。哀叹,人与花一样也会凋零,转眼我已近暮年双鬓斑斑白发生。　景也凄凉人也愁浓。问东风你吹破了多少春梦,你应熟悉这里的楼榭台亭,这梅花前曾过去多少皇家的金车辇、绿屏风。一片古恨今愁中,但见废墟遍野烟云虚空。无言能慰藉那孤寂的魂灵,面对夕阳衰草,泪花在眼中满盈。此时又听到西泠的残笛响起，低低地送来春怨数声。

高阳台

送陈君衡被召①

照野旌旗，朝天②车马，平沙万里天低。宝带金章③，樽前茸帽风欹。秦关汴水④经行地，想登临、都付新诗。纵英游，迭鼓清笳⑤，骏马名姬。　　酒酣应对燕山⑥雪，正冰河月冻，晓陇云飞。投老残年，江南谁念方回⑦？东风渐绿西湖柳，雁已还、人未南归。最关情，折尽梅花⑧，难寄相思。

[注释]

①送陈君衡被召：这是一首为友人送别的词。所送者陈允平，字君衡，为作者要好的词友。宋亡后被元召到大都（北京）做官。周密是一位有强烈爱国感情的词人，宋亡后自己隐居不仕。因此对友人的应召北上心中抱有非常复杂的情感。一方面有对友人分别的依依之情，又有对其仕元的不满心理以及对南宋灭亡的怅恨。所以词中没有像作者写一般送别词那样着意刻画离别愁绪，而是多咏送别情景，以此表达相思和自己的思想感情。②朝天：朝见元朝皇帝。③宝带金章：皇帝所赐袍带，带扣为黄金制成。④秦关汴水：均为北宋旧地。秦关为秦地（陕西一带）关塞的统称。汴水为流经北宋都城汴京（今河南开封）的一条河流，与运河相通，当时河道交通极其繁华。⑤笳：胡笳。我国古代北方民族的一种乐器，类似笛子。⑥燕山：元大都附近的山。⑦投老：到老。方回：即贺铸，字方回。黄庭坚《寄贺方回》诗："解道江南断肠句，只今唯有贺方回。"⑧折尽梅花：化用陆凯《赠范晔》"折梅逢驿使，寄与陇头人"诗意。

[译文]

满山遍野都是招展的旌旗，朝拜天子的车队浩浩荡荡蜿蜒数里，告别临安旧城向北径直行去，那里天幕低低平沙万里。你身着宝带官衣，杯前毛茸帽子歪斜，风中神采奕奕。秦关汴水都处在你的行途之地，想途中登山临水都会让你涌出新的诗意。且纵情地游历，伴随你的是连绵的鼓声号角，数不清的骏马美女。　　酒浓时你应能看到燕山披着雪衣、大河冰封失浪、月光冻凝千里，路上晨光洒照、岭间云飞霞丽。我已是风烛残年勉强支撑着身体，倘若你思念江南，谁会为你写出贺方回那般的诗句？东风渐把西湖岸边柳色吹绿，大雁又北去人未南返故里。最关情时，我折尽驿道旁的梅花，可面前一捧相思去找谁来与我传递。

庆宫春

送赵元父过吴①

重叠云衣，微茫鸿影，短篷②稳载吴雪。霜叶敲寒，风灯摇晕，棹歌人语呜咽。拥衾呼酒，正百里、冰河乍合③。千山换色，一镜无尘，玉龙吹裂④。　　夜深醉踏长虹⑤，表里空明，古今清绝。高堂⑥在否？登临休赋，忍见旧时明月。翠消香冷，怕空负、年芳⑦轻别。孤山春早，一树梅花，待君同折。

[注释]

①送赵元父过吴：这也是一首为友人饯行词。词写作者严冬之际送友人赵与仁赴吴中。词中以大量的想象描绘友人途中所遇的情景。赵元父，赵与仁，字元父，号学舟。与作者为词友、好友。②短篷：低篷客船。③乍合：初合，才封冻。④玉龙吹裂：笛子吹裂。传说唐代独孤生擅长吹笛，能把人吹倒，把笛子吹裂。⑤长虹：指吴中著名的长桥，桥上有垂虹亭。长桥被称为"三吴绝景"。⑥高堂：有本作"高台"。这里指对方故居房舍。⑦年芳：青春，岁月。

[译文]

　　阴云叠叠层层，云中掠过大雁模糊的身影，低篷客舟慢慢地划动，载你冒雪驶往吴中。霜打的树叶在抖落着寒冷，风吹舟行摇晃着船灯，划船人雪夜放声高歌，曲调悲苦像人的哭声。抱着被子呼喊要酒，正是百里江河刚刚开始封冻。千山变换了颜色，江面如同一面尘灰不染的巨镜，感慨时节吹一曲，欲将玉笛吹裂崩。　　夜深酒醉踏上垂虹亭，看江天一色表里空净，水平雪明古今难见的风景。故里的华舍都好否？归后登临休将诗词赋咏，那会让你忍不住思念旧时的月明。芳草枯萎鲜花凋零，目睹此景又会让你伤感叹息，空负了青春、让岁月流逝得匆匆。西湖孤山春来得早，那一树梅花正等待君归，届时我们一同攀折咏诵。

高阳台

寄越中诸友①

　　小雨分江，残寒迷浦，春容浅入蒹葭②。雪霁空城③，燕归何处人家？梦魂欲渡苍茫④去，怕梦轻、还被愁遮。感流年、夜汐⑤东还，冷照西斜。　　凄凄望极王孙草，认云中烟树，鸥外春沙⑥。白发青山，可怜相对苍华⑦。归鸿自趁潮归去，笑倦游、犹是天涯。问东风，先到垂杨，后到梅花？

[注释]

　　①寄越中诸友：这是一首写寄友人的词。越中诸友，指在绍兴的词友王沂孙等人。王沂孙《花外集》中有《高阳台·和周草窗寄越中诸友韵》。（有本指此词非寄王沂孙等人之词，而是王沂孙去世后作者寄与仍在绍兴的词友邓牧、谢翱的另一首同调同题的词。因考之不详，故不提。）越中，越州（今浙

江绍兴）。②蒹葭（jiān jiā）：芦苇。③空城：指临安。④苍茫：苍茫的江水。⑤夜汐：夜晚的潮水。早曰潮，晚曰汐。⑥凄凄：有本作"萋萋"。王孙：代指越中诸友。化用淮南小山《招隐士》句："王孙游兮不归，春草生兮萋萋。"⑦苍华：苍指青山，华指华发，白发。

[译文]

  细雨绵绵雨水从地上分流于江面，残余的寒气还在江边弥漫，春意在芦苇中浅浅地显现。雪刚停，空城仍是白色一片，燕子低低地飞，要往哪家归返？梦魂想渡过苍茫的江水，只怕梦魂太轻，会被愁云遮拦。感慨岁月飞逝，深夜潮水退向东边，黄昏暮色冷淡、斜阳坠向西山。　　芳草萋萋望不到边，思念的朋友瞧不见。看远处云下树木依稀如烟雨，鸥鹭、春水、白沙滩，越中的朋友就在那边。如今白发对青山，可怜青白相对让人感慨。鸿雁只顾随潮向东去，方向相反难让捎信件，可笑已游累了万水千山，临安距越中仅百余里，却仍然像有天涯远。问那催春的东风，你是否先吹杨柳的枝条，后吹梅花的花瓣？

探芳信

西泠春感①

  步晴昼，向水院维舟②，津亭唤酒。叹刘郎③重到，依依漫怀旧。东风空结丁香怨④，花与人俱瘦。甚凄凉，暗草沿池，冷苔侵甃⑤。　　桥外晚风骤。正香雪随波，浅烟迷岫⑥。废苑尘梁，如今燕来否？翠云⑦零落空堤冷，往事休回首！最消魂，一片斜阳恋柳。

[注释]

  ①西泠春感：这是一首西湖重游的感怀词。词写于宋亡后，且词中多处

透露出对故国的眷念和悲叹,故有人将此篇视为一首凭吊词。词情凄切、内蕴深厚。西泠,西湖著名景点之一。②维舟:系舟。③刘郎:指刘禹锡。这里作者自比,指重游之人。刘禹锡《再游玄都观》中有"前度刘郎今又来"句。④东风空结丁香怨:丁香又称紫丁香,于春过才开花。故有与东风结怨之语。⑤甓:砖石所砌的壁、岸。⑥岫(xiù):峰峦。⑦翠云:花木。

[译文]

晴朗的天气里赏游,在水边渔户门前停舟,到湖岸酒楼中买酒。感叹刘郎我今又重来,心中依然那么怀旧。东风不与丁香接头,空结一番怨仇,让观花人与花同为解怨而消瘦。凄凉得令人担忧,荒草沿着废池生长,冷漠的苔藓爬满壁头。　桥头晚风吹得正急,落花如雪片随水流去,淡云如迷雾,将远处的山峦遮蔽。旧苑中屋梁沾满了尘泥,燕子筑巢如今是否还来这里?花木零落湖堤冷寂,往事不堪回忆!最消魂的是这眼前的情景,斜阳余晖仍对杨柳痴迷。

水龙吟

白　荷①

素鸾飞下青冥,舞衣半惹凉云碎②。蓝田种玉,绿房迎晓,一夜秋意③。擎露盘深,忆君清夜,暗倾铅水④。想鸳鸯、正结梨云好梦⑤,西风冷、还惊起。　应是飞琼仙会,倚凉飙、碧簪斜坠⑥。轻妆斗白,明珰⑦照影,红衣羞避。霁月三更,粉云千点,静香十里。听湘弦奏彻,冰绡偷剪,聚相思泪⑧。

[注释]

①白荷:这是一首咏物词。所咏为白色的秋荷。据《乐府补题》载,所

咏之处在"浮翠山房",相聚唱和的还有王沂孙、王易简、李彭老、张炎、仇远等人。该"补题"中将该词词题写作"浮翠山房赋白莲",并称是"南宋遗民词人所赋咏物词之一"。②素鸾:传说中像凤凰一样的仙鸟。青冥:青天。③蓝田种玉:喻莲藕如蓝田之玉。绿房:莲蓬。④擎露盘深:如汉宫铜人高举承露盘。这里形容荷叶。铅水:泪沉。这里喻露水。化用李贺《金铜仙人辞汉歌》:"忆君清泪如铅水。"⑤梨云好梦:春梦。⑥飞琼:传说中王母娘娘的侍女许飞琼。凉飙:凉风。⑦明珰:明亮的耳坠。珰:耳饰。⑧湘弦奏彻:用典"湘灵鼓瑟"的传说。将白莲比作湘妃。冰绡偷剪:化用温庭筠《张静婉采莲歌》:"掌中无力舞衣轻,剪断鲛绡破春碧。"喻白莲如南海鲛人,传说鲛人流泪化为珠。

[译文]

像仙女乘神鸟飞下青天,翠绿的舞衣惊碎了如云的水面。泥中的莲藕像蓝田出的白玉,莲蓬绿色的小房子迎接晨光,一幅秋意浓郁的画卷。荷叶似那铜人举着的露盘,滚动的露珠像仙人夜晚暗将泪水洒向人间。看那鸳鸯正做着美好的春梦,西风冷冷地吹来,将它的春梦惊散。　仿佛飞琼等仙女们正在会面,迎着秋风碧簪斜坠在鬓发的旁边。轻妆淡抹争比着谁最白嫩,耳珠明亮能把人的影儿照见。偶尔一朵红色的莲花,在这洁白的仙女中羞涩地躲闪。月光倾泻三更天,粉荷千朵满湖面,清香弥漫,传送十里远。听湘灵仙子弹弄琴弦,看采莲人将冰洁的花朵偷剪,相思泪颗颗如珠,凝聚成眷恋之情千段万段。

四字令

拟《花间》①

眉消睡黄②,春凝泪妆。玉屏水暖微香,听蜂儿打窗。

筝尘半床,绡痕③半方。愁心欲诉垂杨,奈飞红④正忙。

[注释]

①拟《花间》:这是一首闺怨词。其格调模仿花间词。《花间》,五代后蜀赵崇祚所编词选《花间集》的简称。花间词以绮丽香艳为其主要风格。②黄:额黄,古代女子在额头粘贴或涂画的妆饰。③绡痕:丝巾上的泪痕。④飞红:落花。

[译文]

她一觉睡起,浅了眉黛残了额黄,春思成泪滴挂在脸上。白玉屏风旁,水沉香燃出微微的芳香,她静听那蜂儿扑打着绿窗。泪痕布满半块丝巾,筝上的尘土抖落了半床。欲将心中的愁怨告诉垂杨,无奈杨柳旁落花正忙。

西江月

延祥观拒霜拟稼轩①

绿绮紫丝步障,红鸾彩凤仙城②。谁将三十六陂春,换得两堤秋锦③? 眼缬醉迷朱碧,笔花俊赏丹青④。斜阳展尽赵昌⑤屏,羞死舞鸾妆镜。

[注释]

①延祥观拒霜拟稼轩:这是一首咏物词。词咏临安延祥观的木芙蓉。词的格调拟辛弃疾的稼轩词。拒霜,木芙蓉的别名。稼轩,辛弃疾,字幼安,号稼轩。②步障:用以遮风尘或隔离内外的屏幕。仙城:仙人所居处,这里代指临安。③三十六陂春:西湖众多春景。三十六泛指多。两堤:白堤和苏堤。秋锦:指芙蓉。④缬(xié):眼中的点点光影。朱碧:看朱成碧,意心乱难辨颜色。南朝梁王僧孺《夜愁示诸宾》有:"谁知心眼乱,看朱忽成碧。"丹青:绘画。⑤赵昌:北宋著名画家,善画花卉,工于着色。

[译文]

青翠的叶片、紫色的叶梗，一排排挺立像一道道屏风，像红色的鸾鸟、彩色的凤凰，飞到人间来到临安都城。谁将西湖众多的春色都浓缩成两堤上美艳的芙蓉？　醉眼冒着金星分不出碧绿与朱红，像那妙笔生花绘出一幅俊美的丹青。斜阳下展出似名师赵昌画出的巨大屏风，羞得美丽的仙鸟不敢照镜。

江城子

拟蒲江①

罗窗②晓色透花明，艳瑶笙，按瑶筝，试讯东风，能有几分春？二十四栏③凭玉暖，杨柳月，海棠阴。　依依愁翠④沁双颦，爱莺声，怕鹃声，人自多情，春去自无情。把酒问花花不语，花外梦，梦中云。

[注释]

①拟蒲江：这是一首闺情词。词拟卢祖皋蒲江词格调。蒲江，卢祖皋，字申之，号蒲江。②罗窗：纱窗。③二十四栏：泛指栏杆多。④愁翠：愁眉。翠，眉黛。

[译文]

晨光中纱窗上透着花影，我吹奏玉笙、弹弄宝筝。试问东风，你已把几分春意吹送？我倚遍栏杆沐浴着春光，在杨柳旁赏月亮，树影下看海棠。　丝丝愁绪沁入紧锁的眉峰，我爱听初春的莺啼，怕闻暮春杜鹃哀鸣。人本来就爱多情，但春归却很无情。端着酒去问花，花默默不回应，我在花下做着春梦，梦中春云又新生。

少年游

宫词拟梅溪①

帘销宝篆卷宫罗,蜂蝶扑飞梭②。一样东风,燕梁莺院,那处春多? 晓妆日日随香辇③,多在牡丹坡。花深深处,柳阴阴处,一片笙歌。

[注释]

①宫词拟梅溪:这是一首宫怨词。写宫中妃子宫女的生活与怨情。格调仿拟史达祖的梅溪词。史达祖,字邦卿,号梅溪。②宝篆:盘香。因其烟生袅袅似篆字而得其名。飞梭:飞来飞去的蜂蝶如飞梭一样穿行。③香辇:香车。

[译文]

我在帘内燃尽盘香卷起宫纱罗,看蜂蝶飞来飞去忙得如穿梭。一样的东风吹着,黄莺在庭院中啼鸣,燕子呢喃在梁上筑窝,谁能分辨哪处春意多? 晨妆化过便天天跟随香车,经常为观牡丹登山爬坡日日花中取乐。花丛的浓深处,柳树的浓荫下,耳边常是一片笙歌。

好事近

拟东泽①

新雨洗花尘,扑扑小庭香湿。早是垂杨烟老,渐嫩黄成碧。晚帘都卷看青山,山外更山色。一色②梨花新月,伴夜窗吹笛。

[注释]

①拟东泽：这是一首咏春景的词。格调仿拟张辑的《东泽绮语债》。东泽，张辑，字宗瑞，号东泽。其词师法姜夔。②一色：同色，一样的色。

[译文]

春花被新雨洗去了灰尘，在小庭院中更显得湿润。垂杨的柳色早已浓重，渐由嫩黄变得碧青。　傍晚高卷门帘看青山，山外有山山更青。梨花新月一色相融，伴随着夜窗中吹出的笛声。

西江月

拟花翁①

情缕红丝冉冉，啼花碧袖荧荧②。迷香双蝶下庭心，一行愔愔③帘影。　北里红红短梦，东风燕燕前尘④。称销不过牡丹情，中半⑤伤春酒病。

[注释]

①拟花翁：这是一首春情词。格调仿拟孙惟信的花翁词。花翁，孙惟信，字季蕃，号花翁。花翁词叠字较多，此词也多用叠字。周密对词中运用叠字非常欣赏，常对葛立方和李清照的词中叠字赞叹不已。在"效颦十解"的仿拟词中他常刻意地使用叠字。②红丝：红花和游丝。荧荧：星、灯发光状。这里喻泪水。③愔（yīn）愔：寂静。④北里：妓院歌楼所在地。唐代长安平康里为妓女歌女聚居之处，多青楼，因平康里在长安城北，被称为"北里"。红红短梦：欢聚的春梦。燕燕前尘：分离。劳燕分飞之意。⑤中半：半道。

[译文]

情思缕缕似红花上的游丝冉冉飘动，为花落悲啼，泪洒绿袖滴滴晶莹。一对迷失了花丛的蝴蝶飞到院中，一排排帘影落地寂静无声。　北里有多少欢聚的春梦，醒后随东风化做别离的悲痛。称心如意不过是牡丹花开的一刻，花后春去，半道上酒醉，伤春更重。

醉落魄

拟参晦①

忆忆忆忆，宫罗褶褶销金色②。吹花③有尽情无极。泪滴空帘，香润柳枝湿。　　春愁浩荡湘波窄，红兰④梦绕江南北。燕莺都是东风客。移尽庭阴⑤，风老杏花白。

[注释]

①拟参晦：这是一首伤春词。仿拟参晦词的格调。参晦，赵汝茪，字参晦，号霞山，又号退斋。宋宗室后裔。辑有《退斋词》。②褶褶：衣褶一道道。销金色：金色光泽消褪。③吹花：落花。④红兰：红花银灯。兰，兰釭，即灯盏。⑤移尽庭阴：光阴流尽。

[译文]

回忆、回忆、回忆，宫衣褶缝上的金色已经褪去。花有落尽的时候伤心却没有边际。愁泪滴在空空的帘外，将柳枝打得润绿。

浩荡的春愁比得湘江狭窄，红花银灯的旧梦绕着江水徘徊。燕莺也都是过路的客人，命运全由迎春送春的东风安排。庭院中光阴流逝得真快，春风已经衰老，杏花由粉变白。

朝中措

茉莉拟梦窗①

彩绳朱乘驾涛云,亲见许飞琼②。多定梅魂才返,香瘢半揾秋痕③。　枕函钗缕,熏篝芳焙,儿女心情④。尚有第三花⑤在,不妨留待凉生。

[注释]

①茉莉拟梦窗:这是一首咏花词。词咏茉莉花,格调仿拟吴文英梦窗词。梦窗,吴文英,字君特,号梦窗。②彩绳朱乘:彩带朱座,仙驾。许飞琼:传说中西王母的侍女。这里喻茉莉花。③多定:多半是,想必是。香瘢:用典"寿阳公主梅花妆"的故事。梅落寿阳公主额头,摘后梅痕不去。④函:装填,此处作动词。缕:头发。熏篝:香笼。⑤第三花:第三茬花。指多次采摘后又重新长出的茉莉花。

[译文]

彩带红车驾着云乘着风,我见到了下凡的仙女许飞琼。想必是梅花的魂灵才返回,寿阳公主额头上的香痕,秋天又换了花型。

把茉莉花插上发鬓、填入枕中、烘焙成茶叶、当香料熏蒸,这些都是女孩子爱做的事情。倘若茉莉要开出第三茬花来,不妨留在天冷时出生。这样芳香和美丽,就会布满秋冬。

醉落魄

拟二隐①

余寒正怯,金钗影卸②东风揭。舞衣丝损愁千褶③。一缕杨丝④,犹是去年折。　　临窗拥髻愁难说,花庭一寸燕支雪⑤。春花似旧心情别。待摘玫瑰,飞下粉黄蝶。

[注释]

①拟二隐:这是一首春情词。格调仿拟李彭老、李莱老龟溪二隐词。二隐,李彭老,字商隐,号筼房;李莱老,字周隐,号秋崖。二人为兄弟,并称"龟溪二隐"。②卸:晃动。③褶:衣裙上的褶子。④杨丝:柳枝。⑤燕支雪:落花如雪。燕支,胭脂。

[译文]

残余的寒气害怕春浓,东风吹得头发上的金钗影儿晃动。舞衣上的丝线已经磨损,千道裙褶像脸上的皱纹透着愁容。一束发黄的杨柳枝条,还是去年他为我折下相赠。　　对着窗户梳头,愁思难以说清,落花似雪在庭院积了一层。春花仍如往年美,人却是别样心情。正要摘一枝玫瑰寄托相思,几只彩蝶飞来在眼前胡乱舞弄。

浣溪沙

拟梅川①

蚕已三眠柳二眠②,双竿③初起画秋千,莺梳风响十三弦④。

鱼素⑤不传新信息，鸾胶⑥难续旧姻缘，薄情明月几番圆？

[注释]

①拟梅川：这是一首闺怨词。格调仿拟施岳梅川词。梅川，施岳，号梅川。②蚕已三眠：蚕在蜕皮时不吃不动谓之眠。蚕生长过程中要蜕四次皮。柳二眠：传说柳树枝条每天要在风中起伏三次，谓之三眠三起。③双竿：两竿，指高度。④栊：窗户。十三弦：指琴声。琴弦上有十三个符号作为指示音节的标志，故言十三弦。⑤鱼素：书信。传说鲤鱼代传书信。又有书载，鱼腹藏素帛赠鱼以传情。这里指代书信。⑥鸾胶：传说仙人会用凤喙、麟角熬制成胶，可粘接断弦，又称续弦胶。

[译文]

蚕已经过三眠柳也已经二眠，太阳升起两竿我去荡秋千。不是窗下莺啼风吹，是我在闺房拨动琴弦。　　不见新的书信传，续弦胶也粘不牢这旧姻缘。薄情人你难道看不见，天上明月已经圆了几番？

甘　州

灯夕书寄二隐①

渐萋萋、芳草绿江南，轻晖弄春容。记少年游处，箫声巷陌，灯影帘栊。月暖烘炉戏鼓，十里步香红②。鼓枕③听新雨，往事朦胧。　　还是江南春梦晓，怕等闲愁见，雁影西东④。喜故人好在，水驿寄诗筒⑤。数芳程、渐催花信，送归帆、知第几番风⑥？空吟想，梅花千树，人在山中⑦。

[注释]

①灯夕书寄二隐：这是写寄给李彭老、李莱老的一首词。灯夕，元宵节。二隐，李彭老（商隐）、李莱老（周隐）兄弟两个，人称"龟溪二隐"。②"月暖"二句：据《武林旧事》记载临安灯夕盛景："终夕天街鼓吹不绝，

都民士女,罗绮如云,盖无夕不然也。""诸舞队次第簇拥前后,连亘十余里,锦绣填委,箫鼓振作,耳目不暇给。"烘炉:可揣在怀中取暖的手炉、怀炉。③敧枕:斜倚在枕上。④雁影西东:喻故人离散。⑤水驿:水路上设的驿站,宋代时每三十里设一处。诗筒:以竹为筒装诗,便于传递。⑥第几番风:指二十四番花信风。⑦山中:此指杭州孤山,孤山多梅。

[译文]

渐渐茂盛的芳草又染绿了江南,春光轻轻地打扮着春天的容颜。记得年少时曾游览过的地方,街巷中箫声不断、灯光映明了窗帘。月光下怀揣着暖炉听街戏中鼓声连天,市民佳人熙熙攘攘十里连绵不断。现在我倚在枕上听春雨声碎,往事朦胧逐渐消淡。
还是江南春梦醒得早,只怕愁绪又要涌现,伤感故人情深、如今纷纷离散。却喜仍有故友康健,从水路驿站寄来竹筒诗篇。我多次细数路程的近远,渐感到花信风也在催我归返,谁知它何时能吹送归帆,二十四番风又过了几番?我白白地在吟思想念,眼前千树梅花已放,人分明还在孤山。

踏莎行

与莫两山谈邗城旧事①

远草情钟,孤花韵胜,一楼笋翠生秋暝②。十年二十四桥春,转头明月箫声冷③。 赋药才高,题琼语俊,蒸香压酒芙蓉顶④。景留人去怕思量,桂窗风露秋眠醒。

[注释]

①与莫两山谈邗城旧事:这是一首感怀词。作者与扬州词友莫岑谈论扬州旧事。莫两山,莫岑,字子山,江都人。为周密词友。邗城,扬州的古称。

②孤花：指扬州后土祠的琼花聚八仙，天下只此一本，故称孤花。一楼：指扬州的迷楼，隋炀帝所建。③"十年二十四桥"两句：化用《遣怀》、《寄扬州韩绰判官》二诗中的诗句："十年一觉扬州梦，赢得青楼薄幸名。""二十四桥明月夜，玉人何处教吹箫。"④赋药：赋写芍药。扬州所产"金带围"为芍药中珍品。题琼：题咏琼花。压酒：压榨酿米取酒。

[译文]

那里的草离我虽远却为我钟情，那里的琼花品种罕见，颜色、风韵无花可胜。更有迷楼高高耸立，秋暮之时也翠色浓郁。二十四桥多年的繁华盛景，转眼化做明月清淡、箫声幽冷。　赋咏芍药才华横溢，题词琼花语俊言精，我们也曾榨米取酒开怀畅饮芙蓉顶。最怕那景色依然人却空空，桂树窗下风露重，秋色悲切梦早醒。

王沂孙

王沂孙,字圣与,号碧山,又号中仙、玉笥山人。会稽(今浙江绍兴)人。入元后,曾任庆元路学正。有《花外集》,又名《碧山乐府》。

醉蓬莱

归故山[①]

扫西风门径,黄叶凋零,白云萧散。柳换枯阴,赋归来[②]何晚。爽气霏霏,翠蛾眉妩[③],聊慰登临眼。故国如尘,故人如梦,登高还懒。　　数点寒英,为谁零落?楚魄[④]难招,暮寒堪揽。步屟[⑤]荒篱,谁念幽芳远?一室秋灯,一庭秋雨,更一声秋雁。试引芳樽,不知消得[⑥],几多依黯?

[注释]

①归故山:这是一首感怀词。词写作者归乡后的感觉和心理状态。作者晚年在宋亡后曾被元朝征召做过庆元路学正,后解官归乡。此词作于归乡后的初期,对于解官归乡心中既有一种解脱感,又有几分沉重和凄凉感。因此词中

表现出的感情非常复杂。故山,作者的故乡会稽(今绍兴)。②赋归来:语拟陶渊明《归去来兮辞》:"归去来兮,田园将芜胡不归。"③翠蛾:黛眉,比喻远山的形状。眉妩:妩媚。④楚魄:故乡楚地的英魂。⑤步屣(xǐ):步行。屣,鞋子。⑥消得:消融,排解。

[译文]

西风在打扫着门庭,树上黄叶凋零,天上云稀烟冷。昔日杨柳的青色换成眼前枯树的阴影,为何归来这么迟呀,我在心中暗自叹咏。但毕竟这里空气清新,远山如美女的双眉那么妩媚,也算安慰了我回到家乡的心情。故国已似尘沙散去,故人相聚也如同一场虚梦,此时登高望远也实在懒得走动。 几片落花在眼前舞弄,它在为谁飘零?入乡的英魂难以招返,揽入怀中的只有这暮色中的寒冷。在荒芜的篱笆前漫行,篱下虽有菊花芳香,可谁又会为这些遥远幽深处的花朵吟诵?一屋秋寒中的孤灯,一院秋色中的寒雨,更有一声秋夜中的雁鸣。试将酒满斟于杯中,借酒消愁,不知能消散心中多少阴影?

法曲献仙音

聚景亭梅次草窗韵①

层绿峨峨,纤琼皎皎,倒压波痕清浅②。过眼年华,动人幽意,相逢几番春换。记唤酒寻芳处,盈盈褪妆晚。　已销黯,况凄凉、近来离思,应忘却、明月夜深归辇③。荏苒④一枝春,恨东风、人似天远。纵有残花,洒征衣、铅泪⑤都满。但殷勤摘取,自遣⑥一襟幽怨。

[注释]

①聚景亭梅次草窗韵:这首词写宋亡后作者重游聚景亭观梅的情怀。聚

景亭,南宋临安城皇家园林聚景园中的亭子。在今杭州市清波门外。次草窗韵,依周密原韵同调词作。草窗为周密号。②层绿:苔藓一层层长在梅枝上。峨峨:高高聚集的样子。纤琼:小巧美玉般的梅花。"倒压"句:化用林逋《山园小梅》"疏影横斜水清浅"句意。③销黯:消失。黯,同"暗"。辇:皇帝、皇后所乘坐的车,车以人推挽驱动。④荏苒(rěn rǎn):时光渐逝。⑤铅泪:铅水似的泪,意泪之沉重。⑥遣:排遣,消散。

[译文]

梅枝上长着一层层苔藓,小巧的梅花洁白得如同玉石一般,有梅枝横生,压在清浅泛波的流水上面。年华如同烟云过眼,心中带着对梅花动人的情意,问它自上次相逢转眼又过去了几个春天。记得那次我们饮酒寻找它的时候,天色已晚它还凝妆不卸玉立在那里等着被人观看。　　昔日的美好已经消散,近来离别的愁思总让我有种凄凉之感,其实不应该太贪色将梅花迷恋,应忘掉皇帝为看它曾夜深月悬才乘车归返。这最早透春的梅花将随时光流逝逐渐凋残,恨东风无情把它吹落,也将朋友们吹得远在天边。纵然枝头还残余一些梅花,可眼前冷冷清清的场面仍让沉重的泪水在我的衣衫上洒遍。只能虔诚郑重地折下一枝,以此排遣我满怀的深深忧怨。

淡黄柳

甲戌冬,别周公谨丈于孤山中。次冬,公谨游会稽,相会一月。又次冬,公谨自剡还,执手聚别,且复别去,怅然于怀,敬赋此解。①

花边短笛,初结孤山约②。雨悄风轻寒漠漠,翠镜秦鬟③钗别,同折幽芳怨摇落。　　素裳薄,重拈旧红萼④。叹携手,转离索。料青禽、一梦春无几,后夜相思,素蟾低照,谁扫花阴共酌⑤?

[注释]

①"甲戌冬……"：词题序。这是一首述记宋亡前几年词友聚散情况的词。甲戌，宋度宗咸淳十年（1274）。周公谨，周密，字公谨。丈，王沂孙比周密小十岁左右，故尊称为丈。会稽，今绍兴。剡（shàn），剡地，在今浙江。②结孤山约：在西湖孤山结盟。周密、王沂孙、杨缵、张枢等人在西山成立西湖吟社。③翠镜：会稽鉴（镜）湖。秦鬟：会稽的秦望山。④红萼：指梅花。⑤青禽：梅树上的翠鸟。用典"醉卧梅下遇翠鸟仙童"的传说。素蟾：月亮。

[译文]

花丛中响着短笛声，我们刚开始在孤山立社结盟。雨悄悄地下着，不时地刮着寒风，我们在秦望山下的鉴湖边分手，就像秦女告别青铜镜。我们一起采折梅花，恨怨吹落花朵的东风无情。　　换穿上单薄的衣衫，又是一年春浓，我们又相会再把红梅握在手中。感叹故友才携手欢聚，转眼便四散无影踪。想那巧遇翠鸟仙童的美梦中，春天能有几成，日后明月低照相思时，谁来打扫场地、花下同饮共咏？

一萼红

石屋探梅作①

思飘摇，拥仙姝独步，明月照苍翘②。花候犹迟，庭阴不扫，门掩山意萧条。抱芳恨、佳人分薄③，似未许、芳魄化春娇。雨涩风悭④，雾轻波细，湘梦迢迢。　　谁伴碧尊雕俎⑤，唤琼肌皎皎，绿发萧萧？青凤啼空，玉龙舞夜，遥睇河汉⑥光摇。未须赋、疏香淡影，且同倚、枯藓听吹箫。听久余音欲绝，寒透鲛绡⑦。

[注释]

①石屋探梅作：这是一首咏物词。所咏为尚未开放的梅花。石屋，石屋洞，在临安西湖西南的大仁院里面。洞内刻有五百罗汉。②苍翘：盘虬苍劲的梅枝。③分薄：命薄，缘浅。④雨涩风悭（qiān）：风少雨稀。悭，悭吝、吝啬。⑤雕俎（zǔ）：石佛像。俎，砧板。⑥睇：看。河汉：银河。⑦鲛绡：衣裳。传说南海鲛人（潜水采珠者）所制的薄绡衣，入水不湿。

[译文]

想象着自己在仙境中飘游，拥抱着仙女散步逍遥，眼前明亮的月光一片，照着梅树苍劲的枝条。开花的气候不到，院中残雪未消，大门紧紧地关闭，满目景色萧条。梅花怀抱着怨恨，叹息红颜命薄，老天似乎还没允许，让她的香魂化成娇嫩的花苞。风稀雨小，水波细细、轻雾飘摇，梅花绽放变成湘灵仙女的梦仍有千里之遥。　　谁陪伴着这百尊青石佛雕，除这花如白玉绿叶稀疏的梅花外，还能喊谁将这责任担挑？山风吹过似青凤在天上啼叫，残雪飞起如玉龙在夜色中腾跃，遥望空中的银河，众星聚集、点点闪耀。先不要对眼前稀疏的梅枝吟咏，且一同倚着长满苔藓的枯枝，听那远处吹箫。悠长的余音逐渐淡消，寒气浸透了我的怀抱。

长亭怨

重过中庵故园①

泛孤艇、东皋②过遍，尚记当日，绿阴门掩。屐齿③莓阶，酒痕罗袖事何限。欲寻前迹，空惆怅、成秋苑④。自约赏花人，别后总、风流云散。　　水远，怎知流水外，却是乱山尤远。天涯梦短,想忘了、绮疏雕槛⑤。望不尽、苒苒斜阳,抚乔木,年华将晚⑥。但数点红英,犹识西园凄婉⑦。

[注释]

①重过中庵故园:这是一首忆旧怀人的词。中庵,有本认为是宋末元初的词人刘敏中,号中庵,著有《中庵乐府》(但无更多实据证实,且此一时期名、字、号"中庵"者较多,不敢妄加判定)。从词意中仅可判定,"中庵"为王沂孙诗友,且此前常于园中相聚。②东皋:泛指乡野归隐的地方。陶渊明《归去来辞》有"登东皋以舒啸,临清流以赋诗"句。皋,水边的高地。③屐齿:带木齿的鞋子,这里指鞋印。④成秋苑:萧瑟的景色。李贺《河南府试十二月乐词》:"梨花落尽成秋苑。"⑤绮疏雕槛:雕花栏杆。这里是亭台楼榭回廊的概称。⑥"抚乔木"二句:用典《世说新语·言语》:"桓公北征,经金城,见前为琅琊时种柳已皆十围,慨然曰:'木犹如此,人何以堪!'攀折枝条,泫然流泪。"⑦红英:落花。西园:泛指苑林。

[译文]

驾一叶扁舟沿河将乡野游遍,还记得当年这里绿树浓密把门紧紧地遮掩。那时我们的脚步走遍长满苔藓的台阶,歌咏欢饮酒染衣袖的情景历历如在眼前。我们欲寻觅以前的印痕,可面前的景象令人惆怅哀叹,这里野草遍地已成了萧瑟的荒园。曾相约再来赏花的故友,别后也大多风吹云散。　　水流得很远,怎知道远水的后边、那连绵起伏的山峦比水还远。天涯无头美梦更短暂,想忘掉那曾被我们倚过的华丽而又曲折的雕花栏杆。看着夕阳渐渐坠落西山,抚摸着已长粗壮的树干,感慨我们都已到了暮年。但看着面前落花数片,才懂得了西园今天的凄婉。

庆宫春

水 仙①

明玉擎金,纤罗飘带,为君起舞回雪②。柔影参差,幽香零乱,翠围腰瘦一捻③。岁华相误,记前度、湘皋④怨别。哀弦⑤重听,都是凄凉,未须弹彻。　　国香到此谁怜?烟冷沙昏,顿成愁绝。花恼难禁,酒销欲尽,门外冰澌⑥初结。试招仙魄,怕今夜、瑶簪⑦冻折。携盘独出⑧,空想咸阳,故宫落月。

[注释]

①水仙:这是一首咏物词,所咏为水仙花。②明玉擎金:水仙花花瓣白如玉,花蕊金黄色。起舞回雪:化用姜夔《琵琶仙》:"为玉尊起舞回雪。"回雪,如雪飘。③一捻:一把。④湘皋:湘水岸边。这里指告别之处。⑤哀弦:古琴曲有《水仙操》,其调幽怨,被人称为"哀弦"。⑥澌(sī):流动的冰。⑦瑶簪:玉簪。这里指水仙花茎。《群芳谱》描述"水仙花大如簪头"。⑧携盘独出:化用李贺《金铜仙人辞汉歌》:"携盘独出月荒凉,渭城已远声波小。"

[译文]

玉一样的花瓣举着金色的花蕊。水仙花像一位仙女,系着绿色的飘带,穿着瘦细的纱衣,为你起舞翩翩,轻盈的舞姿像雪花那样飘逸。柔美的茎叶有高有低、幽幽的芳香清淡而又迷离,这位系着翠腰带的佳丽瘦腰只有一把粗细。我总是将好的时光错过,那年我与你这位湘灵仙女在湘水旁相遇,最后也是在怨恨中分手别离。眼下似又听到你在弹《水仙操》曲,透出的全是凄凉悲苦的旋律。请你不要将琴曲奏尽,只怕曲终人将散去。　　国色天香在这儿谁会怜惜？烟雨冷冷尘沙迷迷，让人的忧愁没有边际。我对花饮酒却难消除花的恨意，看那门外江中流动的碎冰又要封凝在一起。想将水仙花的魂灵唤来，只怕今夜寒重，冻折了她的花蕊和玉体。携着花盘出外仰天长吁，空想那临安故宫的落月是否还能升起。

高阳台①

残萼梅酸，新沟水绿，东风节序暄妍②。独立雕栏，谁怜枉度华年？朝朝准拟③清明近，料燕翎、须寄银笺。又争知、一字相思，不到吟边④。　　双蛾不拂青鸾⑤冷，任花阴寂寂，掩户闲眠。屡卜佳期，无凭却怨金钱。何人寄与天涯信，趁东风、急整归船。纵飘零，满院杨花，犹是春前。

[注释]

①高阳台：这是一首闺怨词。词写一个闺中女子渴望意中人能在春浓时归家，以结束她终日的离别相思之苦。作者的词多数含蓄，但这首词却一任婉转到底，词风较前明显不同。②残萼：落花结果前的花托。暄妍：争妍。③准拟：准备，打算。④吟边：吟咏中，诗信中。⑤双蛾：女子双眉。不拂：不描画。青鸾：这里指铜镜。

[译文]

带着残托的青梅虽小已经有了酸意，门前沟水新涨又是一曲碧绿，到了节气，东风吹得百花争丽。她独自在雕花栏杆旁站立，心想谁会怜惜她青春年华白白地逝去？她每天都在念着，清明已经临近，会有书信向她传递。可又转念担心，是否到期无信或信中无一处相思的字迹。　　她不再描画双眉，把铜镜冷落在那里，任凭花影孤独静寂，自己闭门悠闲地睡去。她一次次地占卜着他归返的日期，测算不准却抱怨钱的反正抛得有些随意。谁能捎信到那天边，让他趁东风正紧,急乘归船返回家园。盼他快点归返,来时即使杨花飘零满院,毕竟还算是春天没有过完。

西江月

为赵元父赋《雪梅图》①

褪粉轻盈琼靥,护香重叠冰绡②。数枝谁带玉痕描?夜夜东风不扫。　　溪上横斜影淡,梦中落莫③魂销。峭寒未肯放春娇,素被独眠春晓。

[注释]

①为赵元父赋《雪梅图》:这是一首题画的咏物词,咏词友赵元父的《雪梅图》。赵元父,赵与仁,字元父。②琼靥:玉面。这里喻梅花。冰绡:指梅花枝头的积雪。③落莫:寂寞,冷落。

[译文]

图中的梅花,有着轻盈的体态,不施脂粉玉一样的容貌,枝头积雪似洁白的纱巾将花朵层层护绕。眼中这几枝玉梅是谁画描?夜夜东风吹,不见落花飘。　　溪水上梅枝横斜花影儿疏淡俏丽,但梦中却孤独寂寞心神损耗。料峭寒意中它不肯恣意怒放向春天撒娇,却蒙着白色的被子,在春天的晨色中独自睡觉。

踏莎行

题草窗词卷①

白石飞仙,紫霞凄调,断歌人听知音少②。几番幽梦欲回时,旧家池馆③生青草。　　风月交游,山川怀抱,凭谁说与春知道?空留离恨满江南,相思一夜蘋花④老。

[注释]

①题草窗词卷:这是一首为周密词集题咏的词。是一篇作家概况介绍,也是对词集作品的评介。草窗词卷,即周密的《蘋洲渔笛谱》。②白石飞仙:借指白石道人姜夔。据《神仙传》载,白石仙人为中黄丈人的弟子,至彭祖时已两千岁。不肯修升天之道,唯取不死而已。常煮白石为粮。又因其就白石山而居,被称其号。这里是说周密词风与姜夔同。紫霞:指杨缵,号紫霞。指周密师法杨缵。③池馆:池塘。④蘋花:蘋草。一种生在浅水中的蕨类植物。

[译文]

你的词卷有姜夔婉约的词风、杨缵凄清的格调,像你这样精通音律的人眼下已经很少。你长年客居异乡,多次梦想隐归故里脱离尘世喧嚣,但家乡的池塘中已长出了青草,你的愿望也没有能够达到。　　你喜欢歌咏风月,更爱游历结交,有着山川一样虚空博大的怀抱,又常为解花惜春苦恼,可这些能让谁说给春天知道?你空将别愁离恨洒遍江南角角落落,你常受一夜相思苦,似这样蘋花不老人也会老。

醉落魄①

小窗银烛,轻鬟半拥钗横玉。数声春调清真②曲。拂拂朱帘，残影乱红扑③。　　垂杨学画蛾眉绿，年年芳草迷金谷④。如今休把佳期卜。一掬春情，斜月杏花屋。

[注释]

①醉落魄：这是一首闺情词。②春调：咏春的曲调。清真：周邦彦，号清真居士。精通音律能自度曲。民间多有其曲调。③红扑：落花纷飞。④金谷：晋人石崇所造的花园。此处泛指游览胜地。

[译文]

油灯闪闪照得小窗光明，一只玉钗横插在盘好的头发中。她轻舒玉腕，弹出咏春琴曲数声。红色的门帘在风中轻轻掀动，帘外到处都是落花纷飞的身影。　　垂杨学美女画眉把柳叶染得青碧，芳草年年把金谷装扮得令人着迷。今晚暂不占卜他归来的日期，心中一捧醉人的春情按捺不住，全弥漫在这明月下杏花旁的小屋子里。

赵与仁

赵与仁，字元父，号学舟。为宋宗室后代。曾为临安判官。是周密词坛唱和的主要文友之一。宋亡后曾做元朝辰州教授。词存五首。

柳梢青

落 桂①

露冷仙梯，霓裳散舞，记曲人归②。月度层霄，雨连深夜，谁管花飞？　金铺满地苔衣，似一片、斜阳未移。生怕清香，又随凉信③，吹过东篱。

[注释]

①落桂：这是一首咏物词。所咏为雨后飘零的桂花。②霓裳：唐代舞曲《霓裳羽衣曲》。传为唐明皇所作。王灼在《碧鸡漫志》中载："罗公远中秋侍明皇（唐玄宗）宫中玩月，以拄杖向空掷之，化为银桥，与帝升桥，寒气侵人，遂至月宫。女仙数百，素练霓衣，舞于中庭。上问曲名，曰《霓裳羽衣》。上记其音，归作《霓裳羽衣曲》。"③凉信：凉风，秋风。

[译文]

仙梯上露冷风寒,他登月后遇女仙歌舞翩翩,顷刻间《霓裳羽衣》曲尽人散,记下了曲谱唐玄宗又返人间。月宫高高在几层云霄的上边,且深夜里阴雨连绵下个没完,那广寒宫里桂花飞落谁问谁管? 看眼前,桂花飘落似金盖住了地上的苔藓,在地上像一片未曾移动的斜阳光线。怕这满地的清香随秋风飘过东篱,令人闻香后心中滋生许多惜怜。

琴调相思引①

冰箔②纱帘小院清,晴尘不动地花平。昨宵风雨,凉到木樨③屏。 香月照妆秋粉薄,水云飞佩藕丝轻④。好天良夜,闲理玉靴笙⑤。

[注释]

①琴调相思引:这是一首闺情词。写词中人秋天到来时的心态和生活场面。情调轻松自然。②冰箔:半透明的薄纱。③木樨(xī):常绿灌木,花小而有特殊香味,和桂树花一样也称桂花。这里指屏风上的画。④香月:明月。水云:钗簪或披肩、帽冠上下垂的金属丝坠。⑤玉靴笙:一种多管笙,形似靴子。

[译文]

通过透明的纱帘看到庭院十分清静,阳光下尘灰不扬花不摆动。昨日风雨一夜未停,那寒气染凉了画有桂花的屏风。 月光照着我秋季薄施脂粉的面容,风吹佩戴的丝坠,它晃动像藕丝那样轻盈。美好的夜晚不能虚度,悠闲地吹奏着我的玉笙。

西江月[①]

夜半河痕依约,雨余天气冥濛。起行微月遍池东,水影浮花、花影动帘栊。　　量减难追醉白,恨长莫尽题红[②]。雁声能到画楼中,也要玉人、知道有秋风!

[注释]

①西江月:这是一首怀人词。词中男主人公夜不能寐,怀念着远方的意中情人。苦思成怨,也想让意中人品尝思念之苦。②白:大酒杯。题红:用典"题诗红叶"的故事。

[译文]

夜半时天上的银河隐隐现现,雨后的天气显得朦胧暗淡。我起身散步时淡淡的月光洒照着池塘东边,水中浮动着花影,花影印上了窗帘。　　酒量减小不敢开怀畅饮,怨恨太多红叶容纳不尽。只愿大雁的哀鸣能传进远方的画楼,让我的意中人也知晓秋风中的思愁!

清平乐[①]

柳丝摇露,不绾[②]兰舟住。人宿溪桥知那处,一夜风声千树。　　晓楼望断天涯,过鸿影落寒沙。可惜些儿秋意,等闲过了黄花[③]。

[注释]

①清平乐:这是一篇怀人词。与作者上一篇《西江月》相似,也是秋思

的内容，只是词中主人公转换为女性。②绾：拴，系，缠绕。③黄花：菊花。

[译文]

柳丝能够摇落晨露，却不能把舟船牢牢拴住。那人不知住在溪头桥边哪处，苦苦地想念，心中如一夜风声吹过千树万树。　　清晨在楼上把天涯望遍，只看到过路的大雁将影子掠过寒冷的沙滩。只可惜这秋季太短暂，不经意间菊花就会凋残。

好事近①

春色醉荼蘼，昼永篆烟②初绝。临水杨花千树，尽一时飞雪。　　穿帘度竹弄轻盈，东风老犹劣③。睡起凭栏无绪，听几声啼鴂④。

[注释]

①好事近：这是一首闺情词。词中闺中佳人面对暮春景色百无聊赖、心绪万千。②篆烟：盘香燃起的烟。因烟袅袅盘升如篆字故称篆烟。③老犹劣：衰老且顽劣。荼蘼花开春将尽，指东风已近尾声。④鴂（jué）：鹈鴂，即杜鹃。

[译文]

荼蘼花在春色中醉得鲜艳，春暮昼长篆香已经不燃。千树杨花长在水边，此时满眼柳絮舞动如同飞雪漫天。　　飞絮炫耀轻盈随风飘进竹林穿入门帘，东风衰老却还如此顽劣。睡醒心绪不佳，闲倚着栏杆，听见几声杜鹃伤春的哀怨。

仇 远

仇远（1247~1326），字仁近，又字仁父，自号山村民，钱塘（今杭州）人。宋末以诗名与另一诗人白珽齐名号"仇白"。与周密、赵孟頫等为词友。宋亡后应元朝征召为溧阳教授。仇远的词和诗对元代影响很大，尤其是诗。张翥、张羽、莫维贤等元代名诗人皆出于其门下。词风与张炎接近。有词集《无弦琴谱》二卷。

生查子①

钗头缀玉蚕，耿耿东窗晓②。京洛少年游，犹恨归来早。寒食正梨花，古道多芳草。今夜试青灯，依旧双花小。

[注释]

①生查子：这是一首闺情词。②玉蚕：有本作"玉虫"，指女子头饰上悬垂的饰玉坠儿。耿耿：明亮的样子。

[译文]

金钗头上垂着柔润的玉蚕，明亮的晨光在东窗上出现。他在京都洛阳间只知道游玩，这薄情人就怕能早些归返。　　寒食节梨花正开得繁茂,芳草青翠早已长满了古道。今夜青灯下占卜他何日能到,烛蕊结双花依然是吉兆,可为何他至今信息杳渺。

八犯玉交枝

招宝山观月上[①]

沧岛云连,绿瀛[②]秋入,暮景却沉洲屿。无浪无风天地白,听得潮生人语。擎空孤柱,翠倚高阁凭虚,中流苍碧迷烟雾[③]。惟见广寒[④]门外,青无重数。　　不知是水,不知是山是树,漫漫知是何处[⑤]?倩谁问、凌波轻步[⑥]?漫凝伫、乘鸾秦女[⑦]。想庭曲、霓裳正舞[⑧]。莫须长笛吹愁去,怕唤起鱼龙[⑨],三更喷作前山雨。

[注释]

①招宝山观月上:这是一首观月景抒怀之作。全词以月为中心,咏海、咏山、咏天,虽无"月"字直现,但所咏皆月光中之物。招宝山,在今浙江定海县附近。有本此题为"观月上"。②绿瀛:瀛洲,传说中海中的三座仙山之一。③孤柱:指招宝山。④广寒:月中广寒宫。⑤"不知是水"三句:在作者《无弦琴谱》中原写作:"遥想贝阙珠宫,琼林玉树,不知还是何处。"⑥凌波轻步:指洛神。化用曹植《洛神赋》:"凌波微步,罗袜生尘。"⑦乘鸾秦女:用典"弄玉随萧史乘鸾仙去"的传说。⑧霓裳正舞:用典《碧鸡漫志》"唐明皇升梯至月宫记曲而归"的传说。⑨鱼龙:即龙。《水经注》中说:"鱼龙以秋日为夜,秋分而降,蛰寝于渊也。"

[译文]

苍茫的岛上云天相连,秋色已进入这翠绿的仙山,此刻黄昏的景致全沉没在大地与小岛之间。无风无浪天地白茫茫的一片,海涨潮人说话的声音清晰地传入耳畔。看，这招宝山像一根巨大的石柱撑着苍天，山上的翠树绿林似仙女，在高高的楼阁上倚着虚空的栏杆。山中水流苍碧，烟雾弥漫不散。只见月宫门外，再也查不到比它更青翠的峰峦。　　月光中不知是水，不知是山是树，眼前轻烟淡雾，虚虚幻幻令人不知身在何处。谁在问询，莫非洛神在此踱起凌波轻步？久立着凝思，突然醒悟，乘仙鸟而去的弄玉原来飞到了此处。想那广寒宫外歌曲已经响起，仙女们正跳着《霓裳羽衣》舞曲。在这里，不要吹长笛催愁离去，只怕唤醒了海中蛟龙，半夜在山前喷出狂风暴雨。

图书在版编目(CIP)数据

绝妙好词／(宋)周密选编；卢欣科注译.—郑州：中州古籍出版社，2017.1(2018.4重印)

(国学经典：典藏版)

ISBN 978-7-5348-6679-1

Ⅰ.①绝… Ⅱ.①周… ②卢… Ⅲ.①宋词-选集 Ⅳ.①I222.844

中国版本图书馆 CIP 数据核字(2016)第 290613 号

出版社：中州古籍出版社
（地址：郑州市经五路66号　邮政编码：450002）
发行单位：新华书店
承印单位：郑州市毛庄印刷厂
开本：640mm×960mm　　1/16　　印张：31.5
字数：400千字　　　　　　　　　印数：3 001-6 000 册
版次：2017年1月第1版　　　　　印次：2018年4月第2次印刷

定价：69.00元

本书如有印装质量问题，由承印厂负责调换。